文春文庫

深海の使者

吉村昭

文藝春秋

目次

深海の使者

地図制作・久留米太郎兵衛

一

昭和十七年四月二十二日未明、一隻の大型潜水艦がひそかにマレー半島西海岸のペナンを出港した。

空には星の光が残っていたが、夜明けの気配のきざしはじめた海面には、航跡がほの白く浮び上っていた。艦は、朝靄《あさもや》にかすむスマトラ島を左舷方向に見ながら、ベンガル湾に舳《へさき》を向けて進んでゆく。日が昇り、海はまばゆく輝いた。やがて、マレー半島の陸岸が、徐々に後方へ没していった。

前年の昭和十六年十二月八日に勃発した太平洋戦争は、ハワイ奇襲、南方海域の制圧等、開戦前に樹立した日本海軍の第一段作戦計画を予期以上にみたし、第二段作戦の実施に移っていた。その主な作戦計画は、アリューシャン、ハワイ、フィジー、サモア、ニューカレドニア、濠州、ニューギニア、ココス、インドの各要地の占領または破壊であった。

日本海軍は、その計画にしたがって、まず、インドのセイロン島に対する航空進攻作戦に着手し、三月二十六日、航空母艦五隻を擁する機動部隊をインド洋上に出撃させた。四月五日には、セイロン島南方洋上から艦攻五十三機、艦爆三十八機、艦戦三十六機を放ってコロンボを攻撃、港内商船約十隻を撃沈破、敵機約五十機を撃墜した。

さらにその後、イギリス重巡洋艦「ドーセットシァー」「コンウォール」、空母「ハーミス型」一、重巡一、輸送船十二隻を撃沈破、敵機約四十機を撃墜、また、別動隊はベンガル湾を攻撃、輸送船約三十隻を撃沈破して、航空進攻作戦は大成果をおさめた。

日本海軍は、これにつづく作戦計画として、特殊潜航艇（甲標的）による濠州のシドニーとインド洋沿岸の要地攻撃を決定した。その命を受けたのは、第八潜水戦隊（司令官石崎昇少将）で、戦隊を二分し、伊号第十、第十六、第十八、第二十、第三十の五潜水艦と第二十四戦隊の商船改造の特設巡洋艦「愛国丸」「報国丸」（いずれも約一〇、五〇〇総トン）を甲先遣支隊としてインド洋上へ、また、伊号第二十七、第二十九を乙先遣支隊、伊号第二十一、第二十二、第二十四を丙先遣支隊としてシドニーにむかわせた。

インド洋作戦に参加する甲先遣支隊主力は、石崎司令官指揮のもとに、四月中旬、内地を発して前線基地のペナンに集結、同月末、インド洋上へ出撃することに決定していた。そして、ハワイ攻撃で、特殊潜航艇の搭載工事を受け潜航艇を真珠湾内に放った伊号第十六、第十八、第二十の三潜水艦に、それぞれ特殊潜航艇をペナン基地で搭載することも予定されていた。

その作戦部隊に先がけて、伊号第三十潜水艦が、偵察の目的で先発することに定められていたが、四月二十二日未明、ペナンを出港したのは同艦であったのだ。

甲先遣支隊によるインド洋上の作戦計画は、セイロンその他に対しておこなわれた機動部隊による攻撃とは、基本的に異なった性格をもっていた。

機動部隊の作戦目的は、すでに占領した南部ビルマ、アンダマン、ニコバル、マレー、蘭印の防衛態勢を確立することにあって、作戦海域も東インド洋上にかぎられていた。が、甲先遣支隊のめざす作戦は、インド洋を南下、遠くアフリカ大陸の東海岸方面に進出し、点在するイギリス海軍基地を攻撃する目的をもっていた。その作戦は、日本にとって絶対的な必要性をもつものではなく、同盟国ドイツの強い要請にもとづいて計画されたものであった。

日本は、開戦後ドイツ、イタリアとの軍事協定締結を企て、昭和十七年一月十八日同協定をベルリンで調印した。その折、日本は東経七〇度線以東、ドイツ、イタリアは以西の海域の敵側軍事根拠地、艦船、航空機を撃滅することを定めた。その境界線は、インド洋の場合インド前面の海域を日本側が担当することを意味していた。

その頃すでに、ドイツは、ベルギー、オランダ、フランス、デンマーク、ノルウェーを占領後、チェコ、ハンガリーやバルカン諸国も手中に納め、さらに、中近東、スエズ、エジプト方面の制圧にも着手していた。それに対してイギリスも、同方面への兵力増強を企て、地中海が独伊側に制せられていたため、遠くアフリカの喜望峰を迂回する補給路を活潑に利用していた。

そうした状況下で、ドイツは、同年三月頃から、イギリス輸送船団の航行する喜望峰迂回コースの潰滅《かいめつ》を企て、日本海軍兵力の進出を強く要請していた。日本海軍としては、太平洋上の作戦に全力を傾注していたので、その求めに応じることをためらっていたが、度重なるドイツの要望を無視することもできず、遂に甲先遣支隊の出撃にふみきったのだ。

先発艦となった伊号第三十潜水艦は、二カ月前の二月二十八日、呉《くれ》海軍工廠《こうしょう》で完成した基準排水量二、一九八トンの新造艦で、遠藤忍中佐を艦長に瀬戸内海で猛訓練をつづけた後、四月十日、呉を出港した。そして、ペナンで燃料補給の後、作戦海面に先発したのだ。

艦はインド洋上をひそかに西進していったが、艦内には奇妙な空気が淀んでいた。作戦海域はアフリカ東海岸と定められていたが、呉出港時に作戦とは無関係と思われる大量の荷物が艦内に積みこまれていた。その内容は不明であったが、厳重に密封されていることから考えて、かなり機密度の高い積荷と推察された。

乗組員たちは、その積荷をいぶかしんでいたが、さらに、艦内に思いがけぬ海図が搬入されたことに一層疑惑を深めた。海図は、作戦を予定されているインドからアフリカ東岸にわたるもの以外に、喜望峰を迂回してアフリカ西岸からドイツ占領下のフランス沿岸に及ぶ大西洋方面の海図もふくまれていたのだ。

遠藤艦長は呉出発以来かたく沈黙を守っていたが、海図から察して艦がドイツへおもむくのではないかという声が、乗組員たちの間に流れた。そして、厳封された積荷も、ドイツへ輸送される重要物資ではないかと推測されていた。

日本とドイツは軍事同盟を結んでいて、協同作戦を企てていることが容易に想像できたが、両国の間には、一万五千浬《かいり》（三万キロ弱）という長大な距離をもつ海洋が横たわっている。その上、インドをはじめアフリカ沿岸にはイギリスの軍事基地が数多く点在していて、哨戒機を飛ばし諸艦艇を放って、日独伊三国の艦船の往来をはばんでいる。その危険な封鎖線を突破してドイツへおもむくことはほとんど不可能に近く、日本からドイツへ潜水艦がおもむいたという前例もない。

乗組員たちは、釈然としない表情で艦内の勤務に従事していた。

しかし、艦が進むにつれて、乗組員たちの顔からは、艦の行動をいぶかしむ表情はうすらいでいった。艦には、第八潜水戦隊の先発艦として、アフリカ東岸のイギリス海軍基地を偵察する重大任務が課せられている。艦の前途には多くの危険が予想されるし、眼前にせまる作戦行動に乗組員たちの緊張は増していた。

伊号第三十潜水艦は、厳重警戒のもとにインド洋上を西進しつづけた。途中、船影も機影もみず、ただ、果しない海洋のうねりがあるだけだった。

艦は、セイロン島南方を昼間潜航しながら遠く迂回し、四月三十日にはアラビア海に潜入した。

その日、無電連絡によって、後発の甲先遣支隊主力の伊号第十潜水艦をはじめ四隻の大型潜水艦と特設巡洋艦「報国丸」「愛国丸」が、石崎司令官指揮のもとに相ついでペナンを出撃、作戦予定海面にむかったことを知った。後発隊は、計画通り伊号第十六、第十八、第二十潜水艦にそれぞれ特殊潜航艇を搭載、伊号第十潜水艦には、零式小型水上偵察機一一型が格納されていた。

伊号第三十潜水艦は、潜航と水上航走をくり返しながら、アラビア半島とアフリカ大陸の間に横たわるアデン湾にひそかに進入していった。その奥にあるアデン港は、イギリス海軍の重要基地で、有力艦隊の在泊が予想されていた。

五月六日夜、伊号第三十潜水艦はアデン港口に接近、浮上した。

ただちに、零式小型偵察機が、掌整備長安部与吉特務少尉の指揮で鋭い音をあげて射出機から放たれた。機は、星明りをたよりに港口附近から港内を入念に偵察し、予定時刻に帰艦した。

艦は、偵察機を揚収すると、急いで港口から離脱、翌七日午前十時三十分、インド洋

上を西進中の甲先遣支隊に、

「ワレ、アデンノ飛行偵察ヲ実施ス。敵軽巡一、駆逐艦三、輸送船十ノ在泊又ハ入港中ヲ認ム。湾口附近ニ防備施設ラシキモノ無シ」

と、打電した。

さらに艦は潜航をつづけ、翌日夜にはアデンの対岸にあるアフリカのジブチ軍港に潜入、港口で浮上し、再び偵察機を放った。機は、港内を偵察したが、陸上防空隊に発見され機銃掃射を浴びせかけられて反転し、帰艦した。搭乗員は、

「敵ヲ見ズ」

と、遠藤艦長に報告し、港内には商船六隻の在泊があるのみで、市街地は警戒態勢をとっている気配はなく、灯が煌々《こうこう》とともっていた、とつけ加えた。

その日、後発隊の特設巡洋艦「報国丸」「愛国丸」は、南緯一七度三〇分、東経七六度一六分のインド洋上でオランダ国籍タンカー一隻を拿捕《だほ》、乗組員を乗りこませてペナンに回航させた。また、同日夕刻、石崎司令官のもとに大本営海軍部から、アフリカ東方に位置するマダガスカル島北端のジエゴスアレス軍港にイギリス海軍の有力艦船が集結している、という情報がもたらされた。

石崎司令官は、その電報によってジエゴスアレスを攻撃目標と定め、各艦に同方面へむかうよう指示するとともに、偵察艦の伊号第三十潜水艦に対し、アフリカ東岸沿いに

南下して重要基地の偵察を続行するよう命じた。

海上はかなり激しい荒天になって、各艦の航行は困難をきわめた。殊に舷の低い潜水艦は、激浪にもまれ、船体はきしみ音を立てて、波頭にのしあげられ、波の谷間に落ちこんでゆく。各艦の行動は航行の自由を欠き、故障発生がつぎつぎに報告された。

そのような中で、伊号第三十潜水艦も、悪天候にさまたげられながら、石崎司令官の命にしたがってひそかにアフリカ東岸沿いを南下、五月十九日にはザンジバル、ダル・エス・サラームに潜入し、偵察機を射出させた。

その折の飛行偵察でも両港に敵艦艇を発見できず、偵察機は同艦上空にもどってきたが、波浪がはげしく着水できる状態ではなかった。しかし、敵機または敵艦の来襲が予想されたので、偵察機は、強行着水をおこなった。

艦の乗組員が見守る中を、機は激浪の上を跳躍しながら着水したが、波のうねりにフロートが突っ込んでその一方の支柱が根元から折れ、機は傾いた。

艦では、ただちに二名の搭乗員を救出、機体も艦上に引き上げた。そして、波間に浮ぶフロートを敵に押収されることを防ぐため、機銃で連射して沈めた。

この不慮の事故によって、伊号第三十潜水艦の飛行偵察は不可能になった。

しかし、遠藤艦長は偵察任務の続行を指令し、翌二十日と二十一日の二日間にわたってザンジバル港深く潜入、潜望鏡によって港内を入念に偵察し、

「ザンジバルニハ、出入商船毎日数隻アリ。夜間ハ航海灯ヲ点ジ、哨戒機及ビ艦艇ヲ認メズ」

と、石崎司令官に打電した。

さらに、伊号第三十潜水艦は、反転し北上してモンバサに潜入、偵察行動をつづけた。が、モンバサにも敵艦艇は発見できず、そのまま同港内に潜航して次の指令を待った。その日、石崎司令官からの暗号電報が入電、ジエゴスアレスに敵艦艇在泊の公算大と予想されるので、至急、同軍港方面に急航せよという指令を受けた。

遠藤艦長は、ただちにモンバサをはなれ、速度をあげて東南方に艦を進めた。

五月二十九日、第八潜水戦隊司令官石崎昇少将指揮の甲先遣支隊五隻の潜水艦は、マダガスカル島北方洋上に集結した。

石崎は、伊号第三十潜水艦によるアフリカ東海岸の重要基地偵察行動の結果、イギリス艦艇の姿は同方面に認められず、大本営情報どおりジエゴスアレスに敵艦隊が集中していると判断した。そして、その夜、伊号第十潜水艦搭載の零式小型偵察機を発進させて、ジエゴスアレス港内を偵察した。

予想は、的中した。港内には、イギリス戦艦ほか多くの艦船が在泊していた。

石崎司令官は、翌五月三十日午後八時〇〇分を期して特殊潜航艇三隻による攻撃を決意し、全潜水艦に潜航して待機することを命じた。

しかし、特殊潜航艇を搭載している三隻の潜水艦中、伊号第十八潜水艦は荒天にもまれている間に機械故障を起し、その修理も間に合わぬことが判明した。そのため、やむなく伊号第十六、第二十潜水艦二隻で攻撃をおこなうことに決定した。

五月三十日、日没後、二隻の潜水艦は、ひそかにジエゴスアレス港内へ潜入した。伊号第十六潜水艦搭載の特殊潜航艇には、秋枝三郎大尉、竹本正己二等兵曹、伊号第二十潜水艦の特殊潜航艇には、岩瀬勝輔少尉、高田高二二等兵曹が搭乗していた。

午後八時〇〇分、二隻の特殊潜航艇はそれぞれ搭載艦をはなれ、伊号第十六、第二十の両潜水艦は、乗員収容と戦果確認のために同港内にとどまり、潜望鏡で特殊潜航艇の進攻方向を監視していた。

前夜飛行させた零式小型偵察機が発見されたためか、港内には、警戒態勢がとられているらしく市街の灯も消えている。その闇を潜望鏡で凝視していると、約三十分後、港内の一郭で突然大火柱がふき上り、それを追うように右方向でも火柱が闇を彩った。その炎の明るみに、あきらかに大型艦と思われる艦影と大型商船らしい姿が鮮明に浮び上り、曳光《えいこう》弾の交叉するのが認められた。

特殊潜航艇の攻撃が功を奏したことを確認した石崎司令官は、特殊潜航艇に帰還するよう打電したが、予定時刻をはるかにすぎても両艇は姿を現わさず、その上、港内を疾走する駆潜艇の爆雷投下が開始されたので、二隻の潜水艦は潜航艇乗員の収容を断念して港外にのがれ出た。そして、その後、両艇の捜索を続行したが、艇も乗員の姿も発見できなかった。

　その夜の攻撃については、イギリス公刊戦史に左のような記録が残されている。

「五月二十九日午後十時三十分頃、敵味方不明の小型機一機、ジエゴスアレス港上空に飛来。敵潜水艦または飛行機による黎明《れいめい》攻撃が予想されたので、それに対処する警戒手段として、戦艦『ラミリーズ』（排水量二九、一五〇トン）は、三十日午前五時抜錨《ばつびょう》、日没時まで湾内を航行し、海軍航空隊は、黎明と薄暮に哨戒機による哨戒を実施す。

　三十日午後八時二十五分、戦艦『ラミリーズ』とタンカー『ブリティッシュ・ロイヤリティー』（六、九九三総トン）が雷撃を受け、タンカーは瞬時にして沈没。艦首を沈下した『ラミリーズ』は、弾薬、重油を放棄することによって釣合いを復元し、三十一日午後、ダーバンにむかう。

　二隻のコルベット（対潜用護衛艦）によって港内を隈なく捜索、疑わしき探知目標に爆雷を投下したが発見できず。

　数日後、二名の日本人をジエゴスアレスの北方陸上で哨兵が発見、降伏をすすめたが、抵抗したため射殺。所持していた書類により、豆潜水艦の乗組員であることが判明せり」

　この記録によると、特殊潜航艇二隻のうち一隻の乗組員は港内で戦死。他の一隻の乗組員は海岸に上陸、潜伏中を発見され、射殺されたと推定される。

戦艦「ラミリーズ」が損傷を受けながらも離脱し、出撃した特殊潜航艇員全員を失ったことは、甲先遣支隊として不満足な戦果であった。

作戦計画としては、特殊潜航艇による敵艦隊の撃滅につづいて通商破壊戦が予定されていた。そのため、石崎司令官は、敵艦隊の捕捉と同時に輸送船攻撃を企て、アフリカ大陸とマダガスカル島の間に横たわるモザンビーク海峡を作戦海域に定めた。そして、南緯一〇度から二六度にわたる海域を四等分して、伊号第十、十六、十八、二十の各潜水艦を配置、伊号第三十潜水艦はマダガスカル島の東方海面で、特設巡洋艦「報国丸」「愛国丸」はモザンビーク海峡の南方でそれぞれ通商破壊戦をおこなうよう指令した。

各艦は、一斉に担当海面へ散った。作戦開始は六月四日とし、作戦終了後の集合点は、マダガスカル島南端のサントマリー岬南東二五〇浬の地点と定められた。

潜水艦が放たれたモザンビーク海峡は、アフリカ東部、アラビア半島、インドへ軍需物資を送りこむ連合国側輸送船の重要航路であった。その附近一帯は日独伊海軍の兵力も及ばない海域であったので、輸送船は護衛艦もなく荷を満載して航行し、夜間も警戒態勢をとらず航海灯をともして往来していた。

甲先遣支隊にとって、それらの輸送船群は恰好な攻撃対象になった。担当海面に待機した潜水艦は、作戦開始と同時に輸送船を次々に発見、それらの船に魚雷を発射、浮上しては砲撃を浴びせかけることを繰返した。その作戦は、驚くべき成果をあげ、十二隻の輸送船撃沈が報告されたが、イギリス公刊戦史にも同様の結果が記録されている。

まず、全艦が予定海面に配置された翌六月五日には、伊号第十潜水艦（艦長栢原保親中佐）がアメリカ船「メルビン・H・ベーカー」（四、九九九トン）、パナマ船「アトランチックガルフ」（二、六三九トン）をそれぞれ雷撃と砲雷撃とによって撃沈、伊号第二十潜水艦（艦長山田隆中佐）も、パナマ船「ジョンストン」（五、〇三六トン）を雷撃によって沈没させた。

その攻撃を口火に、翌六日から二十日までに、伊号第十八潜水艦（艦長大谷清教中佐）がノルウェー船「ウィルフォード」（二、一五八トン）を砲撃、伊号第十潜水艦がイギリス船「キングラット」（五、二二四トン）を雷撃、伊号第十六潜水艦がギリシャ船「アギオスジョージスル」（四、八四七トン）、ユーゴスラビア船「スサク」（三、八八九トン）を砲雷撃、伊号第二十潜水艦がギリシャ船「クリストスマーケットス」（五、二〇九トン）、イギリス船「マロンダ」（七、九二六トン）、パナマ船「ヘレニク・トレーダー」（二、〇五二トン）、イギリス船「クリフトン・ホール」（五、〇六三トン）をそれぞれ砲雷撃によって撃沈した。

撃沈隻数は十二隻、撃沈トン数五二、八四〇総トンにおよぶ大成果で、殊に伊号第二十潜水艦は、八日間に五隻の輸送船を海底に沈没させた。

その間、伊号第三十潜水艦は、単独でマダガスカル島東方海面を索敵したが、航路からはずれていたためか一隻の船影も見ず、六月十八日に、予定されていた集合点におもむいた。

海面には、五隻の潜水艦が集結し、特設巡洋艦「報国丸」「愛国丸」も姿をあらわした。予期以上の戦果に甲先遣支隊は喜びにつつまれ、石崎司令官は、さらに第二次の通商破壊戦をおこなうことを命じた。

しかし、その作戦計画から、伊号第三十潜水艦のみが除外されていた。同艦は、単艦で重要任務につく予定になっているという。同艦の乗組員は、臆測が的中したことを知った。呉出港時に大西洋の海図と密封された大量の荷が積載されたことから察して、遠くドイツへおもむくのではないかという予想があやまちでなかったことに気がついたのだ。

特設巡洋艦「報国丸」が、伊号第三十潜水艦に接近してくると停止し、太いパイプを伸ばしてきて重油をタンクに満たした。そして、海面に食糧の包みを投げ、伊号第三十潜水艦はそれらを収容した。

燃料と食糧の補給作業が終了すると、石崎司令官は幸運を祈るの信号を送り、伊号第三十潜水艦は支隊とはなれて南西に艦首を向けた。

空は茜色《あかねいろ》に染まり、西日に輝く甲先遣支隊の各艦の姿は遠ざかってゆく。伊号第三十潜水艦は、日本潜水艦として初のヨーロッパへの航行を開始したのだ。

　しかし、同航海の成功する可能性はきわめて薄かった。途中の海域はイギリス海空軍基地の支配下にあって、秀れた電波探信儀（レーダー）と水中聴音器、ソナーの網がはりめぐらされ、通過する艦船を捕捉しようとしている。その鋭敏な触手にふれれば、たちまち爆弾や爆雷が投じられて艦は海底に没してしまう。

　そのような危険をはらんだ航海ではあったが、日本海軍のみならず独伊両国にとって、伊号第三十潜水艦に対する期待は大きかった。同艦の任務達成は、杜絶《とぜつ》状態にある日本と独伊両国間をつなぐ新たな連絡路の開発であり、そのパイプが開かれることは、日独伊三国に測り知れない多くの恵みをあたえてくれる。むろん、その行動は生還もおぼつかないものであったが、日独伊三国には、その危険にみちた賭にふみきらねばならぬ事情があった。

二

　一年四カ月前の昭和十六年二月、日本からドイツに陸海軍軍事視察団がぞくぞくと入国した。陸軍側は山下奉文中将、海軍側は当時日独伊三国同盟主席軍事委員としてドイツに滞在していた野村直邦中将をそれぞれ団長とし、陸海軍技術権威者四十数名によって構成された大視察団であった。

すでにアメリカの日本に対する経済圧迫は激化し、日本としては、対米戦を念頭に兵器研究の新知識を積極的に導入することを欲していた。そのためには、欧州大陸の大半を手中におさめイギリスとの戦いを優勢に進めていたドイツのすぐれた兵器類を調査し、その技術吸収と軍需器材購入の必要があった。

視察団は、陸軍、海軍と別個に行動したが、海軍は、副団長阿部勝雄少将をまとめ役に団員を三班に分ち、それぞれ専門分野にわかれて積極的な技術調査をおこなった。

技術行政担当班は入船直三郎少将を班長に佐藤波蔵大佐を配し、航空班は酒巻宗孝少将を班長に横田俊雄機関大佐、小林淑人、豊田隈雄、内藤雄各中佐、大友博、跡部保両機関中佐、巌谷英一、吉川春夫両造兵少佐、野間口光雄造兵大尉、樽谷由吉造兵中尉、大谷文太郎技師、丹野舜三郎技手等、航空機に関するあらゆる部門の権威者が参加していた。

また、艦艇班は三戸由彦少将を長とし、仁科宏造、頼惇吾両造兵大佐、伊藤庸二、奥明両造兵中佐、喜安貞雄造機中佐、山田精一機関中佐、葛西清一機関少佐、伊木常世造兵少佐、根木雄一郎造船少佐、西武夫技師ら海軍技術陣の俊秀たちによって編成されていた。

かれらは、約四カ月にわたってクルップをはじめドイツの主要な兵器工場や軍事施設を視察、多くの貴重な資料を得、ドイツ側とも技術知識の交換をおこなった。その間、海軍軍事視察団は、戦艦「ティルピッツ」をはじめ多くの艦艇のマストや英仏海峡に面した基地に、異様な装置が備えつけられているのを眼にしていた。それは、X装置と秘称されていた電波探信儀（レーダー）であった。

当時、電波を発しその反射波をとらえて目標物を検出する装置については、日本海軍でも、海軍技術研究所の水間正一郎、日本無線株式会社の中島茂、山崎荘三郎、佐藤博一らによって研究が進められていたが、その水準は低く、実用段階には達していなかった。それに比して、ドイツの電波探信儀はすでに実戦に活用され、しかも、敵国のイギリスはドイツよりも一段と高性能のものを使用していた。

視察団の中にくわわっていた電波兵器研究の権威伊藤庸二造兵中佐は、電波探信儀が驚くべき長足の進歩をしめしていることに愕然とし、ただちに本国へ長文の暗号電報を打って報告すると同時に、視察団長野村直邦中将にその入手方を強く要望した。

野村はただちにその交渉を駐独武官横井忠雄大佐に託し、横井は首席補佐官渓口泰麿中佐とともにドイツ海軍省に譲渡してくれるよう折衝した。海軍長官レーダー元帥からは即座に承諾の回答をつたえてきたが、その輸送方法について一つの条件を提示してきた。

それまで日独間の軍需物資の輸送方法としては、商船を武装したドイツの特設巡洋艦にたよる以外になかった。その行動はきわめて大胆で、大西洋からインド洋へとイギリス海軍の厳重な警戒網を突破して、日本軍の南方占領地や日本内地に姿をあらわしていた。そして、帰途、ドイツに不足していた重要物資の生ゴム、錫《すず》、タングステン、マニラ麻、コプラ等を満載して、ドイツへ運搬していた。

それらの特設巡洋艦は柳船と秘称され、ドイツからアジアへむかう輸送を柳輸送、ドイツ向け輸送を逆柳輸送と称していた。危険海域を航行するのでイギリス海空軍に捕捉されることも多く、昭和十六年中に南方占領地からドイツへ出港した柳船は、十隻のうち三隻が撃沈または拿捕されていた。

日本側としては、その柳船によって電波探信儀の運搬を考えていたが、ドイツ海軍省は、途中、柳船がイギリス海軍に臨検または拿捕された折、最高機密に属する探信儀の押収されることをおそれた。そして、種々検討の末、長大な航続力を誇る日本の大型潜水艦を派遣してくれれば、譲渡の用意はあると回答してきた。

横井海軍武官は、ただちにその旨を海軍省に打電して指示をこうた。折返し暗号電報が送られてきて、潜水艦派遣の準備を進めるから、電波探信儀の譲渡を受けるように努力せよ、とつたえてきた。日本海軍は、対米戦を目前に、ドイツとイギリスの間で電波探信儀が実戦兵器として重要な役割を果していることに慄然《りつぜん》としていたのだ。

さらに、日本海軍省は、電波探信儀の詳細な知識を得るため伊藤造兵中佐の帰国をうながし、その他、技術行政班長入船少将、航空班の班長酒巻少将、小林、内藤両中佐、跡部、大友両機関中佐、艦艇班の仁科造兵大佐、葛西機関少佐にも帰国命令を発した。

それら九名の技術者たちは、対米英蘭戦を企てている日本海軍にとって貴重な人材で、開戦と同時に展開予定の航空進攻作戦に、酒巻少将以下の航空班員を必要としていた。また、ドイツが無血占領したルーマニアの油田地帯を視察した燃料部門の権威葛西機関少佐も、占領を予定しているボルネオ、ジャワ、スマトラ等の南方地域の油田の管理に不可欠の人材と判断されていた。

すでに陸軍側の視察団は、独ソ開戦切迫の気配が濃くソ連との国境が閉ざされることをおそれ、団長山下奉文中将以下団員は、予定を早めてシベリア鉄道で帰国の途についた。それにつづいて九名の海軍側視察団員も同コースをたどろうとしたが、六月二十二日にドイツ軍がソ連領内に侵入を開始していて、その望みは断たれた。

かれらは、やむなくイタリアの双発機に便乗、ブラジルにおもむいて二班に分れ、伊藤ら四名は、アルゼンチンから貨物船「山浦丸」に乗って、開戦一カ月前の十一月十三日に帰国。また、同じように帰国命令を受けてドイツからブラジルに到着していた頼造兵大佐らも、リオ・デ・ジャネイロから「東亜丸」に乗って帰国の途についたが、横浜港にたどりついたのは開戦後一週間たった十二月十五日であった。

この軍事視察団のドイツ訪問は、日本潜水艦のドイツ派遣を課題として残したが、太平洋戦争の勃発とアメリカの参戦によって、その派遣計画はさらに重要な意味をもつようになった。

米・英・ソ・中の連合国側は、協同作戦をおこなうためひんぱんに連絡会議をひらき、兵器技術の交流や軍需物資の支援を活潑におこなっていたが、それとは対照的に、日独伊、ことに日本とドイツ、イタリア両国間の連絡は全く杜絶状態にあった。柳船の封鎖線突破もほとんど不可能になって、相互の連絡は無線通信以外になくなっていた。

そうした状態を打破するため、新たなルートを開かねばならぬという要望が日本と独伊双方で起ったが、航空機による連絡路開発は至難で、わずかに希望のもてるルートは海面下のみであった。

日本海軍は、懸案となっていた大型潜水艦のドイツ派遣を実行に移すことを決意し、竣工したばかりの伊号第三十潜水艦を第一便の遣独艦と定めたのだ。

その計画実務を担当したのは軍令部潜水艦担当部員井浦祥二郎中佐で、ドイツ海軍と電報で打合わせた結果、潜水艦の到着予定地をビスケー湾にのぞむ旧フランス軍港ロリアンと定めた。そして、伊号第三十潜水艦艦長遠藤忍中佐をひそかに軍令部へ招くと、ロリアンまでの航行方法について詳細に説明した。

まず、航路上の状況については、基地から発した敵飛行機の索敵距離が五〇〇浬、特に三〇〇浬以内は哨戒密度が濃いというドイツ側からの注意があったので、陸岸より三

○○浬外を航行するよう指示した。むろん、艦の存在をさとられぬため、敵艦船を発見しても攻撃はせず、ひたすら隠密行動をとることもつけ加えられた。
また、最も重要な航行途中の連絡方法については、艦がアフリカ大陸の南端ケープタウン沖合を通過するまでは、シンガポールの第十通信隊を中継して東京の軍令部から伊号第三十潜水艦に通信し、ケープタウン沖を通過し大西洋に入ってからは、ドイツ海軍本部電信所と直接交信をおこなうこともつたえられた。

その通信については特殊の暗号を用い、これをトーゴーと秘称し、伊号第三十潜水艦の呼出し符号も新たに数種制定した。また、潜水艦からは、敵にその所在を発見されぬため無電の発信も原則として禁じられた。

準備は極秘のうちにすすめられ、同艦には、ドイツ駐在の日本大使館宛の新暗号表等の機密図書以外に、ドイツ側へ渡す雲母《うんも》、生ゴム等の物資と、航空母艦の設計図をはじめとした機密度の高い兵器の設計図が積みこまれた。この第一便潜水艦の出発について、ドイツ側では、日本海軍の酸素魚雷の積載を強く希望してきていた。

酸素魚雷は、ドイツへ派遣された海軍軍事視察団にも参加した頼惇吾造兵大佐が中心になって開発した新式魚雷で、その威力は世界列国の魚雷性能をはるかに引き離したものであった。

爆破力を例にあげると、爆薬量がイギリスの魚雷の三二〇キロを世界最大としているのに対し、日本の酸素魚雷の爆薬量は実に五〇〇キロにもおよび、その上、速度が群をぬいて速い。しかも、雷速三六ノットの折には、四万メートルという列国の魚雷の射程距離の数倍にもおよぶ数字をしめしていた。

さらに、酸素魚雷は、雷跡がほとんど目立たないという画期的な利点があった。列国の使用していた空気魚雷は多量の窒素を排出して気泡が生じるが、酸素魚雷は炭酸ガスのみを排出する仕組みになっているため、その多くは海水に溶解してしまう。雷跡の確認が困難であることは、敵艦に転舵する機会を失わせることになり、それだけ命中率も高くなる。

このような多くのすぐれた性能をもつ酸素魚雷を、日本海軍は、最高機密の兵器として極秘扱いにし、魚雷に装入される酸素を第二空気または特用空気と呼び、速度、射程距離の計測数値も常に偽りの数字を書き記すことに定められていた。

その存在をドイツ海軍はいつの間にか察知して、実物の譲渡を熱望してきたのだが、日本海軍は、たとえ軍事同盟を結ぶドイツではあっても、日本の誇る酸素魚雷を譲渡することは戦術上重大な影響があるとして、婉曲《えんきょく》に要求を拒絶した。そして、その代りにドイツで研究のおくれている航空魚雷の設計図を積みこませた。

準備はすべて整い、四月六日、軍令部は伊号第三十潜水艦のドイツ派遣を軍機扱いとして連合艦隊に対し左のような指令を発した。

軍機
大海指第七十七号
昭和十七年四月六日
軍令部総長　永野修身
山本連合艦隊司令長官ニ指示
伊号第三十潜水艦ヲ四月中旬内地発、九月末迄ニ内地帰還ノ予定ヲ以テ欧州ニ派遣シ、作業行動ニ従事セシムベシ

伊号第三十潜水艦のドイツ派遣は、日独両国海軍首脳部の期待から生れたものであった。

三

伊号第三十潜水艦は、甲先遣支隊と別れてから十二日目の六月三十日、インド洋を南下、第一の難関である喜望峰沖に近づいた。
喜望峰には強力なイギリス空軍基地があって、少くとも喜望峰の三〇〇浬沖合を大き

く迂回して通過しなければならなかった。

遠藤艦長は、南方に針路を定め、迂回路に艦を進めた。が、その海域は、世界水路誌上にもローリングフォーティーズという名で屈指の難所と明記されている場所で、南緯四〇度を中心に東西約一、〇〇〇浬、南北約二〇〇浬にわたる広大な海面には、常に風速四〇メートル近い西寄りの強風が吹き、激浪が逆巻いている。

しかし、敵からの発見を避けるためには、その難所を突破する以外に方法はなく、艦はためらうことなくその海域にふみこんでいった。

予想した通り、海上は徐々に荒れはじめ、艦が進むにつれて、その激しさは急速に増していった。

風は唸りをあげて走り、高々と聳《そび》え立つ大波浪が、果しなく重なり合うように押し寄せてくる。艦首は絶えず波に突込み、波濤が艦橋に激突してくる。その度に、艦は、今にも圧壊するのではないかと思われるほど無気味に震動した。

ローリングフォーティーズの真只中に突入した伊号第三十潜水艦は、風波との戦いをつづけた。見張りに立つ乗組員は、ロープで体を艦橋にしばりつけて二時間の当直に従う。波浪は見張り員の体をたたき、短時間のうちに体を無感覚にした。

そのうちに、艦の主機械の安全弁から海水が噴出しはじめ、危険を感じた遠藤艦長は、天候の恢復を待つため水深三〇メートルまで艦を潜航させた。が、五時間後浮上してみても荒天はやまず、艦は再び激浪にもまれながら水上航行をつづけた。

平常な気象状況ならば、その海域の通過は五日間ほどで十分だったが、すさまじい風波にさまたげられて艦の進度は遅れ、六日目にようやくその中央部近くに達するような状態だった。

艦は航進をつづけたが、ローリングフォーティーズに入ってから七日目に、突然、危機が艦を襲った。主機械の排水口から海水が奔流のように入りこんで、主機械が、両舷機とも故障してしまったのだ。

航行は不能になって、艦は漂流し、風が向い風なのでたちまち引きもどされてゆく。遠藤艦長は、やむなく電動機航走の処置をとったが、それも長時間はつづけられず、艦を逆行するにまかせねばならなくなった。

機関部員は機械の故障個所に取りくみ、ようやく修理にも成功して艦を前進させることができたが、翌日には再び主機械が故障し、艦はまたも激しく引きもどされた。

艦内には、濃い憂色がひろがった。ローリングフォーティーズの波浪は想像を絶したすさまじさで、故障の続出する艦が、その暴風雨圏を突破できる可能性は薄い。ドイツへの道は遠く、艦が目的地に達することはできそうにもなかった。しかし、遠藤艦長は、乗組員をはげまして故障個所の修理につとめさせ、波浪を押し分けるように艦の航進をつづけさせた。そして、二週間後に、ようやく荒れ狂う海域を脱《のが》れ出ることができた。

艦が大西洋に出ると、東京からの無線連絡は断たれ、代りにドイツ海軍本部電信所の通信が入ってくるようになった。が、伊号第三十潜水艦は受信するのみで発信はせず、ひそかにアフリカ大陸西方の海上を北上していった。

陸岸から遠くはなれた海域を進む艦上では、航海長佐々木惇夫中尉と砲術長兼通信長竹内釼一少尉が、夜明けと薄暮の二回、定時に天測をおこなって艦の位置を計測した。周囲には、ただ海洋のうねりがあるだけだった。

マダガスカル島北方でドイツへの航進を開始してから、一カ月が過ぎた。艦に課せられた使命はドイツにおもむくことだけで、敵艦船を攻撃するなどという刺戟もない。乗組員は、当直で見張りに立つ以外は陽光を浴びることなく、わずかに食事をすることが時間の経過を知らせる手がかりにすぎなかった。

乾燥野菜と缶詰を副食物にしていたので、食卓にはビタミン補給剤としてエビオスが置かれていた。飲料水は制限され、体を洗うこともできない。やむなくアルコールで体を拭《ぬぐ》うだけであったが、皮膚は厚く垢《あか》でおおわれ、こすると撚《よ》れた垢が果しなく湧いてくる。ことに機関部員は油と汗でよごれ、その体からは異常な臭気がただよい出ていた。

七月中旬、艦はアセンション島西方に達したが、その位置で、見張り員は船影を発見した。急いで望遠鏡を向けてみると、船腹に印された標識で、連合国側の非戦闘員交換船であることが判明した。

遠藤艦長は、発見されることをおそれて潜航を命じた。

その船影を最後に、四囲には海洋のひろがりを見るだけで、艦は順調に北上をつづけた。そして、七月下旬には、地中海の入口にあるジブラルタル海峡の西方洋上に近づいた。

艦内には、使命が無事に達成されるだろうという安堵の色が濃く流れ、佐々木航海長と竹内通信長は慎重に天測をくり返していた。

艦は、危険海域に入りこんでいた。アゾレス諸島にはイギリスの航空基地が設けられ、哨戒機が厳重な警戒を絶え間なくおこなっている。当然、昼間は水中にもぐって航走する必要があったが、遠藤艦長は、ローリングフォーティーズで二週間も消費してしまった遅れを回復させるため、水上航走をつづけさせた。

八月一日、北緯四〇度、西経一三度の地点で、突然、見張り員が、

「敵機」

と、叫んだ。

遠藤は、ただちに急速潜航を命じ、乗組員も機敏に動いて、艦は海底深く潜航した。その巧みな処置によって艦は危機を脱し、遠く爆雷の炸裂する音をきいただけであった。

その日、艦は潜航をつづけて日没後、浮上し、水上航走に移った。ドイツ側の無線通信によると、イギリス機はレーダーによって艦影をとらえ、激烈な攻撃をしかけてくる

という。哨戒機に発見された伊号第三十潜水艦は、再び攻撃を受ける可能性が大きかった。

しかし、遠藤艦長は予定到着日にかなり遅れていることに苛立ち、翌日、夜が明けてからも水上航走を続行した。

その日正午すぎ、見張り員は、東方の空の雲の切れ目に点状の機影が湧くのを発見した。

艦内にブザーが鳴り、遠藤艦長は、

「急速潜航！」

と、命じた。

しかし、機の速度は早く、艦の一部が水面下に没しない間に爆弾が投下された。それは至近弾で、艦が激しく震動すると同時に艦内の灯が消えた。

その直後、

「前管室（前部魚雷発射管室）浸水！」

という絶叫に近い声が、伝声管からふき出した。

艦長は、

「応急灯つけえ」

と、命じた。

応急灯の淡い光に映し出された乗組員の顔に、血の気は失われていた。前管室に海水の浸入した艦の運命は、すでに定まったも同然であった。艦は急速に潜航しているが、それは再び浮上することのない沈下にちがいなかった。

艦長以下乗組員たちの顔には、悲痛な表情が浮んでいた。艦は、甲先遣支隊と別れてから一カ月半航進をつづけてきたが、目的地到達も間近い海域で撃沈の憂目にあってしまった。艦内には機密図書類が詰めこまれ、復路には、電波探信儀をはじめ日本の興亡を左右する機密兵器類の搭載が予定されている。艦に課せられたそれらの使命は、全く無に帰する。と同時に、日本とドイツ両国の悲願であった連絡路開通の試みも、不成功に終るのだ。

艦内には、重苦しい沈黙がひろがった。乗組員たちは、身じろぎもせず立ちつくしていた。

が、しばらくして、前部魚雷発射管室から伝声管をつたってふき出てきた甲高い声に、司令塔にいた者たちは互いに顔を見合わせた。発射管室からは、意外にも、

「前管室浸水はあやまり。浸水なし」

と、報告してきたのだ。

艦長遠藤忍中佐は、伝声管に口を押しつけると、あわただしく反問した。

発射管室からの説明によると、至近弾による衝撃を受けて艦内灯が消えた瞬間、発射

管室の中に激しい水の奔入する音が満ちるのを耳にした。そのため、発射管室では、防水処置をとる必要から司令塔に、

「前管室浸水!」

と、急報した。

しかし、応急灯がついて室内を見まわすと、奇妙なことに海水が浸入している気配はない。不審に思って入念に調べてみると、前管室に積み込まれていた多量のビール瓶が割れているのを見出した。つまり、至近弾のはげしい衝撃で瓶が割れ、吹き出したビールの音を海水の浸入音と錯覚したのだ。

艦長は、責任者の軽率さをきびしく叱責したが、その顔には深い安堵の苦笑が浮び上っていた。

敵機の投弾を浴びた最大の理由は、昼間に水上航走をした行動にあった。遠藤艦長は、大本営海軍部からあたえられた「九月末迄ニ内地帰還ノ予定ヲ以テ……」という指示に忠実に従いたかったが、そのためには、喜望峰迂回路のローリングフォーティーズで費したおくれをとりもどさねばならず、危険を予知しながらも水上航行を命じていたのだ。

遠藤艦長は、あらためて太平洋と大西洋の根本的な相違に気づいた。大西洋の戦域はせまく、しかも、イギリスとドイツは海峡をへだてる近距離で対峙《たいじ》している。当然、その間に横たわる海域は、両国海空軍の哨戒圏が互いに深く食い入っていて、潜水艦に対

する哨戒・攻撃密度も太平洋方面とは比較にならぬほど濃い。

遠藤は、すでに激烈な戦闘のおこなわれている海面に突入していることをさとり、夜間でも潜航して航走しなければならぬことに気づいた。

艦は潜航し、慎重に針路をヨーロッパ大陸に向けた。速度は毎時平均七ノットで、水中聴音器がかすかな音をとらえる度に、海底深く身をひそめた。航行位置はアゾレス諸島北東方約二〇〇浬で、針路はスペイン領北端に向けて定められていた。

その直後、ドイツ駐在海軍武官からの機密電が入電し、到着港ロリアンまでの航路を詳細に指示してきた。それによると、スペイン領最北端のオルテガル岬沖合の水深一〇〇メートルの海域を通過してビスケー湾に入る。同湾内には、ドイツ海軍が待機していて会合するという。

さらに、その電報では、会合日時を八月六日午前八時とし、その位置にドイツ駆潜艇八隻とJU88型機八機を派遣するともつけ加えられていた。そのJU88型機については、敵機と正確に判別できるように、低翼単葉の引込脚をもつ双発機で、頭部搭乗員室が特にふくれている特徴を有している、という注意も添えられていた。

双方の確認方法としては、ドイツ機が伊号第三十潜水艦を発見した場合、機上から信号拳銃を発射し、伊号第三十潜水艦も、ただちに艦橋上の昇降短波檣に軍艦旗をかかげることに定められた。

また、イギリス哨戒機の行動は活潑化しているので、会合点までは、完全に潜航して航進するよう厳重な警告もつたえられた。

艦は、機密電の指示にしたがって潜航しながら東進をつづけ、オルテガル岬沖合を通過、ビスケー湾に潜入した。使命達成は間近になったが、艦が定められた時刻に会合地点に達することが出来るか否かは、重大な問題であった。

マダガスカル島附近を発して航行を開始して以来二カ月近く、艦からは陸影を見ることができなかったので、航行位置は、佐々木航海長と竹内通信長が交互に星と太陽によって天測をつづけてきた。が、もしも、その数値にかすかな誤差でもあれば、会合地点におもむくことはできない。艦が進むにつれて不安は増し、佐々木と竹内の表情はかたくこわばっていた。

八月六日の朝を迎え、艦長は艦の動きを停止させた。その海底は、天測の位置測定によれば、指定された会合位置であるはずであった。艦は、海中深く身をひそめ、定められた時刻を待った。

やがて、時計の針が午前八時〇〇分をさした時、遠藤艦長は、鋭い声で浮上を命じた。

ビスケー湾はイギリス空軍の厳重な哨戒圏内にあって、会合点の位置を誤って浮上すれば、たちまち攻撃にさらされる危険がある。

艦内の緊張は極度にたかまり、艦は徐々に海面に近づいていった。

潜望鏡が水面上にのびて、あわただしく上空が探られた。レンズの中いっぱいに、明るく澄みきった朝空の青さがひろがった。

「いたぞ」

艦長の口から、甲高い声がもれた。

頭上の空に、機体を光らせた機が翼をかしげて旋回しているのがとらえられた。しかも、その機の形態は、武官電の指示したＪＵ88型機と同型で、機上から閃光が発せられ、その光が尾をひいて流れるのもみえた。ドイツ機が合図の拳銃信号を発射したのだ。

艦内は歓声に沸き立ち、艦は完全浮上すると軍艦旗を揚げた。附近の洋上には、ドイツ海軍の駆潜艇が見え、白波を蹴立てて高速度で近づいてくる。天測はきわめて正確で、その任務を担当した佐々木航海長と竹内通信長は、互いに肩をたたき合って喜んだ。

八隻の駆潜艇が、伊号第三十潜水艦の前後に散ると、前方に五隻、後方に三隻整然とした隊形をとった。そして、伊号第三十潜水艦をつつみこむようにして、ロリアン軍港にむかい進みはじめた。上空には八機のドイツ機が旋回をつづけ、完全に立体的な護衛陣が形成された。伊号第三十潜水艦は、インド洋、大西洋を突破して、ドイツ海軍の勢力圏内に入ることができたのだ。

艦は、軍艦旗を朝風にはためかせながら、到着予定地の旧フランス領ロリアン軍港に近づいてゆく。

前方に一隻の小艇が姿を現わし、伊号第三十潜水艦に接近してくると、横付けになり、艇から日本海軍の士官と長身のドイツ士官が艦に乗り移ってきた。それは、駐独大使館付海軍武官首席補佐官渓口泰麿中佐と、水先案内をするドイツ士官であった。

遠藤艦長は顔を輝かせ、眼をうるませている渓口中佐とかたく手をにぎり合い、渓口の通訳でドイツ士官とも挨拶を交して水路の選定を託した。

艦は再び動き出したが、ロリアン軍港の港口に近づくにつれ、想像を絶した厳重な防備施設がその全容をあらわしてきた。渓口中佐の説明によると、イギリス本土基地から発進した敵爆撃機は一時間以内で飛来し、連日のように港の防備施設をはじめ出入港の艦船に激しい銃爆撃をつづけているという。つまり、ロリアンは、ドイツの重要な海軍基地であったが、同時に戦場でもあったのだ。

乗組員たちの眼に、大型のドイツ機が海面をなでるように超低空で飛ぶのがみえた。それはイギリス空軍機が湾口に投下した機雷を排除するためのもので、機の下部に環状の電磁石をとりつけ、磁気に感じた機雷を爆発させているのだという。事実、大型機がかすめすぎる海面には、轟音とともに大きな水柱が立ちのぼっていた。

乗組員たちは、戦慄した。かれらは、その附近一帯が機雷におおわれた海であることを知ったのだ。

いつの間にか、前方護衛にあたる駆潜艇に一隻の異様な形をした船が先航しているのがみえた。それは、伊号第三十潜水艦を機雷から守るための機雷原突破船であった。

港内施設が前方に見えてきた。上空には多数の防塞気球が揚げられ、港の海岸線には、巨大な壕のようなものが並んでいる。

「ブンカーだ」

渓口中佐が壕のようなものを指さして言った。それは潜水艦の防空壕ともいえるもので、一つのブンカーに二隻または三隻の潜水艦を収容できるという。

入港にそなえて艦の乗組員は第一種軍装に着かえていたが、艦長からの指令もない極秘の内地出発であったので、夏季には不釣合いな紺色の制服を身につけて舷側に整列していた。

艦が曳船《えいせん》によってひかれはじめた。ブンカーの平坦な屋上には多くの人々がひしめき、しきりに手をふっている。そして、艦がブンカーの入口に接近した時、突然のようにドイツ海軍軍楽隊の演奏する日本国歌の旋律が流れた。

思いがけぬ国歌吹奏に、乗員たちは感動に眼をうるませて、直立不動の姿勢で立ちつづけていた。

四

ブンカーの内部構造は、乗組員たちを驚嘆させた。艦を繋留《けいりゅう》する桟橋以外に、潜水艦の修理・整備のためのドックや工場まで設けられている。上方をおおう屋根は、七メートルの厚さをもつ鉄筋コンクリートで、超大型爆弾の投下にも十分に堪え、内部の潜水艦を完全に守護している。当然、イギリス空軍機は爆撃を断念して、ブンカー入口の水路に向け航空魚雷を放つ攻撃方法をとることが予想された。が、その魚雷攻撃に対する処置も万全で、ブンカー入口の外方には魚雷を防ぐ堅牢な金網が張られ、さらに、港の各所に防塞気球も揚げられている。もしも雷撃機が来襲しても、まず防塞気球に侵入をさまたげられ、たとえ魚雷が投下された場合も、防雷網にふれて炸裂するという二段がまえの防備がなされていた。

伊号第三十潜水艦の繋留されたブンカーの桟橋には、ドイツ潜水艦隊司令官デーニッツ大将以下高級幕僚と駐独海軍武官横井忠雄海軍大佐をはじめ大使館員多数が出迎え、デーニッツ大将が遠藤艦長に握手し、その行動に讃辞を送った。

乗組員たちは、ドイツ士官の案内で潜水艦基地隊内に設けられた歓迎会場に入った。そこには、日独両国の国旗がかかげられ、遠藤艦長の感謝の辞の後に、祝宴がくりひろげられた。

乗組員は、その日、ドイツ駐在の杉田保軍医大尉の健康診断を受けた。見張り当番にあたる者をのぞく大半の者たちは、二カ月近く艦内で陽光を浴びることもなかったので、顔は青白く、疲労の色が濃かった。が、加療を必要とする者はなく、少数の者をのぞいて乗組員たちは艦をはなれ、休養所に送られた。そこは深い森につつまれたフランスの豪壮な館で、さまざまな娯楽設備がそなえつけられ、疲労を十分にいやすことができた。

その間、伊号第三十潜水艦に積載されていた機密兵器と設計図や軍需物資がおろされ、海軍武官を通じてドイツ側に譲渡された。さらに、五月十九日、ザンジバル、ダル・エス・サラームの飛行偵察後、着水時に片方のフロートを失った零式小型水上偵察機一型も、本国の許可を得てドイツ側に贈られた。それらの譲渡は、ドイツ海軍に大きな喜びをあたえた。

また、伊号第三十潜水艦長遠藤中佐は、内地出発前、軍令部から「伊三十潜ハドイツ側ニ見学セシメ差支ナシ」という指示を受けていたので、ドイツ海軍潜水艦関係者を艦内に招き入れて見学させた。

ドイツ潜水艦関係者にとって最大の驚きは、艦の大きさであった。ドイツ潜水艦隊の主力は、七百トン級の七型潜水艦と九百トン級の九型潜水艦で、排水量二千トンを越す伊号第三十潜水艦よりはるかに小型であった。そのため、伊号第三十潜水艦は、ドイツ潜水艦——Uボート(Unterseeboot)が二隻又は三隻格納できるブンカーにおさまりきれず、その艦尾部をブンカーの外に突き出していた。

かれらは、入念に艦内を見学し、遠藤艦長らの詳細な説明を受けた。その折、かれらは伊号第三十潜水艦に対するいくつかの疑点を指摘した。

その第一点は、エンジン系統や補機類が、ドイツ潜水艦にくらべて騒音がはげしすぎるということであった。

潜水艦の最大の防禦法《ぼうぎょ》は敵に発見されぬことであり、殊に水面下にある時は、敵の水中聴音器にとらえられぬように行動しなければならない。音響を発することは潜水艦にとって致命的なことであり、敵艦艇が接近した時には、言葉を発することも控えなければならない。

そうした潜水艦の宿命を考えると、伊号第三十潜水艦の騒音は忌《い》むべきことであり、ドイツ士官の一人は、

「まるで太鼓をたたいて航行するようなものだ」

と、辛辣なことまで口にした。

遠藤艦長は、顔をしかめた。伊号第三十潜水艦は竣工したばかりの新造潜水艦であっただけに、その批判は意外だった。

しかし、その後、遠藤はUボートを視察したが、たしかにエンジンその他の騒音は少

く、床などにも足音を消すような特殊な配慮がはらわれていることを知った。建造技術的にみると、日本潜水艦のエンジン部などの据付けがボルトで直接しめつけられているのに対し、ドイツ潜水艦の場合は、鉄板の両側をゴム板ではさみつけたものをボルトでしめる防震間座がほどこされていた。

ドイツ潜水艦関係者は、伊号第三十潜水艦の船体の大きさにも疑惑の眼を向けた。かれらは、搭載魚雷数から考えてみても、百名の乗員を必要とする伊号第三十潜水艦と三十名の乗員で足りる七百トン級のUボートの魚雷搭載量がほぼ同数であることは、日本潜水艦が劣っている証拠だという。

この指摘は、或る意味で当を得ていたが、そのような潜水艦関係者のいくつかの批判は、日本潜水艦とドイツ潜水艦の、戦闘方法と作戦海域の根本的な相違を考慮にいれなかったことから生じたものであった。

騒音の点については、たしかに日本潜水艦が批判されても仕方はなかったが、それも作戦海域の差からきたものであった。ドイツ潜水艦の行動する海域はせまく、イギリス海空軍は、おびただしい哨戒機と艦艇を放ってその撃沈につとめている。つまり、イギリス側の対潜密度はきわめて濃く、必然的にドイツ潜水艦は、その追及をのがれるために、騒音を発しないことを設計建造の重要な眼目の一つにしていた。

それに比して、太平洋の作戦海域は広大で、対潜密度も薄い。その結果、日本潜水艦関係者は、音に対してドイツ海軍よりも神経をはらうことが少かった。が、そのような事情はあっても、騒音発生についてのドイツ潜水艦関係者の指摘は、日本海軍の反省すべき課題であった。

日本潜水艦の大きさを不必要だと難じたドイツ側の指摘については、ドイツ駐在武官首席補佐官渓口中佐と遠藤艦長の説明で、ドイツ士官たちもその批判を撤回した。

まず第一に、ドイツ潜水艦は、その攻撃目標を敵の輸送船団に置き、いわば通商破壊戦を主眼にし、その魚雷発射位置も、敵船団の三〇〇メートルから八〇〇メートルの至近距離でおこなわれる。作戦海域がせまいので航続力も少くてすむし、小型艦で十分に作戦目的は果せられる。

しかし、日本潜水艦は、通商破壊戦を目的にしたものではなく、戦艦、巡洋艦、駆逐艦、空母等によって構成された艦隊と協同作戦をおこなうように設計・建造されていた。当然、艦隊に随伴することを可能にするため航続力は大でなければならず、速力も早くなければならない。速力を例にあげれば、ドイツ潜水艦と日本潜水艦の水中速度は八ノットから一〇ノットと変りはなかったが、水上航走では、ドイツの一六ノットに比して、二三ノット以上と日本潜水艦の速度がはるかにすぐれていた。その他、通信能力や大型双眼望遠鏡の設置等、太平洋上を行動するための設備と規模の大きさを必要としていた。

また、日本潜水艦は、敵艦艇に対し数千メートルの遠距離から数本の魚雷を散開させて発射する。ドイツ潜水艦と異なって、その攻撃方法も大規模であった。

このような必要性から、潜水艦も大型化せざるを得なかったわけで、エンジンも大きく、そのために騒音発生をうながしていたと言ってもよかった。

しかし、ドイツ潜水艦が、戦力としては無に等しい碇《いかり》や鎖を排し、ベッド数、食卓なども最小必要限度におさえる等、日本海軍の学ぶべき点が多かった。

そのような討議がおこなわれている間、乗組員たちは、十分に休養をとり、ドイツ側の好意でパリ見物にも行った。

ドイツは、冬季戦にソ連軍の反撃にあって退却していたが、夏季攻撃を開始して有利な戦いを進めていた。また、北アフリカ戦線でも、ロンメル機甲軍団がイギリス軍に大打撃をあたえ、ドイツ国内には戦勝気分があふれ、占領地のパリも平穏だった。

下士官・兵たちは、通信長竹内釼一少尉の引率でパリ市街を歩き、娯楽場も見物してのんびりした日を過した。また、竹内少尉をのぞく士官の艦長遠藤中佐、航海長佐々木中尉、先任将校西内正一大尉、機関長中野実大尉の四名もベルリンにおもむいて、ヒトラー総統の招待を受け、特に艦長はクロス勲章を授与されたりした。

ドイツ軍最高首脳部は、伊号第三十潜水艦による日独連絡路の開通を喜んでいた。

伊号第三十潜水艦のロリアン到着までに、ドイツ駐在の日本海軍武官は、その出迎え準備を着実に進めていた。その実務を担当したのは首席補佐官渓口中佐で、最も力を注いだのは電波探信儀の日本への輸送であった。

ドイツ側は、電波探信儀の譲渡を確約していたが、その譲渡を一層効果的にするため、構造、操作方法を日本人技師に習得させて、電波探信儀とともに潜水艦で日本へ送ったらどうか、と提案してきた。

渓口は、その申し出を諒承し、ドイツ駐在の技術監督官松井登兵機関中佐に日本人技師の人選を依頼した。松井は、伊藤庸二造兵中佐とともに軍事視察団にくわわって行動した電気部門の専門家で、伊藤の帰国後もドイツにとどまって電波探信儀の調査にあたっていた。

松井は、即座にフランスに駐在している日本海軍監督官助手鈴木親太技手を推薦した。鈴木は、東京物理学校卒後、海軍技術研究所をへて艦政本部第三部陸上班長として無線兵装、無線電信所設置等の作業にたずさわり、昭和十四年末、フランスに派遣されてから無線電信関係の調査・研究に専念していた技手であった。

六月中旬、松井中佐は鈴木技手をベルリンに招くと、ドイツ語の個人教授を受けさせた。そして、三週間後には、ベルギーのドハンに疎開していたドイツ海軍電測学校に連れてゆき、特別実習生として入学させた。

習得期間は一カ月で、松井中佐は、鈴木に全力を傾けて電波探信儀の知識を得るように厳命した。

鈴木は、入学の目的を知らなかったが、X装置と秘称されていた電波探信儀の実習にとりくんだ。最大の障害は教官のヘルビック少尉の口にするドイツ語で、わずか三週間の個人教授を受けただけの鈴木には、その説明を理解することはおぼつかなかった。

そうした鈴木に、ドイツ語の堪能な松井中佐が付添ってヘルビック少尉の言葉を通訳し、鈴木の頭脳に電波探信儀の知識をたたきこませることにつとめた。鈴木も熱心に勉学にはげみ、仏独、仏和、独和、独英、英和、英独の六冊の辞書を買いこみ、宿舎にもどってからも深夜まで授業内容を理解することに努力した。

一カ月が経過し、松井中佐がヘルビック少尉に実習成果をただすと、

「鈴木はよく努力した。十分に頭に入ったようだから、安心してよい」

という答えを得た。

松井中佐は安堵して、鈴木を伴ないベルリンにもどると、鈴木のまとめた報告書をドイツ駐在海軍武官横井忠雄大佐に提出した。

鈴木技手は、その後、ドイツ士官の案内でドイツから旧フランス、旧オランダ領の海岸に設けられた要塞地帯をまわって、電波探信儀の実戦に使われている状態を見学した。海岸線には随所に電波探信儀基地が設置され、電波探信儀がイギリスのテームズ河口やドーバー海峡を航行する商船の姿をとらえると、その位置に長距離砲の砲口を向けて砲

弾を発射していることも知った。

その頃、鈴木は、イギリスのロンドン放送で、日本潜水艦がドイツの軍港に到着していることを耳にした。イギリスは、伊号第三十潜水艦をビスケー湾へ潜入する前に二度哨戒機で発見し、その上、フランスで活動している諜報員からの通報でドイツ到着を知っていたのだ。

しかし、鈴木は、日本潜水艦で故国へ帰れるとは思ってもいなかった。「便アリ次第帰国セヨ」という指示が艦政本部から来てはいたが、海路も空路も閉ざされているので、帰国は諦めていた。

前線視察からもどって間もなく、かれは、武官会議出席のためベルリンに滞在していた駐仏海軍武官細谷資芳中佐から、旅装をととのえて至急ロリアン軍港におもむくよう命じられた。

鈴木技手は、いぶかしみながらも、パリにもどると身仕度をととのえてロリアンに行き、指定された宿舎に入った。

かれは、そこで無聊《ぶりよう》な日々をすごしていたが、八月二十二日の午後、不意にドイツ士官が訪れてくると、車で軍港に連れて行かれた。案内された場所はドイツ潜水艦基地の建物で、内部では、伊号第三十潜水艦の乗組員たちが、パリから出張してきていた日本料理店牡丹《ぼたん》屋の主人の料理の接待を受けていた。

鈴木は、ようやく潜水艦で帰国できることを知った。

その日、日没と同時に出港が予定されていたが、気象状況がきわめて悪く、出発は延期されると想像された。しかし、ドイツ側の忠告によって、予定通り出港することになった。ロリアン軍港を出てから通過しなければならぬビスケー湾は、イギリス海空軍の哨戒圏内にあって、電波探信儀とソナーを駆使してドイツ艦船を一隻ももらさず撃沈しようとねらっている。それを避けるためには、むしろ荒天の日が好ましく、しかも、夜陰に乗じて突破する必要があったのだ。

日没がせまると、あわただしく出港準備がはじまり、艦がブンカー外に引き出された。鈴木は初めて伊号第三十潜水艦を眼にしたのだが、艦は、意外にも黒色塗料がはがされ、Uボートと同じ明るい灰色をした白っぽい塗料がぬられていた。

日本潜水艦にぬられていた黒色塗料は、潜航した折に敵機から最も視認できない色として採用されていたのだが、その色を眼にしたドイツ潜水艦関係者は、飛行機から発見され易い色だと言って非難し、明るい灰色に塗装すべきだと主張した。

この塗料問題は、太平洋と大西洋の海の色の相違からくるもので、黒潮の流れる太平洋では黒色がふさわしいが、明るい大西洋では不適当であった。そうした事情から、大西洋突破を企てる伊号第三十潜水艦は、ドイツ工員の手で白色に近い色にぬり直されていた。

艦は、港内に全容を現わすと、すぐにエンジンを始動させて動き出し、ドイツ機の護衛のもとに港口へむかった。そして、港外に出ると、ただちに海面下に没し、ビスケー湾に潜入していった。艦には、多量の密封された荷が積みこまれていた。艦長以外はその内容を眼にした者はなく、鈴木技手も、飛行機格納筒に、雷波探信儀がドイツの四連装機銃などの機密兵器類にまじって納められていることを知らなかった。

艦は、潜航しながら、針路を北東に定めてひそかにビスケー湾を進んでゆく。その上方の海面には激しい風波が吹き荒れ、黒雲にとざされた夜空は、濃い闇につつまれていた。

五

艦は潜航をつづけ、荒天を利して、無事にビスケー湾を脱出することができた。そして、アゾレス諸島北方を潜航したまま遠く迂回すると、直角に艦首をめぐらし、水上航走に移って南下した。

長い旅がはじまった。危険海域を突破した艦には、喜望峰迂回コースの荒天海域がひかえている。艦の進行は、順調だった。

ロリアンを発してから一カ月たった九月二十二日、伊号第三十潜水艦は、喜望峰沖のローリングフォーティーズを通過した。往路と同じく海は荒れ狂っていたが、追い風に押されてスピードが増し、故障発生もなく突破することができた。

艦がインド洋に入ると、乗組員の顔は明るんだ。マダガスカル島東方を通過、北東への航進に入ると、艦内に淀んでいた重苦しい空気もぬぐい去られた。艦は、安全な海域にたどりつくことができたのだ。

艦長は、特定の暗号で軍令部に航行位置を打電、十月十日頃マレー半島西岸の前線基地ペナン入港の予定もつたえた。

それまで伊号第三十潜水艦のドイツ派遣は、敵側の攻撃をおそれて極秘にされていたが、同艦が安全海域にたどりついたことを知った大本営海軍部は、国民の戦意をたかめるため、その事実の公表を決定した。そして、九月二十五日午後四時三十分、左のような大本営発表を行った。

一、帝国海軍兵力の一部は大西洋に進出し、枢軸海軍と協同作戦行動に従事中なり

二、（略）

三、大西洋方面作戦中の帝国潜水艦の一隻は、最近欧州の独某海軍基地に寄港し再び作戦海域に向け出動せり

また、同日、ドイツ総統大本営も同様の発表をおこない、日独両海軍の協同作戦が開始されたことを誇示した。

翌日の日本の新聞には、大本営発表文とそれに付随する記事が第一面を大きく飾り、波濤を蹴って進む日本潜水艦の一部をうつした写真も掲載されていた。大本営発表にある「……再び作戦海域に向け出動せり」という字句は、あたかも伊号第三十潜水艦が依然として大西洋方面にあるかのようによそおったもので、インド洋を帰航中の同艦の位置をさとられぬための処置であった。

伊号第三十潜水艦の存在は、華やかな光輝につつまれた。開戦直後からの懸案であった日独両国間の連絡に成功し、機密兵器その他の交流を実現させることもできた。殊にドイツの電波探信儀を、その技術習得にあたった鈴木親太技手とともに日本に送りとどけることは、日本に多くの戦術的な利益をあたえるはずだった。

十月八日未明、伊号第三十潜水艦は、インド洋を横断し、遂にマレー半島西岸にある日本海軍基地ペナンに入港した。乗組員たちの顔には歓喜の色があふれ、久しぶりに生鮮食料品を口にし、機関部の者たちも外気を吸い、まばゆい陽光を浴びた。

ペナンで燃料、食糧を補給した艦は、十月十日夜、出港、マラッカ海峡に入った。すでにその海域は、日本海軍の制海圏下にあるので危険は感じられなかった。

艦は、そのまま日本内地の呉軍港へ直航する予定になっていたが、ペナンで海軍省兵備局からの暗号電報を受けとっていた。それによると、同艦がドイツで積みこんだエニグマ暗号機のうち十台をシンガポールでおろすように指示していた。そのため、予定を変更してシンガポールに寄港することになったが、その指令は、同艦の行動一切の指示に任じていた軍令部では全く知らぬ独断的な指令であった。

艦は、マレー半島を左舷方向にみてマラッカ海峡を進み、十月十二日にはシンガポール近くに到着した。が、夜間入港は坐礁と港内敷設の機雷にふれる危険があるので仮泊し、夜の明けるのを待った。

その間に、シンガポールに置かれた第十特別根拠地隊は、同艦に対して入港日時を指定すると同時に、港口に安全水路の水先案内をする嚮導艇《きょうどうてい》を配置する、と暗号電報でつたえてきた。

しかし、伊号第三十潜水艦は、その指示を諒解することができなかった。従来の暗号表が十日ほど前に変更されていて、艦はペナン基地で新しい暗号表を受けとっていた。が、同艦がドイツへの出発から内地帰着までは、軍令部からあたえられた特殊の暗号表によって電報を解読することになっていたので、新暗号表を黙殺していた。そのため、第十特別根拠地隊からの暗号電報も、解読することをしなかった。

夜も明けはじめた頃、艦は航進を開始し、シンガポール港外に達した。朝の陽光に海は輝き、水路入口にむかう白い伊号第三十潜水艦の姿は奇異なものに見えた。

艦が水路入口に近づいた時、あきらかに嚮導艇と思える艇の近づくのが見えたが、遠藤艦長は、ためらうことなく水路に入ることを指令した。シンガポールは日本の占領した重要基地で、入港に危険は全くないと判断したのだ。

しかし、シンガポールの水路には、イギリス海軍の敷設した機雷が数多く残されていた。日本海軍は、シンガポールを占領後、その機雷原を海上からの敵艦艇の侵入をふせぐために逆に利用していて、幅約三〇メートルの安全航行路を設け、その部分の機雷を除去していたにすぎなかった。

伊号第三十潜水艦は、水路を不安気もなく進んでゆく。むろん、それは安全な水路ではなく、海面下には機雷の群れがひしめき、潮流に押されてゆらいでいた。

しかし、艦は機雷にふれることもなくその上を通過しつづけた。丁度、満潮の時刻にあたっていて海面はふくれ上り、海底から鎖で結ばれていた機雷の群れは、同艦の艦底にふれることがなかったのだ。

艦は、機雷原の上を通過して、ケッペル港外の錨地《びょうち》に入り、停止した。乗組員は、明るい市街を満足そうにながめていた。

遠藤艦長は、ただちに上陸して第一南遣艦隊司令部におもむき、司令長官大川内《おおこうち》伝七中将にドイツからの帰国報告をし、さらに、第十特別根拠地隊司令部にも挨拶におもむいた。すでに大本営発表もあって、両司令部では遠藤を歓待し、遠藤の説明する航海状況とドイツの軍事施設の話に耳をかたむけ、その労をねぎらった。

遠藤は昼食にも招待されたが、両司令部の者たちは、伊号第三十潜水艦が未掃海の機雷原の中を入港してきたなどとは想像もしていなかった。入港前に掃海区域を確認するのが常識であったし、同艦が、当然、掃海図を入手して安全水路を入港してきたと思いこんでいた。

その間に、伊号第三十潜水艦からは、海軍省兵備局の依頼にしたがってエニグマ暗号機が陸揚げされ、乗組員は半舷上陸した。かれらは、嬉々としてシンガポールの繁華街を散策した。

内地を出港して以来、六カ月間が経過していた。その間、かれらは、十六日間のドイツ領滞在をのぞいて、敵の眼と耳をおそれながら苦しい航海をつづけた。が、シンガポールに帰着することによって、その大航海が終了し、重大な使命も果せたと思っていた。

艦長以下乗組員たちの顔からは、緊張の色が跡形もなく消えていた。かれらは、欧州派遣の第一便としての任務を果した輝かしい存在でもあった。

内地帰還を急ぐため、その日の午後四時出港と定められた。定刻になると、艦長以下上陸していた乗組員が艦に集った。

艦長は、全員に対してその労をねぎらう訓示をおこなった。乗組員たちの顔には、一週間後に内地の土をふむことのできる喜びの表情があふれていた。

午後四時〇九分、伊号第三十潜水艦は抜錨し、ゆっくりと艦首を南支那海方面への水路に向けた。十分後には、「第一戦速」の指令が発せられ、艦は水路に向けて進みはじめた。乗組員は配置につき、先任将校西内大尉は、塗料のはげかけた艦橋の日の丸を塗り直すことを兵に命じた。それは、内地帰航を急ぐ明るさにみちた出港であった。

しかし、その出港は、水路通過の常識から大きくはずれたものであった。南支那海方面にむかう水路にも、イギリス海軍の設置した機雷群がそのまま残され、わずかに第十特別根拠地隊の手によって機雷を除去された安全水路があるのみであった。

その安全水路は、伊号第三十潜水艦の抜錨した商港から約三〇メートルの幅で一直線に進み、その後、左方へ直角に曲って南支那海方面にむかっている。その水路確認のために、所々に標識ブイがおかれていた。

しかし、艦長も航海長も、それについての指示を根拠地隊から受けることを怠っていた。慎重で老練なかれらが、それを忘失したのは、長い航海での心身の過労と使命を達成した喜びが緊張感を失わせていたからにちがいなかった。

伊号第三十潜水艦の出港を眼にしていた者は少かったが、商港近くの港務部の見張り員は、その動きを凝視していた。かれは、同艦が安全水路を無視して、妙な方向に進んでゆくのをいぶかしんだ。ためらいもなく進む艦の動きに、新たな安全水路が設けられたのかと思った。

時刻は、艦の入港時とは逆に干潮時にあたっていた。機雷の群れは、海面近くにゆらいでいた。

伊号第三十潜水艦が「第一戦速」の指令のもとに水路への航進を開始してからわずか三分後、突然、すさまじい炸裂音とともに艦の前部に大きな水柱がふき上った。艦が機雷に接触し、前部が粉砕されたのだ。

艦はたちまち前方へ傾き、出港直後でハッチがすべて開いていたので、海水は奔流のように艦内へ流れこんだ。艦は、艦首を突きこむようにして、またたく間に海面下へ没していった。

その光景を目撃していた港務部見張り員から、事故発生が第一南遣艦隊、第十特別根拠地隊両司令部に急報された。司令部内は、色を失った。部員たちは、狼狽しながらも乗組員救助のため商港から多くの小艇を沈没海面に急行するよう指示した。その附近の海には鱶《ふか》が多く、救助は急を要した。

艦の死者は十三名で、遠藤艦長をはじめ他の者たちは小艇に救出されたが、かれらは虚脱状態で海岸に膝を屈していた。苦しみに堪えながら大航海を経て使命達成も間近いと喜んでいたかれらは、たちまち悲嘆の淵に突き落されたのだ。

伊号第三十潜水艦の沈没事故は、シンガポール根拠地隊から軍令部に緊急電で報告された。その電文を受けとった潜水艦担当部員井浦祥二郎中佐の顔から、血の色がひいた。かれは、ただちに軍令部総長にその悲報をつたえた。

伊号第三十潜水艦の沈没事故は、日本海軍を失望させた。四カ月を要してドイツにおもむき帰途についた同艦が、日本内地への到着を目前に、シンガポール港内で機雷にふれて爆沈するなどということは、予想もしていないことであった。

人的被害は比較的少かったが、ドイツから譲渡された電波探信儀（レーダー）その他機密兵器類が設計図とともに海中に没してしまったことは、戦術上の重大な損失であった。

伊号第三十潜水艦のドイツ派遣を企画し実行を指揮していた軍令部は、深い憂色につつまれた。同艦が沈没した根本的な原因は、シンガポール商港への寄港であった。軍令部では、同艦にペナンから内地の呉軍港に直航する指示をあたえていたのに、海軍省兵備局は、それを無視してドイツから搭載してきたエニグマ暗号機をシンガポールでおろすよう指令した。伊号第三十潜水艦長遠藤中佐は、その兵備局の命令にしたがって予定を変更し、シンガポールに寄港して沈没の災厄にさらされたのだ。

軍令部では、独断的に命令を発した兵備局に対して厳重な抗議を発したが、同艦が沈没してしまった事実の前には、その抗議もむなしいものであった。軍令部としては、早急にその収拾策にとり組まねばならず、まず、伊号第三十潜水艦の沈没事故を極秘扱いとすることに決定した。すでに同艦がドイツとの連絡に成功したことは、大本営発表として華々しく公表されている。その潜水艦が爆沈してしまったことが洩れれば、日本国内の戦意をおとろえさせると同時に、敵国側を狂喜させることにもなる。

軍令部は、厳重な緘口令《かんこうれい》をしいた上で、沈没艦の処置について検討した。最も望ましいのは、同艦を浮揚させて修理をほどこし内地に回航することだが、とりあえず、ドイツから運んできた艦内の機密兵器類と関係図書をできるだけ多く揚収することが先決だ、ということに意見が一致した。

幸い、シンガポールには、第一南遣艦隊に所属する第百一海軍工作部が常駐していた。

同工作部は、セレター軍港を本部とし、イギリス海軍が破壊して残していった海軍工廠《こう》を復旧して主工場としていた。また、ケッペル商港にあった二個所の公営造船所を三菱神戸造船所に経営を委託し、セレター本部の分工場を三菱昭南造船所として艦船の修理をおこなわせていた。セレター本部の造船所には大型ドックも備えられ、佐世保海軍工廠員約三百名が現地人工員一万名を指導して作業に従事していた。

工作部長は、佐世保海軍工廠造機部長から転任した赤坂功少将で、造船課には、課長玉崎坦造船中佐のもとに福井静夫、北村源三両造船大尉ら海軍技術関係の俊才が配置され、三菱昭南造船所には、氏家所長のもとに工務部長清水秀夫以下三菱重工神戸造船所の所員が現地人工員約二千名とともに勤務していた。

玉崎中佐は、潜水艦に関する技術的知識が豊富で、殊に沈船引揚げについては海軍屈指の権威と称され、多くの難作業を指揮した経歴をもっていた。昭和十四年二月には、呉工廠造船部設計主任牧野茂とともに伊号第六十三潜水艦の揚収作業に関係して、それを成功に導いたが、その沈没位置は、実に水深九三メートルという深海であり、潜水作業の世界最深記録であった。

その他、かれの手がけた作業は枚挙にいとまないが、前年の昭和十六年十月には、壱《い》岐《き》水道の水深六五メートルの海底に沈没した伊号第六十一潜水艦の引揚げ作業にも成功していた。その折には、北村源三造船大尉も玉崎の部下として作業に従事した。つまり、シンガポールには、沈船引揚げの秀れた知識と経験をもつ玉崎、北村両技術士官が配属されていたのだ。

軍令部は、ただちに海軍艦政本部と連絡をとり、事故発生の報告を受けてから一時間ほど後には、早くも第一南遣艦隊司令長官に対し、

「可能ナ限リ艦内搭載物ノ揚収ニ万全ノ御配慮アリタシ」

と、打電した。

第一南遣艦隊司令部は、第十海軍特別根拠地隊司令部に命じ、第百一海軍工作部と緊急合同会議を開くよう指示した。それによって、根拠地隊司令部では、先任参謀山崎貞直大佐以下参謀が会議室に集合し、機関参謀蓮沼進機関大尉が第百一海軍工作部事務室に電話連絡をとって部員の出席を求めた。

招きに応じて会議室に入ってきたのは福井静夫造船大尉で、伊号第三十潜水艦の沈没事故を知って顔色を変えた。かれは、大本営発表によって日本の潜水艦がドイツに派遣

されていたことは知っていたが、同艦がシンガポールに寄港したことには気づいていなかった。

室内には沈痛な空気がよどんでいたが、福井は部屋の一隅に見知らぬ海軍中佐が椅子に坐っているのを眼にした。顔は青ざめていたが、その眼には鋭い光がやどっていて、長い間、実戦に従事している士官であることが推察できた。それは、沈没事故の責任者である伊号第三十潜水艦長遠藤忍中佐であった。

山崎先任参謀が、福井造船大尉に軍令部からの命令をつたえ、一刻も早く艦内搭載物の揚収作業に着手するように言った。

一瞬、福井の顔に当惑の表情が浮んだ。かれは、潜水艦建造工事に従事したことはあるが、沈船の引揚げ作業に関係したことはない。引揚げ作業の中心人物である玉崎造船中佐は、ビルマのラングーンにある分工場に視察のため出張していたし、北村造船大尉も商港近くの昭南造船所に行っている。

イギリス海軍の破壊した大型乾ドックの復旧作業に、連日、深夜まで走りまわっていた福井は、激しい疲労にもおそわれていて、突然の先任参謀の命令に頭も混乱した。

かれは、萎縮した思いで参謀たちの視線にさらされながらも、揚収作業は、玉崎造船中佐の存在なしには不可能であると思った。そして、会議室から第百一海軍工作部総務課長赤羽龍熊機関中佐に電話して会議に出席をこい、さらに、赤坂部長から玉崎造船中佐に対して、至急、帰還を命ずる電報を打電して欲しいと、依頼した。

また、揚収作業を進めるためには、内地の海軍工廠から専門の潜水員を招くことが必要だと判断し、第一南遣艦隊司令長官名で艦政本部に対し、

「伊三十潜触雷沈没ノ件ニ関シ、至急潜水員ヲ派遣サレタシ」

という暗号電報の発信を要請した。作業指揮をとるべき玉崎が出張中なので、それらの処置をとっただけで会議は終了した。

その間、遠藤中佐は黙然と椅子に坐りつづけ、会議が終了後、宿舎にもどって行った。

部屋に残っていた蓮沼機関参謀は、

「艦長を十分に監視しなくてはならぬ」

と、悲痛な表情でつぶやいた。

艦を沈没させてしまった遠藤中佐は、艦長としての責任を負って、自殺することが十分に予想される。蓮沼は、艦長の自殺を予防するために身辺監視を厳にする必要を感じていたのだ。

その夜、福井が会議室から工作部事務室にもどってソファにもたれていると、電話がかかってきた。受話器をとると、意外にも、受話器の中から玉崎中佐の声が流れ出てきた。

福井が訝《いぶか》しんでその所在を問うと、玉崎は、その夜、偶然にも飛行機でシンガポール

に帰省していて、カラン飛行場で事故発生を知り、沈没現場近くの商港に急行した。そして、北村造船大尉とも連絡をとって、すでに生存者から沈没時の状況聴取をおこなっているという。

福井は安堵し、玉崎の帰着を第十特別根拠地隊司令部に報告した。

翌朝、伊号第三十潜水艦の事故収拾会議が再開され、具体的な意見の交換が活潑におこなわれた。

会議の焦点は、伊号第三十潜水艦を完全に浮揚させるか否か、ということにしぼられた。浮揚説を強硬に主張したのは、シンガポールに派遣されていた海軍第十一特別工作部員で、第一南遣艦隊参謀長浜田浄少将、赤坂第百一工作部長、北村造船大尉らがそれを支持した。殊に第十一特別工作部員は、一週間で浮上できるという意見すら述べた。

これに対して玉崎中佐は、艦の完全浮揚も技術的に決して不可能ではないが、シンガポールの潜水員は経験も乏しく作業の責任を負わせることは難しい。それに、艦船の修理その他で工作部の作業能力は限界を越えている実情なので、浮揚作業に労力をさくことはできない、と主張した。

意見は完全に対立したが、とりあえず軍令部の指令にもとづいて、艦内搭載物の揚収作業を開始することに決定し、会議は閉じられた。

伊号第三十潜水艦の艦内搭載物揚収の準備作業は、沈没日の翌十四日午後から開始された。

総指揮者には玉崎造船中佐があたり、北村造船大尉が、その補佐役に任命された。前日の沈没直後、遠藤艦長の依頼によって、作業艇からドラム缶が投入されていたため沈没位置は確認されていた。その個所の水深は三七メートルで、海底は淡青色の粘土質であると推定された。

作業準備は進められたが、優秀な潜水員が皆無であったため、本格的な作業を実施することはできなかった。

艦政本部からは、呉、横須賀両海軍工廠所属の経験豊かな六名の潜水員が、工手今村重兵衛を指揮者に空路シンガポールへ出発した、という暗号電文が入電してきていた。が、九州、台湾、中国、仏印と中継地をへて飛来する輸送機の到着は、通常、四日間以上を要するので、すぐには作業を開始することができなかった。

その間、伊号第三十潜水艦の生存者の処置が、第十特別根拠地隊によって進められていた。

まず、沈没事故を秘匿するため、乗員の自由外出を禁じた上で、その所属を徹底的に解体させた。乗員には新しい所属をつたえてシンガポールから四散させ、艦長以下士官のみを、沈没事故原因糺明《きゅうめい》の必要からシンガポールに留めさせた。

また、幸い死をまぬがれた海軍技手鈴木親太は、副官土屋要少佐から内地への帰還を指示された。鈴木技手は、電波探信儀の構造と操作方法について、ドイツの電測学校で実習を受けた貴重な人物であり、艦政本部は、第十特別根拠地隊司令官奥信一中将に至急送りもどして欲しい、と依頼してきていた。

鈴木は、土屋副官の特別な配慮で輸送機に乗せられ、東京へ送られた。

玉崎造船中佐は、今村工手ら六名の潜水員の来着を待ちながらも、第十一特別工作部の軍属である日本サルベージ会社の古参の潜水夫を海底にもぐらせてみよう、と思い立った。

その附近は、イギリス海軍の残していった機雷がひしめく未掃海海域で、海底にもぐることは多くの危険が予想された。が、玉崎は、潜水作業船を沈没海面に据えて、潜水夫をもぐらせた。そして、海底に沈座している伊号第三十潜水艦の艦橋位置を確認しようと企てた。

玉崎たちの凝視する中で、潜水夫は海面下に没していった。が、意外なことに、潜水夫からすぐに艦橋の天蓋《てんがい》にとどいたという合図が送られてきた。作業船の上にいた玉崎は、北村造船大尉と顔を見合わせた。

水深三七メートルの海底に沈む伊号第三十潜水艦の艦橋は、少くとも海面から二〇メートル下方にある。その部分に到着するには、余りにも早い。

玉崎中佐は、不審に思いながらも、作業員に潜水夫を引揚げるよう命じた。

やがて、海面に潜水夫が浮上してきて、船上に引揚げられた。

「どいたのか」

玉崎は、潜水帽から顔を出した潜水夫に声をかけた。

潜水夫は、うなずいた。かれは、潜水艦の構造も知らぬ民間会社の潜水夫で、艦橋に到着したかどうかは疑わしかった。

玉崎は、潜水夫に到達した個所の形態を克明に質問したが、そのうちに、かれの顔から血の色がひいた。

「足のとどいた個所には、角《つの》のようなものが生えていなかったか」

玉崎がたずねると、

「たしかにそのようなものが突き出ていました」

と、潜水夫は答えた。

「それは、機雷だ。お前はその機雷の上にのったのだ」

玉崎の言葉に、潜水夫の顔は蒼白になった。

潜水服の靴の裏は鉛製で、機雷の触角に衝撃をあたえれば、たちまち大爆発を起す。かれは、その上におりて、潜水艦の艦橋にたどりついたと錯覚していたのだ。

潜水夫は、あらためて恐怖におそわれたように、おびえきった眼を海面に向けた。機雷が起爆すれば、かれの肉体も潜水作業船も四散したはずだった。

しかし、玉崎は再び潜水夫をもぐらせてみようと決意した。今村工手らに本格的な作業をすすめさせるためには、その到着前に艦橋位置程度を確認しておきたかったのだ。

かれは、潜水夫に、

「もう一度やり直せ。機雷を避けてもぐれ」

と、命じた。

しかし、潜水夫は、口をかたく閉じたまま海面に眼を向けている。玉崎は、苛立った。沈没した艦内には、ドイツから運んできた電波探信儀等の機密兵器が格納されている。機雷原での潜水作業は危険だが、その揚収は、日本海軍にとって絶対に必要な作業なのだ。

「恐しくなったのか」

玉崎が厳しい声をかけると、潜水夫は、ひきつれた顔を玉崎に向け、唇をふるわせながらわめきはじめた。機雷原での潜水作業は無謀であり、民間会社の潜水夫として海軍の命令に従う義務はない、と荒い言葉を投げつけてきた。

玉崎中佐は、潜水夫の激しい反撥に口をつぐんだ。たしかに、潜水夫の言葉は理にかなっている。潜水艦の構造も知らぬかれに、そのような作業をさせることは無理な要求にちがいなかった。

玉崎は、率直に詫びると、もう一度もぐってくれと懇願した。

潜水夫は、玉崎の態度の変化に気分を直したらしく、再び潜水帽をかぶり、作業船からおりると、海面下に身を沈めて行った。

玉崎たちは機雷の爆発をおそれたが、潜水夫は、無事に艦橋の天蓋に達してワイヤーをとりつけ、その部分の位置をしめす浮標を海面に浮び上らせることに成功した。

十月十八日夜、シンガポールに輸送機が到着し、機上から今村工手ら六名の海軍工廠潜水員が降り立った。その連絡を受けた福井造船大尉は、

「すぐ現場へ行け」

と、命じ、今村らは飛行場から昭南造船所に直行した。

かれらは、伊号第三十潜水艦が沈没した日、キスカ島の沈船引揚げ作業を終えて横須賀海軍工廠にもどってきていたが、翌日、休養をとる間もなくシンガポールへの出張を命じられたのだ。

かれらは、作業の内容を知らされていなかったが、羽田を出発してから途中の中継地で飛行機を乗り継ぐ度に、かれらは途惑いを感じていた。中継地では、高級士官たちが飛行機への便乗を求めて犇《ひしめ》いていたが、今村たちは優先的に機内へ導かれる。今村たちは、そのような扱いから極めて重要な任務につかされるにちがいないと察していた。

かれらが到着したことは玉崎造船中佐を喜ばせたが、かれらを飛行場から現場へ直行

させた福井造船大尉の処置に立腹した。かれは、福井に電話をかけると、

「なんというむごいことをするのだ。潜水員の仕事がどのようなものかわからぬのか。かれらは、長旅で疲れきっている。十分に休養をとらなければ、能率はあがらぬ。キスカから帰って休む間もなく翌日やってきたのだ。潜水員を可哀想だと思わぬのか」

と、激しく叱責した。多くの沈船引揚げ作業を指揮してきたかれは、海底で作業をする潜水員の気持を十分に理解していたのだ。

玉崎の配慮で翌日休養をとった今村工手らは、十月二十日から現場の作業にとりくんだ。今村は、横須賀海軍工廠に所属している日本海軍屈指の優秀な潜水員で、部下を指揮して機雷のひしめく海中への潜水作業を開始した。最初に手をつけたのは、艦内の遺体収容と艦の損傷状況の調査だった。

遺体はつぎつぎにあげられたが、南国の陽光は強く、急速に腐敗が進む。北村造船大尉に依頼してかなりの量の香水を買い求め、遺体にふりかけて火葬所に運び荼毘《だび》に付した。

触雷した中心個所は、左舷前部の魚雷発射管室の後端で、錨鎖庫《びょうさこ》から二条のチェーンが垂れさがっていた。

潜水員は、三七メートルの海底で平均三十分ほど作業をして海面に上ってくる。艦内にあった時計の針は、四時二十五分五十二秒で停止していた。

艦長遠藤中佐は、艦内に搭載した機密兵器とその設計図等の格納個所を説明し、それにもとづいて、玉崎中佐は潜水員にその揚収を命じた。潜水員たちは、機雷の群れを巧みに避けて艦内にもぐりこみ、指示されたものを引揚げることにつとめた。

揚収作業は、順調に進んだ。ドイツから運んできた物品は、半月ほどの間に大半が引揚げられ、昭南造船所とセレターの工作部本部の造兵課に集められた。

艦政本部からは頻繁に指令電報が打電されてきて、玉崎中佐は、揚収物を塩ぬきして乾燥し、飛行機で内地へぞくぞくと発送した。が、最も期待していた電波探信儀は触雷時の激しい衝撃で破壊され、関係者を失望させた。が、他の機密兵器類と電波探信儀の設計図は、内地へ送りとどけることができた。

また、艦長室の引出しに、ドイツから運んできた百万円相当の工業用ダイヤモンドが納められていることが判明し、その引揚げも依頼された。しかし、艦内に潜水員をもぐらせてみたが、浮游物が多く、その所在がつかめない。

玉崎は当惑したが、たまたま昭南造船所のドックに伊号第三十潜水艦の同型艦が入渠《にゆうきよ》していたので、その艦を利用して、潜水作業訓練をすることを思いついた。

かれは、横須賀海軍工廠から派遣されていた若い潜水員をドックに伴ない、潜水服を着させて同型艦のハッチから内部に潜入させた。沈没した艦の内部は、むろん濃い闇がひろがっているので、潜水員には眼を閉じさせて艦長室へ進むことをくり返させた。

その反復訓練によって、潜水員は眼を閉じたまま正確に艦長室へ入ることができるようになり、ただちに沈没した伊号第三十潜水艦へ応用することになった。

玉崎の処置は功を奏し、潜水員は、開いていたハッチから艦内に入ると、艦長室にたどりついた。そして、机の引出しを探り当てて袋に入っていたダイヤモンドを手に上ってきた。

その作業を最後に、艦内搭載物の揚収作業は終了した。

艦の処置について、第一南遣艦隊司令長官大川内伝七中将出席のもとに合同会議が開催され、浜田参謀長と第十一特別工作部員が、艦を浮揚して修理をほどこし、戦列に参加させることを強く主張した。

これに対して、玉崎造船中佐は、人員、資材の不足をあげ、時機をまって浮揚すべきだと反論し、結局、大川内司令長官の裁断で玉崎の意見が採用され、浮揚作業は後日実施されることに決定した。

遠藤艦長以下士官の責任糺明については、査問委員会がひらかれた。艦の沈没は、艦長ら士官の過失にもとづくものであることはあきらかであったが、兵備局からの指示その他に判断を混乱させるものがあったことが考慮され、結局、軍令部からの指示もあって不問に付された。

その後、遠藤は伊号第四十三潜水艦長となったが、同艦は昭和十九年二月十三日サイパンを出撃後、敵と交戦中との電文を最後に消息を断ち、同年四月八日、遠藤以下全乗組員は内南洋方面で戦死と認定された。

六

潜水艦による日独両国間の連絡路の開通は、伊号第三十潜水艦の沈没によって挫折した。その悲報はドイツ側にもつたえられ、ドイツ軍統帥部、駐独日本大使館員、日本陸海軍武官らを失望させた。

しかし、同艦が沈没する三カ月半前に、日本とヨーロッパの間に意外な連絡路がひらかれていた。それは空路によるもので、イタリア機がヨーロッパから長駆中国北部の日本軍占領地の飛行場へ無着陸飛行に成功していた。

その飛行計画は、イタリア軍首脳部の発案になるもので、イタリア駐在日本大使館付陸軍武官清水盛明少将に提示された。

日本への飛行目的は、日伊親善という名目であったが、その根底には、イタリア側の焦慮が秘められていた。イタリアは、日独伊三国同盟を結びながら、ドイツに数歩劣った立場に立たされていた。ドイツの華々しい作戦展開に比較して、イタリアは作戦に失敗することが多く、常にドイツの指導を仰がねばならぬ状態にあった。

独伊側と日本の間の空路連絡計画は早くから検討されていたが、ドイツ側には、長距離飛行を成功させる自信が薄く、実現の可能性は乏しかった。日本側で雇用していたカウフマンというドイツ人諜報員からは、ドイツ空軍が六名乗りの飛行機を日本へ出発させる準備を進めているなどという情報が、日本の参謀本部に流れてはきていたが、その真偽は不明であった。

そうした中で、イタリア軍首脳部は、自国の名誉挽回策の一方法として、日本へ長距離機を飛ばすことを企てた。当時、イタリア空軍は、世界屈指の長距離飛行に堪える秀れた機種を保有していた。それは、サボイア・マルケッティSM―82と称された長距離機を中心にしていた。

それ以前の世界各国の長距離機としては、日本の東京帝国大学附属航空研究所で設計製作された航研機が、周回による世界航続距離記録を樹立して注目されていた。

その飛行は、昭和十三年五月十三日におこなわれ、木更津、太田、平塚、木更津を結ぶ三角コースを二十九周し、六十二時間二十二分四十九秒後に着陸した。距離は一一、六五一・〇一一キロで、世界最長飛行記録を樹立し、日本の航空技術の高度な水準を世界航空関係者にしめした。搭乗者は、陸軍の藤田雄蔵、高橋福次郎両操縦士、関根近吉機関士の三名であった。

しかし、翌昭和十四年七月三十日、航研機の世界記録は、イタリアのサボイア・マルケッティSM—82型機によって破られた。搭乗者は、アンジェロ・トンディ、ロベルト・ダカッソ、フレッチョ・ビゴノリの三名で、飛翔距離は一二、九三五キロであった。

イタリア軍首脳部は、ドイツの占領下にあるクリミア半島から離陸させて直線コースを飛行させせれば、日本軍占領下の中国北部に無着陸で到達できる自信をいだいていた。そして、飛行計画の準備をすすめ、機種をSM—82型機からサボイア・マルケッティSM—75型機の改造型に変更した。性能が、SM—82に準ずる優秀性をもっていると確認されたのだ。

飛行コースは、ソ連領南部上空を通過することに定められ、着陸地点は中国北部の包《パオ》頭《トウ》飛行場と予定された。

実施計画の内容を示された清水盛明大使館付陸軍武官は、ただちに東京の参謀本部宛にイタリア側の意向を打電した。

機密電報を受けとった参謀本部は、陸軍省と連絡をとり、イタリア側の飛行計画を検討した。ドイツ、イタリアとの連絡は潜水艦による以外にないと諦めていた参謀本部は、イタリア機の飛来によって、空からの連絡路が開かれる可能性のあることを喜んだ。が、重大な難点は、飛行コースにあった。

日本はソ連と中立条約を結び、相互に不可侵の立場を明示していた。ソ連と戦火を交えているドイツは、同盟国である日本に対してソ連と戦端をひらくことを強硬に求めていたが、対米戦と対中国戦に総力をあげている日本には、新たに対ソ戦を開始する余力はなかった。

日本軍首脳部は、対米戦を勝利にみちびくために、可能なかぎりソ連との中立条約をかたく守ってゆかねばならぬ、と判断していた。それには、ソ連側を刺戟するような行為は絶対に避ける必要があった。

そうした日本側の立場から考えると、日本に飛来するイタリア機がソ連領内を通過することは、ソ連の反撥をひき起すおそれがある。参謀本部は苦慮し、首相兼陸軍大臣東条英機陸軍大将の裁決を仰いだ。

東条陸相は、イタリア側の提示した飛行コースを即座に否決した。ソ連領空を侵犯するような計画は、絶対に避けるべきだ、と激しい口調で述べた。

ソ連領上空通過を避けるコースとしては、クリミア半島を離陸後、ペルシャ湾に出てインド洋を横断するコースしかない。参謀本部は、イタリア駐在陸軍武官清水少将に、インド洋コースをとるようイタリア側につたえることを指令した。

清水は、ただちにその旨をイタリア側につたえたが、イタリア軍首脳部は難色をしめした。まず、距離的にソ連領上空を通過すれば七千キロ強だが、インド洋コースは一万二千キロを飛翔しなければならない。さらに、インド洋は気流の変化が激しく、気象条件としても危険が大きい。

清水は、イタリア側の主張は当然なので、参謀本部に翻意する余地はないか、と電報でただした。が、参謀本部からの回答は、あくまでもソ連領上空通過を回避すべし、という内容だった。

その後、数回にわたって清水と参謀本部間で電報が交換され、結局、イタリア側は日本側の指示を諒承した。

日伊両国の打合わせもすみ、イタリア側は、長距離飛行の本格的な実施準備に入った。搭乗者に機長ほか操縦士二名、機関士一名、通信士一名計五名を選抜し、ロードス島の航空基地にサボイア・マルケッティSM―75型機を待機させた。

同機は、ロードス島を発進後、ドイツ占領下のクリミア半島飛行場に着陸、入念な整備を受け燃料を満載した。

昭和十七年七月一日午前六時五十分(日本時間)、SM―75の機首と両翼に据えられた三基のプロペラが回転し、同機は滑走路を走り出すと、その巨大な機体を浮き上らせた。機は、爆音をとどろかせると東の空に消えていった。

しかし、SM―75は、日本側の強く要望していたインド洋横断コースをとらず、ソ連領南部に機首を向けていた。イタリア側は、清水武官を通じて日本側に、中国北部の包頭飛行場に着陸予定だとつたえてきた。

参謀本部は、狼狽した。あきらかにイタリア側の違反行為だったが、すでにイタリア機は出発した後なので、コースを変更させる方法もなく、ひたすら同機がソ連側に発見されぬことをねがうのみだった。そして、元国際連盟陸軍代表随員であった西原一策中将を、イタリア機出迎えのため包頭に急行させた。

イタリア機は、無線発信を禁じられていたので、順調に飛行しているかどうかは不明であったが、翌七月二日午前四時すぎに、包頭飛行場西方に姿をあらわし、旋回後、同二十分に着陸した。地上に降り立った五名の搭乗員は、満面に笑みを浮べながら西原中将の出迎えを受けた。戦争勃発以来、完全に閉ざされていた日本と独伊両国間の連絡は、イタリア機の飛来によって初めてひらかれたのだ。

イタリア機は、その日、同飛行場で整備を受け、搭乗員は休息をとった。そして、翌朝、燃料補給後、離陸し、機首を日本本土へ向けた。機は、朝鮮半島を経由して洋上を横断し、同日夕刻、東京郊外の福生《ふっさ》飛行場に着陸した。

しかし、参謀本部の表情は複雑だった。イタリア機の飛来は喜ぶべきことだったが、日本側からの申し出を無視してソ連領上空を通過してきたことは、許しがたい行為だった。もしもソ連側にその事実が発覚すれば、日ソ関係は険悪化し、重大な国際問題に発展するおそれがある。

参謀本部は、とりあえずイタリア機の飛来を秘匿するため、新聞報道等はもちろん、部内でもそのことについては厳重な緘口令をしいた。そして、イタリア機も福生飛行場の片隅にかくし、搭乗員たちを宿舎に軟禁同様の状態に置いた。

しかし、イタリア機の飛来は、参謀本部内に一つの波紋となってひろがっていった。

日本は、開戦以来、ドイツ、イタリアと軍事同盟を結びながら、その連絡は、独伊両国に駐在する日本大使館との電報にたよるのみであった。それに比して連合国軍側の諸国は、六月十二日にソ連外相モロトフがアメリカに飛ぶなど首脳者の交流がさかんで、共同作戦の意見交換も活潑におこなわれていた。

参謀本部内には、日独伊三国間の連携を強化するため、有力な要人をドイツ、イタリアに派遣し、今後の作戦を有利にすすめねばならぬという意見がたかまっていた。そうした空気の中でイタリア機が飛来したのだが、まず、田中新一中将を長とする第一部から、七月六日に、三国間の戦争協力会議を開くべしという意見が参謀総長杉山元大将に提出された。田中部長は、イタリア機が祖国にもどる便で、特派使節を送る方法を思いついたのだ。

翌七月七日、同部第二課（作戦課）高級課員辻政信中佐が、第十五課（戦争指導課）の課長甲谷悦雄中佐に、

「イタリア機には、おれが乗る。ヨーロッパへ行って、ドイツ、イタリアと戦争協力について十分な連絡をとる」

と、熱心にイタリア機に乗ることを希望した。

甲谷課長からの報告を受けた田中部長は、辻中佐の派遣を諒承し、イタリア機を利用した連絡特使の派遣を東条陸相に献言した。その結果、東条も、ソ連領内上空を回避することを条件に、その案に同意した。

田中部長は、ただちに特使派遣の準備にとりかかり、第一次特使として辻中佐をヨーロッパへ派遣する案を立てた。そして、イタリア機が今後も飛来することを想定し、第二次特使に、近衛師団長武藤章中将を、甲谷第十五課長又は同課次席種村佐孝中佐随行のもとに送りこむことを立案し、七月十日、参謀総長杉山元大将を訪れて計画案を説明し、賛意を得た。が、杉山は、辻中佐の独断的な性格に危惧をいだいて、同中佐のドイツ、イタリア側との交渉はすべて参謀本部の訓令に従うことを条件にした。また、杉山は、田中に対して、

「使節を派遣するのはよいが、イタリアの飛行機にたよらねばならぬというのは、日本の体面上好ましくない。潜水艦かそれとも艦隊を派遣して送ってはどうか」

と、述べた。

田中は、とりあえず第一回の特使派遣はイタリア機を利用するべきだと主張し、福生飛行場の近くに起居しているイタリア機の機長に、辻中佐の同乗を依頼した。

しかし、意外にも機長は、田中部長の申し出を拒否した。イタリア機は、長距離飛行に堪えるために最小必要限度のものしか搭載していない。辻中佐を便乗させることは、

それだけ重量が増して飛行の危険が増すというのだ。東条陸相、杉山参謀総長の諒承を得ながら、田中の起案による辻中佐の特使派遣計画は、イタリア機の機長の一言でもろくも崩れた。

イタリア機の機長は、重量問題以外に、日本軍人を乗せることによって飛行コースの干渉をされたくないようだった。それにかれは、日本側の受入れ態度に強い不満をいだいていた。ヨーロッパからはるばる日本にやってきたかれらは、当然、英雄視され大歓迎を受けると予想していた。が、福生飛行場に着陸して以来、あたかも罪人のように宿舎からの外出も禁じられている。かれらには、危険をおかしてまでも日本側の申し入れを受諾する気持はなかった。

かれらは、長い軟禁生活で一様に不機嫌で、二週間の滞日後、七月十六日にSM―75に乗りこむと、福生飛行場を飛び立った。そして、翌日、包頭にたどりつくと、燃料を満載し、帰路についた。

同機は、往路と同じコースをたどってクリミア半島のドイツ空軍基地に到着、さらに六時間後にはローマのギドニア飛行場に帰着した。

飛行場には、ムッソリーニ首相をはじめ軍首脳者と日本大使、陸海軍武官が出迎え、ムッソリーニがその労を厚くねぎらった。

イタリア機が無事にローマにもどったことを知った参謀本部は、イタリア機のソ連領上空通過が公表されることをおそれ、大使館付武官清水少将を通じてイタリア側に報道禁止を要請した。

イタリア側は、清水の申し出を受諾したが、数日後の新聞には、イタリア機の訪日記事が大々的に報じられた。むろん、飛行コースはぼかされてはいたが、ローマ、東京間の長距離飛行に成功した搭乗員に讃辞を送り、イタリア機の高性能をたたえていた。そして、この飛行成功によって、イタリアと日本との連携が一層強化された、と結んでいた。

清水武官は、ただちにイタリア軍首脳部に厳重な抗議を申し入れた。が、イタリア側は、公表をした事実はなく新聞記者のスクープによるものらしい、と回答してきた。が、その新聞報道は、イタリア側が戦意昂揚をはかるため、ひそかに軍首脳部から報道関係者に流された疑いが濃かった。

イタリア側は、この訪日飛行の成功に自信を得たらしく、毎月一回の割で定期飛行をおこなう意志のあることを清水武官につたえた。清水武官は、八月八日、参謀本部に伊電第七五八号として、日伊連絡機に関するイタリア側の要望事項を打電してきた。その内容は、左のようなものであった。
一、飛行コースは、黒海、カスピ海、甘粛省《かんしゅく》、ゴビを通過して包頭着とす。
二、但し、包頭飛行場は滑走路の長さが十分ではなく、その上、海抜一、一〇〇メートルの高地に設けられているため、全備重量二一トンのＳＭ—75型機の離陸は、すこぶる困難であった。イタリア側としては、平坦地で、しかも滑走路の長い飛行場を希望している。

この電報を受けた参謀本部は、イタリア側が依然としてソ連上空を通過する飛行計画を変える意志のないことを知り、イタリア機の飛来に対して冷淡な態度をとった。そして、重ねてイタリア側に飛行コースの変更を厳重に申し入れたため、イタリア側も、訪日飛行計画に対する熱意を失った。

このような応酬によって、イタリア機の訪日計画は崩壊し、その後、イタリア機の飛来は絶えた。

しかし、日独伊三国間で戦争協力会議を開催しようという気運は、参謀本部を中心に急速にたかまっていた。そして、七月十六日には陸軍側から海軍側に特使派遣計画のあることをつたえ、海軍側も異常なほどの熱意をしめした。

海軍側は、元首相米内《よない》光政大将を主席とする特使派遣案を提議し、渡欧手段としては、四、三〇〇浬（約八、〇〇〇キロ）の航続力をもつ二式大型飛行艇を使用し、八月下旬を目標に実行準備をととのえる用意がある、と回答してきた。

また、参謀本部第十五課長甲谷悦雄中佐は、首相兼陸相東条英機大将を訪独させる案を立て、次席課員種村佐孝中佐を首相秘書官赤松貞雄大佐のもとにおもむかせて意見具申をさせた。が、東条は、日本の戦争指導がおろそかになることを理由に、その申し出に同意せず、その後、島田海相、杉山参謀総長、永野軍令部総長のドイツ訪問案が提出されたが、それらもすべて却下された。

しかし、戦局の推移は激しく、日本と独伊両国間の連絡の必要性は増す一方だった。まず、日本の場合、ミッドウェイ海戦の惨敗につづいて八月七日には、アメリカ軍が突然ガダルカナル島に奇襲上陸を敢行してきた。アメリカ軍の総反攻が開始されたのである。

大本営陸軍部にとって、その上陸作戦は予想もしていない戦局の変化であった。陸軍部は、開戦以来、戦況が有利に展開していたので、アメリカ軍の反攻時期は、早くとも来年の中期以後と考えていた。

大本営は、ガダルカナル島の死守を命じたが、アメリカ軍の兵力は強大で、日本軍が圧迫を受けている状況から、戦局が一転して日本側が守勢に立たねばならぬことを予測した。

米英両国の反攻に総力をあげて対抗しなければならなくなった日本陸軍にとって、最も脅威を感じていたのは、背後にひかえるソ連の存在だった。独ソ戦はドイツに有利に展開してはいたが、その優勢な戦況がいつまでつづくかわからない。この際、もしもドイツとソ連間に平和がもたらされれば、必然的に日ソ間に友好関係が生じ、ソ連からの脅威もうすらぐ。そうした判断から日本陸軍部内には、特使を派遣して、ドイツに対しソ連との和平をすすめる必要があるという意見がたかまった。

しかし、九月二十八日の大島駐独大使からの電報は、日本陸軍部の希望とは全く相反したものであった。大島大使はリッベントロップ外相と会談したが、リッベントロップは、日本に対しソ連への宣戦布告を強硬に要請したという。つまり、ドイツは、ソ連との和平をのぞむ意志はなく、逆に日本の対ソ参戦をもとめたのだ。

大本営は、対ソ戦の意志がないことをドイツ側につたえるよう大島大使に訓令を発すると同時に、独伊両国との意見調整のためにも連絡使派遣問題を実行すべきだと判断した。そして、十月三日にひらかれた大本営・政府連絡会議に、「遣独伊連絡使派遣ニ関スル件」という議題が提出され、満場一致で可決された。

その折に、陸軍省軍務局長佐藤賢了少将は、

「派遣の方法としては、現在のところイタリア機によることを最上の策と考えている。イタリア機には、一、二名同乗できると推定されるので、一機招くよう交渉したいと思う」

と述べた。

しかし、その後、イタリア側は飛行計画を完全に中止し、ドイツ側も大島大使を通じて長距離飛行機を出発させる意志のないことをつたえてきたので、連絡使の派遣問題は

保留されることになった。

空路による日独伊三国の連絡方法を断念した大本営は、あらためて潜水艦による連絡以外に方法がないことを再確認した。それだけに、伊号第三十潜水艦のシンガポール港内での触雷沈没事故は、大きな衝撃をあたえた。その年の初期までは、ドイツの特設巡洋艦が大胆にも敵の制海圏下にある海洋を突破して東洋にたどりついていたが、戦局の激化によってそれも完全に断たれていた。日独伊三国間の連絡は、ただ、電文の交換のみになってしまっていた。

ドイツ側は、伊号第三十潜水艦の沈没事故に失望したが、南方方面の物資を入手するため、日本側に潜水艦を再び派遣して欲しいとしばしば要求してきていた。が、ガダルカナル島をめぐる戦闘が悪化していたので、日本海軍は、一隻の潜水艦もさくことはできない状態だった。

そうした実情を知ったドイツ海軍は、昭和十八年春、突然、思いがけぬ申し出をしてきた。それは、ドイツ海軍最新鋭の一千トン級潜水艦二隻を無償で日本海軍に譲渡するから、日本潜水艦を派遣して欲しいという。ドイツは、枯渇した南方資源を入手する代償として、Uボート二隻を提供しようとしたのである。

日本海軍は、このドイツ海軍の好意的な申し出に強い関心をいだいた。ドイツ潜水艦の性能は高く、それを二隻入手できることは、戦力的にも研究資料としても価値は高い。

軍令部は、再び日本潜水艦をドイツへ派遣させる決意をかため、伊号第三十潜水艦の訪独を指導した潜水艦担当部員井浦祥二郎中佐にその実施計画を一任した。日本潜水艦第二便の訪独準備は、井浦の手で急速にすすめられていった。

七

軍令部は、艦政本部と緊密な連絡をとりながら派遣艦の選定に入っていたが、その頃、陸軍部内でも潜水艦使用による極秘計画が着実に進められていた。それは、インドからドイツに亡命してインド独立のため対英戦を激しい口調で唱えていたチャンドラ・ボースを、日本へ招く計画であった。

インドのベンガル州で生れたチャンドラ・ボースは、カルカッタのプレジデント大学に入学後、インド独立運動に身を投じた人物だった。かれは、すぐれた頭脳と実行力をもって積極的に運動を推進し、インドを植民地として支配していたイギリスの官憲にしばしば逮捕され、その度にかれの独立に対する熱意はたかまっていった。

やがて、かれは、インド国民会議派議長に就任し、全インド独立運動の最高指導者になった。かれの政治目標はインドの完全独立で、それを実現させるためには、支配国イギリスに対して武力行使をも辞すべきではないと唱え、武力を否定する無抵抗主義者のマハトマ・ガンジーと対立し、同志ネールとも袂《たもと》をわかつようになった。その対立は日増しに激しくなり、会議派内部の批判もたかまって、遂には議長の職を辞さねばならなくなった。

しかし、野に下ったチャンドラ・ボースは、熱狂的にかれを支持する多くの民衆の期待をになって、一層積極的な大衆運動を展開した。

そうしたかれを、イギリス官憲は治安を乱す危険人物として敵視し、欧州大戦勃発後の昭和十五年七月二十日に逮捕、投獄した。その頃、すでにかれは、欧州大戦がドイツの勝利に終ると予想し、近い将来、全インド民衆がイギリスに対して銃を手に戦う日のやってくることを確信していた。

官憲の取調べも終り、かれの裁判は、昭和十六年一月二十六日に開かれることに決定した。かれは、仮釈放され裁判を待つ身になったが、苛酷な判決によって独立運動の自由をうばわれることを恐れ、一月十七日未明、大胆な国外逃亡をはかった。

その日、かれは、回教僧に変装し、監視の眼を巧みに避けて自宅を脱け出すと、用意させておいた車に乗って市外にのがれ、さらに、列車でインド北部をヒマラヤ山脈の裾に沿って横断。遠くヒンズークシ山脈を望むペシャワルに潜行した。同地方の常用語であるパターン語を話せぬかれは、聾啞《ろうあ》者を装い、同志から同志にひきつがれて、或る時は自動車を使い、或る時は山中を歩いて西方にあるアフガニスタンのカブールにたどりつき、同志の準備しておいてくれた隠れ家に身をひそめた。

かれの逃亡を知ったイギリス官憲は、インド全域に捜索網をはりめぐらし、殊に国境線近くには厳重な警戒態勢をしいた。

かれは、その隠れ家に一カ月以上もひそんでいたが、その間にイタリア公使館との連絡に成功し、その助力をこうた。かれに同情したイタリア公使は、ドイツ公使と協力して、ソ連領を経由しドイツへ亡命させる計画を立てた。

独ソ開戦の三カ月前であったので、ソ連側の入国許可証も入手でき、ボースは、イタリア公使館員の手で仕立てられた自動車に乗ってカブールを出発し、国境線へたどりついた。そして、ソ連領土内に入ると列車でモスクワにおもむき、そこから空路を利用してようやくベルリンに到着することができた。

ボースは、奇蹟的とも思える亡命に成功したのだが、それを迎え入れたドイツ軍統帥部の態度は冷淡だった。インドは、敵国イギリスの属領であり、そこから突然のようにやってきたかれの真意がつかめなかったのだ。

しかし、やがて、かれがインド独立運動の著名な闘士であり、イギリスに対して武力抵抗を強く主張している人物だということを知るようになって、ドイツ側の態度は一変した。ドイツ軍統帥部は、ボースの力によって、イギリス軍の中にまじるインド人将兵にわずかながらでも動揺をあたえることができるかも知れない、と期待した。

ドイツ軍統帥部は、まず、かれに「自由インド」という月刊誌の発行を許可し、さらにベルリン放送局内の放送施設を提供して自由インド放送所も創設させた。

ボースは、それらの宣伝機関を活用して、連日のようにラジオ放送でインド民衆に蜂起を呼びかけ、「自由インド」をヨーロッパ在住のインド人に配布することにつとめた。

さらに、かれは、そのような宣伝戦を展開すると同時に、直接武力闘争の組織をつくることにも努力し、アフリカ戦線で捕虜になったイギリス軍のインド人将兵約三千名を説得して、自由インド軍団を編成することにも成功した。

このようなチャンドラ・ボースの活溌な動きは、大島駐独大使から日本陸・海軍省にも報告されていたが、昭和十六年秋、参謀本部付としてドイツに駐在していた山本敏陸軍大佐のもとに、参謀本部から、

「スバス・チャンドラ・ボースノ人物ニツイテ報告セラレタシ」

という暗号電文が入電した。

山本は、参謀本部の指令の真意をつかむことができなかったが、大島駐独大使からドイツ外相リッベントロップに交渉してもらい、大島とともにチャンドラ・ボースと会う機会を得た。その折の山本と大島が感じたチャンドラ・ボースに対する印象はきわめて好ましく、山本は、その旨を参謀本部に報告した。

参謀本部がチャンドラ・ボースに注目するようになったのは、対米・英・蘭戦を目前に、イギリスの植民地であるビルマ、マレー、インドの独立運動を支援して、イギリスのアジアにおける地位を内部から崩壊させようという計画にもとづくものであった。インドの反英独立運動を推進させる工作任務は、参謀本部員藤原岩市少佐にあたえられていて、かれは、九月十八日に参謀総長杉山元大将に招かれると、

「貴官ハ、田村（浩大佐）バンコック駐在武官ノ下デ、主トシテ馬来《マライ》（マレー）方面ノ工作特ニ反英印度独立連盟及ビ馬来人、中国人トソノ運動ノ支援ニ関シ、同大佐ヲ補佐スベシ」

という命令書を授与された。

藤原は、東京を出発すると、山下という偽名を使ってバンコクに潜入し、田村武官と連絡をとってインド工作を開始した。かれの部下もそれぞれ商社員等を装い、偽名を使って藤原の命ずるままに活潑に行動した。その工作機関は、F機関と秘称された。

やがて藤原は、インド独立運動家のプリタム・シン、アマール・シンらとの接触に成功し、東南アジア一帯に散る反英独立運動家の統合に着手した。

参謀本部は、インド独立運動の組織を統率する指導者に有能な人物を配すべきだと考え、慎重にその人選について検討し、日本に亡命中のインド独立連盟日本支部会長の任にあるビハリ・ボースが適任者だという結論を得た。ビハリ・ボースは、東京新宿のレ

ストラン中村屋の経営者である相馬愛蔵の娘とし子と結婚し、日本に帰化していた反英独立運動家であった。

また、この人選に関して参謀本部は、ドイツに亡命している前国民会議派議長チャンドラ・ボースの存在にも注目していた。チャンドラ・ボースは、その前歴から考えてもビハリ・ボースよりもはるかに著名な運動家で、参謀本部は、将来指導者として迎え入れるのに適しているかどうかを探るために、山本敏大佐にその人物査定を依頼したのだ。

やがて、日本は米、英、蘭三国に宣戦を布告、太平洋戦争が勃発した。

日本軍は、マレー半島上陸に成功後、急速に占領地を拡大し、藤原少佐のひきいるF機関も独立運動家プリタム・シンらとともに軍と同行した。そして、日本軍にとらえられた英軍捕虜中のインド人将兵に対して、祖国独立のため銃をとるべきだと熱心に説いた。

藤原少佐とプリタム・シンの説得は、かれらに強い感動をあたえ、反英闘争を目的とするインド国民軍が創設された。兵力は約三千五百名で、モハン・シン大尉を長に武装させたインド兵は、祖国解放の熱情に燃えていた。

しかし、国民軍隊長モハン・シン大尉をはじめ独立運動を推し進めている指導者たちは、例外なく無名に近い革命家で、参謀本部内には、かれらが、将来拡大すると予想される独立運動組織の指導者として十分な能力をもっているかどうか、危ぶむ声もたかまっていた。

日本に帰化しているビハリ・ボースも、インド国民になじみは薄く、革命家にとって必要な激しい気性にも乏しい。それに比して、ドイツに亡命し執拗に反英独立運動をつづけているチャンドラ・ボースは、その華々しい前歴からみても指導者として最も適した人物であると判断された。

また、F機関からの報告によると、国民軍隊長モハン・シン大尉らも、ガンジーと比肩する反英独立運動家チャンドラ・ボースを指導者に仰ぎたいと熱望しているということがつたえられ、参謀本部内には、至急、チャンドラ・ボースを日本に招くべきだという声が支配的になった。

日本軍がマレー半島を制圧したことは、ドイツに亡命していたチャンドラ・ボースを狂喜させると同時に、激しい焦躁感もあたえていた。

日本軍は、やがてビルマに進攻し、インドへも軍を進めるだろう。それを遠くヨーロッパの地から手をこまねいていて傍観しなければならぬことは、かれにとって堪えがたいことであった。かれは、ラジオ放送で反英闘争を叫びつづけていることにむなしさを感じ、インド独立のために日本軍とともに武器をとって祖国に入ることを強く願うようになった。

その後、インド問題は急速に進捗《しんちょく》して、チャンドラ・ボースの焦慮を一層深め、また、かれの存在を際立たせることにもなった。

昭和十七年二月十五日マレー半島の要衝シンガポールが日本軍によって完全占領された翌日、東条首相は、貴衆両院本会議でインド人によるインド独立を極力支援する旨の演説を行った。そして、その後、折にふれてインド民衆の蹶起《けっき》をうながし、さらに、日本陸軍もビルマに進攻してインドの国境を目ざし、海軍もインド洋上に出撃して陸海ともにインドを牽制する態勢をとった。

このような状況に刺戟されて、東南アジア一帯の反英インド独立運動は本格化し、同年二月十七日にはインド人独立運動家たちによってビハリ・ボースがインド国民大東亜代表に選出され、東京赤坂の山王ホテルで「インド同胞に告ぐ！」という宣言文を発表した。これに呼応して、ドイツにいるチャンドラ・ボースも、同月二十二日、日本と協力してインド独立の実現に努力する、と声明した。

また、インド国内での独立運動も激化し、六月には反英暴動が発生し、八月九日には独立を叫ぶガンジー、ネール等国民会議派の首脳者二十名が、イギリス官憲によって逮捕された。

そうした情勢を注視していたチャンドラ・ボースは、しばしば日本大使館に対して日本へおもむきたいという希望を訴えた。その熱情に山本大佐も動かされて、参謀本部にかれの希望を実現させて欲しい、と要請した。

しかし、参謀本部は、山本の意見をそのまま認めることはしなかった。アジアに於けるインド独立運動の最高指導者はビハリ・ボースで、もしもドイツからチャンドラ・ボースを招いた場合、二名のボースによって折角組織された独立運動の機関が二派に分裂されることが予想されたのだ。

参謀本部は、種々検討の末、第二部長有末精三少将をビハリ・ボースに会わせ、その点についてかれの意向を率直にたださせた。

ビハリ・ボースは、有末の言葉をきくと、

「チャンドラ・ボース氏は、偉大な独立運動家だ。かれが来日してくれることは、私のみならず独立運動家すべての熱望するところだ。もしも、かれの来日が実現すれば、私は喜んで最高指導者の任をかれに譲り、かれのもとで働きたい」

と、答えた。

有末は、その答えを杉山参謀総長につたえ、参謀本部は、ただちにチャンドラ・ボースを招くことに決定し、その旨を山本大佐に打電した。

しかし、山本が、大島大使を通じてドイツ外務省に、チャンドラ・ボースを日本へ招きたいという意向をつたえると、外務省は、インド問題について貴重な意見を述べてくれているかれを手放すことに難色をしめした。大島と山本は困惑し、チャンドラ・ボースは失望した。が、大島のすすめでチャンドラ・ボースが直接ヒトラー総統に会って希望を訴えると、ヒトラーは即座に同意し、これによってドイツ側の反対の声は消えた。

かれを日本へ送る方針は決定したが、その輸送方法が、最大の難問であった。

まず、空路による方法が考えられ、ドイツ側も積極的な協力態度をしめして、長距離機を出発させる意志のあることをつたえてきた。そして、日本への飛行計画がドイツ空軍によって練られたが、飛行コースの点で支障が起った。

五カ月前の昭和十七年七月、イタリアの長距離機サボイア・マルケッティSM—75型機は、ドイツ占領下のクリミア半島飛行場を発進し、直線コースをとって中国北部の包頭飛行場への無着陸飛行に成功した。が、同機が往復とも日本側の意向を無視してソ連上空を通過したことは、ソ連に刺戟をあたえることを恐れていた日本側を顰蹙《ひんしゅく》させた。

そうした事情を十分に知っていたドイツ空軍首脳部は、イタリア機と同じ飛行コースをとることを避け、その代案として、北極海上空を経由してベーリング海にぬけ、カムチャツカ半島東方をかすめて千島列島の日本軍飛行基地に着陸する北方コース案を提示してきた。

在独日本武官は、ただちにドイツ空軍の飛行計画を本国につたえたが、東条首相は、その案の実行に不同意だった。ドイツ空軍のしめした北方コース案は、ベーリング海峡通過の折にソ連領土上空をわずかながらでも侵犯するおそれがあり、その行為がソ連側に知れれば、日ソ関係に重大影響をおよぼすことになりかねない、と危惧されたのだ。

日本側としては、あくまでもインド洋上を横断する飛行計画が好ましいと主張したが、インド洋コースは北方コースに比較して距離がはるかに長く、ドイツ側にも、その飛行に堪える機はなかった。

ドイツ空軍は、譲歩案として、千島列島に到着後、長距離機を日本側に譲渡してもよいと述べた。つまり、日本側の不安をやわらげるため片道のみの飛行計画を立案したのだ。が、この提案も日本側から拒絶され、空路によるチャンドラ・ボースの輸送計画は実現不可能になった。

残された方法は、潜水艦による輸送のみであった。

しかし、ドイツ海軍には、喜望峰を迂回してアジアに到達できる大航続力をもつ潜水艦をさく余裕はなく、日本海軍も、太平洋上の戦闘の激化で大型潜水艦を派遣する余力はなかった。チャンドラ・ボースは失望し、ドイツ駐在海軍武官横井忠雄少将（大佐より昇進）もドイツ海軍省とその打開策に努力した。

その結果、一つの案が生れた。ドイツ海軍は、チャンドラ・ボースをドイツ潜水艦に乗せて喜望峰を迂回し、それに応じて日本海軍も、大型潜水艦をインド洋上に出発させる。そして、定められた位置で、チャンドラ・ボースをドイツ潜水艦から日本潜水艦に移乗させる。つまり、日独両海軍にとって労少い方法でチャンドラ・ボースを輸送しようというのだ。

その案は、ドイツ海軍の同意を得て、横井海軍武官と軍令部間で具体的な対策が暗号電文によって打合わされ、実行計画が決定した。

まず、ドイツ海軍は、潜水艦にチャンドラ・ボースと秘書ハッサンを乗せて旧フランス領ブレスト港を出港。大西洋を南下してアフリカ大陸南端の喜望峰を迂回し、インド洋に入る。また、その頃、日本潜水艦も、マレー半島の前線基地ペナンを出港して、ドイツ潜水艦出迎えのためインド洋上にむかう。

会合場所は、マダガスカル島南南東四〇〇浬の洋上で、日時は昭和十八年四月二十六日午前八時〇〇分と予定された。

連合国側としては、反英放送を執拗につづけるチャンドラ・ボースがドイツをはなれて日本へむかう情報を入手すれば、当然、かれを捕えるために積極的な行動を起すことはあきらかだった。そうしたことを考慮に入れて、その輸送計画は極秘にされた。そして、日独両潜水艦もその行動を秘匿する必要から航行中の無電発信は一切禁じられ、会合位置に達した時、双方確認のためただ一回無電の発信を許された。

さらに、日独両海軍では、チャンドラ・ボースの輸送便を利用して、人員と物資の交換をおこなうことも企てた。

人員としては、日本側から江見哲四郎海軍中佐、友永英夫技術少佐を、日本潜水艦からUボートに移乗させてドイツへ送りこむことになった。

江見は、日本海軍の潜水艦戦術の権威で多くの作戦に参画し、その戦術に対する意見は高く評価されていた。元来、日本潜水艦は艦隊随伴の戦闘が多かったのだが、日本海軍は通商破壊戦を主としているドイツ潜水艦の戦闘方法についても関心を寄せ、江見をドイツに派遣して戦術の研究に従事させせようとしたのだ。

また、友永は、東京帝国大学船舶工学科から委託学生として海軍に入った天才的な潜水艦担当の技術士官で、その独創的な頭脳からは多くの世界的なすぐれた装置が生み出されていた。その一つに潜水艦の自動懸吊《けんちょう》装置の考案があった。

それまでは潜水艦が水中で一定深度を維持するためには、航走していなければ不可能であった。が、友永の案出した自動懸吊装置をとりつければ水中航走の必要はなく、完全に停止したまま一定深度を保つことができる。つまり、自動懸吊装置を設置すれば、海上の敵艦にスクリュー音を察知されずに静止していることができる。

この装置は、世界潜水艦技術史上画期的なもので、この装置の考案によってかれは、技術士官最高の栄誉である海軍技術有功章を授与された。

また、かれは、重油漏洩防止装置も生み出した。それは、潜航時に重油がもれる潜水艦の欠陥を一挙に解決する機能をもつもので、その装置によって重油の損失と敵からの発見を防ぐことが可能になり、再び技術有功章が贈られた。

かれの存在は、日本海軍技術陣の至宝とも言うべきもので、かれをドイツへ派遣しようとしたのは、その両装置をドイツ側に伝達するとともに、昭和十四年からドイツに駐在してドイツ潜水艦技術を調査・研究している根木雄一郎技術中佐（少佐より昇進）と交代させることが目的だった。

物資交換については、日本側から自動懸吊装置、重油漏洩防止装置と真珠湾攻撃で使用した特殊潜航艇の各設計図、日本海軍独自の無航跡魚雷実物一本と、ドイツその他ヨーロッパに駐在している日本大公使館等の活動費として、かなりの量の金塊をUボートに移乗させることになった。そして、ドイツ側からは、小型潜水艦の設計図、対戦車砲の特殊弾等が日本側に譲渡されることに決定した。

打合わせはすべて終了し、ベルリンにいたチャンドラ・ボースとその秘書ハッサンは、ドイツ海軍の車でひそかに旧フランス領ブレスト軍港にむかった。そして、同軍港近くの宿舎に身をひそめ、Uボートへの便乗を待った。

ドイツに駐在していた首席補佐官渓口泰麿中佐は、ドイツ海軍と連絡をとってチャンドラ・ボースの行動を秘匿することに努力していたが、その有力な手段として、ボースのおこなっていた反英放送を利用することを思いついた。

チャンドラ・ボースは、連日のようにベルリン放送局から反英闘争を激しい口調で説いていたが、その放送も、かれがドイツから日本へ向けて出発したと同時に中止される。当然、イギリス側は、かれの離独を察知するはずで、洋上に厳重な阻止網をはりめぐらすにちがいなかった。

その予想される事態を避けるためには、チャンドラ・ボースが、ドイツをはなれた後も、ラジオ放送をつづけているように装わなければならない。そのため、湲口は、ボースの演説を数十種類録音機に吹きこませ、ボースが無事日本側に引渡されるまで連日演説を放送させるように仕組んだ。ボースがインド人秘書ハッサンとともにベルリンをはなれた後も、ボースの反英闘争をよびかける放送は、ベルリン放送局から流されていた。

二月下旬の夜、チャンドラ・ボースと秘書ハッサンは、車で宿舎を出て、ブレスト軍港内に着いた。ドイツ士官にブンカーの内部へ導かれ、待機していたドイツ潜水艦U180号に乗った。

同艦は、ただちにブンカーの外へ曳《ひ》き出され、スクリューの回転を開始した。

夜空は暗雲がたちこめ、海上には白波が立っている。同艦は、港口へ進み出ると黒々とした海水の中に深く身を没し、ビスケー湾に舳《へさき》を向けて進んでいった。

ドイツ潜水艦のブレスト出港は、横井海軍武官から機密電で軍令部へ打電された。

チャンドラ・ボースをのせたU180号がインド洋上の会合点に達するのは二カ月後だが、大本営海軍部は、ただちに同艦と会合する準備に着手した。第六艦隊所属の伊型潜水艦を派遣艦とすることに決定し、艦隊司令長官小松輝久中将にその旨をつたえた。

小松司令長官は、幕僚に命じて派遣艦の選定をおこなわせ、結局、ペナンを基地にインド洋上で作戦をつづけている第八潜水戦隊第十四潜水隊の司令潜水艦である伊号第二十九潜水艦を派遣することに決定した。

第十四潜水隊は、伊号第二十七、第二十九、第三十七の三隻で編成され、潜水隊司令寺岡正雄大佐が、伊号第二十九潜水艦に乗って隊の指揮に任じていた。

第八潜水戦隊司令官石崎昇少将から命を受けた寺岡司令は、ペナン基地隊の協力を得て準備に着手したが、機密度の高い行動なので、伊号第二十九潜水艦長伊豆寿一中佐以外にはその内容をつたえなかった。

東京からは、ひそかに機密兵器の設計図と金塊が厳重に警護されて送られてきて、さらに、ドイツ潜水艦の乗員に贈られる馬鈴薯、コーヒー等やボース、ハッサンのためにインド料理に使われる食物がペナン基地に集められた。

その間、大本営海軍部は、U180号が無事に航行しているかどうか注目していたが、危険を告げる時のみに使われる無電の発信もなく、予定通り航行中と想像された。

ペナン基地には、ドイツへ赴任する江見哲四郎海軍中佐と友永英夫技術少佐も私服で到着し、基地内で待機していた。

寺岡司令は、艦が途中で故障をおこし定められた日時にU180号と会合できぬことをおそれ、予定を繰上げて出港することを決意した。江見中佐、友永技術少佐を乗艦させ、交換物品も収載して、四月五日、ペナン基地を出港した。

　行動目的は、インド洋上での作戦行動とされただけで、乗組員にも内容はつかめなかったが、かれらは、その出港が特殊な任務をもつものらしいと察していた。砲術長磯島太郎少尉もその一人で、かれは、出港前に艦へ異様なものが積みこまれたことに疑惑をいだいていた。

　内容は不明だったが、厳重に梱包されたいくつかの荷が艦内へ運びこまれ、殊にその中にかなりの量の金塊がふくまれていることをいぶかしんだ。その金塊は士官室に納められていたが、それらが、インド洋上での作戦行動に必要なものとは思えなかった。

　やがて、マラッカ海峡をぬけてインド洋上に入った頃、磯島ら士官たちは、初めて伊豆艦長から行動目的を知らされ、疑惑も氷解した。その内容は、各士官から徐々に一般乗組員の間にもつたわっていった。

　伊号第二十九潜水艦は、インド洋を南下した。途中敵側の船舶に遭えば艦の行動が露顕するおそれがあるので、一般航路を遠く避け、夜明けと薄暮の定時に天測をつづけながら会合位置にむかって進みつづけた。

　幸い途中艦船の姿を見ることもなく、予定通りの速度で艦は西進し、マダガスカル島東方に針路を定めた。

　艦は、順調に航行をつづけていたが、果して定められた日時に予定した洋上で会合できるか否か、という不安がたかまった。伊号第二十九潜水艦もU180号も、敵の哨戒網にふれることを避けて陸地から遠くはなれて航行しなければならず、艦の航行位置は、星と太陽による天測によって測定されるだけで、それがわずかな誤差でも生じれば、広大な洋上で出会うことはできない。

伊号第二十九潜水艦は、水上を航行しているので定時に天測はつづけられるが、U180号の場合は、イギリス海軍の対潜密度がきわめて濃い海域を突破してくるので昼間潜航を余儀なくされ、天測も十分にできない事情にある。

また、会合日時についても、伊号第二十九潜水艦は比較的容易に厳守できるが、二カ月を要してマダガスカル島南南東沖にむかって進んでくるU180号は、敵の攻撃その他によって遅延することも当然予測された。しかも、日独両潜水艦とも無電の交信を一切禁じられていたので、打合わせ通り会合に成功できるか否か、その可能性はきわめて薄いと言ってもよかった。

潜水隊司令寺岡大佐、艦長伊豆中佐の顔には、不安そうな表情が日増しに濃くなっていった。

伊号第二十九潜水艦は、マダガスカル島東方洋上をさらに南下、徐々に会合地点に近づいていった。

時計の針が、四月二十六日午前零時をまわり、同艦は、会合時刻より一時間前の午前七時に会合位置に到達した。会合時刻は日本時間であったので、まだ、夜は明けきらず洋上は薄暗かった。

艦は、南北に往復運動をはじめ、航行に必要な部署につく者以外は、すべて甲板上に出て水平線を凝視していた。天候は良好だったが、喜望峰沖合一帯にひろがる荒天海域に近いため波浪はきわめて高かった。

往復運動を開始してから三十分ほどした頃、突然、見張り員から、

「潜水艦見ユ」

の報告があった。

ようやく夜が明け放たれて、朝の陽光が鋭く海上を明るませている。その水平線の一郭に、薄墨色の点状の艦影が湧いていた。

敵潜水艦かも知れぬと予想され、司令以下乗組員の顔には緊迫した表情があふれた。が、双眼鏡をのぞいていた司令の口から、

「独潜だ」

という声がもれた。寺岡司令は、出港前U180号の艦型を十分に研究していたのだ。

甲板上に、感動の声があがった。ドイツ潜水艦は、敵の哨戒圏をくぐりぬけ、約二カ月を要して定められた位置に姿をあらわした。U180号と伊号第二十九潜水艦は、それぞれ陸地から遠くはなれた海洋を太陽と星をたよりに天測をくり返しながら、予定時刻に

予定された位置で互いの艦影を認めている。広漠とした海洋の一点で両艦が会合に成功したことは、奇蹟的とも思える現象だった。

伊号第二十九潜水艦は、艦首をめぐらしてＵ180号の方向に進み、両艦の距離は接近した。灰色の塗装をほどこしたＵボートの艦影が徐々に大きくなり、甲板上の乗員の姿もみえてきた。

やがて、Ｕボートと伊号第二十九潜水艦は、互いに右舷方向に相手艦をみる位置に停止した。両艦の甲板上では、乗組員たちが帽子をふり手をふっている。信号兵は、無電にたよらず手旗で信号を交した。

寺岡司令は、ただちに人員、物資の交換作業をおこなおうとしたが、波浪が高く、しかも、三角波が立っていて両艦は激しく動揺している。洋上にゴムボートを出せば、たちまち転覆の危険にさらされることはあきらかだった。

寺岡は、伊豆艦長と相談して、喜望峰沖合の荒天海域からなるべくはなれた位置までＵボートを誘導し、交換作業をおこなうべきだと判断した。そして、信号兵に手旗でＵボートにその旨をつたえさせ、艦首をめぐらすと、北東方向に引き返しはじめた。

Ｕボートも、それにつれて伊号第二十九潜水艦の速度にあわせて追尾してくる。波濤は依然として高く、舷の低いＵボートは、白い波頭をうけるたびに飛沫におおわれていた。

両艦は一定の距離をたもって進みつづけたが、正午頃、Uボートの動きが鈍くなり、甲板上に数人の士官らしい乗組員が寄りかたまって、こちらに顔を向けているのが認められた。

その異様な気配に、寺岡司令と伊豆艦長らは協議した結果、Uボート側が、伊号第二十九潜水艦の北東へ移動しつづける行動の意味を理解しかねているにちがいないと察した。

寺岡は、伊豆艦長に命じて伊号第二十九潜水艦の航進をやめさせ、Uボートもそれに従って停止した。

伊豆は、信号兵に命じて、再び手旗で北東へ移動し交換作業をおこないたいという趣旨の信号を送らせた。それに対して、Uボート側でも手旗がひるがえったが、その答えは要領を得なかった。万国船舶信号で手旗をふっているのだが、こちら側の意志が、十分に相手側につたわっていないことが判明した。

両艦は、波にもまれながら停止したままになった。

寺岡司令をはじめ艦の士官たちは、困惑して互いの顔を見つめ合った。折角、両艦が会合に成功したが、意志の疎通を欠いているため交換作業が不可能になるのではないかと憂慮された。

そのうちに、Uボートの甲板上で衣服をぬぐ一人の水兵の姿がみえ、舷側に歩み寄ると、海面に身を躍らせた。

寺岡たちは、その水兵の姿を見つめた。激浪の中に水兵の体が没したかと思うと、次には高くせり上った波の頂きに姿をあらわす。波にのまれるのではないかと危惧されたが、ドイツ水兵は、かなり水泳に練達しているらしく次第に近づいて舷側附近に達した。

浮輪のつけられたロープが投げられ、若い水兵が甲板上にひき上げられた。それは、ドイツ信号兵で、信号方法の打合わせにやってきたのだ。

すぐにドイツ語に通じている加能照民軍医大尉が、ドイツ信号兵の応対にあたった。が、信号兵は地方出身者で言葉の訛《なま》りが強く、会話が通じない。加能は、やむなく筆談をまじえてようやく日本側の意図を信号兵に納得させることができた。

信号兵は、体にしばりつけてきた手旗でUボートに信号を送り、Uボートからも「諒解ス」という答えがもどってきた。それによって、伊号第二十九潜水艦は航進を開始し、Uボートもそれに従った。

その日は暮れ、翌日の朝を迎えた。が、依然として洋上は荒れていて、やむなく両艦は並航して北東にむかい進みつづけた。

夜に入ってから波のうねりは衰えはじめ、空には、冴えた星がひろがった。ドイツ信号兵は、そのまま艦内にとどまって、加能軍医官と短い会話を交したりライスカレーをうまそうに食べたりしていた。

夜が、白々と明けた。空は、雲一つない晴天だった。

波は幾分静まっていて、寺岡司令は交換作業の強行を決意し、ドイツ信号兵は、その旨を手旗でUボートにつたえた。

両艦は、数十メートルの距離に接近して停止した。

まず、伊号第二十九潜水艦から舫銃《もやいじゅう》の発射音が起り、結びつけられたロープが弧をえがいて空中に飛び、Uボートを越えて海面に落下した。すぐにUボート側では、それを収納し、ロープが両艦の間に張られた。

ついで、伊号第二十九潜水艦からゴムボートがおろされたが、波にボートが激しく上下して人員・物品の交換作業が危ぶまれたので、試みに水兵だけを乗せてUボートに送ってみることになった。

ゴムボートに三名の水兵が乗り、ロープをたぐって海面に進み出たが、ボートが二十メートルほど進んだ頃、甲板上にいた者たちの口から甲高い叫びがあがった。

青い海面下に、灰色の物体がかなりの速さで動き、ゴムボートの近くをかすめて過ぎる。その物体が姿を消すと、他の方向から灰色の色彩がボートに突き進むのがみえた。それは、四メートル近くもあると思われる鱶《ふか》で、人の匂いをかぎつけたのか、ゴムボートの近くを泳ぎまわっている。

乗組員は、すぐに小銃をとり出し魚影にむかって発砲した。水中の鱶を射殺することは不可能だったが、威嚇の効果はあったらしく、鱶は身をめぐらすとボートから離れていった。

ゴムボートは、波にもてあそばれながらも無事に往復できたので、まず、物品の交換作業が開始された。機密兵器類の設計図を詰めた箱が送られると、U180号から対戦車砲の特殊弾が運ばれてきた。

金塊が送られ、設計図も運ばれてくる。ゴムボートは往復運動をつづけ、その間にも、執拗に接近する鱶に小銃弾が連続的に発射されていた。

午後に入って、人員の交換作業がおこなわれることになった。

江見哲四郎海軍中佐と友永英夫技術少佐が、司令や艦長と挨拶を交し、ゴムボートに乗った。二人はしきりに手をふり、やがて、U180号甲板上にあがるのが見えた。

その直後、U180号の甲板に、背の高い男とやや丈の低い男の姿があらわれた。双眼鏡をのぞいてみると、背の高い男は写真通りのチャンドラ・ボースで、他の一人は、髭を生やした秘書ハッサンであることが判明した。

寺岡たちが凝視していると、チャンドラ・ボースとハッサンは、ゴムボートに乗りU180号の舷側をはなれた。ゴムボートは、激しく波に揺れながらロープづたいに洋上を進んでくる。伊号第二十九潜水艦の乗組員たちは、ゴムボートの転覆をおそれると同時に艤にそなえて小銃をかまえていた。

ゴムボートが徐々に近づいてきて、ようやく舷側に到着した。チャンドラ・ボースと秘書ハッサンは、波しぶきを全身に浴びていたが、笑顔をみせて甲板に上り、寺岡司令らと握手を交した。かれらは、二カ月にわたる潜水艦内の閉塞された生活にかなり肉体的な影響を受けたらしく、顔色は冴えず、眼窩《がんか》は深く落ちくぼんでいた。

最後の作業は、酸素魚雷をU180号に送る作業だった。が、魚雷が大きく重いのでボートで運ぶことはできず、ロープに固着してU180号に曳き入れられた。

伊号第二十九潜水艦には、U180号乗員に贈る馬鈴薯が積みこまれていたが、ドイツ側は、十分食糧をもっているといって辞退してきた。

空は、茜色に染まった。

艦長伊豆寿一中佐は、U180号潜水艦乗員に、

「兄等ノ親愛ナル潜水艦乗組員ヨリ――

我々ハ、世界新秩序ノ建設ニ対シ、兄等ノ努力ヲ希望シ、サラニ、別レニ臨ミ安全ナル航海ト多幸ヲ祈ル」

と、挨拶を送った。これに対して、U180号艦長から伊豆艦長に向けて、

「日独両潜水艦ノ協力ニヨリ、インド独立運動ノ志士ヲ本国ニ送還シ、コレニヨリ、インド国民ガ英国ノ不法ナル支配ヨリ脱センコトヲ切ニ祈ル

「U180号艦長ムーゼンベルク海軍少佐」

と、返礼してきた。

至難とも思われたチャンドラ・ボースの受け渡しと、江見海軍中佐、友永技術少佐の移乗とともに機密兵器類その他の交換も終了し、別れの刻《とき》がやってきた。

両艦は、静かに南と北へ動きはじめ、甲板上では、乗員が帽子をふり、手をふっている。艦の距離は次第にひらいて、やがて、U180号の艦影は南方の水平線下に没していった。

チャンドラ・ボースと秘書ハッサンは、食欲もなくベッドに寝てばかりいたが、数日後には元気を恢復し、甲板上を歩きまわるようになった。

帰路も洋上に船影をみず順調な航海がつづけられ、艦は、ペナン基地へむかった。が、第八潜水戦隊司令官石崎昇少将から、帰着予定港のペナンへは入港せず、スマトラ島北端沖のサバン島にむかうよう無電が入った。

チャンドラ・ボースの到着は極秘扱いとされ、ペナンではその秘密が洩れるおそれがあると判断されたのだ。

その指令によって、伊号第二十九潜水艦は予定を変更して、五月六日朝、サバン島に入港した。

桟橋には、ドイツ駐在から帰日していた山本敏陸軍大佐が、ひそかに出迎えていた。

背広に着かえて陸岸を見つめていたチャンドラ・ボースは、ドイツからアジアへおもむくことに尽力してくれた山本の姿を眼にして感激し、桟橋に駈け降りると、山本の体を抱きしめ、

「わたしは、この喜びを天地、神に感謝する」

と、眼をうるませて言った。

伊号第二十九潜水艦は、U180号から譲渡された機密兵器類と設計図を陸揚げし、その任務をすべて終了した。

同艦は、静かにサバン島を出港していった。

チャンドラ・ボースと秘書ハッサンは、それから五日間サバン島内の宿舎に身をひそめて日を過した。かれらの存在は、依然として極秘にされ、宿舎は工作機関員によって厳重に警護されていた。

チャンドラ・ボースがサバン島についてから五日後の五月十一日早朝、同島の海軍飛行場に一機の輸送機が着陸、ボースとハッサンを山本敏陸軍大佐らとともに乗せると、ひそかに滑走路を離陸した。機は、途中ペナン、サイゴン、マニラ、台北をそれぞれ経由して日本本土上空に達したが、悪天候に災いされて、いったん浜松飛行場に着陸、翌十六日、立川飛行場に到着した。ボースは、ハッサンとともに出迎えの車に乗って東京

へむかい、帝国ホテルに投宿したが、宿泊人名簿には松田という偽名を記載するなど、その存在をさとられぬための慎重な配慮がはらわれた。

その後、かれは、海軍大臣嶋田繁太郎大将、外務大臣東郷茂徳、参謀総長杉山元陸軍大将、軍令部総長永野修身海軍大将らと会い、さらに東条英機総理大臣とも会見して、反英インド独立運動の推進方法について活潑な意見の交換をおこなった。その打合わせの結果、運動を大々的に推し進めることになり、六月十九日、帝国ホテルで初の記者会見を開いたが、ドイツにいると思われていたかれが忽然《こつぜん》と日本に現われたことは、内外に大きな驚きをあたえた。

かれは、その席で、インド独立のため「剣には剣をもって戦う」という激烈な反英闘争の決意を述べ、翌々日の夜には、東京の日本放送協会のラジオ放送で、祖国インドに向けて全民衆が蹶起《けっき》し武力抗争を積極的に展開するよう呼びかけた。そして、二十三日には、日比谷公会堂で場外にまであふれる聴衆を前に大講演会をひらき、その後、一般人の前から消えたが、二十七日にはビハリ・ボースと連れ立って、突然、シンガポールに姿を現わした。

かれの出現は、在留インド人を感動させ、七月四日にひらかれたインド独立連盟大会では二万名近い大観衆が集り、かれの演説の一句一句に熱狂的な歓声をあげた。その大会でかれは、ビハリ・ボースに代って独立連盟会長の座につくことを宣言し、自由インド仮政府樹立の提案をおこない、満場一致で大会の承認を得た。

チャンドラ・ボースは、それにもとづいて準備を進め、十月二十一日に仮政府を樹立し、自らはその首班兼インド国民軍の総司令官に推され、また、ビハリ・ボースも政府最高顧問に就任した。

その後、チャンドラ・ボースは、日本軍の占領しているアンダマン諸島、ニコバル諸島を仮政府の属領にしたいという希望を述べて日本政府の同意を得、約三万に達するインド国民軍をひきいて反英武力抗争に着手した。

しかし、チャンドラ・ボースが日本に到着した頃、日本とドイツの戦局は徐々に悪化しはじめていた。

昭和十八年二月二日、スターリングラードをめぐってソ連軍と苦闘をつづけていたドイツ軍は、同戦線から総退却し、また、二月九日には、日本軍も半年間にわたって防戦につとめていたガダルカナル島から撤退し、連合国軍の総反攻が開始されていた。

そうした情勢下で、大本営陸軍部は、ドイツの戦力をさぐることによって今後の日独協同作戦の進展に資したいという希望を抱き、大本営・政府連絡会議でドイツ、イタリアへの特使派遣を決議していた。そして、ガダルカナル島から日本軍が撤退して十日ほどたった二月二十日の大本営・政府連絡会議の席上、独伊への連絡使を早急に出発させることを決定し、連絡使への訓令も発令された。

連絡使の長には参謀本部第二部長岡本清福少将が任ぜられ、陸軍側から同第十五課長甲谷悦雄中佐、海軍側から軍令部第一部甲部員小野田捨次郎大佐、外務省から書記官与謝野秀がそれぞれ選ばれ、三月初旬に出発することになった。

ヨーロッパへおもむく手段としては飛行機による方法が考えられ、北方コースをたどってベーリング海附近を夜間に通過する案も立てられたが、それも、日ソ中立条約への影響を懸念する東条首相の反対で否決された。また、潜水艦に便乗してドイツへ到達する方法も検討されたが、その案も不採用になった。潜水艦を使用してドイツへおもむくまでには、少くとも三カ月近い長い日数を要する。戦局が目まぐるしく変転していることを考えれば、三カ月の間に事情は一変しているし、連絡使に与えられる訓令も、全く無意味なものに化すことが十分に予想された。

残された方法は、陸路による以外になかった。コースとしては、中立条約を結んでいるソ連領を通過し、中近東を経て、ドイツにおもむくルートのみで、約一カ月後にはベルリンに到着することができると推定された。が、難問は、ドイツと戦争状態にあるソ連領内の通過であったが、それを強行するために、ソ連領内への入国許可証にはドイツ行きを伏せ、四名とも旅行目的の偽装をはかることが必要だった。

まず、岡本陸軍少将はスイス駐在日本公使館付陸軍武官、甲谷陸軍中佐はブルガリアの日本公使館付陸軍武官、小野田海軍大佐はフランスの大使館付海軍武官、与謝野はスイスの公使館一等書記官にそれぞれ赴任することとして、ソ連大使館に査証の給付を申請、ようやく入国許可を得た。

たまたま中近東諸国におもむく外務省関係の一団がいたので、独伊派遣連絡使は、かれらと合流して三月一日に東京を出発した。

一行は、朝鮮、満州を経由し、三月十日、満州里からソ連領内に入った。

シベリア鉄道の長い旅がはじまった。ソ連側は、外交官査証をもつ一行に車輛一つを提供してくれたが、常に私服が車輛内に入りこんで監視の眼をそそいでいる。連絡使たちは、重要書類を身につけて絶えず注意を怠らなかった。

シベリア鉄道からトルクシブ鉄道に乗りかえた一行は、アルマアタ、タシケントを経て、カスピ海を船で渡りバクーについた。そして、列車で西へむかい、トルコ領内に入った。さらに、かれらは、軽便鉄道でトルコの首都アンカラに到着、ブルガリア、ルーマニアを経て、ようやくドイツ領内にたどりついた。ベルリンに到着したのは四月十三日で、東京を出発してから四十三日目であった。

岡本少将は、リッベントロップ外相と会って訓令の趣旨をつたえ、甲谷中佐、小野田大佐は、ドイツ、イタリアの戦力調査にとりかかった。殊に甲谷中佐は、ソ連と対峙する東部戦線やイギリス本土に面した海岸線のドイツ軍要塞地帯を視察するとともに、独伊両国の軍需工業力について調査した。

その結果、かれは、独伊両国の戦力はかなり低下していて、勝利はきわめて至難だと判断した。そして、その旨を大使館から参謀本部に暗号電文によって報告しようとしたが、重大な内容であるため、秘密保持の点で不安を感じた。大使館から発信された報告文は外務省で受信されるが、外務省側は、むろん極秘扱いとはしても、コンニャク版で各関係方面に配付するのを恒例としている。当然、甲谷中佐の報告は、各方面に激しい衝撃をあたえるはずで、国内の戦意に好ましくない影響をおよぼすことが予想された。

そのため、甲谷中佐は、参謀本部の担当者が読めば真意を確実に察知できるようにすべきだ、と考え、表現方法に苦心して、かなり長文の報告書をまとめ上げて打電した。それは、もしもドイツ空軍が完全に制空権を確保することができれば勝利を望むことも可能だと言ったように、不可能としか思えぬ仮定を立てて、暗にドイツの敗勢をほのめかした。

しかし、甲谷中佐の意図は十分につたわらず、日本側は独伊両国の戦力を冷静に判断することができなかった。

八

チャンドラ・ボースの来日や独伊派遣連絡使の訪独がおこなわれている間、ドイツへの潜水艦第二便派遣準備は、着実にすすめられていた。

その計画は、ドイツ総統ヒトラーの要望に端を発したもので、ドイツ側は、インド洋上で通商破壊戦を日本海軍がおこなうことを条件に、それに適したUボート二隻の無償提供を提示した。一隻はドイツ海軍の手で日本に送るが、他の一隻は、日本海軍で回航して欲しいという。その日本海軍の回航員をドイツに送りこむためには、日本の大型潜水艦に回航員を便乗させて送らねばならなかった。

その計画準備は、第一便の伊号第三十潜水艦の遣独指導にあたった軍令部潜水艦担当部員井浦祥二郎海軍中佐を中心に進められた。

井浦は、まず、派遣艦の選択について艦内に余裕のある広さをもつ潜水艦を物色した。譲渡されるUボートは、いずれも基準排水量八七六トンで、乗員は六十名近くが必要とされる。通常の状態でも、乗組員百名の乗る艦内生活はきわめて狭苦しいのに、その上、さらに六十名近い回航員を便乗させるには、なるべく艦内にゆとりのある潜水艦が望ましかった。

その要求をみたす艦としては、旗艦施設のある潜水艦が最適で、基準排水量二、四三四トンの伊九型の伊号第九、第十潜水艦が候補艦として望ましいと判定された。が、伊号第九潜水艦は作戦行動中であったので、内地に帰投していた伊号第十潜水艦に内定した。

しかし、同艦は、一年半前の昭和十六年十月に川崎造船所で竣工し就役した新造艦で、水上速力二三・五ノット、魚雷発射管六基、一四センチ砲搭載のすぐれた性能をもつ潜水艦であった。ドイツへ派遣される潜水艦は、当然、危険にさらされるはずで、もしも、同艦を失えば日本潜水艦の戦力の重大な損失になる。

井浦は、そうした事態を招くことを恐れ、同じような旗艦施設をもつ伊号第八潜水艦に注目した。

同艦は巡潜三型に属し、昭和十三年十二月竣工という艦齢四年余の大型艦で、伊号第十潜水艦より戦力的にも劣っていた。

幸い、伊号第八潜水艦は、ガダルカナル島撤退作戦の任務を終え、呉海軍工廠で次の作戦行動参加にそなえて整備のため入港していた。

艦長は、潜水学校教官の前歴もある古参の海軍中佐内野信二で、五月一日付をもって大佐に昇進が予測され、再び学校教官になるか、潜水隊司令に赴任するかいずれかに内定していた。

井浦は、艦長が変更になることも十分に予想し、同艦の派遣準備に着手した。そして、かれ自身は、派遣艦の行動についての連絡指導を担当し、派遣に必要な技術的指示は艦政本部潜水艦部員後藤汎大佐に一任することを決定、上司の許可を得た。

後藤大佐は、井浦の依頼を受けて、すぐに東京を出発し、呉海軍工廠内に繋留されていた伊号第八潜水艦におもむいた。そして、艦長内野中佐に会ったが、後藤は、艦長が変更することもあり得ると予測して、遣独計画は口にせず、

「或る計画案があるのだが、伊八潜の最大航続距離は何浬まで可能か。また、艦内を改造すればどの程度の人員を収容できるか調査して、潜水艦部に至急、報告して欲しい」

と、内野に依頼した。

ただちに内野は、航海長吉田太郎大尉に航続距離の調査を命じ、先任将校上拾石《かみじっこく》康雄大尉に工廠潜水艦部の意見をきいて検討するよう指示した。

その結果、航続距離は、経済速力（約一一ノット）で一四、〇〇〇浬が可能であり、また、内部を改造すれば五十余名が艦内に収容できることが判明し、その旨を後藤大佐につたえた。

その報告を受けた軍令部では、伊号第八潜水艦をドイツに派遣することを決定し、井浦潜水艦担当部員から初めて内野艦長に行動目的がしめされた。

第一線艦長から退くことが内定していた内野艦長は、伊号第八潜水艦に課せられた重大任務を耳にすると、自分の手でその責務を果したいと強くねがった。そして、親友の海軍省人事局一課付の長沢浩大佐に連絡をとり、

「身体頑健にして潜水艦長として十分勤務に堪え得る確信があるから、留任して、ドイツ行きの任務に就けるように考慮して欲しい」

と、懇請した。

内野中佐の強い希望に動かされた人事局では、軍令部と協議した結果、むしろ、老練な内野中佐を艦長として派遣する方が好ましいという結論を得、その旨を内野につたえた。

内野は歓喜し、出発準備に着手した。

まず、回航員を収容する余地を作るための作業が、艦政本部、呉工廠潜水艦部の協力ではじめられた。回航員の居住設備としては、魚雷発射管室があてられることになった。

発射管室は上部と下部に設けられていて、それぞれ四門二基の発射管が設置され、魚雷搭載数は計二十本であった。この二室に居住に適した余地をつくるため、六門の発射管に魚雷を詰め、それ以外の予備魚雷はすべて陸揚げした。さらに、上部発射管室の予備魚雷格納所と下部発射管室を改造して、居住設備を新設した。

その作業を進めている間にも、四月二十七日、軍令部第二部員井浦中佐と海軍省軍務局一課員泉雅爾中佐から具体的な行動計画が提示され、五月三日、内野艦長は、通信長桑島斉三大尉と前後して打合わせのため上京した。

一般行動計画としては、概略、左のことがしめされた。

一、伊号第八潜水艦は、五月下旬内地を発し、八月下旬、ドイツ軍港ロリアン着。三、四週間、同軍港に碇泊後帰路につき、十二月初旬、内地着の予定。

二、往路途中で燃料を補給する必要があり、潜水母艦「日枝丸」からの補給も考えられるが、敵に発見される危険もあるので伊号第十潜水艦を随行させ、インド洋上で補給する。潜水艦から潜水艦への燃料洋上補給は前例がないので、十分な研究を要する。

三、第一便伊号第三十潜水艦の訪独時よりも敵の対潜哨戒密度ははるかに濃厚になっているので、電波探知機は、たとえ出発を延期しても、必ず装備する。

その他、詳細な説明がおこなわれたが、桑島通信長には、アフリカ大陸南端の喜望峰通過までの送信を東京からシンガポールの第十通信隊経由でおこない、喜望峰通過後は、ドイツ海軍本部電信所の無電にしたがうことなどが指示された。

呉工廠にもどった内野艦長は、軍令部、海軍省の指令にしたがって艦の出発準備をすすめた。

出港を延期してまで搭載することを命じられた電波探知機については、艦政本部と呉工廠潜水艦部が製作にあたった。その装置は、電波探信儀（レーダー）とは異なって、敵側の電波探信儀の発する電波をとらえて敵の存在を知る傍受専門の探知機であった。

日本海軍の電波探信儀の研究は、昭和十六年にドイツ、イタリアに派遣された軍事視察団の団員伊藤庸二技術中佐がドイツ方式をつたえたことによって、急速に組織化された。また、陸軍でも、ロンドン駐在の造兵監督官浜崎諒技術大佐が、世界最高の技術水準をもつイギリスの電波探信儀の内容の一端を日本に報告し、その研究も本格化した。そして、昭和十六年九月には飛行機見張り用の第十一号電波探信儀が完成し、その第一号機は、千葉県勝浦の灯台附近に設置された。

その後、海軍電波兵器研究陣は、日本放送協会技術研究所、日本無線株式会社、日本電気株式会社の技師たちと波長のきわめて短い電波探信儀の研究に没頭し、ようやく開戦直前に完成をみた。そして、昭和十七年六月ミッドウェイ海戦に出撃する戦艦「伊勢」「日向《ひゅうが》」の両艦に、初めて二十一号、二十二号の電波探信儀が装備された。

しかし、戦局が有利に展開していたことと光学兵器に対する信頼感から、用兵者側は、電波探信儀への熱意が薄く、技術陣の苦悩は大きかった。そのような停滞の中で、イギリス、アメリカの電波探信儀の研究は急速に進歩していて、技術陣の必死の努力にもかかわらず、その兵器化の状況にはかなりの差があった。

伊号第八潜水艦に搭載予定の電波探知機についても、電波探信儀の研究にともなって、その存在は注目されるようになっていた。昭和十七年六月には、戦艦「伊勢」に装備した電波探信儀の電波を戦艦「山城」がとらえ、電波探知機が、防禦の意味からきわめて有効なものであるということが実証された。しかし、日本海軍は、伝統的に攻撃用兵器に強い関心をもつが防禦用兵器には不熱心で、また、電波探信儀の研究者たちも、副産物的な電波探知機の研究には積極的な努力をはらう者が少かった。

そうした背景の中で、艦政本部員と呉工廠電気部の技師たちは、苦心の末、ようやく電波探知機を完成し、伊号第八潜水艦に装備することができた。それは、大型扇風機状の二枚の翼が受信空中線となっているもので、艦橋上の架台にとりつけられ、司令塔内からハンドルで回転し操作させる仕組みになっていた。そして、電信兵に短時日で操作をおぼえさせ、広島湾上で呉の高台にある灰ケ峰電信所から電波を放って、探知訓練をおこなった。

最後に残された問題は、潜水艦からの洋上補給方法の研究であった。

内野艦長は、第八潜水戦隊参謀福島少佐と打合わせをし、伊予灘で伊号第十潜水艦と補給訓練を実施することに決定した。そして、佐世保にいた伊号第十潜水艦長殿塚謹三中佐と連絡をとり、呉を出港、両艦は、伊予灘で相会した。

補給方法としては、両艦が平行に接舷して実施することも考えられたが、潜水艦の舷側にあるメインタンクの強度が弱く、波のうねりの高いインド洋上では、タンクが激突して破損するおそれもあるので、その方法は不可能と断定された。そして、従来、海軍でおこなってきた方式通り、伊号第十潜水艦と伊号第八潜水艦を縦にならばせ、伊号第十潜水艦の後甲板から伊号第八潜水艦の前甲板に送油管を引込む方法が試みられた。

しかし、伊号第十潜水艦の後甲板は低く、波に洗われて作業ができない。伊予灘よりもはるかに波の荒いインド洋上では、むろん、作業は不可能であることが予想され、その方法も断念せざるを得なかった。

内野、殿塚両艦長は、新たな難問に突きあたって困惑した。もしもインド洋上で補給を受けることができなければ、伊号第八潜水艦は、ドイツ到着前に燃料がつきて大西洋上で立往生しなければならなくなる。

内野は、士官たちと協議した結果、波に洗われることの少い両艦の前甲板を使って作業をすることに決定した。

ただちに艦は移動して、両艦は、艦首を向け合う形をとった。そして、前甲板から前甲板に送油管を送ってみると、波にさまたげられることもなく作業実施が可能であると推定できた。

その試みによって洋上補給に自信をもった両艦は、実験を終えて呉軍港に入港した。

出発準備はすべてととのい、Uボートを回航する乗組員約六十名が到着した。譲渡されるUボートの艦長予定者は、海軍大学を繰上げ卒業して赴任してきた乗田貞敏少佐で、先任将校久保田芳光大尉以下いずれも厳選された優秀な者ばかりであった。

また、軍令部の指示によって、西原市郎中佐、小林一郎軍医少佐、軍令部第七課嘱託山中静三、軍令部付海軍属（書記）大西寛喜、小田米吉、中野繁の計六名が便乗することになっていた。

西原中佐は、艦政本部第五部に属するエンジン関係の専門家で、軍令部の命令でドイツ派遣が決定していた。その派遣目的は、魚雷艇の技術導入であった。

四カ月前、日本軍が撤退したガダルカナル島の攻防戦で、日本潜水艦は、夜間をえらんで陸軍部隊に弾薬・食糧等の補給をおこなっていたが、アメリカ軍の魚雷艇の襲撃にさらされ損害は甚大だった。その実情を知った山本連合艦隊司令長官は、魚雷艇の存在に注目、軍令部にその建造を依頼した。軍令部でもただちにその検討をおこなったが、量産はおぼつかなく、アメリカの魚雷艇と匹敵するものを多量に生み出す手がかりはなかった。

たまたまドイツ海軍が、魚雷艇を駆使して北海、地中海で連合国海軍に華々しい戦果をあげていることを知った軍令部は、ドイツ駐在武官にその性能等について報告するよう命じた。その結果、ドイツ海軍の魚雷艇は、排水量四五トンと九八トンの二種で、重量の軽い三、〇〇〇馬力のエンジンを装備していることが判明した。軍令部は、魚雷艇の船体は日本で造るが、エンジンについてはドイツ海軍の協力を得る方が好ましいと判断し、海軍工廠、三菱重工業のエンジン関係の技師八名を送る前提として、西原中佐を先に派遣することに決定したのだ。

また、小林軍医少佐は、東京帝国大学医学部卒の外科医で、ひろくドイツの軍事医学の情報を蒐集《しゅうしゅう》するとともに、ドイツ駐在の大使館員、軍人、軍属の治療に従う任務を課せられた。山中は、東京外国語学校卒後、横浜高等商業専門学校で教鞭をとって海軍文官となったドイツ語の専門家で、スウェーデン公使館付として赴任することを命じられていた。

大西、小田、中野は、海軍省大臣官房電信課から軍令部付となった暗号員で、大西がスペイン、小田がイタリア、中野がポルトガルのそれぞれ日本大公使官付海軍武官の事務所に着任して、暗号の作成、翻訳、解読の作業に従事することになっていた。

通常、潜水艦は出撃する折に六十日分の食糧を積みこむが、それらが通路をはじめ艦内いたる所にあふれて、若い兵は起居する場所もなく、食糧の包みの上でごろ寝しなければならぬほどであった。そうした狭い艦内に、たとえ居住設備を新設したとはいえ、五十余名の回航員、便乗者が加わり、それに必要な食糧その他必需品も積みこまれたので、伊号第八潜水艦は、人と物が隙間なく詰めこまれた容器と化した。

九

昭和十八年六月一日、ドイツ派遣の第二便伊号第八潜水艦は、見送る者もなくひそかに呉軍港を出港した。

潜水母艦「日枝丸」と伊号第十潜水艦も同航し、便乗者六名は、「日枝丸」に乗っていた。

伊号第八潜水艦は、僚艦とともに豊後水道《ぶんご》をへて南下した。

内野艦長は、出港前、ドイツ派遣の第一便伊号第三十潜水艦の艦長であった遠藤忍中佐が、たまたま鎮守府付として呉に在任していたので、遠藤から航路途中の状況について詳細な注意を受けた。

しかし、遠藤がドイツへおもむいた一年前とは、世界情勢は大きく変化していた。アメリカの太平洋戦域における総反攻は本格化して、日本陸海軍は、その圧迫にあえぎながら戦線の確保に全力を傾けていた。が、その努力も功を奏せず、四月十八日には連合艦隊司令長官山本五十六《いそろく》大将が敵機の迎撃を受けて戦死し、五月二十九日には北方拠点であったアッツ島も米軍の攻撃を受けて、守備隊の玉砕がつたえられていた。

また、ヨーロッパ戦線でも、連合国軍の反攻は激化し、北アフリカではドイツ、イタリア軍が敗北を喫して降伏していた。当然、ドイツにおもむく途中の制海・空権はイギリス軍の手中にあって、それを突破してドイツに達することは、至難な行為であった。

同艦は、途中、潜航訓練を重ねながら進んだが、訓練中、メインタンクの破損という不慮の事故にあって、やむなくペナンへの直航予定を変更してシンガポールに入港し、修理を受けた。

その間、「日枝丸」と伊号第十潜水艦はペナンに直航し、また、伊号第八潜水艦に同乗していた回航員約五十名は、列車でペナンに先行した。

六月二十二日、修理を終えた伊号第八潜水艦は、同港を出港し、翌々日、最終出発港のペナンに到着した。

同港では、狭い艦内に大量のキニーネ、錫《すず》、生ゴムが積載された。それは、南方資源の枯渇したドイツ側からの強い要望にもとづくものであった。

また、少しでも人員を減らすため不要になった飛行機要員をおろすことになり、和泉飛行兵曹長以下五名が退艦した。

艦内の改造、予備魚雷の陸揚げ、洋上補給訓練、回航員の乗艦等、乗組員を不審がらせる動きが相ついだが、内野艦長は、機密保持の配慮から、出撃目的は「重要任務ニツクタメ」としか口にしていなかった。が、六月二十七日午後六時三十分、乗員を桟橋に集合させると、初めてドイツへおもむくことを発表した。乗員の喜びは大きく、かれらの眼は一様に明るく輝いていた。

訓示を終えた内野艦長は、午後七時〇〇分出港を命じ、伊号第八潜水艦は伊号第十潜水艦につづいて桟橋を静かにはなれた。桟橋上には、ペナン根拠地隊司令官平岡粂一中将、潜水戦隊母艦「日枝丸」艦長松崎直大佐らが見送り、いつまでも帽を振りつづけていた。

伊号第八潜水艦は、港外に出ると、燃料補給艦の伊号第十潜水艦に続航してマラッカ海峡をぬけインド洋に入った。そして、速力一二ノットから一六ノットで南下した。

艦は順調に進んで、ペナン出港後、四日目の六月三十日午前四時には、東経九〇度四〇分の位置で赤道を通過、針路を南西に向け、燃料補給のできる静かな海面を求めて航行をつづけた。

七月四日早朝、伊号第十潜水艦に乗っていた第八潜水戦隊司令官石崎昇少将から、補給作業を実施する意志があるかを問う信号が送られてきた。波高は三メートルから四メートルで、伊予灘とは比較にならぬ悪条件だったが、内野艦長は、機関長田淵了少佐と相談した結果、他に平穏な海面があるとは思えず、作業を強行することに決定した。

ただちに両艦は、艦首を接近させて導索を渡し、送油管が伊号第十潜水艦から伊号第八潜水艦に引きこまれ、送油が開始された。艦は大きく揺れていたが、補給作業は円滑に進められ、四時間を費して一一五トンの油が送られ、伊号第八潜水艦の燃料タンクは満載になった。位置は、南緯四度五三分、東経八七度二〇分であった。

その後、両艦は、さらに五日間南下をつづけ、マダガスカル島東方の南緯二三度二五分、東経七五度一五分の海上で再び停止、八〇トンの送油をおこない、伊号第八潜水艦は満載状態になった。

これによって、二回にわたる燃料補給は無事終了し、いよいよ伊号第八潜水艦は単独でドイツへむかうことになった。

伊号第十潜水艦から、

「予《あらかじ》メ成功ヲ祈ル」

という手旗信号が送られ、伊号第八潜水艦も、

「誓ッテ成功ヲ期ス」

と、それに応えた。

両艦は南と北へ動き出し、甲板上で帽が振られた。その距離は次第にはなれ、やがて、伊号第十潜水艦の艦影は遠く北方の水平線に没していった。

艦は、ひそかにアフリカ大陸南端の喜望峰南方海域に航進を開始したが、艦内に思わぬ病人が発生していた。

ペナン出航時には、むろん、体の故障を訴える者はいなかったが、インド洋上に出てから回航員の一人である田島二三男上等水兵が連日四〇度を越える高熱を発するようになり、他にも肝炎を発病した水兵がいた。軍医長小谷順弥大尉は、柳生一等衛生兵曹とともにこれらの治療にあたったが、殊に田島上水の病状が思わしくないので、Uボートの軍医長予定者として便乗していた清水正貴軍医少佐とドイツ駐在を命じられて赴任途中の小林一郎軍医少佐の協力を仰いだ。

三名の軍医官は、高熱がつづく症状からみて腸チフスの疑いがあると診断し、回航員の新設居住区である下部魚雷発射管室で治療にあたった。もしも腸チフスであれば、チフス菌はたちまち艦内にひろがり、ドイツ行きも断念しなければならなくなる。しかも、

艦内には定員を六〇パーセントも越えた人間が詰めこまれているので、田島上水を隔離することもできない状態だった。

しかし、血液検査の結果、田島上水の病名は悪性の熱帯性熱マラリアであることがあきらかになり、必死の治療がつづけられた。が、症状は好転せず、脳症を起して昏睡状態のまま七月七日、遂に死亡した。

その夜は、立錐の余地もない下部発射管室でしめやかに通夜が営まれ、翌日、遺体をおさめた棺の下部に一五センチ練習用砲弾が入れられ、甲板上に運び上げられた。

甲板上には、内野艦長以下乗組員が整列し、弔銃発射とともに「命をすてて」の葬送ラッパが吹かれ、軍艦旗におおわれた棺は、水しぶきをあげて海面下に沈んでいった。

艦は、ケープタウンにあるイギリス航空基地の哨戒圏を避けて、喜望峰沖三〇〇浬以上の海面を迂回したが、前年、ドイツに派遣された第一便の伊号第三十潜水艦と同じように、世界屈指の荒天海域であるローリングフォーティーズに突入した。

海上は、七月十一日に時化《しけ》を迎えてから、風波は次第に激化し、燃料満載状態のため乾舷《かんげん》が低くなっている艦は、波にはげしくもまれるようになった。それに、艦は艦齢も古く、居住設備の新設による無理がたたって故障個所が続出し、七月十四日には、左舷の上部構造側板が二メートルにわたって裂け、流失してしまった。そのため、押しよせる波浪が、直接、飛行機格納筒に激突するようになった。

乗員たちは、顔色を失った。もしも格納筒の昇降装置や取付けが激浪で破損すれば、上部構造物をはじめメインタンクの頂板や内殻にも損傷を生じ、重油の漏洩もうながして、ドイツ行きも断念しなければならなくなる。

内野艦長は、ただちに艦を反転させ、破損した左舷を風下にして波を避け、艦内にあるすべてのロープとワイヤーで応急修理をおこなわせた。その海域は冬季を迎えていて寒気がきびしく、甲板上は絶えず波に洗われているので、作業は困難をきわめたが、辛うじて修理を終らせることができた。

内野艦長は、故障続発を恐れて、波の静まるのを待つため二度にわたって潜航した。が、天候は益々悪化するばかりで、ローリングフォーティーズの突破は不可能になった。

当惑した内野は、イギリス空軍の哨戒圏内にある海面を航行することもやむを得ないと判断し、艦の針路を喜望峰方向に変針させ、荒天海域からの脱出を試みた。

進むにつれて、天候は徐々に恢復し、七月二十一日にはようやくローリングフォーティーズから離脱、幸い哨戒機の機影もみなかったので、故障の修理作業をおこなった。

艦は、喜望峰沖を通過し大西洋上に入った。そして、ひそかに北上を開始すると、二日後にはドイツ海軍通信所からの第一電が受信できた。それは、ドイツ駐在海軍武官横井忠雄少将からの電文で、航路途上にはりめぐらされた敵側の哨戒状況についての情報と、ドイツ潜水艦が伊号第八潜水艦出迎えのため出港準備を急いでいることをつたえていた。

内野艦長以下乗組員たちは、その報に喜び、任務達成の確信をいだいた。

その後、横井武官からの打電はつづいたが、それらは、すべて航路上の危険を報せる情報のみで艦内の緊迫感は一層たかまった。

七月二十七日正午、艦は、セントヘレナ島西方約四〇〇浬に到達、北上をつづけたが、翌々日には海軍武官から、到着港がロリアンからブレストに変更になったとの報告を受けた。また、出迎えのため出発予定のドイツ潜水艦とは、アゾレス諸島西方の北緯三九度〇〇分、西経三三度三〇分の位置で会合し、最新式の電波探知機を受けとるようにとも指示された。これらは、むろん、伊号第八潜水艦を危険から守るための処置であった。

また、その電文には、適当な機会をみてドイツ潜水艦との会合地点に到達する予定日時を教えて欲しい、ともつけ加えられていた。

それまで伊号第八潜水艦は、行動を敵側にさとられぬため一切の無電発信をおこなわなかったが、独艦と会合するには予定日時をしめさねばならない。そのため、内野艦長は、吉田航海長と協議して会合位置までの時間を計算し、桑島通信長に命じ、

「八月十一日一八〇〇（午後六時）アゾレス西方会合点着。二十日ブレスト着ノ予定」

という短文の電文を発信させた。その暗号は、呉出港前に軍令部からあたえられたトーゴーと秘称されている特殊暗号であった。

しかし、この発信はイギリス軍側に捕捉されたらしく、七月三十一日に艦尾方向に敵飛行機の接近してくるのを発見、急速潜航した。

幸いにも艦は敵機の攻撃を受けずにすんだが、敵側の警戒がきわめて厳重であることが立証され、無電発信には慎重な態度をとる必要があると痛感された。

八月一日夜半、西経二三度四〇分の位置で赤道を通過した。内地出港後、満二カ月を経過したわけだが、その間に、喜望峰沖合で冬期を迎えた艦は、再び酷熱の熱帯圏に入った。

艦上は、強い陽光にさらされて熱しきっていたが、潮風を受けるので堪えることはできた。それに比して、艦内は悲惨な様相をしめしていた。数名の見張り員が交代で甲板上に出る以外は、大半の者が、艦内にとじこめられたまま陽光にも外気にもふれることはできない。激しい暑熱に加えて湿度は百パーセントに近く、全身、汗と脂にまみれている。それに、定員をはるかに越えた乗艦者で、艦内は立錐の余地もなく、かれらは、濁りきった空気の中で身じろぎもせず喘いでいた。

艦に貯えられている真水の使用は、極度に制限されていた。水浴はもちろん洗面も許されず、僅《わず》かに少量の飲用水があたえられるのみで、着換えられた衣服は、そのまま衣服箱に投げこまれるだけであった。百六十名に達する乗艦者の体からは、異様な臭気が発散し、顔も体も厚い垢《あか》におおわれていた。

外界から遮断された艦内で時刻を知る唯一の手がかりは、食事であった。副食物はほとんど缶詰が利用され、野菜も乾燥されたものが使われていたが、ビタミン不足をおぎなうため、食卓上におかれたエビオスを食事の度に口の中へ投げこんでいた。

乗艦者たちは、時間の経過するのを唯一の楽しみにしていた。ドイツ潜水艦と会合するのは十日後であり、さらに十日経過すれば、ドイツ占領地域のブレスト軍港に到達する。入港すれば、甲板上に出て外気を思う存分吸えるし、自由に手足をのばしてベッドに横たわり大地を歩きまわることもできる。かれらは、艦内に閉じこめられた生活から脱出できるまでの日数を切ない思いで数えていた。

内野艦長以下士官たちも同じ思いであったが、八月四日駐独武官から発信されてきた電文は、かれらに失望感をあたえた。

それは、「機密第八〇九番電」として、

一、貴艦ニ装備スベキ電波探知機ノ完成遅ルルニ付、アゾレス西方会合点着ハ、早クトモ八月十八日ニ変更セラレタリ

二、新会合期日ヲ通知スルマデ、北緯二〇度、西経三五度ヲ中心トスル三〇〇浬圏内ニテ機宜待機セラレ度《たし》

三、右海面ハ従来ノ経験ニヨレバ危険少キ海面ナルモ、(敵)母艦機ニ対シテハ常時警戒ヲ厳ニスル要アリ

四、会合日時ハ、予定ツキ次第通知ス。行動遅延ノタメ補給ノ必要アラバ、ソノ旨通知アリ度

と、打電してきたのだ。

この指示は、伊号第八潜水艦にとって無情な予定変更であった。八月十一日と予定されていた会合期日が一週間も延期されることは、一日も早く解放感を得たいとねがっていたかれらの期待を裏切るものであり、同時に、限られた燃料、食糧、真水の絶えることも憂慮された。

内野は、ただちに士官たちを集めると、その電文をしめして、航行に必要な物資の保有量を調査させた。その結果、燃料、真水については極度の節約をすれば心配はないが、食糧、殊に副食物に不足をきたすことがあきらかになった。駐独武官の電報は、

「早クトモ八月十八日ニ変更」

と打電してきているが、それは、一週間以上の遅延を意味するもので、もしも、さらに期日が延びれば、伊号第八潜水艦は重大な危機にさらされる。

内野艦長は、無電発信の危険なことを十分承知した上で、

一、伊八潜、八月八日現在量

糧食……九月五日マデ
燃料……一二ノット二十昼夜分程度
二、差当リ補給ノ必要ナキモ、ナルベク本月中ニ入港デキル様取計《とりはから》ワレ度
と、悲壮な内容の電文を発信した。そして、艦は、速度を落して会合予定位置に北上をつづけた。

その間、内野は駐独武官からの返電を待っていたが、八月十三日につづいて翌十四日に、ドイツ潜水艦との会合方法がつたえられた。

それによると、八月十八日の会合日は、十九日又は二十日に延期となり、ドイツ潜水艦は、すでにドイツ軍港を出発して会合点にむかって航進中だという。また、会合方法としては、互いに発見できない場合、電波を発して位置を確認し合うことも指示されていた。さらに、会合位置のアゾレス諸島西方海域には、「敵護送船団ガ航行スルコトアリ。敵機ノ出没頻繁トナレリ。対空警戒ニ関シテハ、常時厳重ニセラルル要アリ。太陽ヲ背ニシテ来襲スル敵機多シ」という警告もつけ加えられていた。

内野艦長は、その電文によって愁眉《しゅうび》をひらいたが、敵に発見される公算が益々増大していることも知った。

翌日、機密第八七一番電によって、会合期日が、正式に八月二十日ドイツ時間一二〇〇（正午）と決定した旨がつたえられたが、会合位置はわずかながら変更された。その

ような度重なる指示を受けた内野艦長は、駐独武官がドイツ海軍の協力を仰いで綿密な受入れ態勢をととのえていることを察知した。

艦は、周囲に厳重な警戒をはらいながら、会合位置にむかって進んだ。艦上では、天測を繰返して正確な位置を計測することにつとめ、会合予定日の前日の夕刻につづいて夜間も、星をたよりに位置測定がおこなわれた。

八月二十日の夜明けを迎えた。

あいにく視界は悪く、海上は荒れていたが、ドイツ時間の一二〇〇以前に、艦は指定された会合位置に到達した。内野艦長以下乗組員たちは、四方の海上に双眼鏡を向けつづけたが、艦影らしきものは発見できない。潜水艦の上甲板は低く艦橋も小さいので、視認距離は数浬にすぎず、その上、雲霧も流れているので、日独両潜水艦の位置測定にかすかな誤差があれば、艦影を発見できぬおそれがあった。

伊号第八潜水艦は、海面を移動して海上を探ったが、ドイツ潜水艦の艦影を見出すことはできなかった。

内野艦長は、駐独武官の指示した会合要領にもとづいて、四〇七キロサイクルの電波をキャッチすることにつとめたが、そのうちに発信された電波が感応できた。が、それはきわめて微弱なもので、方位を測定することはできず、思いきってこちらから電波を発してみた。すると、それに対して、またも微弱な電波の感応を得たが、それきり発信は絶えた。

しかし、ドイツ潜水艦が伊号第八潜水艦の位置を探ることにつとめていることが推察できたので、内野艦長は、ドイツ潜水艦を探し当てるまで移動すべきではないと判断した。そして、艦を停止させ見張りを厳にして洋上を凝視していると、午後三時十分、一六〇度方向の水平線上に微細な黒点が湧くのを認めた。

ドイツ潜水艦か、それとも敵艦艇か、内野は判断しかねた。独潜との間に無電の発信をおこなったことは、敵側にも傍受され、攻撃にさらされることも意味している。

内野は、ただちに敵の来襲にそなえて総員に急速潜航配置につけと命じ、黒点を凝視した。

緊迫した空気の中で、点状のものは次第に近づき、艦型もおぼろげながらレンズの中に浮び上ってきた。

「独潜！」

艦橋から見張り員のうわずった叫び声が上った。それは、あきらかに天蓋《てんがい》のない艦型をしたドイツのUボートであった。

双眼鏡には、ドイツ潜水艦のかかげるドイツ国旗もとらえられた。その国旗の掲揚は、洋上で会合するドイツ潜水艦を敵潜水艦と誤認しないようあらかじめとられていた処置であった。

伊号第八潜水艦も軍艦旗をあげ、国際信号法による発光信号を送った。艦上には、喜びの声がみちていた。ペナン出港以来、五十五日目に計画通りドイツ潜水艦と会合することができたのだ。

ドイツ潜水艦は次第に近づくと、伊号第八潜水艦の左方を通過し、反転して右舷方向約五〇メートルの位置に停止した。ドイツ潜水艦の甲板上では、乗組員がしきりに手をふっていた。

海上は時化ていて、波のうねりは高い。

内野艦長は、ただちに舫銃《もやいじゅう》の発射を命じた。洋上に鈍い発射音がひびいて、ロープが生き物のように弧をえがいてドイツ潜水艦にむかって飛び、やがて、両艦の間にロープが張り渡された。

七百トンクラスのドイツ潜水艦の乾舷は低く、甲板上を激浪が洗っているため、伊号第八潜水艦からゴムボートがロープに結びつけられて送られた。ボートは激浪にもまれて、容易にはドイツ潜水艦の舷側に達しない。そのうちに、ドイツ潜水艦から一人の乗組員が海中に飛びこみ、ゴムボートを舷側に導くのが見えた。そして、一人の士官らしい乗組員がボートに乗り、伊号第八潜水艦に近づいてきた。それは、連絡将校のヤーン少尉であった。

ヤーン少尉は、艦橋に立つ内野艦長に挙手の礼をとり、士官たちと握手を交した。

幸い、伊号第八潜水艦にはドイツ語に堪能な軍令部付嘱託山中静三が便乗していたので、内野艦長は、山中の通訳でヤーン少尉と打合わせをおこなった。ヤーン少尉の話によると、ドイツ潜水艦はU161号で、予定通り最新式の電波探知機を搭載してきていることが判明した。

しかし、洋上は波浪が高く、精密な電波探知機をボートではこびこむことは困難で、天候の恢復を待つことに決定した。そして、明日午前十一時に同位置で再会し、電波探知機の移乗作業をおこなうことになった。

ヤーン少尉は、その旨をU161号に手旗信号で送り、両艦は、敵の来襲をおそれて海中に身を没した。

日没後、両艦は浮上したが、現地時間の午後十時三十分頃、海上に船の灯火と思われる白灯三個を認め、急いで避退した。近くにあるアゾレス諸島にはイギリス空軍基地があって、発見されれば攻撃にさらされるおそれがあった。

夜が、明けた。

伊号第八潜水艦は、再び潜航し、定められた午前十一時〇〇分に前日の会合位置海面に浮上した。同時に、U161号も海上に姿をあらわして接近してきた。

幸い、波浪はしずまっていたので、電波探知機の移乗作業が開始された。

伊号第八潜水艦から再び舫銃が発射され、ゴムボートがU161号に送られた。ゴムボートは、両艦の間を何度も往復し、二時間後には、ドイツ最新式の電波探知機と、探知機の取扱いに習熟した下士官、兵二名の移乗も終った。

内野艦長は、ドイツ国内でコーヒーが不足していることを耳にしていたので、コーヒーの一斗缶をU161号に送りとどけた。この寄贈はドイツ潜水艦側を大いに喜ばせ、先任将校が艦長の礼状を手に挨拶に来た。

作業はすべて終了し、両艦の甲板上では、別れの帽子がふられた。U161号は、単独で大西洋上での通商破壊戦にむかうのだ。

やがて、ドイツ潜水艦の艦影が水平線下に没すると、伊号第八潜水艦は北上を開始し、艦内で電波探知機の取付けがはじめられた。

内野艦長をはじめ士官たちは、山中嘱託の通訳によってヤーン少尉の説明をききながら取付け作業を見守っていたが、内野たちの顔には、一様に驚きの色がうかんでいた。

ドイツ海軍の運びこんできた電波探知機の受信空中線は、鉛筆ほどの太さしかない二本の真鍮《しんちゅう》製の棒で、潜望鏡支基の上部にとりつけられたが、呉海軍工廠で装備した電波探知機の空中線にくらべるとはるかに構造は簡単で、大きさも数十分の一しかない。さらに、日本製の空中線の操作は艦内にもうけられたハンドルで回転させるのだが、ドイツ製の空中線は、艦内の受信装置に接続され、操作もきわめて容易であった。

そのような単純な装置で効果はあるのかと疑われたが、その後捕捉した電波は、日本製の電波探知機とは比較にならぬほどの鮮明な像を浮び上らせた。

内野艦長は、あらためてこの部門の日本の技術水準が大きく立遅れていることを痛感し、日本海軍の名誉をそこなうことを恐れ、呉海軍工廠製の電波探知機を解体させて艦内の奥深くかくした。

艦にとりつけられた電波探知機は、移乗してきたドイツ海軍の下士官と兵によって操作され、電波をとらえた折の感度によって、敵側のレーダーの発した電波かドイツ側の発した電波かを識別する。もしも敵側の接近を感知した折には、急速潜航しなければならぬが、ドイツ海軍下士官と兵の傍に勤務する日本側の電信兵は、むろんドイツ語を知らない。

当然、緊急時に、両者の間で混乱の起ることが予想された。

そのため、山中静三は、あらゆる場合の探知度に応じて伊号第八潜水艦のとるべき処置をドイツ電信兵に列記させた。そして、山中はそれに日本語訳を併記し、ドイツ電信兵がその対照表の一部を指させば、日本側電信兵は、ただちに艦内にむかって報告できるようにした。

その日、ドイツ海軍本部電信所から、敵側の哨戒行動が活潑なので昼間潜航して進むように、という厳重な注意が無電によって寄せられた。

また、伊号第八潜水艦は、ヨーロッパ大陸のスペイン領沿岸からオルテガル岬沖合を通過してビスケー湾を北上、最終到着港の旧フランス領ブレスト軍港にむかうよう指示してきた。さらに、ビスケー湾には、伊号第八潜水艦を迎え入れるため駆逐艦四隻を待機させ、飛行機も八機出動させるともつけ加えられていた。

ドイツ海軍は、在独日本海軍武官と協力して、可能なかぎりの周到な受入れ態勢をととのえていたのだ。

電波探知機の装備を終えた翌八月二十二日、早くも探知機に緑色の像がうかび、それ以後、しばしば電波が感知された。その海域一帯は、イギリス哨戒機と艦艇にみちていて、その度に伊号第八潜水艦は急速潜航して海中に身を没した。

艦は、アゾレス諸島西方を北上後、直角に東方へ進路を変え、いよいよヨーロッパ大陸のスペイン領西岸にむかって航進を開始した。

艦が進むにつれて、電波探知機には、ひんぱんにイギリス空軍機のレーダーの発する電波が探知され、艦は急速潜航をくり返した。そして、八月二十六日、スペイン領西岸のビーゴにむかって接近していったが、その日、在独日本海軍武官から不吉な無電が入電した。

それは、駐独日本大使館機密第九二五番電として、ドイツ海軍作戦部からの情報をつたえたもので、

一、ビスケー湾外洋上ヲ哨戒中ナリシ敵ハ、最近スペイン沿岸ノ哨戒ヲ開始セリ。兵

力ハ巡洋艦一隻、駆逐艦五隻ニシテ、フィニステレ岬ヨリオルテガル岬間ヲ昼間ハ海岸ヨリ一〇浬乃至二〇浬ヲ、夜間ハサラニ沿岸ニ接近シテ哨戒シアルモノト推定セラル

という内容であった。

フィニステレ岬からオルテガル岬間といえば、伊号第八潜水艦の航行予定路で、そこに有力な艦艇が哨戒にあたっているというのだ。

ドイツ海軍も、この点について対策を練っているらしく、その機密電には、

二、ドイツ空軍ハ、之《これ》ニ対シ有効ナル攻撃ヲ加ウルベク計画中ナルモ、警戒ヲ厳ニサレタシ

と、つけ加えられていた。

ドイツ海軍は、伊号第八潜水艦のオルテガル岬沖合突破を援護するため、通過時刻にイギリス海軍の哨戒部隊を攻撃する計画をたてているが、それが、果して成功するかどうかは予測できなかった。

緊迫した空気が、艦内にみちた。艦は、八月二十七日夜明け前にスペイン領のビーゴ附近に到着するはずで、艦が陸地を望見できる位置に接近するのは、ペナン出港以来六十二日目であった。

しかし、前日の八月二十六日は、電波探知機に敵飛行機の接近が絶えず感知されて、

潜航を余儀なくされたため進度がおくれ、夜明け前に灯台の灯らしい光をかすかに認めただけで、水中航走に移った。

艦は、スペイン領沿岸沖を北に進み、潜望鏡をあげ、水平線に陸岸を見出して位置確認をした後、再び海中深く身を没した。

その附近は、中立国船舶の航路にあたっている上にトロール漁船の往来がしきりなので、水中聴音器には、しばしばスクリューの音がとらえられた。その度に、艦は遠く身を避けたが、特にトロール船の曳く漁網にからみつかれることが危惧された。

その日、電波探知機に強い感度があらわれ、艦は、深度八五メートルまで潜航し、水中航走をつづけ、二時間後に浮上した。が、またも電波が探知され、再び急速潜航し、八五メートルの深海に身をひそめた。

重苦しい時間が流れ、艦は水中航走をつづけていたが、突然、巨大なハンマーを叩きつけられたような爆雷の炸裂音が起った。睡眠をとっていた者たちは跳ね起き、乗組員たちの顔からは血の色がうせた。

爆雷の炸裂音は連続的に艦をふるわせ、それは七回におよんだ。敵に発見され爆雷攻撃を浴びていることは疑う余地がなく、艦の沈没も予想された。

ヤーン少尉が、ただちに司令塔に招かれ、山中嘱託の通訳で艦長と協議したが、ヤーン少尉は、敵の爆雷攻撃ではないらしいと述べた。同少尉の説明によると、イギリス空軍は筏《いかだ》の様なものに時限爆雷をつけて海中に投下し、炸裂させる。それは、ドイツ潜水艦の乗組員を威嚇する心理作戦を目的にしたものだという。

艦長以下乗組員は安堵し、事実、ヤーン少尉の説明を裏づけるように、その後、爆雷の炸裂音も絶えた。

艦は、潜航したまま航走をつづけ、数隻のイギリス哨戒艦の待機しているというフィニステレ岬に徐々に近づき、日没時には、同岬の南西約六浬の位置に達した。そして、日が没してから一時間後に、ひそかに浮上した。

艦橋に上った内野艦長は、漆黒の海面におびただしい光をみて愕然とした。艦の周囲の海面にも、甲板上にも、無数の光の粒が散っている。あたかも艦が、光の海を進んでいるようにみえた。

光は、夜光虫の群れの発する燐光であった。海面も甲板も青白い光におおわれ、幻想的な世界の中の光景のように思えた。

艦は、光につつまれながら航進を開始したが、艦尾から泡立つ海水に夜光虫が刺戟されるらしく、航路が青白くかがやいて、一万メートルも光の尾が曳かれている。陸岸からはわずか一〇キロメートルほどの距離なので、内野は、陸上から航跡を発見されはしないかとおびえた。

また、陸上には灯台が多く、強い光芒が、夜の海面を一定の間隔をおいてないでくる。

その度に艦は光を浴び、内野は、身のすくむような不安を感じていた。

午前二時三十分、陸岸との間の海面に一条の白い航跡を発見し、ヤーン少尉が、敵か味方かを判別するため双眼鏡に眼を押しあてた。ほの白い航跡は、伊号第八潜水艦の場合と同じように夜光虫の群れの発する光の筋で、その艦影からロリアン軍港に帰投する途中のドイツ潜水艦と推定された。

内野艦長は、安堵したが、ドイツ潜水艦が伊号第八潜水艦を敵艦と誤解して攻撃してくることも予想され、不祥事の起ることを避けるため急速潜航を命じた。そして、三十分後に浮上してみると、今度は逆の左舷方向に、夜光虫の航跡をひきながら並行して走っている艦影を認めた。

艦長は、ヤーン少尉と双眼鏡で艦影を凝視し、それが三十分前に眼にした艦と同型のドイツ潜水艦ではあるが、別の艦であることを確認した。

内野艦長は、誤認されることを恐れ、またも潜航を命じた。

その直後、ドイツ駐在の日本海軍武官横井忠雄少将から機密電が入電してきた。それによると、伊号第八潜水艦の進路にあたるスペイン領オルテガル岬沖合には、イギリス海軍駆逐艦十一隻が哨戒行動中だという。伊号第八潜水艦にその危険海域を突破させるため、ドイツ空軍は、イギリス哨戒部隊に攻撃をしかける予定だとつたえてきた。

内野艦長は、オルテガル岬沖合がブレスト軍港到着までの最大の難関だということをさとった。ペナンを出港して以来、六十日以上が経過しているが、その大航海を成功させることができるか否かは、その危険海域の通過にかかっている。

かれは、決断すべき時がやってきたと思った。艦内の換気のためには夜間に浮上することが望ましいが、このまま水上航走して進むことは、危険が大きい。それを避けるためには、オルテガル岬沖合を完全に通過するまで、潜航して進むことが賢明な方法だと判断した。

かれは、艦内に指令を発し、艦は海中に身をひそめたまま航進をつづけた。

時間がたつにつれて、艦内の空気はにごりはじめた。

せまい艦内には、定員以外にドイツから譲渡される予定のUボートを日本に回航する乗組員と便乗者約六十名近くがつめこまれている。さらに、それに必要な食糧その他も積載されていて、艦内の空間は乏しく、空気の汚濁は早かった。

潜航後十時間がすぎた頃、酸素の量は少くなり、逆に炭酸ガスの量が急激に増してきた。艦内の者たちは、体を横たえたり膝をかかえたりして、呼吸する空気の量を少くすることにつとめた。百六十名に近い乗組員、回航員、便乗者たちは、酸素を吸い、炭酸ガスを吐き出すことをくり返している。呼吸は苦しくなり、言葉を発する者もいなくなった。

かれらの唯一の期待は、時間が経過すれば、いつかは必ず艦が浮上し外気が流れこんでくるということだけであった。かれらは、喘ぎながら時計の針の動きを見つめていた。すでに、時間は潜航後十七時間を越えていたが、艦は、浮上する気配もみせない。

老練な艦長である内野大佐（航海中に中佐より昇進）も、これほど長時間、艦を潜航させた経験はなかった。おそらく、その潜航時間は、日本潜水艦史上最長の部類に入るものにちがいなかった。

炭酸ガスのみちた艦内で、乗組員たちは激しい頭痛におそわれた。それは、頭蓋骨のきしむような痛みで、かれらは頭を手でかたくつかんでいた。

さらに、咽喉の痛みをうったえる者も増した。肺臓はしきりに酸素を吸いこもうとしているが、その量は急速に減ってきている。嘔吐感がつき上げて、胸をかきむしる者も多くなった。

艦長は、艦内の空気が最悪の状態になったと判断し、呼吸困難を緩和させるため、艦内に酸素の放出を命じた。その処置によって酸素の量はふえたが、炭酸ガスは減少することなく、さらに増してゆくばかりで、乗組員たちの苦痛は一層はげしくなっていった。

その間、伊号第八潜水艦は、最大の危険海域であるオルテガル岬沖合の深海を通過し、針路を北東にさだめてビスケー湾内に潜入していた。

内野艦長は、イギリス海軍の哨戒線を確実に突破したことをみとめ、八月二十九日午後十時、

「浮上」

という命令をくだした。潜航以来、実に十八時間三十九分が経過していた。

艦内に、歓びの声がみち、乗組員たちは、苦痛に顔をゆがめながら一様に天井を見上げていた。

やがて、艦は、暗夜の海上にひそかに浮上した。と同時に、潮の匂いにみちた外気が、艦内に流れこんできた。それは、ソーダ水を口中にふくむような爽快さで、艦内の者たちは、胸をはり鼻孔をひろげて夜気を思う存分すいこんだ。

その直後、夜の海上に灯火の動くのを発見したが、それは中型の商船で、さらに漁船のともす数個の灯も見出した。

艦は、厳重警戒のもとに水上航走をつづけて北東にむかって進んでいったが、浮上してから一時間後に、ドイツ駐在日本海軍武官からの機密電が入電した。それによると、ドイツ空軍は、伊号第八潜水艦が深く海中に身をひそめてオルテガル岬沖合の海域の突破をはかっていた頃、計画通り大挙出動してイギリス哨戒部隊に攻撃を加えたという。

それについて、電文には、

「航空攻撃ノ成果次ノ通リ

フェロール島西方四〇浬ニオイテ軽巡一、駆逐艦四隻アリ。内駆逐艦一隻撃沈、軽巡一隻ニ損傷ヲ与エタリ」

と、つたえてきた。

内野艦長は、ドイツ空軍と在独海軍武官の周到な配慮に感謝した。

さらに、その機密第九五三番電では、伊号第八潜水艦を出迎える予定の駆逐艦を、対空兵装の点ですぐれた最新式水雷艇三または四隻に変更し、もしも敵艦艇が出現した折には駆逐艦を出撃できるよう待機させている、という説明も加えられていた。また、ドイツ駐在の日本海軍代表委員阿部勝雄海軍中将（少将より昇進）と海軍武官横井忠雄少将が、伊号第八潜水艦出迎えのため、八月二十八日ベルリンを出発、同艦の到着港であるブレスト軍港にむかったこともあきらかにされていた。

内野艦長は、その電文によって、ドイツへの航海が成功に近づいたことを感じた。

八月三十日の朝を迎えた。空には雲片もなく、海面は朝の陽光に明るみはじめていた。

天測の結果を綜合すると、ドイツ海軍水雷艇との会合点に近づいたと判断されたが、不意に、見張り員から「艦影発見」の報告があった。

内野がヤーン少尉と双眼鏡をのぞくと、明けはじめた水平線上の右舷二〇度附近に黒点を発見し、ついで左舷方向に一個、さらに、少しおくれて右舷四〇度附近にも黒点を見出した。

内野は、総員急速潜航配置につくことを命じて、双眼鏡に眼を押しあてていると、黒点は次第に近づき、艦影もはっきりとみえてきた。

ヤーン少尉は、その艦型からドイツ海軍の最新式水雷艇三隻にまちがいないことを内野に報告した。

水雷艇は、左右から高速度で伊号第八潜水艦の周囲に集ってきた。艇上には、ドイツ国旗が潮風をうけてはためいている。

司令の搭乗する水雷艇が接近してきて、メガホンでなにか呼びかけてきた。ヤーン少尉もメガホンでそれに応じたが、司令は、伊号第八潜水艦に水雷艇隊の後にしたがって進むことを指示してきた。

諒解の旨をつたえると、三隻の水雷艇は高速度で散開し、一隻は前方に、他の二隻は両側に配置して、伊号第八潜水艦をかこむように北進を開始した。さらに、北方の空から爆音が近づいてきてドイツ空軍の直衛戦闘機も飛来し、空と海との護衛隊形がととのえられた。

内野艦長は、深い安堵を感じた。ペナン基地を出港してから六十数日間、水上航走と潜航をくり返しながら一万八千浬の海洋を突破してきた。それは、絶えず敵の攻撃におびえながら浮上・潜航をくり返した隠密行動だったが、ようやくドイツ海軍の庇護のもとに身を入れることができたのだ。

かれは、ペナンを出港してから、艦長室で休息をとることもなく司令塔で指揮をつづけてきた。夜も靴をはき双眼鏡を首にかけたまま、司令塔のソファに寝ころがって仮眠をとる。下着は汗と脂にまみれ、入浴もしたことのない体からは、激しい異臭がにおい出ていた。

かれは、艦長としてドイツ軍港へ入港する折に、わずかながらでも見だしなみを整えたいと思って、下着をとりかえるため疲れきった足どりで艦長室におりていった。ベッドに腰をおろすと、靴をぬぎ靴下をぬいだ。その靴下の底に、白い粉のようなものがたまっているのを眼にとめたかれは、いぶかしそうに指先でつまんでみた。それは、ひどく乾いた粉で、靴下を逆にすると床の上に砂のように落ちた。

かれは、釈然としない表情で下着をぬいだ。その瞬間、かれの体から白い埃《ほこり》のようなものが舞い上った。その異様な現象に、かれは、立ちすくんだ。ぬぎ捨てた下着の裏地に眼をすえてみると、そこにも多量の白い粉が附着している。体を掌《てのひら》でこすると、皮膚の表面からも、白い粉が湧いた。

ようやくかれは、その粉が垢だということに気づいた。艦内では、水の使用が極度に制限され、入浴はもちろん洗面もほとんど許されない。垢が全身をおおっていて、それが体温で乾燥し、白い粉状のものと化していたのだ。

長い間、潜水艦乗組をつづけてきたかれも、そのような経験は初めてで、あらためてドイツに到達するまでの航海が苦難にみちたものであることを感じた。

艦は、水雷艇隊の誘導で航進をつづけ、翌八月三十一日早朝、旧フランス領軍港ブレストの港外にたどりついた。伊号第八潜水艦は、ついに六十六日目に目的の地に到着したのだ。

ブレスト軍港は、イギリス本土に近いだけに、戦場の緊迫した気配がみちていた。敵の魚雷攻撃をふせぐための防塞気球が到るところにあげられ、上空には、警戒中のドイツ機の姿もみえる。

港外には、多数の艦艇が伊号第八潜水艦を待ち受けていた。その艦艇は、イギリス空軍が港口に投下した磁気機雷の機雷原を突破する船で、伊号第八潜水艦の触雷をふせぐために派遣されていた。

やがて、数隻の機雷原突破船が前方にならび、さらに、後方にも数隻の艦艇が配置され、艦艇の群れは静かに動き出して港口にむかった。それは、巨大な魚にも似た伊号第八潜水艦を中心に進む魚の群れのようにもみえた。

港口を無事通過した伊号第八潜水艦に、一隻の小艦艇が近づいてきた。そこには、潜水艦戦術研究のためドイツに派遣されていた江見哲四郎海軍中佐と、大使館付武官補佐官藤村義朗海軍少佐が乗っていて、水先案内のドイツ潜水艦長一名とともに移乗してきた。

内野は、江見中佐と藤村少佐から祝いの言葉を受けたが、殊に江見中佐とは親しい間柄であったので、かたく手をにぎり合った。

艦は、曳船によってブンカーにむかった。

甲板上には、士官以下乗員が第一種軍装に着かえて整列していた。それは、舷側に美しい線をえがいていたが、乗組員たちの顔色は、死者のように生色が失われていた。航海中、艦橋や甲板上に出て外気を吸い陽光を浴びることができたのは、ごく限られた一部の者だけで、大半の者たちは六十五日間、艦内にとじこめられたままだった。それに、運動することもできず、変化のない食物と少量の飲料水で日をすごしてきたかれらは、肉体的に激しい衰弱をしめしていた。中には、カルシウム不足で歯列の欠けた者もあったが、かれらが整然と不動の姿勢をくずさなかったのは、日本海軍の矜持《きょうじ》をそこなわないたくなかったからであった。

ブンカーの屋上には、多数の市民がひしめいて手をふっている。そして、伊号第八潜水艦がブンカー入口に近づくと、ドイツ海軍儀仗隊《ぎじょうたい》が、日本国歌についでドイツ国歌を演奏した。

甲板上に整列する乗組員たちの眼には、光るものが湧いた。かれらは、苦痛にみちた航海を終え、ヨーロッパ大陸の地に到達した喜びに胸を熱くしていた。

艦が、ブンカー内の桟橋に横づけになると、西部管区海軍長官クランケ大将と幕僚たちが、日本海軍代表委員阿部勝雄中将、海軍武官横井忠雄少将らとともに乗ってきて、内野艦長をはじめ先任将校上拾石康雄大尉、航海長吉田太郎大尉、砲術長大竹寿一少尉、機関長田淵了少佐、機関長付梁場源栄少尉らにつぎつぎと握手した。同大将は、内野艦長に導かれて、整列した乗組員たちを閲兵した。

その後、内野艦長と乗組員たちは、数名の者を艦にのこして歓迎会に出席した。その席で、クランケ海軍大将が祝辞を述べ、内野艦長が答辞を述べて祝宴に入った。

伊号第八潜水艦の乗組員たちは、頭髪も伸びたままで顔色も青ざめている。かれらは、長い間洗髪もしないので、頭の激しいかゆみに堪えきれず、時々、頭に爪を突き立てていた。

十

伊号第八潜水艦のドイツに派遣された目的は、潜水艦二隻を日本に無償で寄贈するというドイツ側の提案から発したもので、ドイツ海軍は、二隻のUボートのうち一隻をドイツ側で日本に回航するが、他の一隻は日本海軍の手で回航して欲しいという条件をつけている。

寄贈されたドイツ潜水艦は、U511号とU1224号の二艦で、日本側回航員の乗る艦はU1224号であった。

すでに、U511号は、ドイツ海軍の手でドイツを出発し、六十九日間の航海をへて、七月十六日に無事日本軍占領地域のペナン基地に到着していた。

同艦には、ドイツその他に滞在していた日本側関係者の間で便乗を希望する者が多かったが、Uボートの艦内はせまく、結局、ドイツ駐在の海軍代表委員野村直邦中将だけが便乗することに内定した。

野村中将は、昭和十五年十二月、軍務局長であった阿部勝雄少将（当時）とともに日独伊三国同盟の軍事委員としてドイツに派遣された。

その後、二カ年半にわたってかれは、ドイツ側との軍事的折衝をくり返し、日独海軍の協同作戦計画の実現につとめてきた。が、戦局の緊迫化にともなって、日本海軍首脳部との連絡も意のままにはならず、苦悩する日がつづいた。

やがて、昭和十八年四月上旬、岡本清福陸軍少将を団長とした遣独連絡使がソ連領からバルカン方面をへてベルリンに到着し、野村は初めて、昭和十五年末に日本をはなれて以来の国内情勢や戦局の推移を詳細に知ることができた。さらに、遣独連絡使一行のドイツ入国を計画した大本営陸・海軍部の焦慮も、理解できた。

そのうち、四月二十九日、外務大臣からドイツに駐在する大島大使あてに重大な電報が入った。その要旨は、ドイツの対ソ戦に関する危惧《い》を表明したもので、むしろドイツはソ連と和解し、日本とともに対米英戦に総力をあげるべきだという判断をドイツ側につたえて欲しい、と要望してきた。

野村も、対ソ戦がドイツの戦力を甚しく消耗させていることを憂え、もしも米英両国が大攻勢に出てくれれば、東西両方面から挟撃される結果になって、ドイツの敗北は確実になると判断していた。

しかし、すでにドイツ統帥部は、総力を対ソ戦に投入してソ連を壊滅させる方針を決定し、日本側の希望を受けいれる余地はなかった。

そうした事情を知っていた野村は、効果はないと察しながらもドイツ統帥部に、日ソ中立条約をむすんでいる日本の斡旋《あっせん》によってドイツ・ソ連の両国間に和平交渉の道をひらきたい、という申し入れをした。が、ドイツ統帥部は、予想通り日本側の好意を謝しながらも拒絶してきた。

その年の三月三日、野村は、東京から「潜水艦ニ便乗シ帰国セヨ」という電報を受けとっていた。便乗する艦は、ドイツ側から寄贈される二隻の潜水艦のうちのU511号で、出発は五月十日と定められた。

U511号がドイツを出発して日本軍占領地のペナンに到着するまでは、二カ月以上を要する。それは、敵哨戒圏を突破する危険にみちた航海であるし、五十八歳の野村海軍中将にとって、不自由な艦内生活は肉体的に大きな苦痛をあたえるにちがいなかった。それに、野村は心臓病で、二カ月余を無事にすごせるかどうか甚だ心許なかった。

海軍武官横井少将は、野村の身を案じて、軍事医学の研究のためドイツに駐在していた杉田保軍医少佐に同行することを命じた。

帰国準備があわただしくはじまり、出発の一週間前には、ヒトラー総統主催の歓送会に招かれた。野村に対するドイツ側の扱いは丁重で、ドイツ統帥部のあるベルヒテスガーデンまで特別列車が仕立てられ、会場ではヒトラー総統とリッベントロップ外相が応対し、総統からかれに鉄十字勲章が贈られた。

また、歓送会の数日後には、参謀総長カイテル元帥から、日本海軍の強く要望していた魚雷艇用のダイムラーベンツの三、〇〇〇馬力内火発動機を、U511号に積載して持ち帰ってもよいという申し出もあった。

そうした中で、野村海軍中将は、阿部勝雄中将に海軍代表委員の任を託し、杉田軍医少佐とひそかに列車でベルリンをはなれ、旧フランス領のロリアン軍港にむかった。見送ったのは、フランス駐在大使館付武官細谷資芳海軍大佐、ドイツ駐在大使館付武官補佐官藤村義朗海軍少佐、大使館書記舟木善郎の三名であった。

一行がロリアンに到着したのは、五月十日の朝であった。市街は度重なる空襲で破壊され、人通りも絶えていた。

ブンカー内には、すでにU511号が待機していた。艦長は、実戦経験の豊かな二十六歳のシュネーヴィント中尉で、乗員も選びぬかれた優秀な者ばかりであった。

午後一時、野村中将と杉田軍医少佐が乗艦したU511号は、ブンカーの桟橋をはなれた。

と同時に、軍楽隊の奏する日本国歌とドイツ国歌がブンカー内に鳴りひびいた。

　桟橋では帽子がふられ、野村と杉田も手をふった。

　U511号は、ブンカーの外に出ると、早くも潜航テストをし、浮上の後、港口にむかい、磁気機雷のひしめく港口をぬけると外洋に出た。上空で警戒にあたっていた戦闘機も去り、U511号は日本への大航海にむかった。

　その頃、ドイツ駐在の日本大使館では、東京の外務省との間で特殊な連絡方法をこころみていた。U511号の出発は、ドイツ駐在の海軍代表委員野村直邦中将が帰国の途についたことを意味している。野村は、日本にとってヨーロッパ情報の知識を得る貴重な存在だった。

　しかし、厳重な敵の哨戒圏を突破して、U511号が無事日本占領地域に到達できるかどうかは予断を許さなかった。そのため、外務省では大本営の依頼を受けて、ベルリンの日本大使館とU511号の行動について緊密な連絡をとる必要があった。

　在独日本大使館では、大島浩大使をはじめ、館員たちが日独両国間の意思の調整に努力していた。大島は、昭和十三年十月陸軍中将で予備役に編入されたが、ドイツ駐在大使館付武官の任にあったこともあり、ドイツ通の第一人者としてドイツ大使に赴任していたのである。

　日独両国間にはわずかに潜水艦の往来等があったが、急激に変化する情勢のもとで情報その他の交換は、無線電信による暗号電報にたよる以外になかった。日本大使館では、連日のように東京の外務省との間で電文の交換をおこなっていた。

しかし、そのうちに、大使館と外務省との間で交される無電連絡に新たな障害が起りはじめていた。大使館からは、乱数表等を使用してドイツ通信所を通じ暗号電文を発信していたが、時折り暗号の配列が乱れて、受信する外務省側を当惑させることが起るようになっていた。その原因はドイツ通信所にあって、戦局の悪化にともなう人手不足で暗号の配列をまちがえて発信してしまうのである。

大使館では困惑し、ドイツ通信所に再三注意をしたが、その過失は完全にはあらたまりそうにもなかった。

外務省もこの問題について打開策を検討していたが、ドイツ駐在の軍事代表委員野村直邦海軍中将がU511号に便乗して帰国することが決定した頃、大使館に外務省から暗号電報が入電した。

それは、新たな情報交換方法を指示したもので、電報を利用せず、週二回国際電話で連絡するという異例の方法であった。

ヨーロッパと日本との間の国際電話は、デンマークがヨーロッパ各国からの資本を集めて創設した電話局の中継によっておこなわれていて、その局は、ドイツ軍占領地におかれていた。

むろん国際電話は連合国側の情報機関員によって盗聴され、その会話がすべて克明に記録されていることは疑う余地がなく、漏洩をおそれる情報交換としては、問題外の方法であった。

しかし、外務省では、盗聴されても理解できぬ言葉で会話することを思いついた。それは、標準語に最も遠い鹿児島弁を使用することであった。

この方法を提案したのは、外務省調査局の事務調査局の事務官樺山資英であった。かれは、過去に鹿児島県出身者同士で電話による情報交換がおこなわれた事実があることを知っていた。それは、昭和十四年に日本とイギリス両国間でひらかれた天津会議の時であった。

その年の四月九日夜、日本の要求にもとづいて王克敏を中心に組織された中華民国臨時政府の任命した海関の新監督程錫庚《ていしゃくこう》が、天津のイギリス租界内で抗日分子に暗殺される事件がおこった。すでに日本軍は、中国大陸に広く占領地域を拡大していたが、天津のイギリス租界は、抗日分子の後方攪乱と治安破壊の根拠地に化していた。

日本軍は、ただちにイギリスに対して犯人の引渡しを要求したが、それが拒否されたため、六月十四日早朝からイギリス租界外周の出入口で検問・検索を開始した。

この処置はイギリス側を硬化させ、七月十五日から有田外相とクレーギー英国大使との東京会談に移されて一応の解決をみたが、それまで天津で折衝がおこなわれていた間、鹿児島弁による電話連絡が交されていたのだ。

租界問題については、外務省側の天津領事館と天津駐屯の憲兵隊が主としてその衝にあたっていたが、領事の田中彦蔵は、交渉経過を報告するため東京にもどっていた。

かれは、天津のその後の情報を得るため外務省から天津の憲兵隊に連絡をとっていたが、盗聴されても安全であるように鹿児島弁で電話することを思いついた。かれは、鹿児島県姶良《あいら》郡加治木村の生れで、憲兵隊長の太田少佐も鹿児島市出身であることを知っていた。そして、太田憲兵少佐にその旨をつたえ、簡単な情報聴取をおこなったのである。

樺山事務官は、田中領事と太田憲兵隊長の情報交換方法を、ドイツ駐在の日本大使館と外務省の間の連絡に応用すべきだと思い、上司に進言した。

外務省では、前例もあることなので機密度の高いものを除外した一般情報の交換に、その方法を使うことを許可した。

幸い、ドイツ駐在の日本大使館には、鹿児島出身の曾木隆輝という館員が赴任していた。かれは、田中天津領事と同じ姶良郡加治木村の生れで、昭和四年東京帝国大学法学部を卒業後、外務省情報部に嘱託として入った。ドイツ語に長じていることから昭和十四年十一月に入独し、大使館員としてドイツ国内の情報蒐集にあたっていた。

外務省は、曾木を大使館の電話連絡員と定め、省内の鹿児島県出身者を物色した。

この案を立てた樺山資英は、鹿児島市長になったこともある海軍少将樺山可也を父にもつ鹿児島県出身者であった。が、小学校在学中に東京へ家族とともに転居したので、純粋な鹿児島弁を話すことは不得手であった。

結局、樺山の推薦で外務省調査局に勤務中の牧秀司が連絡員に指名された。牧は、鹿児島県日置郡吉利《よしとし》村の生れで、アメリカの南カリフォルニア大学を卒業して、帰国後、外務省に入った事務官であった。

準備はすべて整い、曾木と牧との間で一般情報の交換がおこなわれることになった。殊にドイツ駐在の軍事代表委員野村直邦海軍中将がドイツを出発する寸前であったので、それに関する連絡に使用されることに決定した。

外務省では、国際電話を使用するにあたって、盗聴するにちがいない連合国側の情報部を混乱させるため、慎重を期して二人の連絡員に偽名をつけた。その偽名は、曾木と牧のそれぞれの生地の村名を利用し、カジキ（加治木）、ヨシトシ（吉利）という姓にしたのだ。

そのような連絡方法について外務省からの指令を受けた大島大使は、曾木隆輝を招くと、カジキという偽名で外務省側のヨシトシという人物と電話で話し合うよう命じた。むろん会話は純粋な鹿児島弁を使い、しかも、連合国側に盗聴されても理解できぬように出来るだけ早口で話し合うように注意した。

曾木は、郷里の鹿児島弁を耳にできることになつかしさを感じたが、その反面、自分に課せられた任務の重大さに身のすくむのをおぼえた。

かれは、大学に入学してから休暇に帰省して鹿児島弁を使うことはあっても、東京での生活が長く日常会話は標準語を使っていた。さらに、ドイツへ赴任してからすでに三年六カ月を経過し、その間、鹿児島弁を耳にしたこともない。果して自分が確実に鹿児島弁を早口でしゃべれるかどうか、不安だった。

第一回の国際電話は、野村海軍中将がU511号に乗って帰国する一週間前に大使館へかかってきた。緊張した館員の見守る中で、曾木は受話器を手にした。

雑音がひどく、その底から、

「カジキサー、カジキサー（カジキさん、カジキさん）」

という男の声が、きこえてきた。

曾木の頭に、暗所でレシーバーを耳にあてている連合国側の情報機関員の姿が、一瞬うかび上った。自分たちの会話が、すべてそれらの機関員によって盗聴されていると思うと、胸の動悸がたかまった。

「ヨシトシサー？　（ヨシトシさんか？）」

曾木は、相手を確認した。

相手の声は澄んでいて甲高いが、声はかすかで、蚊の羽音のようにききとりにくい。それも、驚くほどの早口なので、理解することはむずかしかった。が、それでも耳を受話器に押しつけていると、相手の言葉の意味がようやく判明した。

「カジキサー　カジキサー。ノムラノオヤジャ　ハヨ　タタセニャイカンガナー　モタッタケナー（カジキさん、カジキさん。ノムラの親爺は、早く発たせなくてはいけないが、もう発ちましたか）」

ノムラの親爺とは、野村海軍中将のことをさしていることはあきらかで、その帰国をうながしていることが理解できた。

曾木は、すぐに答えようとしたが、一瞬、ノムラという言葉をヨシトシという人物が口にしていることに狼狽した。

ドイツに駐在している軍事代表委員野村海軍中将の存在は、連合国側にも熟知されている。鹿児島弁は盗聴されても意味をつかまれないだろうが、ノムラという言葉を多用すれば、その国際電話の内容が野村中将に関連のあることだ、と気づかれてしまうにちがいない。

曾木は、野村中将を「ヨシトシの親爺」と呼ぶ方が安全だと思った。野村も鹿児島県日置郡吉利村の生れで、その村名を使うことは自然だった。

曾木は、自分が加治木村生れでカジキという偽名をあたえられていることから察して、外務省側の電話連絡員であるヨシトシと名乗る男も日置郡吉利村の出身者にちがいない、と想像していた。

もしもその推測が的中していたら、ヨシトシと名乗る人物は、野村中将が同じ村の出身者であることを当然知っているはずで、「ヨシトシの親爺」と言えば、すぐに野村と察しがつくにちがいないと思ったのだ。

曾木は、声をはりあげると、

「ヨシトシサー　ヨシトシサー。ヨシトシノオヤジャ　モ　イッキタッモス（ヨシトシさん、ヨシトシさん。ヨシトシの親爺はもうすぐ発ちます）」

と、早口で答えた。

相手は、曾木の配慮に気づいたらしく諒解した旨を口にすると、匆々《そうそう》に電話をきった。

曾木の推察通り、ヨシトシの名をあたえられていた牧秀司は、野村中将と同じ村の出身者であるだけでなく、野村に保証人になってもらって外務省に入った男でもあった。そのため、「ヨシトシの親爺」という曾木の言葉を、すぐ野村の名と結びつけたのだ。

五月十日、野村中将が杉田保軍医少佐とともにU511号潜水艦に便乗してロリアン軍港をはなれてから四日後、再び外務省から大使館に国際電話がかかってきた。

待機していた曾木が電話に出ると、

「カジキサー。ヨシトシノオヤジャ　モ　モグイヤッタドカイ（カジキさん、ヨシトシの親爺は、もう潜って行かれましたか)」

相手は、驚くほどの早口で言った。

モグルという言葉は、潜水艦に乗っていったことを意味していることはあきらかで、曾木は、

「モ、モグリャッタ」

と、答えた。

かれは、外務省側の苛立ちを察して出発日時も教えたかったが、たとえ鹿児島弁でも数字はごまかすことはできないので、そのまま電話をきった。その後、週二回、曾木と牧の間で会話が交されたが、一カ月後に国際電話の中継局である電話局が連合国側の爆撃によって破壊され、電話による連絡は完全に断たれた。

この鹿児島弁による国際電話は、日本側が予想した通り、アメリカ陸軍の情報機関員によって盗聴され、一問一答がすべて録音されていた。

電話は、日本の外務省からドイツの大使館にかけられたものであることはわかっていたが、電話線を流れる言葉を理解することはできなかった。アメリカ陸軍情報部では、外務省と大使館の間で特殊な言葉を使って秘密事項を連絡し合ったことに気づいたが、それが、どのような意味をもつものなのか解明することはできなかった。

情報部では、日本語以外の他国語にちがいないと推定し、アジアの各国人にきかせて

みたが、かれらは、例外なく頭をふった。そのため、その異様な会話を収録した録音盤は、機密度の高い内容をふくむ重要資料として、アメリカ本国に送られた。

アメリカ陸軍情報部には、伊丹明というアメリカ国籍をもつ日本人青年が勤務していた。かれの両親はアメリカに帰化した日本人で、父はサンフランシスコで牧師をしていた。出身地は鹿児島県始良郡加治木村で、一家そろって渡米していたのである。

伊丹明は、サンフランシスコで生れたが、日本人としての教育を受けるため日本に来て、父の故郷の加治木村に住む叔母の家に寄食し、中学に通った。その頃、加治木村には精神教育を主とした学塾があって、明も、その塾に入った。塾では、国粋主義的な思想教育を塾生にほどこし、尽忠報国こそ日本人の生きる道だと教えていた。

明は、それに深い影響をうけ、同じような思想教育をおこなっている大東文化学院に進学した。

かれは、熱心に勉学していたが、アメリカにいる両親への思慕がつのり渡米することをねがうようになった。が、アメリカへ渡る旅費が、かれにはなかった。船の三等船客の運賃は百五十円ほどで、思いあぐねたかれは、同じ加治木村の出身者である曾木隆輝を訪れた。曾木は、すでに東京帝国大学を卒業後外務省に入っていて、後輩のために力を貸したいと思ったが、百五十円はかれにとっても大金で、その金額を捻出することは不可能だった。

曾木は、ふと、鹿児島県出身の代議士である中村嘉寿のことを思い起した。中村は、「海外の日本社」という組織を設立していて、日本人の優秀な子弟を海外に研修旅行させ、その見聞をひろめさせることにつとめていた。

曾木は、中村代議士のもとにおもむくと事情を説明して、明をアメリカへ連れていってやって欲しい、と懇願した。

中村は、曾木の申し出を諒承して、渡航に関する一切の便宜をはかってくれることを約し、曾木も明に旅費の一部をあたえた。

明は、曾木と中村の温情に感謝して、アメリカへ去っていった。

渡米した明は、サンフランシスコの邦字新聞社に記者の職を得、両親の家から通勤した。かれは、記者としての才能を発揮し、精力的に取材をしては正確な記事を書いた。

やがて、多才なかれは、父をモデルにした恋愛小説をその新聞に連載するようになった。かれにしてみれば、父に対する人間的な親しみから筆をとったのだが、聖職にあった父には、大きな打撃であった。小説の中には、異性との交際になやむ一人の男の情欲にひたる姿がえがかれていて、父は、牧師の職にあるだけに、それが一般の人の眼にふれることは堪えがたかった。

父は、明に小説の執筆を中止するよう命じ、それを拒否する明との間で激しい諍《いさか》いが起った。結局、明は父に勘当され、家を出てワシントンにおもむいた。

その夜、アメリカ国籍をもつ明のもとに徴兵令状がつたえられ、かれは、アメリカ陸軍に入隊した。

陸軍では、かれが日本の学校教育を受けた文才もある人物であることを知って、情報部に配属した。そして、かれに日本内地で発行される新聞、雑誌、公刊物の整理、翻訳の仕事をあたえた。

かれは、忠実に執務し、その存在はたちまち注目されるようになったが、或る日、かれのもとに日本外務省とドイツ駐在日本大使館との間で交された電話の会話を収録した録音盤が持ちこまれた。その言葉は決して日本語と思えなかったが、かれにきかせればなにかの手がかりを得るかも知れないと思えた。それに、ヨーロッパ戦線ではアメリカ陸軍も、独伊軍に理解されぬようにインディアンの部族の言葉を連絡用に使用していて、録音盤におさめられた意味不明の言葉も、なにかそれに類したものではないかと推測されていた。

録音盤から、二人の男の会話が流れ出てきた。それは雑音まじりの声で早口だったが、かれは、すぐにそれが郷里の言葉であることに気づいた。

かれが鹿児島弁だと答えると、情報部の将校は眼をかがやかせ、その意味を問うた。かれは、克明に英語に翻訳し、十回近く交された電話の内容をすべて解明した。しかも、かれは、ドイツの日本大使館側の連絡員の声が、同じ村の出身者で渡米した折に世話になった曾木隆輝のものであることも報告した。電話で交された会話の内容が、かれを中心にして検討された。その結果、野村海軍中将が潜水艦によってドイツを出発したことがあきらかになった。

しかし、国際電話で情報交換がおこなわれてから二カ月が経過していたので、野村が無事日本国内にもどっているにちがいないと推定された。

明は、その後も情報部関係の仕事をつづけていたが、終戦後、日本へもどると極東軍事裁判で日本側の通訳になった。かれは、戦勝国が戦敗国の主要人物を戦争犯罪人としてさばくことに強い反感をいだいていた。平和のためにという極東軍事裁判の名目が、実際は単なる報復行為にすぎないと憤っていた。

かれは、日本に進駐してきていたアメリカ軍の将校と口論したりしていたが、極東軍事裁判が終了すると、奔放な生活を送るようになった。かれは、加治木村の学塾と大東文化学院で国粋主義的な思想教育を受けたが、渡米後、かれのとった行為は、祖国に対する背信であったといってよかった。恩義を受けた同村の先輩である曾木隆輝の電話の内容も解明してしまったし、日本に関する情報もアメリカ陸軍に提供した。

純粋なかれは、戦後の日本のすさまじい荒廃と、戦争犯罪人として絞首刑の判決を言い渡した極東軍事裁判の経過に直接ふれただけに、自分の戦時中にとった行為に対して激しく苦悩するようになっていた。

かれは、或る夜、横浜でタクシーを走らせている途中、ピストルを手にすると銃口を頭部にあてて引金をひいた。弾丸は、正確に耳の付け根から射込まれて、運転手があわてて車をとめた時にはすでに死亡していた。

十一

野村直邦海軍中将と杉田保軍医少佐の便乗したU511号は、ロリアン軍港を出港と同時に潜航した。

艦長シュネーヴィント中尉は、二十六歳の若さであったが実戦歴は豊かで、艦長としての大胆さと沈着さをそなえていた。

ビスケー湾に入ったU511号は、夜間に浮上して航走したが、絶えず電波探知機に敵哨戒機や艦艇のレーダーから発せられる電波が感知され、しばしば潜航した。

敵機から投じられた爆雷や時限爆雷が炸裂するたびに、艦はきしみ、電灯は消えた。野村たちは、艦内にとじこもったまま、しばしば襲ってくる爆雷の炸裂する衝撃に身をすくめていた。時には、爆雷集中投下を浴びて、野村も杉田も死を覚悟した。

しかし、十日後にはビスケー湾を横断してアゾレス諸島沖合に到達することができた。艦内には、野村ら以外に五名のドイツ人が便乗していた。それは、ドイツから日本に寄贈されるU511号の同型艦を日本で大量生産する折の指導に任ずる技術者たちであった。造船設計特に船殻の専門家であるデシマーク社技師ミュラー、艤装・補機の同社技師ヘーバーライン、電気熔接関係を担当するドイツ海軍工廠のシュミット博士らで、各種の図面も携行していた。

また、杉田保軍医少佐は、海軍省から黄熱病の病原体を持ち帰るように指示されていたので、ヒップケ軍医大将に頼んで、ハンブルクの熱帯病研究所から譲り受けた病源菌を冷凍器に入れて持ちこんでいた。この黄熱病の病源菌は、将来、日本がアフリカ大陸で作戦を展開することを仮想し、予防対策を確立しようとしているものらしかった。そして、杉田は、持ち帰った病源菌が伝染病研究所の川喜田愛郎教授に託されることも耳にしていた。

U511号は、無事、アゾレス諸島沖を通過して大西洋を南下したが、敵機のレーダーの発する電波がひんぱんに感知され、その度に海中深くもぐった。むろん無電発信は一切禁じられ、もしも現在位置などを知らせるため打電すれば、たちまち連合国側に傍受されて激しい攻撃をこうむることは確実だった。

艦はひっそりと南下をつづけたが、途中、北上する敵の大船団を発見した。が、U511号の航海の目的は、同艦を日本に送りとどけることにあるので、艦は急速潜航をした後、避退した。

その頃、艦内ラジオにベルリン放送がきこえていたが、山本五十六連合艦隊司令長官の戦死のニュースも流れてきた。また、地中海チュニス戦線の悪化についでイタリアのシチリア島方面に連合軍が進出したこともつたえられ、艦内には重苦しい空気がよどんだ。

艦が南下するにしたがって艦内温度も上昇し、野村も杉田もパンツ一枚の裸身ですごすようになった。かれらは士官室に起居していたが、その生活は堪えがたい苦痛をあたえた。彎曲した壁には二段ベッドがとりつけられていたが、空間は少く、体をほとんど水平にしなければベッドにもぐりこめない。殊に上段のベッドに寝る杉田は、身を横たえることに苦心した。水は飲料以外に洗面する程度しかなく、食事も缶詰で、艦内での喫煙は一切禁じられている。

しかし、そうしたことよりもせまい士官室で時をすごさねばならぬ生活に、野村も杉田も辟易した。かれらは、無聊《ぶりよう》をいやすためパンツ一枚の姿でしばしばチェスをやった。それ以外には寝ることと食事をとることだけで、ただ時刻の経過を願うのみであった。

最大の楽しみは、艦長の許可を得て甲板にあがることであった。かれらは、ハッチから出ると、煙草をくゆらし潮の匂いにみちた空気を吸い陽光を浴びたが、それもわずか十分間ほどにかぎられていた。艦長以下乗組員たちは礼儀正しく、艦内生活は厳正だった。

ロリアン軍港を出発してから二週間後、艦は停止した。洋上にはドイツ海軍の補給潜水艦が姿をあらわし、燃料と食糧を補給してくれた。空は晴れ、海上はおだやかであった。

艦は赤道を通過、南半球に入った。それから四日後の六月一日、艦内のラジオはアッツ島玉砕のニュースを流し、野村と杉田は眉をしかめた。かれらは、祖国に危機がせまっていることを感じていた。

ロリアン軍港を出発してから一カ月が経過し、U511号はアフリカ大陸の南端に接近した。その附近の海上は、イギリス空軍機が広範囲に哨戒しているので、艦は喜望峰を大迂回することになった。

シュネーヴィント艦長は、危険を回避するため予定以上に艦を南下させ、信天翁《あほうどり》の群れ飛ぶ海面まで進み、それから東へ転針してマダガスカル東方沖合に向った。

艦がインド洋に入ると、艦内の緊張もうすらいだ。一応、安全海域にたどりつくことができたと判断されたのだ。

六月二十五日、遠く水平線上に船影を発見、艦は接近した。それは、喜望峰方面にむかうイギリス国籍の輸送船であった。

艦長は、攻撃を命令し、魚雷の航跡が走って船腹に吸いこまれていった。水柱が上り、炸裂音がとどろくと、輸送船はもろくも轟沈した。

沈没した海面には救命ボートが浮び、輸送船の乗員が乗っていた。艦長は、ボートに艦を近づけ、訊問した。その結果、輸送船は軍需物資を送りとどけてイギリス本国へ帰港途中の空船であることが判明し、かれらは、食糧、帆具も持っているのでボートでマダガスカル島へおもむくと答えた。シュネーヴィント中尉は、そのままかれらを放置して、再び艦首を北東方向にむけ航走した。インド洋上は、たまたまモンスーンの荒れる時期で、波がはげしく、強い風が吹きまくっていた。

U511号潜水艦は、波に翻弄され、速度はいちじるしく低下した。野村たちもベッドから投げ出されるほどの荒天がつづいたが、一週間後には、ようやく暴風雨圏を脱け出すことができた。

心臓病をわずらっていた野村には杉田が診療にあたっていたが、異常はなく元気だった。野村は、せまい士官室で帰国後海軍省に意見具申をするための書類に一心に筆をうごかしていた。

かれらは、無事、祖国へもどれる予感を強くいだくようになっていた。波も静かになったので、艦は時速一〇浬平均の速度で進みはじめていた。甲板へ出ることを許されることも多くなって、かれらは眩ゆい日光を全身に浴びた。

しかし、シュネーヴィント艦長は、敵の通商路を攪乱することを思い立ったらしく、敵の輸送船を撃沈するため洋上をさぐって艦を進めた。時には、反転することもあって、杉田は、早く日本軍占領地のペナンに進んでくれればよいと思ったりした。

七月十日夕刻、

「敵艦発見」

の声が、艦内にひびいた。

艦内に緊張した空気が流れ、その中をシュネーヴィント艦長の命令が次々につたわってくる。

野村と杉田の居室に乗組員がやってきて、艦橋に来て欲しいという艦長の言葉をつたえた。

二人が艦橋にのぼって行くと、艦長が事情を要領良く説明してくれた。発見した船舶は無灯火で、ジグザグ運動をつづけている。日本の商船がこの海域を航行しているという情報はないし、その警戒航行から察して連合国側の輸送船であることは疑いの余地がない。

現在、U511号潜水艦は同船を尾行しているが、夜間攻撃で撃沈するから見ていて欲しいと言った。艦は、船を追いつづけ、やがてその側方に進出し、約一、〇〇〇メートルの距離に接近した。

「発射」

という命令と同時に、二条の魚雷の航跡が暗い海上に走り出た。

野村と杉田は、航跡の消えていった方向を見つめていたが、突然、火山が大噴火を起したように太い火柱が眼前一杯にひろがるのを見た。そして、数秒後には鼓膜もやぶれるような轟音があたりの空気を引き裂いた。それは余りにも凄じい大火柱であり、大爆発音であった。艦橋にいた者たちは、体を屈し顔を伏せた。その直後、飛散したものが海面にしぶきをあげて落下し、U511号潜水艦上にもふってきた。轟沈というよりは、船が完全に飛散したとしか思えなかった。

U511号潜水艦は、戦果を確認するためそのまま洋上にとどまった。

夜が明け、海上をみると、あたりには波のゆるやかなうねりがあるだけで、なにも眼にすることはできなかった。おそらく、その輸送船は兵器、弾火薬を満載していたにちがいなく、魚雷命中と同時に大爆発を起して乗員とともに船体が四散したことはあきらかだった。

さすがのシュネーヴィント艦長も、完全に消滅した商船に驚いたらしく、

「Atomisiert（原子に化した）」

と、つぶやいていた。

その後、艦はインド洋を東へ進みつづけた。天候は良好で、東京のラジオ放送もきこえるようになった。

艦内には、無事に任務を達成できる安堵がみち、乗組員たちの顔は明るんでいた。

七月十五日、U511号潜水艦はペナンに近づき、敷設艦「初鷹」の出迎えを受けた。野村と杉田は、土井申二艦長のはからいで同艦に移り、二カ月ぶりに入浴し、日本食を口にすることができた。そして、艦内で一泊後、再びU511号潜水艦にもどり、その日の昼にペナン桟橋に到着した。……ロリアン軍港を出発してから六十九日目であった。

早速、ペナン根拠地隊から東京とベルリンに電報を打ち、ベルリンの日本大使館から「安着ヲ祝ス」というドイツ海軍の返電がつたえられてきた。野村と杉田は、ペナン根拠地隊司令官平岡粂一中将らの歓迎を受け、三日間滞在した。やがて、海軍省から迎えの飛行機がやってきて、野村と杉田は、U511号潜水艦に乗ってきたドイツ人技師らとともにペナンをはなれ、七月二十四日東京に帰りついた。

野村海軍中将は、三カ月後に呉鎮守府司令長官に任命されたが、その間、あわただしい日をすごした。かれは、ヨーロッパ情勢とそれが日本におよぼす影響について海軍省に報告するとともに、陸軍省をはじめ各省、貴衆両院などで講演し、皇居にも参内《さんだい》して報告した。

かれは、戦術の変化について、殊に電波兵器の改善と潜水艦の量産をはかるべきだと強調した。

U511号はペナンで整備を受けたが、故障個所は皆無で、日本内地に向うことになった。乗員は艦長以下士官四、准士官三、下士官十四、兵二十五の計四十六名で、全員健康状態は良好であった。

同艦の性能調査と回航指示のために、ペナン基地で奥田増蔵海軍大佐、田岡清海軍少佐、上杉貞夫、村治健一、本多義邦各海軍大尉が同乗した。そして、七月二十四日午後四時、ペナンを出港した。

同艦は、マラッカ海峡を通過後、南支那海を北上したが、七月二十九日思いもかけぬ危機に見舞われた。その日の午後四時五十分、航路上に、護衛艦とともに南下中の五隻の輸送船が姿を現わした。それは、三日前の七月二十六日、陸軍将兵を乗せて台湾の高雄を出港し昭南（シンガポール）にむけて航行中の輸送船団であった。

船団側では、突然出現したU511号の奇怪な姿に緊張した。艦型からみても日本潜水艦とはあきらかにちがうし、殊に船体の色が、日本潜水艦の黒色とは対照的な白色に近い灰色である。当然、船団側は敵潜水艦と断定した。

U511号に便乗していた奥田大佐は、誤解される確率が高いと予測し、定められた味方識別表示をすると同時に、発光信号、手旗信号で、日本に譲渡されたドイツ潜水艦であることをつたえた。また、軍艦旗をとり出してそれを必死になって振った。

しかし、雷撃をおそれた船団側の恐怖はたかまり、船団中の「御室山丸」（一万トン級油槽船・三井船船所属）が、突然、船上にそなえつけられた砲で攻撃した。発射弾は三発で、奥田大佐は、手旗信号で砲撃中止を厳命した。

その奥田の強い指示で砲声は絶え、船団を護衛していた海防艦「択捉《えとろふ》」が接近してきて、執拗な訊問をはじめた。それに対して、奥田は詳細な説明をおこない、ようやく船団側の誤解をとくことができた。

その後、U511号は、厳重な警戒をつづけながら北上、八月五日には豊後水道に達し、呉鎮守府から嚮導艦《きょうどうかん》として派遣されていた敷設艇「怒和島」（七〇〇トン）と午前八時に会合した。それは、U511号が、味方の飛行機に誤って攻撃されぬための処置であった。

その会合後間もなく、航路前方約五、〇〇〇メートルに、アメリカ潜水艦発見の報が哨戒機から報じられ、「怒和島」は米潜に攻撃をおこなった。U511号は、急いで退避し、単艦で深海に身をひそめた。

一応、危険も去ったので、「怒和島」と佐伯防備隊の小型駆潜艇に先導され、屋代島の安下《あげ》ノ庄《しょう》に仮泊。翌八月六日には、その地で外舷の塗料を塗りかえたり艦内の整備をおこなったりした。

翌早朝、U511号は、同地を出港、午前九時三十分、呉軍港に入り、三十分後に呉工廠潜水艦桟橋に横づけになった。艦長シュネーヴィント大尉（航海中に中尉より昇進）は、同艦を日本に回航する任務を果すことに成功したのだ。

呉軍港には、鎮守府司令長官南雲《なぐも》忠一中将以下多数の将兵が出迎え、また、シュネーヴィント艦長は上京して、海軍大臣、軍令部総長以下日本海軍首脳者の歓待をうけ、功労章を授与された。

同艦の乗員は、その後、インド洋方面のドイツ潜水艦部隊の補充要員にあてられ、シュネーヴィント大尉も潜水艦長に任命されたが、米軍の沖縄上陸が開始された頃、ジャワ海で全員戦死した。

U511号潜水艦は、「さつき一号」と仮称されていたが、呉に到着後、ドイツ乗員の操艦によって操縦法がつたえられ、日本の乗員に引きつがれた。そして、九月十六日、譲渡式がおこなわれ、呂号第五百潜水艦と命名された。

呂号第五百潜水艦は、福田烈技術中将を主任に、同艦に便乗してきたシュミット博士、ミュラー、ヘーバーライン両技師や日本海軍の潜水艦の技術者によって徹底的に検討された。

ドイツがU511号潜水艦を日本側に譲渡した目的は、同型艦を大量生産して欲しいという要望から発したものだが、現実問題としてその実行は不可能であった。同型艦を大量生産するためには、それに要する金属材料が不足していたし、工作機械も不備であった。また、魚雷、発射管、主機械等も日本海軍の採用しているものとは寸法もちがっていて、そのまま採用することはできなかった。

さらに、この艦の水中速力が低いことも難点で、U511号の同型艦を大量生産する計画は中止され、研究対象として調査されるにとどまった。しかし、同艦の電気熔接技術方式は日本海軍のそれを上廻っていて、電気熔接の専門家であるシュミット博士の指導で貴重な資料を得た。その熔接建造方式は、水中高速潜水艦伊号第二百一潜水艦型に採用され、また、波号第二百一潜水艦型にも応用された。

十二

U511号潜水艦が呉軍港に到着した頃、日本からドイツに派遣された伊号第八潜水艦は、まだドイツに達していなかった。つまり、両艦は途中ですれちがったことになるわけで、伊号第八潜水艦は、U511型が呉に到着してから二十日ほど後の八月三十一日にドイツにたどりついた。

伊号第八潜水艦長内野信二大佐は、ドイツ駐在の海軍武官から、U511号潜水艦が野村中将らを便乗させて無事日本に到着したことを知らされた。かれは、日本海軍の名誉のためにも日本へ必ず帰着したいと願った。

また、ドイツ潜水艦を日本へ回航する任務をもつ回航員たちも同じ思いで、それぞれ休養をとる間もなくあわただしい動きをしめしていた。

伊号第八潜水艦は、旧フランス領軍港ブレストのブンカー内で故障個所の修理を受けていた。

ドイツのUボートにくらべてはるかに大きい伊号第八潜水艦は、ドイツ海軍関係者に奇異な感じをあたえたらしく、Uボートではなく Uクロイツァー（潜水巡洋艦）だと言っていた。ドイツ海軍の宣伝班も、戦意を鼓舞するため新聞やニュース映画で、「日本潜水巡洋艦（U-Kreuzer）大西洋に出撃す」と、報道していた。

伊号第八潜水艦は、ドイツから譲渡されるUボートを日本へ回航する回航員を運ぶ訪独目的を果し、ドイツの最新式兵器を出来るだけ多くつみこんで帰国することになった。主な搭載物は、ダイムラーベンツ社製の魚雷艇用内火発動機、電波探信儀（レーダー）、電波探知機、二〇ミリ四連装機銃などで、殊に電波探知機と四連装機銃は艦に装備して持ち帰ることになった。

内野艦長は、艦を整備している間に、電波兵器と四連装機銃の操作を乗員に習得させようと思った。まず、電波探信儀と電波探知機の講習を受けさせるために、通信長桑島斉三大尉、林上等兵曹、谷口一等兵曹ほか通信兵一名を、ベルギーのオステッドにある電波兵器学校に派遣した。

引率者は、松井登兵機関中佐と江見哲四郎中佐で、ドイツ語の通訳をするかたわら桑島大尉らの兵器操作の習得をたすけた。

また、四連装機銃の訓練については、砲術長大竹寿一中尉（少尉より昇進）を指揮者に砲術科員が三班にわかれて、旧フランス領のミミッァンにある対空機銃学校におもむいた。通訳は、日本から伊号第八潜水艦に便乗してきた軍令部嘱託山中静三で、各班が講習と実射訓練を受けた。かれらは、飛行機の曳く吹流しに実弾を発射したり、山中の通訳で講義を熱心にノートしたりした。校内には、スウィッチを押すと縦横にゆれる艦橋を模した構造物が設けられていて、その上に装着された四連装機銃で実射訓練をおこなったりした。

その間、内野艦長はデーニッツ海軍長官の招待を受け、他の乗員たちはパリを見物するなどして休養をとった。

しかし、かれらがドイツに滞在中、ヨーロッパの戦局には大きな変化が起っていた。

それは、イタリア戦線の悪化につぐ、イタリアの無条件降伏であった。

伊号第八潜水艦がドイツに到着してから三日後の九月三日、シチリア島を完全に手中におさめた連合国軍は、イタリア本土南端のレッジオに上陸した。そして、ドイツ、イタリア軍の抵抗を排除して北進した。

ムッソリーニの後を受けて首相に就任したバドリオ元帥は、徹底抗戦をとなえていたが、同月八日、日本とドイツの諒解を得ることもなく、突然、連合国側に対して無条件降伏をつたえ、午後七時にはラジオを通じて国内にその旨を布告した。

これによって日独伊軍事同盟の一角が崩れたわけだが、あらかじめそのことを予期していた日独両国は、ただちに共同声明を発して戦争遂行の意志を表明した。

ドイツは、イタリアの降伏後、機敏にイタリア軍の武装解除をおこなうと同時にローマを占領して中・北部のイタリアを確保し、十二日にはマルタ島にむかって脱出中のイタリア艦隊を空襲し、三五、〇〇〇トンの主力戦艦「ローマ」を撃沈した。

さらに、その日、ドイツ軍は、監禁されていた元統帥ムッソリーニを救出するという奇蹟的な作戦に成功していた。

ヒトラー総統は、ムッソリーニが失脚した直後から、その救出準備をひそかにすすめていた。その作戦は「樫作戦」、ムッソリーニは「貴重品」と秘称され、その監禁地の内偵がつづけられていた。

八月一日、ドイツ海軍は、ムッソリーニがヴェントテーネ島に監禁されているのを確認したが、八月半ばには密偵によってマッダレーナ島に移されていることを探知した。

ヒトラー総統は、駆逐艦と落下傘部隊で同島を襲撃する作戦を立てたが、その実行寸前に、ムッソリーニはグラン・サッソー・デ・イタリアに移されたことが判明した。その地は、標高二、九一四メートルのケーブルでしか登れぬアブルッツィ・アペニン山脈の最高峰にあって、監禁地としては恰好な場所であった。

ドイツ側では、山頂の空中偵察をおこなった結果、グライダー部隊を着陸させる計画を立て、実行に移した。

作戦は、ドイツ親衛隊員によっておこなわれ、グライダー部隊がムッソリーニの監禁されているホテルの近くに着陸し、かれをグライダー内に導き入れた。さらに、小型の特殊連絡機に移乗させ、同日夕刻にはウィーンに運んだ。

この報は、イタリア降伏の報に衝撃を受けていたドイツ国内を沸き立たせた。ヒトラーは、ムッソリーニを首班とするファシスト共和政府の内閣組織を発表した。

そうした中で、伊号第八潜水艦の帰国準備は、着実にすすめられていた。

主食には、ドイツ海軍の手で取り寄せられた南フランスとイタリア産の米が積みこまれ、副食物には肉と魚の缶詰が搭載された。

また、倉庫に山積みされた兵器、機械類を出来るだけ持ち帰るため、発射管六門と格納筒二組に装塡されていた八本の魚雷のうち四本を陸揚げして、代りに荷物を詰めこんだ。さらに、砲弾も五十発を残して他は陸揚げし、その他、飛行機格納筒をはじめ艦内の空間すべてに隙間なく積みこんだ。

同艦には、多くの日本人、ドイツ人が便乗することになった。ドイツ駐在大使館付海軍武官横井忠雄少将、フランス駐在大使館付海軍武官細谷資芳大佐、造兵監督官簗田収大佐、南了主計中佐、伏下哲夫主計中佐、軍令部嘱託吉利貞（予備役海軍中佐）、同中島元弥、技師阿部末吉、会計書記原馨、書記坂本利雄、計日本人十名、日本駐在ドイツ大使館付陸軍武官として赴任するラインホールド陸軍少佐、ドイツ海軍技師ステッケル、アトラス社技師シフナー、ゲーマ社技師ブリンカーのドイツ人四名、総計十四名であった。

伊号第八潜水艦は、故障個所の修理と電波探知機、四連装機銃の取付けも終えたので、ブンカーからブレスト湾内に出て単独訓練をつづけ、十月五日にブレスト軍港を出発して帰国の途につくことになった。

横井武官の帰国後、後任の武官が着任するまで、武官首席補佐官の渓口泰麿海軍中佐がその任を代行することになった。横井らは、最小限の手廻り品のみを手にしてブレスト軍港に集った。

渓口中佐は、ドイツ海軍と協議し、伊号第八潜水艦の出港を極秘のうちにおこなうことを決定した。

同艦がブレスト軍港に在泊していることは、ドイツ国内のみならずイギリス側にも熟知されていた。イギリス海・空軍は、当然、帰途につく伊号第八潜水艦を撃沈しようと意図していることはあきらかだった。イギリス側としてみれば、同艦を撃沈することは、国内の戦意をふるい立たせる恰好の宣伝であった。

ブレスト軍港の海軍工廠には、徴用されたフランス人、イタリア人工員が多数はたらいていて、かれらから、イギリス側に伊号第八潜水艦に関する情報がもれていることは十分に想像され、その出発もイギリス側に察知されるにちがいなかった。

渓口は、同艦の日本への出発を秘匿するため、単独訓練の出港であるように装うべきだと思った。ドイツ海軍では、潜水艦の出撃時に必ず軍楽隊がマーチを演奏し、にぎやかに見送るのを常としていた。当然、伊号第八潜水艦の日本への出発時にも、同じような歓送を受けるはずだったが、イギリス側の情報組織の眼をくらますために、それらの行事はすべて廃止した。

また、訓練の場合には、機械その他の整備をおこなう必要から工廠の工員を乗艦させていたが、出発時にもかれらを乗せることになった。

内野艦長は、出発にあたり、ドイツ海軍とドイツ第一潜水隊に対して在独中の配慮に対する感謝をしめすメッセージを送り、ブンカー内から艦を湾内に進めた。日時は、十月五日午後三時三十分であった。

艦は、工廠の曳船にひかれて湾口にむかってゆく。曳船の船橋には、ドイツ、フランスの日本人駐在員数名が身を寄せ合うように立って見送っている。かれらは、帰国する便もなく、戦火の迫る異国の地にとどまることを余儀なくされているのだ。

港口に近くなった頃、曳船がはなされたが、その時、かれらの間から軍艦マーチの歌声が起った。かれらは、帽子や手をふって声をはり上げて歌っている。

内野艦長は、かれらを凝視した。日本とドイツの連絡路は断たれ、わずかに潜水艦のみが潜航・浮上をくり返して一八、〇〇〇浬の海上を細々と往来するにとどまっている。

しかも、その往来は、戦局の悪化によって減少することが十分に予想される。船橋で軍艦マーチを歌っている日本人たちは、ほとんど帰国できるあてもないのだ。

艦と曳船の距離は、徐々にひらいてゆく。

内野は、艦橋に立って遠ざかってゆく曳船を見つめていた。

港外には、ドイツ海軍の護衛艦数隻が待機していた。すでに夕闇は濃く、伊号第八潜水艦は、護衛艦に守られてビスケー湾を南下した。翌早朝、護衛艦の監視の中で深々度試験潜航をおこない、船体各部の機能を点検し、いずれも異常のないことを確認して浮上した。

護衛艦は帰途につき、伊号第八潜水艦は、単独で航進を開始した。と同時に、艦は潜航し、スペイン沿岸に針路を定めた。

コースは往路と同じで、ビスケー湾を横断、スペインのオルテガル岬沖合を通過することになっていた。

出発前、内野艦長は、武官代理渓口中佐との間で一つのとりきめを結んでいた。帰国途上で艦から無電を発信することは、連合国側にその位置を教えることになるので極力避けねばならなかったが、艦が無事に航行していることを報告する必要があった。そのため内野艦長は、一定の位置にアルファベット順に連絡点を設定し、その位置に達した時、簡単な符号を発信することを約した。例えば、A点はビスケー湾脱出位置、B点はアゾレス諸島附近、C点は大西洋に入った位置等、数カ所に発信点を定めた。

艦は、潜航のままビスケー湾を横断し、出港後三日目の十月八日の夜明け前に、オルテガル岬沖を無事通過した。

その位置はA点であったが、慎重な内野艦長は、無事通過をしめす無電を発信しなかった。出港前の約束に違反したわけだが、貴重な人命と兵器・機械類を日本に運ぶ任務を課せられた内野は、危険と思われる行為を一切避けるべきだと思ったのだ。

ビスケー湾を突破した艦は、ひそかに潜航しながらアゾレス諸島にむかって進んだ。

その日、艦内に思わぬ病人が発生した。それは中道機関兵曹で、盲腸炎の症状があらわれた。軍医長小谷順弥大尉は、中道機関兵曹の患部を冷却させたが、容態は悪化する一方だった。艦内には、盲腸炎手術用の器具一組がそなえられていたが、手術室の設備などはない。

小谷は手術を決意し、士官食堂に中道を運び入れた。浮上していると艦の動揺がはげしく手術にも支障があるので、艦長に艦の潜航を要望した。

艦は、水中深くもぐり、停止した。

小谷は、柳生一等衛生兵曹に命じて中道機関兵曹を食堂のテーブルに横たえさせ、炊飯釜に熱湯をたぎらせて手術器具を煮沸消毒した。そして、テーブルの周囲に天井からカーテンを吊り下げ、局所麻酔を注射したのみでメスを突き立てた。

中道は歯を食いしばって激痛に堪え、盲腸手術は無事終了した。

艦は、再び航走を開始し、スペイン沿岸を南下してアゾレス諸島に進んだ。中道の経過は良好で、艦はほとんど潜航したまま進み、十月十四日にはアゾレス諸島の南東海面に近づいた。

その日、艦内のラジオから米英軍がアゾレス諸島に上陸したというニュースが流れてきた。内野艦長は、危険をさけるためアゾレス諸島を大きく迂回するコースをとった。

翌日、海軍武官代理渓口中佐からの無電が受信された。それによると、アゾレス諸島にイギリス空軍が基地を設置し多数の飛行機も送りこまれているので、特に警戒を厳にするよう指示してきた。また、その電文の最後に、

「B点通過ノ御通報ヲ得タシ」

と、つけ加えられていた。

A点通過時に発信をおこなわなかったため、渓口中佐をはじめ日本大使館やドイツ海軍を不安におとし入れていることが、その電文によって推察できた。しかし、内野艦長は、折返し無電を発することもせず潜航のまま南下をつづけた。

艦には、ドイツ海軍の最新式の電波探知機が装備されていたが、ビスケー湾を脱出後は意識してその使用を中止していた。探知機の主要な真空管は予備が一本あるだけで、それを常時使用すれば航海途中で消耗してしまう。内野艦長は、帰国後もその探知機を

操作できるようにするため使用許可をあたえなかったのだ。

翌々日、内野艦長は、アゾレス諸島の哨戒圏外に離脱できたことを確認した。そして、B点にも達したので電文を発信する準備をはじめさせたが、その日、第三番目の電報が受信された。

「宛伊八潜艦長

発在独武官

一、二項……(省略)

三、十月十六日午後一時マデニハ貴艦ノ発信ヲ受信シオラザルモ、無事航海シアルモノト判断シアリ。念ノタメ」

内野艦長は、その電文によって、渓口中佐らが消息を断った伊号第八潜水艦の安否を気づかっているのを知った。

内野艦長は、通信長桑島斉三大尉に命じて、

「宛在独武官

発伊八潜艦長

一、七〇〇二番電及ビ七〇〇三番電了解

二、十月十七日B点通過。乗員・便乗者トモニ元気旺盛ナリ。在独中ノ御厚誼ヲ深謝ス」

という無電を発した。

その電文は、渓口中佐をはじめ日本大使館、ドイツ海軍を安堵させた。ブレスト出港以来、沈黙を守りつづけていた伊号第八潜水艦からの初の無電が受信され、最大の危険海域を突破したことが確認できたのだ。

それまでは、二十時間近く潜航して夜間に四、五時間水上航走することをつづけてきた伊号第八潜水艦は、翌々日の十月十九日から昼間も水上航走するようになった。

艦内には、内野艦長の上級者である横井忠雄海軍少将が便乗していたが、横井は、

「おれは、ただの飯を食う荷物だと思ってくれ。艦の行動は、もちろん君の思う通りにすべきだし、行動については一切口をきかぬ」

と、内野に言って、指揮系統の混乱をさけた。

かれら便乗者は士官室に詰めこまれていたが、乗員殊に下士官・兵たちは、横井少将ら高級軍人の存在を強く意識していた。それに気づいた内野艦長は横井少将の諒解を得て、便乗者たちに昼と夜の生活を逆にしてもらうことを求めた。つまり、乗員が勤務している昼間は便乗者たちの就寝時で、夜間に起床し食事をとったり雑談してもらうようにし、一般乗員と接触させぬようにしたのだ。

また、便乗していたドイツ陸軍少佐と三名の技術者についても、特別の配慮ははらわなかった。かれらの嗜好に合う食物を作ってやりたかったが、狭くて暑苦しい烹炊室《ほうすいしつ》で

主計兵が二種類の料理をすることは困難であった。

かれらは、与えられる日本食に不満をもらしてはいなかったが、十日もたつとさすがに洋食を欲するようになった。かれらに同情した内野艦長は、先任将校上拾石康雄大尉と相談し、夜食用に積みこんでいた白パンと黒パンをかれらにあたえた。そして、乗員の夜食には他の食物を代用させた。

ドイツ人たちは、チェスなどで無聊をまぎらしていたが、艦内生活は堪えがたい苦痛をあたえているようだった。殊に長身のラインホールド陸軍少佐は、潜水艦の短い固定寝台で足を伸ばすこともできず、立膝をした恰好で睡眠をとっていた。

十月二十一日、渓口武官代理から第四番電が入電し、十一月一日付進級予定者の内報をつたえてきた。それによると、便乗者の南了主計中佐の大佐進級が報じられていた。

十月二十六日、艦は西経二三度五六分の位置で赤道を通過し、南下した。

内野艦長は、約束通り渓口中佐宛に、

「一、四番電受領
二、D点通過、異常ナシ」
と、打電した。

艦は、片舷機一一ノットの経済速度で南進した。天候は良好であったが、敵艦艇と飛行機の来襲にそなえて厳重な警戒をつづけていた。

翌十月二十七日午後、艦橋の見張り員が、比較的近い距離に単葉の水上偵察機二機を発見した。ただちに内野艦長は、

「潜航急げ」

と命令し、艦は、海中深く身を没し、避退した。

幸いにして攻撃を受けなかったが、敵機に発見されたことは確実で、水上偵察機は近くにいる敵の空母から発進したものにちがいないと推定された。

艦は、日没後まで潜航をつづけ、夜になって浮上すると、水上偵察機に発見された場所からはなれるため針路を西に向けた。そして、夜間に前日の航路から六〇浬も西に移動した。

海図によると、アセンション島の西方約六〇〇浬の位置であった。

十月二十八日の夜が、ほのぼのと明けはじめた。

内野艦長は、敵の攻撃を予測して艦橋にあがった。そして、見張り員に対し、

「敵飛行機の来襲は十分考えられる。夜明け前にアセンション島のイギリス航空基地を離陸すれば、敵機は、約一時間後に本艦上空に飛来する。特に対空見張りを厳にせよ」

と、命じた。

艦内に緊迫した空気が流れたが、依然として電波探知機は、真空管の消耗をおそれて

使用しなかった。

内野は、司令塔にもどって休息をとった。前日の午後、水上偵察機の報告によって、イギリス海・空軍が海上一帯に捜索態勢をしいていることが予測された。

かれが司令塔にもどってから三十分ほどした頃、突然、

「飛行機ッ、潜航急げ」

という叫び声がし、艦橋にいた見張り員が艦内に飛びこんできた。

ブザーが鳴り、ハッチが閉められ、乗員は、急速潜航を機敏におこなった。

艦は、艦首をさげて海中に降下し、深度計の針は三二メートルをさした。

その瞬間、鼓膜の破れるような爆雷の炸裂する大轟音が二度連続しておこり、艦は、圧潰するかと思われるほど激しく震動した。電灯は随所で消え、その中で甲高い号令が走った。

艦は、そのまま降下して深さ八〇メートルまで達した。艦内には、激しい衝撃によって塵埃《じんあい》が舞い上り電灯も煙った。乗員たちの顔は、青ざめていた。

不意に、

「電池室浸水」

という報告が、司令塔につたえられた。ついに艦は破壊され、海水が浸入してきたのだ。

内野艦長は、ただちに応急処置を命じたが、電池室にあふれ出たのは海水ではなく、破損した電池から洩れた電解液であることが判明した。

乗員たちの顔に安堵の色がうかんだが、電池室の損傷は激しく、また、縦舵舵角指示器、潜舵・操舵制限装置、航走電動機の管制盤等が故障していた。

内野は、それらの応急修理を命ずると同時に、上甲板と艦橋の損傷程度を一刻も早く確認したかった。もしも、それらが大損害を受けているとすれば、アフリカ大陸南端の喜望峰沖にひろがる荒天海域――ローリングフォーティーズを突破することは不可能になる。

艦橋と上甲板の応急修理をするためには浮上しなければならないが、頭上には、敵機が艦影をもとめて旋回しているはずで、日没を待つ以外に方法はなかった。

艦は、海中をゆるい速度で移動し、日没を待った。それは、重苦しく、そして長い時間だった。

やがて、夜がやってきた。

内野は、浮上を命じ、すぐ艦橋から上甲板に走り出た。幸い、予想していたよりも損傷は少かったが、水防の舵角指示器が破損して使用不能となっており、艦橋の窓ガラスもほとんど割れてしまっていた。しかし、破損した舵角指示器は、司令塔内のものを代りに使用すれば航行に支障のないことも確認できた。

内野は、前々日に無電を発したことが敵に発見された原因であると直感した。一応の沈没はまぬがれたが、夜明けとともに再び敵機の来襲が反復されるにちがいないと推定した。

艦の東方にはアセンション島があり、さらに、艦の進む南の方向にはセントヘレナ島がある。その両島には、イギリス空軍基地が設けられていて、哨戒機が発進している。伊号第八潜水艦を確認し攻撃したイギリス空軍は、同艦の進路に航空機を配置して捜索につとめるにちがいなかった。当然、かれらは、伊号第八潜水艦が全速力で危険海域を突破すると予測し、艦の速力を計算して位置を推定し、その海域に重点的な哨戒網をはることはあきらかだった。

豊富な戦歴をもつ内野艦長は、イギリス空軍の逆をついてやろう、と思った。アセンション、セントヘレナ両島の航空基地を中心としたイギリス空軍の飛行哨戒圏を突破するには、数日間を必要とする。その間、水上を全速力で進めば、イギリス空軍は、連日のように攻撃をくり返し、艦を爆雷攻撃で撃沈するだろう。

それを回避する方法は、イギリス空軍の意表をついて、速力を極度に遅くすることが得策だと思った。イギリス空軍は、艦の速力を基礎に推定される海面を必死に探り、艦を発見できなければ、すでに艦が異様な高速力で哨戒圏外に逃れ出たと思うにちがいなかった。

内野艦長は、水中航走を命じた。むろん、潜航のまま航走すれば、その速力は水上航走よりもはるかにおそい。

艦は数ノットの速度でのろのろと進み、二日間の水中航走で、艦の進度は予定よりいちじるしくおくれた。

この奇策は功を奏したらしく、水上航走に移ってから一度も機影を認めなかった。

しかし、便乗していたドイツ陸軍武官ラインホールド少佐は、艦が電波探知機を使用していないことに不服で、通信長桑島斉三大尉に激しく抗議した。たしかに、電波探知機を作動させれば、遠距離を飛行中の敵機のレーダーが発する電波をとらえ、早目に潜航避退ができるが、艦は見張り員の視認のみによって対空監視につとめている。その点を武官は非難したのだが、艦長は、最大の危険海域であるビスケー湾を突破した折以外の電波探知機の使用を禁じていた。

桑島通信長からラインホールド少佐の抗議を耳にした内野艦長は、即座にそれを黙殺した。かれにしても使用したいのは当然であったが、全戦局に重大な影響をおよぼすその電波兵器を、使用可能の完全な形で日本に持ち帰りたかったのだ。

艦は南下し、十一月三日には南緯二四度四五分、西経一二度二三分に達した。その日は明治節にあたっていたので、艦内で簡単な遥拝式をおこない、先任将校上拾石大尉の心づかいでささやかな祝杯をあげた。

翌日、ドイツ駐在の海軍武官代理渓口中佐に、無事航行中の旨をしらせる無電を発信した。艦は、アフリカ大陸の最南端に接近し、往路と同じように喜望峰沖を遠く迂回することになった。

十一月八日の朝を迎えた。ブレスト軍港を出港してから三十五日目であった。

朝から空には密雲がたちこめ、時折りスコール状の雨が通りすぎた。視界は悪く、海上は荒れていた。

艦は、喜望峰の西方約三〇〇浬の位置を南東にむかって水上航走していた。前方には、往路で苦しんだローリングフォーティーズがひかえている。艦は、その暴風圏に徐々に接近していた。

日没が近づいた頃、突然、艦橋の見張り員が一隻の船舶を発見したと報告した。

内野艦長が一二センチ望遠鏡をのぞいてみると、左舷四五度の方向にすれちがうように航行する大型客船の船影がうかび上った。

艦内は、沸き立った。六月二十七日にペナンを出港以来四カ月半、隠密行動をとりつづけていた艦は、雷撃をする機会もなく過ぎた。乗組員たちは無聊をかこっていただけに、その大型客船を攻撃したがった。

下士官たちは、内野に、

「艦長、攻撃して下さい」

と、鋭い眼を光らせて懇願する。

内野艦長は、思案した。艦の任務はドイツへの往復で、攻撃は原則として禁じられている。それは、敵側に探知されることを避けるための処置だが、危険海域を突破し敵の攻撃を受けるおそれも薄らいでいる。それに、大西洋を去る寸前でもあり、客船を一隻撃沈しても、その後の行動に支障があるとは思えなかった。

「よし、攻撃する」

内野は、決断をくだした。その言葉に、乗組員たちの眼は輝いた。太陽は水平線に落ちかかっていて、空は明るい。

内野は、ひとまず西の方向に進んで船の視界外にはなれ、日没をまって接近し、魚雷攻撃をおこなおうと思った。

やがて日が没し、艦は全速力で客船の追跡にかかった。そして、最も優秀な見張り員を一二センチ望遠鏡につけて、その動きを監視させた。艦は、客船に接近してゆく。海上には夜の闇が落ちていた。

望遠鏡をのぞいていた見張り員が、

「艦長、商船が舷側の灯をつけました」

と、報告した。

内野は、艦をさらに進めたが、再び見張り員が、

「艦長、舷側の灯は十字形です」

と言った。

内野は、双眼鏡に眼をあてて海上を凝視した。漆黒の海上に、灯がみえる。それは、見張り員の報告通り鮮やかな十字をえがいていた。

舷側に十字形の電灯をともして航行している船といえば、病院船か交戦国同士で承認した非戦闘員のみの乗る船舶にかぎられている。もしも、それを撃沈すれば、国際信義に反する行為として非難される。

かれは、即座に攻撃中止を決意した。が、乗組員の中には、敵船が十字の電灯をともして偽装している可能性もあるとして、攻撃させて欲しいと懇願する者もいた。

しかし、内野艦長は、艦を反転させると、針路を再び南東に向けた。

二日後に、艦は、ローリングフォーティーズの暴風雨圏に突入した。

内野は、往路の苦い経験を生かして、あらかじめ上甲板などの移動物を出来るだけ艦内に入れ、移動不可能のものを厳重に固縛させていた。

その日、ドイツ海軍武官代理渓口中佐からの電報が入電した。それによると、柳船と称されているドイツ海軍の商船武装の特設巡洋艦三隻が、日本軍の占領している南方地域からヨーロッパにもどるためインド洋上を航行中だという。

その第一船は約六、〇〇〇トンで、十一月十三日頃南緯五五度、東経二〇度の位置を通過の予定で、その後、三日または四日の間隔で第二船（約六、〇〇〇トン）、第三船（約三、〇〇〇トン）が続航することになっている。それら三隻の船は、いずれも二本マストのうち一本を短くしてあって、連合国側の商船のように装っているので攻撃しないよう注意して欲しいという。

内野は、ドイツの特設巡洋艦が日本占領地の南方地域からクローム、マニラ麻、コプラ、ゴム等をドイツに運んでいたことは知っていた。しかし、戦局の悪化につれてドイツに辿りつく船は少く、大半が途中で撃沈され、その往来も絶えていると思っていた。しかし、電報によると三隻の柳船がドイツに向って航行中だという。それらは、おそらく南方地域に残っていた最後のドイツ船のすべてで、死を覚悟してドイツにむかっているのだと思った。

内野は、それら三隻の特設巡洋艦の前途を思い、悲壮な感慨にうたれた。しかし、その電文の二項に眼を据えた時、かれは愕然とした。そこには、

「日英居留民交換船（船名解読できず。スウェーデン船）ハ、目下ケープタウン方面ヲ航行中ノハズナリ」

と、つたえていた。

かれは、二日前の日没後に望見した十字形の灯を思い出していた。電報の内容と考え合わせてみると、攻撃しようとした大型客船は民間人の交換船であったことは確実で、

攻撃を中止したことを幸運だったと思った。

艦は、激浪の中を進んだ。往路では真冬の寒気に苦しんだが、復路は夏の季節で波高もやや低かった。それに風が追風であったので、少々破損した個所もあったが、無事にローリングフォーティーズを突破することができた。

艦は、大西洋からインド洋に入った。

内野艦長は、ドイツ駐在武官代理宛に、

「一、貴機密第七番電受領

二、十二月二日ペナン着ノ予定。乗員・便乗者トモニ健在。ドイツ通信系ヲ去ルニ当リ、在泊中ノ御厚誼ヲ重ネテ深謝ス。ドイツ海軍ニモ伝エラレタシ」

と、打電した。

ドイツ側との交信は不能になり、ペナンの第十通信隊との交信がそれに代った。内野艦長は、第十通信隊宛に、

「オオムネ次ノ予定ヲモッテペナンニ帰投ス。十一月十四日　南緯三九度三〇分、東経三四度

十一月二十一日　南緯二八度、東経九五度

十二月一日　北緯六度三〇分、東経九五度

十二月二日　ペナン着」

と、帰投予定を報告した。

インド洋は、比較的おだやかで速力も十分出せると思っていたが、予想に反して風が強く、艦は進まない。そのため燃料消費が大きく、無事にペナンに到着できるかどうか覚束《おぼつか》なくなった。ただ敵の攻撃をうけるおそれもうすらいだことが、気分的な救いになっていた。

しかし、十一月十八日にペナンに基地をおく第八潜水戦隊司令官石崎昇少将からの電文によって、燃料問題が大きな重圧となってのしかかってきた。伊号第八潜水艦は、ペナンに帰投した後、マラッカ海峡をへてシンガポールに寄港し、日本内地におもむく予定を立てていた。が、その電文では、

「マラッカ海峡ニ敵潜水艦潜入ノ敵情等ニカンガミ、伊八潜ハペナン寄港ヲ取止メ昭南（シンガポール）ニ直航セヨ」

と、指令してきたのだ。

内野艦長は、やむなく、スマトラ島とジャワ島の間にあるスンダ海峡を通過してシンガポールにむかうと返信したが、そのコースをとることは、残された航程の増加を意味していた。

かれは、突然、ペナン帰着の予定を変更した司令部の意向をいぶかしみ、燃料の不足を憂慮した。そして、ジャワ島の西端にあるバタヴィア（ジャカルタ）で、燃料一〇〇

トンを補給したいと打電した。

艦は、経済速力で東進をつづけた。その間、第八潜水戦隊司令部からは、航路の状況等について詳細な情報が発信されてきていたが、燃料補給についての回答はなかった。

十一月二十七日、ようやくジャカルタの海軍武官から、同地で燃料補給の準備をととのえたという連絡があった。が、内野は残った燃料でシンガポールに到着することは可能であることを知り、その申し出を謝し、辞退した。

十一月二十九日、艦は、スマトラ島西方約五〇〇浬に達した。その位置は、日本海軍航空部隊の哨戒圏に近いので、内野艦長は前甲板に味方識別の表示をした。

その直後、突然、飛行機を発見した。内野艦長は、愕然とした。それは潜航する間もないほどの至近距離で、攻撃を受ければたちまち撃沈されることは確実だった。

しかし、その機の翼には日の丸がえがかれていて、頭上を通過すると去って行った。

内野は、艦が味方の哨戒圏内に入ったことを知って、見張りの重点を対空から敵潜水艦に対する監視に切りかえた。艦は、さらに東へ進み、十二月二日の夜明け頃スンダ海峡に近づいた。前方にプリンセス島がみえ、ついで、クラバタール島の島影がうかび上ってきた。旧フランス領のブレスト軍港を出てから五十八日ぶりに眼にする陸影で、内野の胸に熱いものがみちた。

内野艦長は、スンダ海峡に艦が入ると同時に、敵潜水艦の雷撃を回避するため、之字《のじ》運動を命じた。かれは、最後の任務達成の瞬間まで慎重に行動したかったのだ。

当然、かれの頭には、前年の十月十三日、無事にドイツからもどった伊号第三十潜水艦が、内地帰着のためシンガポールを出港した直後、港内で機雷にふれ爆沈してしまったことが焼きついてはなれなかった。ドイツ派遣の潜水艦第一便は、惜しくも任務達成寸前に沈没してしまったのだが、かれは、第二便の潜水艦長として無事に艦を内地に到達させたかった。

スンダ海峡を通過後、内野艦長は、乗員の休息法を緩和した。それまでは、ブレスト軍港出港後、乗員百二十五名中艦橋見張り員以外は艦内にとじこめたままであったが、准士官以上は艦橋に、下士官兵は交代で四番昇降口に近い上甲板に出ることを許可した。便乗していた者たちは、嬉しそうに陽光を浴びながら上甲板を歩いていた。

シンガポールは、眼前に迫った。

十二月五日、艦は、夜明けとともにシンガポールの水道に入った。途中、巡洋艦「香椎」とすれちがった。その折、「香椎」の鳥越参謀長から、

「無事入港ヲ祝ス」

という信号を受けた。

乗員の顔には、喜びの色があふれた。艦は、水道を静かに進み、午前十一時十五分セレター軍港の岸壁に横づけになった。

内野艦長は、上陸すると南西方面艦隊特別根拠地隊各司令部を訪問したが、司令部内に潜水艦関係の幕僚がいないためか、かれを迎えた司令部の者たちの態度は冷たかった。かれは、会議が終るまで長時間待たされ、ようやく出てきた司令長官も参謀長も、廊下に立つかれに短い言葉をかけただけで歩み去った。かれは、乗員とともに苦痛にみちた航海を果した行為が報われないことに憤然とした。

内野は、その後、ペナンに飛行機でおもむいて第八潜水戦隊司令官石崎昇少将に任務報告をおこなった。その間、ドイツ駐在日本大使館付武官横井忠雄少将ら艦に便乗していた者たちは退艦し、空路で東京へむかった。

伊号第八潜水艦は、十二月十日、シンガポールを出港し内地にむかった。途中、対潜警戒につとめながら十二月二十一日早朝、豊後水道に入り、同日午後、呉軍港に帰着した。六月一日に呉を出港して以来、実に二百四日が経過していた。伊号第八潜水艦は、遂に日本とドイツ間の往復に成功したのだ。

当時の呉鎮守府長官は、U511号（秘称さつき一号）に便乗してドイツから帰国していた野村直邦中将で、その苦痛を知っているだけに乗員たちを温かく迎え入れてくれた。准士官以上の者たちを夕食に招待し、その席上、内野艦長に、

「往復ともよう無事に帰ってきた。おれは片道だったが、それでも大変な苦労だった。よう帰ってきた、よう帰ってきた」

と、深くその労をねぎらった。

内野は、十二月二十三日、列車に乗って上京し、二十五日には軍令部で軍令部総長以下に、また翌日には海軍省で海軍大臣、各部長、担当局員に経過報告をおこなった。

かれは、重大任務を果すことができたのだが、かれの顔には、喜びの表情はみられなかった。それは、シンガポール入港時に、第三便としてドイツにおもむく予定の伊号第三十四潜水艦の沈没事故が起っていたことをきかされていたからであった。

十三

伊号第八潜水艦がインド洋上をペナンにむかっていた折、内野艦長は、潜水戦隊司令官石崎昇少将から、「マラッカ海峡ニ敵潜水艦潜入ノ敵情等ニカンガミ、伊八潜ハペナン寄港ヲ取止メ昭南（シンガポール）ニ直航セヨ」という指令を受け当惑したが、「マラッカ海峡ニ敵潜水艦潜入ノ敵情等ニカンガミ……」という電文が、どのような具体的な意味をもつものかは推測できなかった。そして、釈然としない思いでシンガポールに艦を入港させたのだが、その電文が、伊号第三十四潜水艦の沈没と密接な関係をもつものだということを知らされた。

伊号第三十四潜水艦は、昭和十七年八月三十一日に佐世保海軍工廠で竣工した基準排水量二、一九八トンの航続力の大きい艦であった。

同艦は、キスカ島への軍需物資輸送についで同島の撤退作戦に従事し、昭和十八年六月九日には同島へ兵器弾薬九トン、糧食五トンを輸送すると同時に、海軍将兵九名、軍属七十一名を収容して内地に帰投し、神戸で修理を受けた。そして、呉軍港に入港し、次の作戦行動に移る準備をととのえていた。

軍令部では、同艦と伊号第二十九潜水艦の二隻をドイツへ派遣する計画を立て、伊号第三十四潜水艦を第三便として先発させることを決定していた。同艦の派遣目的は、小島秀雄少将以下海軍関係者の輸送と機密兵器、物資の交換であった。

ドイツに駐在していた海軍武官横井忠雄少将は、すでに伊号第八潜水艦に便乗してドイツをはなれ、日本にむかっている。その間、首席補佐官渓口泰麿中佐が武官代理をつとめていたが、野村直邦海軍中将の推挙で、小島少将が、ドイツ駐在日本大使館付海軍武官として派遣されることになったのだ。

小島は、戦前にドイツにおもむいた経験を買われて、軍令部ヨーロッパ課長の任にもあった日本海軍有数のドイツ通で、日独協同作戦を推進する上で最適の人物であった。

また、同艦には、スペイン駐在武官に赴任予定の無着仙明海軍中佐、潜水艦担当の有馬正雄技術少佐、高速魚雷艇の技術導入を目的に派遣される三菱機器株式会社の藁谷武、蒲生郷信の両技師が、艦政本部嘱託として便乗することになっていた。

伊号第三十四潜水艦の艦長は入江達中佐で、海軍部内の信望もあつい名艦長であった。入江は軍令部と詳細な打合わせを重ね、同艦は、食糧と夏服、冬服等を積み、昭和十八年九月十三日、呉軍港を出港した。艦長は、機密保持のため、乗員にインド洋方面の作戦任務につくとつたえただけだった。

同艦は、十月二十日、シンガポールに入港し、ドイツから要求されていた物資の積込みをおこなった。まず、錫の延棒が艦の竜骨部分にバラスト代りに詰めこまれ、上甲板の下部には生ゴムを積みこんだ。また、麻袋に詰めたタングステン鉱を前・後部兵員室に、木箱に入れた阿片を飛行機格納庫に積み入れた。

その間に、小島秀雄海軍少将ら五名の便乗者は、飛行機でシンガポールに到着し、小島は、港内に在泊中の伊号第三十四潜水艦におもむいて入江艦長と詳細な打合わせをおこなった。

入江は、艦にかなりの重量をもつ物資を搭載したので、艦の釣合いの調節をはかる必要がある、と言った。そして、便乗者中の有馬正雄技術少佐に指示を仰ぎたい、と申し出た。

有馬は、昭和八年、東京帝国大学工学部船舶工学科卒業後造船中尉に任官した士官で、呉工廠造船部部員を経て艦政本部に所属していた。

かれは、潜水艦担当の秀れた士官で、昭和十七年九月二十六日にトラックで不慮の事故のため沈没した伊号第三十三潜水艦の浮揚作業にも従事した。そうした経歴から、ドイツの潜水艦造船技術を調査する目的でドイツ派遣を命じられたのだ。

小島少将らは、シンガポールから陸路ペナンに先行して伊号第三十四潜水艦に乗艦し、ただちにドイツへむかうことが決定していたが、入江艦長の要請によって、有馬少佐のみが陸路をたどらず艦に乗ってペナンに同行することになった。

便乗者たちの手荷物が艦に積みこまれ、小島少将らは、ペナンにむかって出発した。

諸物資の積込み作業は順調に進み、十一月十一日朝、艦はシンガポールを出港した。すでに乗組員たちは、艦に積まれた荷によってドイツへむかうことに気づいていた。

天候は良好で、艦は、試験潜航をくり返しながらマラッカ海峡にむかった。有馬技術少佐は、試験潜航の度に、艦の釣合いを調節するため艦長に適切な助言をあたえていた。

その日は暮れ、十二日を迎えた。海上は穏やかで、艦は、マラッカ海峡を北進した。途中、一隻の日本潜水艦と行き交ったが、不穏な情報はつたえられなかった。

乗組員たちの表情は、明るく輝いていた。かれらは、第二便艦伊号第八潜水艦がドイツ訪問の旅を終えてインド洋上を帰投中であることを知っていた。かれらは、自分たちも任務達成に成功する期待に胸をおどらせていた。

艦は、凪いだマラッカ海峡をペナンにむかって平均一四ノットの速度で進んだ。

上等兵曹三宅一正は、翌十一月十三日早朝、航海長から水深の測定を命じられた。水深は、三五メートルであった。

ペナンは近く、艦は、ムカ岬の沖合を進んでいた。

午前七時に当直を交代した三宅は、食事を終え、前部兵員室で髭を剃っていた。ペナン入港も間近いので、かれは、身だしなみを整えておきたかったのだ。

艦は、平均速度で進んでいたが、その進路に思いがけぬ危険が迫っていた。イギリス潜水艦「Taurus」が、ひそかに潜望鏡を海面から突き出して、伊号第三十四潜水艦の接近を待ちかまえていたのだ。

「Taurus」は、標識番号P339でT型に属し、昭和十七年末にビッカース造船所で竣工した一千トン級の潜水艦であった。艦長は、M・R・G・ウイングフィールド少佐で、伊号第三十四潜水艦が射程距離に入ったことを確認し、魚雷斉射を命じた。

魚雷は、白い航跡をひいて海面を走り、その一つが、伊号第三十四潜水艦の右舷司令塔下方に命中した。時刻は、午前七時三十分であった。

三宅上曹は、突然起った激しい衝撃に、剃刀を手にしたまま椅子とともに倒れた。鼓膜をしびれさせるような炸裂音に、艦が雷撃を受けたことを直感した。

たちまち艦は沈下し、下方のハッチから浸入した海水が、兵員室にも激流となってふき上げてきた。三宅たちは、力をふりしぼってハッチを閉めようとしたが、水圧が激しく閉まらない。

そのうちに、艦は、さらに降下して海底に達したらしく激しくはずんだ。と同時に、艦内の灯が点滅をくり返して消えた。

水の冷たさがたちまち膝にまで達したが、海水は、闇の中で妖しく光っていた。夜光虫の群れで、光の粒がひしめきながら流れこんでくる。海水の奔入につれて気圧は急激にたかまり、体がかたく枷《かせ》をはめられたように苦しく、耳に錐《きり》をもみこまれるような激しい痛覚が起った。

前部や下部の区画では、流入した海水が充満したらしく、

「テンノウヘイカ　バンザイ」

という最期の叫び声がきこえてくる。それもやむと、艦内に流れこむ海水の音だけになった。

兵員室の水はさらに増して、腰から胸へ光った海水がせり上ってくる。三宅は、死を覚悟した。妻や子のことが思われた。かれは、兵員室の固定寝台の最上段に這い上ると、深い諦念を感じて身を横たえた。

その時、傍のモンキーラッタル(急傾斜梯子《はしご》)の上方にあるハッチを開けて、乗組員たちが脱出を試みているらしく、

「一、二、三」

と、ハッチを押し開けようとしている掛声がきこえてきた。

かれらは大きな声をあげているにちがいないのだが、気圧で鼓膜が強く圧迫されているため、遠い声のようにしかきこえない。

三宅は、同僚たちの努力が徒労に終ることを知っていた。かれが雷撃を受ける直前に測定した水深は三五メートルで、当然、水圧は激しく、人力でハッチが押し開かれるはずはなかった。

しかし、しばらくすると、

「あいたあ――」

という声が、かすかにきこえた。

三宅上曹は、半信半疑で身を起すと、傍のラッタルの手すりをつかんで上方を見上げてみた。たしかに、ハッチは奇蹟的に開いているが、意外にも海水は、鏡面のように動かず内部に流れこんではこない。艦内の気圧が異常なほどたかまっているので、水が落下してこないのだ。

その直後、室内に物理的な作用がはたらいた。海水がハッチから流れこむと同時に、兵員室の空気が追い出されて、突然、上昇しはじめたのだ。それにつれて、乗員の体は、空気に吸いこまれるように、三五メートルの深海から巨大な気泡とともに海面へと浮き上っていった。

その間の記憶は、三宅にもない。ただ、自分の体が吸い上げられたと同時に回転し、発狂しそうな苦痛が体を襲い、気がついた時は、自分の体が腰の部分まで海面に躍り出ていた。

かれは、再び意識を失った。が、かすかに眼をひらくと、海面に二十名近い男たちの頭が浮んでいるのが見えた。附近には、艦から流れ出た重油が一面にひろがり、だれの顔も黒く染まっていて見分けがつかない。

かれらは、声を掛け合って集った。艦は陸岸沿いに進んでいた折に被雷したので、遠く陸地が見え、かれらは、一団となって陸影にむかって泳ぎはじめた。……沈没位置は、ペナン島ムカ岬の二四〇度、西北一〇浬の距離であった。

伊号第三十四潜水艦を撃沈した「Taurus」の艦長M・R・G・ウイングフィールド少佐は、伊号第三十四潜水艦に日本の駆潜艇一隻が同行しているのを知っていた。そして、雷撃後、駆潜艇が「Taurus」に接近してきたのを確認したので、ただちに急速潜航を命じた。が、その処置は冷静さを欠いていて、艦は、浅い海底に激突し、艫が粘土の中に突っこんでしまった。

自由を失った同艦は、離脱を試みたが効果はなく、そのうちに駆潜艇からの爆雷投下が開始された。ウイングフィールド艦長は、艦が爆砕されることを覚悟したが、奇蹟的に、近くで爆発した爆雷の衝撃で、泥の中に突っこんでいた艦首がはなれた。

艦内に喜びの声が満ちたが、ウイングフィールド艦長は、水深の浅い海域で逃れることは不可能だとさとり、海上にある日本駆潜艇と交戦しようと決意した。

かれは、潜望鏡深度まで浮上を命じ、レンズの中をのぞきこんだ。そして、駆潜艇の接近するのを待って、突然、浮上すると砲門をひらいた。

両艦の間で激しい砲火が交されたが、ペナン方向から日本の飛行機が接近してくるのを認めたので、艦は、再び急速潜航して海中に身を没した。

その後、しばらくして浮上してみると、駆潜艇が火災を発しているのを確認し、急いでその海域を離脱した。

(このウイングフィールド艦長の報告は、イギリス海軍公刊戦史に収められているが、それによると、十一月十一日シンガポールを出港しインド洋封鎖線突破を企図した伊号第三十四潜水艦を、同月十三日にペナン港外で撃沈、と明記されている。撃沈日も位置も完全に一致し、他の日本潜水艦がその日に攻撃された事実もないので、伊号第三十四潜水艦を撃沈したのは、「Taurus」であることにまちがいない。

ただし、その際、駆潜艇と砲戦を交えたというウイングフィールド艦長の報告は、生存者の証言と一致しない。伊号第三十四潜水艦から脱出し海面に浮上した東正次郎上等衛生兵曹、三宅一正上等兵曹の記憶によると、日本駆潜艇とイギリス潜水艦との間で交された砲撃音を全く耳にしていない。東の回想によると、敵潜水艦の銃撃を恐れたが、その艦影もみえず、あたりは静かだったという。

日本駆潜艇と「Taurus」の砲戦は、イギリス海軍潜水艦史編纂官のP. K. Kenp少佐著「H. M. Submarine」にウイングフィールド少佐報告として記載されているが、この砲戦記録は、当時、第二十号駆潜艇機関長であった大隅良通氏の証言によって、一日誤差のあることがあきらかになった。伊号第三十四潜水艦の撃沈された状況は正確だが、同艦に駆潜艇の護衛はなく、砲戦がおこなわれたのは、翌十四日であった。

当時、第二十号駆潜艇の機関長であった大隅氏の保存している戦闘詳報によると、伊号第三十四潜水艦の沈没を知ったペナンの第九根拠地隊司令部は、敵潜水艦を発見し徹底的な攻撃を加えるよう各艦艇に指令した。

その命令にもとづいて第二十号駆潜艇も、対潜哨戒に出動したが、翌十一月十四日午前六時五分、ジャラック島五六度一〇浬の位置で、右三〇度五、〇〇〇メートルに浮上している敵潜水艦を発見、追撃した。潜水艦は逃走して急速潜航したので、爆雷攻撃をおこなった。

その後、午前八時五十四分、一、三〇〇メートルへだたった海面に突然、敵潜水艦が浮上。第二十号駆潜艇は、砲撃を加えて司令塔に一弾を命中させたが、敵の砲弾が第二十号駆潜艇の艦橋に命中した。この被弾によって艇長小林直一大尉が戦死、航海士渡辺正少尉が、重傷を押して指揮をとったが、船体各部に十数発の敵弾を受け、兵科の准士官以上が全員戦死した。

それによって、機関長大隅良通中尉が指揮をとり、砲撃を中止して再び潜没した敵潜水艦に爆雷攻撃をおこなった。

　この砲戦によって、小林艇長以下海軍少尉渡辺正、兵曹長白井金蔵、一等兵曹有地庄次郎、藤原繁光、児玉学、草田正、藤本三次、一等機関兵曹谷口丑雄、二等兵曹神谷芳樹、安東精一、二等主計兵曹木南精一、水兵長望月蘭一、尾上栄雄、渡辺実、上等水兵中村富長、荻原啓吾、上等主計兵中村福蔵、一等水兵清水守が戦死、重傷を負った二等兵曹茅野一孝も死亡した。また艇の損傷もいちじるしく、一時は全員退去の動きもあったが沈没せず、味方水上偵察機が飛来し、その誘導によって特設捕獲網艇「長江丸」に収容されたのである。）

　東たちは、陸影にむかって泳ぎつづけた。重油におおわれた海面をはなれると、脱出した者たちの顔が海水で洗われ、だれであるかがあきらかになってきた。艦長入江達中佐以下士官たちの顔は見えず、ただ一人石垣壮治少尉がいるのみだった。

　東上等衛生兵曹は、その中に一人の乗員の顔を見出し、啞然とした。それは角文夫一等兵曹で、軍医長小林道夫中尉の治療を受け東も看護をしていた患者だった。角は、シンガポール出港後、日に二十回以上も下痢症状を起していて、小林軍医長は疑似赤痢という診断を下していた。

　もしも、角をそのまま艦に乗せてドイツへの航海に出れば、艦内に赤痢患者が多発するおそれがある。小林軍医長は、一応、ペナンに入港後、慎重に検便してその結果にもとづいて退艦させるかどうかを決定しようとしていた。

角は、体力が消耗しているはずなのだが必死になって泳いでいる。東は、その精神力に驚いたが、角の体力がいつかは尽きてしまうにちがいないと思った。

日が頭上にのぼり、熱い陽光が顔に照りつけた。かれらは、一団となって泳いでいたが、そのうちに疲労が激しくなってきて、離ればなれになりはじめた。その度に、「オーイ、オーイ」と声をかけ合って寄り集る。かれらは、自分だけが取り残されることをおそれて、意識的に環の中央に入ろうとつとめていた。

数時間が経過したが、陸地は近づかない。その附近は潮流が激しく、休息すると体が沖方向に押し流され、沈没位置附近をいたずらに泳いでいるにすぎなかった。

日が傾きはじめ、空に華やかな夕焼けの色がひろがった。かれらの動きは鈍く、日没と同時に死にさらされることは確定的になった。

乗組員たちの眼は時々かすんだが、その度に、皮膚に痛覚が起って意識をとりもどすのが常だった。それは、海面に浮游する芥に附着したヤシ蟹《がに》が皮膚を刺す痛みで、蟹は小型だったが数が多く、乗組員たちの体は絶え間なく蟹に刺されつづけていた。

絶望的な空気が、かれらの間にひろがった。かれらは、陸影にむかって手足を動かしつづけるだけだった。

ふと、一艘のジャンクが海面に浮んでいるのに、かれらは気づいた。三宅上等兵曹は、

赤川一勇機関兵曹長に、

「あのジャンクに行ってみましょうか」

と、喘ぎながら言った。

赤川は、

「助けてくれるかな」

と、不安そうに答えた。現地人の中には、日本軍に悪意をいだいている者が多い。赤川は、ジャンクに近づいたために殺されてしまうかも知れないと思った。

しかし、死は眼前に迫っているし、一つの賭をしてみることになった。そして、三宅上等兵曹と花田一男一等兵曹の二人がジャンクにむかって泳ぎ出した。が、花田の疲労は激しく、三宅からかなりおくれた。

三宅は、

「オーイ」

と、声をあげてジャンクに近づいて行った。舟の上には、四人の中国人漁師が乗っていて、こちらに顔を向けている。

三宅がジャンクに接近した時、突然、中国人の一人が、竹竿を手に立ち上るとふりかぶった。三宅は、顔色を変えた。赤川の危惧した通り中国人は、自分を殺そうとしている。かれは、泳いで来るのではなかったと後悔し、引き返そうとした。

その時、中国人の手にした竹竿が海面にさしのべられた。三宅は、中国人が自分を救助しようとしていることに気づいた。三宅が竿の先端にしがみつくと、体が舟べりに引き寄せられた。そして、ジャンクの上に上げられた瞬間、かれは意識を失っていた。

どれほど時間が経過したか、かれにはわからなかった。気がついてみると、かれは、舟底に横たえられ、全裸の下腹部に中国人のはくパンツがはかされていた。

身を起してみると、花田一等兵曹も身を横たえている。中国人たちは、竿を次々と海面にさしのべて乗組員たちを救助している。小さなジャンクに引き上げられたのは十三名で、その中には擬似赤痢の診断を受けていた角文夫一等兵曹の姿もあった。

海面に、夕闇がひろがりはじめていた。中国人漁師は、この海域に鱶《ふか》が多くそれに襲われなかったことを不思議がりながら、ジャンクを操って他の生存者たちの姿を求めて海面を探しまわってくれた。が、夕闇はさらに濃くなって、あたりにはなにも見えなくなった。

しかし、闇の中からは、遠く「オーイ、オーイ」という人声もきこえ、また、機関科の者なのか笛をふき鳴らしている音もかすかに耳にできた。救助された者たちは、悲痛な思いで海上を見まわしていたが、捜索は全く不可能な状態になり、やむなくジャンクは陸地にむかった。

中国人たちは重湯《おもゆ》を作り、しばらくしてから粥《かゆ》もすすめてくれた。三宅らは、ようやく元気を恢復した。

ジャンクが小さな漁村につき、中国人たちは、石垣らを現地人の警官派出所に連れて行ってくれた。警官が、すぐにペナン基地の日本海軍部隊に電話連絡し、基地からは、折返しバスを派遣するとつたえてきた。が、バスは途中で顚倒事故を起し、代りに一台の乗用車が到着した。車には煙草（チェリー）、衣服、靴、帽子などが積まれていて、生存者たちに配布され、上級の者四名が車に乗ってペナンへ先行することになった。車に乗ったのは、石垣壮治少尉、赤川一勇機関兵曹長、三宅一正上等兵曹、駒田三郎上等機関兵曹であった。

車は疾駆して、一時間後にはペナンの潜水戦隊司令部に到着した。

かれら四名が一室に入ると、参謀たちは沈鬱な表情をして坐っていて、沈没時の状況について質問した。

四名の生存者たちは、艦から脱出できた理由を、ハッチが衝撃で自然に開いたためだと陳述した。艦が沈没した折には、浮揚作業がおこなわれることもあるので、沈没直後にハッチを開くことは原則的に禁じられている。そのため、ハッチを内部から押し開けたことは口にしなかったのだが、浮揚作業のおこなわれるような状況にはないし、もしもハッチを押し開くことをしなかったら、十三名の者たちは全員死亡したことはあきらかであった。

陳述を終えた石垣らが潜水艦隊基地にもどると、廊下に、救助された者たちが魚の死骸のように横たわっていた。救助されたのは、石垣少尉ら四名以外に東正次郎上等衛生兵曹、津田厚、井上博、角文夫、花田一男各一等兵曹、山口一等機関兵曹、三上上等水兵他二名であった。

かれらは、その夜、激しい疲労で熟睡したが、翌日、さらに一名の生存者が救出され、ペナン基地に収容されていることを知った。

乗員たちは、確認のため治療室におもむいたが、ベッドに横たわっている者の顔には見覚えがなかった。顔は煤《すす》けたように黒く、頬はこけていて眼だけが鋭く光っている。氏名をただしてみると、片山上等機関兵だというが、別人としか思えない。ようやく乗員たちは、片山の顔が想像を絶した体力の消耗でいちじるしく変貌してしまっていることに気づいた。

東上等衛生兵曹の驚きは、大きかった。かれは、片山がシンガポールで脚気を発病しペナン基地で退艦させる予定の重症患者であることを知っていた。その片山がどのようにして救出されたのか、想像することさえできなかった。

片山の言によると、かれは泳ぎ疲れて一人きりになった時、流れてきた木片に辛うじてすがりついた。そして、夜の闇の海上を陸岸に向けて泳いでいたが、海水の冷たさと疲労で失神した。意識をとりもどしたのは夜明けで、近くに島がみえた。かれは、死力をつくしてようやく岸に這い上ることができたという。

東は、その後、疑似赤痢患者の角一曹と脚気の片山上機の看護に当ったが、幸いにも、二人の症状は恢復した。

その日から一週間にわたって船と飛行機によって海上捜索がつづけられた結果、七個の遺体が収容された。それらは、棺に納められ焼骨のため日本人墓地に運ばれたが、遺体は南国の暑熱につつまれてすっかり腐敗し、棺の内部からはガスの噴出音がしきりに起っていた。

戦死者は、艦長入江達中佐、機関長岡本貞一少佐、鯉淵不二夫大尉、中村豊、園部義人両中尉、小林道夫軍医中尉、萬膳弘道、奥田進、川口利一各少尉の士官九名、下士官四十一名、兵三十四名計八十四名で、艦に便乗していた有馬正雄技術少佐も戦死したのである。

十四

伊号第三十四潜水艦の沈没は、関係者に大きな衝撃をあたえた。

第八潜水戦隊司令官石崎昇少将は、インド洋上をペナンにむかって帰投中の伊号第八潜水艦が、マラッカ海峡で難を受けることをおそれ、

「マラッカ海峡ニ敵潜水艦潜入ノ敵情等ニカンガミ、伊八潜ハペナン寄港ヲ取止メ昭南(シンガポール)ニ直航セヨ」

と、打電し、航路の変更を指令したのだ。

伊号第三十四潜水艦に便乗予定の小島少将たちは、突然の悲報に驚きながらも今後の対策について協議した。とりあえず小島少将と無着中佐が東京に引返し、軍令部と打合わせた結果、第四便としてドイツへ出発予定の伊号第二十九潜水艦に便乗してドイツへおもむくことに決定、藁谷、蒲生両技師の出発は延期になった。

すでに伊号第二十九潜水艦は、呉を出港後、十一月十四日にはシンガポールに到着し、ドイツへむかう準備を進めていた。艦長は、木梨鷹一中佐であった。

木梨中佐は、日本海軍屈指の潜水艦長として著名な人物であった。かれは、艦長としての操艦技術に秀れ、性格も冷静で、しかも大胆であった。

呂号第五十九潜水艦長に命じられて以来、呂三十四潜、伊六十二潜、伊十九潜の艦長を歴任し、昭和十八年十月十日付で伊号第二十九潜水艦長に任命されていたのである。

かれは、多くの敵船を撃沈・大破してきたが、殊に伊十九潜艦長時代にアメリカ空母「ワスプ」をふくむ機動部隊攻撃に輝かしい戦果をあげ、潜水艦戦史にかれの名をとどめさせることになった。

昭和十七年九月、伊号第十九潜水艦は、僚艦とともにアメリカ機動部隊を求めてソロモン諸島附近に出撃し、九月十五日、一五キロへだたった海上にアメリカ機動部隊を発見した。それは、空母「ワスプ」を中心とした巡洋艦四隻、駆逐艦六隻の一群と、空母「ホーネット」を護衛する戦艦「ノースカロライナ」をはじめとした巡洋艦三隻、駆逐艦七隻によって構成されていた。

木梨艦長は、機動部隊の動きを入念に観察し、午前十一時四十四分、方位角右五〇度、距離九〇〇メートルの好位置から空母「ワスプ」に六基の発射管に装塡されていた全魚雷を発射させた。魚雷は無航跡の酸素魚雷で、「ワスプ」の見張り員の発見はおくれ、急いで転舵をはかったが、魚雷二本が左舷前部に、一本が艦橋前方二〇メートル附近に命中し、たちまち大火災が起った。

木梨は、ただちに急速潜航を命じ避退した。そして、その夜、浮上したが艦影を視認できず、

「ワスプ型空母に六射線発射、命中音四を聴いたが、効果の確認はできなかった」

と、打電報告した。

が、附近にいた伊号第十五潜水艦は、

「一八〇〇（午後六時）空母の沈没を見届けた」

と、報告した。

事実、空母「ワスプ」の損傷は甚大で、午後六時、エスピリサント北西二五〇浬の位

置で沈没したのである。

しかし、木梨も全く気づいてはいなかったが、その魚雷発射は、意外な戦果をもたらしていた。

「ワスプ」に命中した三本以外の魚雷のうち一本は、「ワスプ」の護衛に任じていた駆逐艦「ランズダウン」の艦底を通りすぎて、空母「ホーネット」を中心とした一群にむかって走り、戦艦「ノースカロライナ」の左舷前部に命中し、艦は傾斜した。また、他の一本は、駆逐艦「オブライエン」の艦首に命中、炸裂した。つまり、六本発射した魚雷のうち、三本が空母「ワスプ」に、他の二本が戦艦「ノースカロライナ」と駆逐艦「オブライエン」にそれぞれ命中するという前例のない高い命中率をしめしたのだ。これは偶然ともいえる現象だが、木梨艦長の魚雷発射位置に対する絶妙な判断が生んだ結果であった。

その後、戦艦「ノースカロライナ」は戦列をはなれて修理のためハワイに回航し、また、駆逐艦「オブライエン」も応急修理を受けた後、アメリカ本国へ回航されたが、損傷度が甚大であったため途中で沈没した。

このような戦歴をもつ木梨中佐は、ドイツへ派遣される潜水艦の艦長として最適の人物と目されていたのである。

木梨は、シンガポールで、艦にドイツへ譲渡するキニーネ、生ゴム、錫、タングステン鉱等の積込み作業を急いでいた。

その作業が終りに近づいた十二月五日、遠くドイツから帰ってきた伊号第八潜水艦がシンガポールに入港してきた。木梨は、軍令部からの司令にもとづいて、伊号第八潜水艦が搭載してきたドイツ海軍の最新式電波探知機を譲り受けて装備し、通信科員にその操作の習得にあたらせた。

また、小島少将も無着中佐とともに、十二月八日、飛行機でシンガポールに到着し、伊号第八潜水艦に便乗してきた前ドイツ駐在大使館付武官横井忠雄少将とも会って引継ぎをおこなった。

伊号第二十九潜水艦には、小島、無着以外に多くの者が、便乗することに決定していた。それは、武官付補佐官扇一登中佐、池田晴男主計中佐のほか造兵監督官として小島正己中佐、砲熕《ほうこう》関係中山義則中佐、火薬関係皆川清、水雷関係今里和夫の各技術中佐、砲熕関係玉井廉人、航空機体関係梅崎鼎、同永盛義夫、無線電波探信儀関係田丸直吉、航空兵器関係川北健三各技術少佐の秀れた各部門の技術関係者、さらに通訳として鮫島龍男海軍大学校教授と海軍書記村上忠孝、佐藤海軍筆生も同行し、総計十六名であった。

同艦は、初め、シンガポールを出港して、ペナンに寄港後、ドイツにむかう予定になっていた。が、前便の伊号第三十四潜水艦が、シンガポールとペナン間のマラッカ海峡で撃沈されたので、ペナン寄港を中止し、シンガポールからスマトラ島とジャワ島のスンダ海峡を通過しインド洋にむかうことになった。

便乗者たちは、全員、シンガポールに集結し、燃料、食糧等も満載された。

十二月十六日、艦は、便乗者を乗せてシンガポールを出港した。艦には、木梨艦長以下先任将校岡田文夫大尉、航海長大谷英夫大尉、機関長田口博大尉、砲術長水門稔中尉、軍医長大川彰軍医中尉、掌水雷長山下恒雄、機械長松森仙之助両少尉の八士官と九十九名の下士官兵が乗組んでいた。

艦は、南下をつづけて夜間にスンダ海峡を全速力で突破し、インド洋上を西進していった。

十五

日本とドイツ間の連絡は、潜水艦によるだけになっていた。ドイツから譲渡されたU511号の片道航行についで伊号第八潜水艦の往復航行は成功したが、伊号第三十潜水艦、伊号第三十四潜水艦の両艦は、触雷と雷撃によってそれぞれ沈没してしまった。潜水艦による連絡も大きな危険をはらんでいたのだが、それにたよる以外に方法は全くなかった。

その年の初めまでは、商船を武装したドイツの特設巡洋艦が大胆にも極東に回航してきて、南方資源を積載しドイツへ輸送していたが、それも戦局の悪化に伴なって完全に断たれていた。また、イタリアの長距離機サボイア・マルケッティSM―75型機が、中国大陸の包頭《パオトウ》を中継地として日本の福生《ふっさ》飛行場への飛来に成功したが、ソ連領上空を侵犯するコースをとったため空路による連絡も中止させられていた。

そうした情勢の中で、伊号第二十九潜水艦はドイツに出発して行ったのだが、その年の春、東支那海上空を奇妙な形態をした双発機が南方へ飛行する姿がみられた。淡水魚のような瀟洒《しょうしゃ》な流線型をした飛行機で、翼と胴体に日の丸が描かれていたが、日本の機種にみられぬ新型機であった。

日本の輸送機は、通常、東京を飛び立つと、九州の福岡、台湾の台北、南支那の海南島の各飛行場等を経由してシンガポールに到着するが、その双発機は、東京近郊の福生飛行場を離陸すると、途中、無着陸で一気にシンガポールまで飛行した。

この双発機は、陸軍航空本部所属の特殊飛行機で、ドイツへの無着陸飛行を意図する新型長距離機であった。

日本の長距離飛行は、世界的な実績をもっていた。

昭和十二年には、陸軍の司令部偵察機「キ―15」(制式名九七式)の試作第二号機であった「神風」が、朝日新聞航空部によって東京とロンドン間一五、三五七キロを各地に着陸をくり返しながら飛行した。その所要時間は九十四時間十七分五十六秒で、国際都市間連絡飛行の新記録であった。また、十四年の八月には、東京日日新聞社が海軍の九六式陸上攻撃機を借り受けて「ニッポン号」と命名、世界一周飛行を試みた。同機は、各国の飛行場を経由して五二、八六〇キロを翔破した。

しかし、「神風」は、途中で離着陸をくり返して飛行したもので、無着陸飛行の輝かしい業績は昭和十三年五月に周回飛行をおこなった「航空研究所長距離機（航研機）」によって果された。

その長距離機は、和田小六教授を所長とする東京帝国大学航空研究所の所員によって設計され、東京瓦斯《ガス》雷気工業会社が製作にあたった。

航空研究所の設計陣は、まず機体関係として飛行機部主任小川太一郎助教授の指揮のもとに、

翼型………深津了蔵、谷一郎両助教授
プロペラ……河田三治助教授
翼…………山本峰雄助教授
胴体………小川太一郎助教授
脚…………木村秀政助教授、広津万里嘱託
性能試験・飛行計画……木村秀政助教授

が、それぞれ各部門を担当した。

また、発動機については、発動機部主任田中敬吉教授の統率のもとに、

発動機実務……高月龍男助教授

発動機の力学……中西不二夫教授

企画全体及び空冷弁……富塚清教授

冷却……西脇仁一嘱託

が、研究設計にあたり、その他、計器に佐々木達治郎教授、燃料関係を永井雄三郎教授、山崎毅六嘱託が担当した。つまり、航空研究所の総力をあげて設計した研究機であった。

航研機は、藤田雄蔵大尉、高橋福次郎准尉、関根近吉機関士の三名によって、木更津、太田、平塚の三点を結ぶ周回コースを三日間にわたって飛びつづけた。その飛行距離は一一、六五一・〇一一キロに達し、周回飛行距離としての世界新記録を樹立した。

しかし、この記録は、翌十四年七月にイタリアの長距離機サボイア・マルケッティSM―82型機によって破られた。

「航研機」の世界記録樹立は、日本国内を沸き立たせた。そうした空気の中で、昭和十四年秋、朝日新聞社内では紀元二千六百年を記念する飛行事業が計画された。それは、「航研機」の設計製作技術を生かした新式の長距離機による、東京・ニューヨーク間の無着陸飛行計画であった。

この破天荒な計画は、編集局長美土路昌一によって採用され、村山長挙会長の承認を得た。美土路は、計画の実施を社の航空部にゆだね、航空部長河内一彦を中心に検討を重ね、陸軍側の指示を仰ぐことになった。

昭和十五年一月、河内は、航空部次長中野勝義とともに陸軍航空本部総務部第二課を訪れた。第二課は、航空思想の普及、新聞社航空部をふくむ民間航空の育成指導等の第二線航空の充実を担当していて、課長には川島虎之輔大佐が就任していた。

河内部長と中野は、紀元二千六百年記念事業として東京・ニューヨーク間の無着陸飛行を計画していることを告げ、新長距離機を陸軍で完成し、朝日新聞社に提供して欲しい、と懇願した。

川島課長は、口をつぐんだ。日本陸軍の仮想敵国はソ連で、将来、対ソ戦が起った場合も国境を中心とした航空戦がおこなわれるだけで、長距離機を保有する直接の必要はない。そうした理由から、それまで軍需審議会の席上でも、長距離機を製作することは研究議題にあがったことがなかった。

それに、中国大陸での戦闘は激化していて、有力な民間飛行機製作会社である三菱名古屋航空機、中島飛行機等では、陸軍の要求にもとづく試作機の設計、製作に追われていて、新型機をつくる余裕はない。そうした状況の中で、一新聞社のために陸軍が戦争に無関係な長距離機を完成し、貸与することは不可能だった。

また、金銭的な問題も、大きな難問であった。新しい長距離機を完成させるためには少くとも二、三機の試作機をつくり、しかも、さまざまなテストを繰返さなければならない。それらに要する費用は、かなりの額にのぼるはずであった。

川島大佐は、それらの事情を説明して、陸軍からは金銭を支出することはできない、と答えた。河内と中野は、軍に遠慮せず強硬な要求をすることで著名な人物で、川島大佐の説明に納得したが、

「費用はすべて朝日新聞社で支出し、陸軍には一切負担はかけぬから協力して欲しい」

と、重ねて依頼した。

川島大佐は、

「自分の一存では答えられないが、出来るだけ希望にそえるよう働きかけてみたい」

と、回答した。

河内と中野は帰っていったが、川島大佐は困惑した。金銭的な問題は負担がないとしても、戦争に無関係な飛行機の製作に陸軍が協力する必要はない。もしも、その案を軍需審議会に提出すれば、一笑に付されると言うよりは、怒声を浴びせかけられるにきまっていた。

かれは、河内との約束もあるので思案の末、航空兵器の研究と生産補給を担当している陸軍航空技術研究所長安田武雄中将に相談した。

安田は柔軟な考え方をする人物で、川島の危惧に反して、その提案を受け入れた。

安田は、

「現在のところ、陸軍にはそのような長距離機試作の研究方針はないが、将来、対ソ戦が起った場合、シベリアの軍事的要衝を戦略爆撃しなければならぬこともあるだろう。その折には、長距離機が必要になるし、陸軍の研究課題としても協力してやろうじゃないか」

と、積極的な姿勢をしめした。

川島大佐は、安田所長の言に力を得て、早速、具体的な協力態勢をととのえることに着手した。そして、設計は、「航研機」を生んだ東京帝国大学航空研究所に担当させて、陸軍航空本部が支援することになり、朝日新聞社にその旨をつたえた。

第一回の合同会議は、昭和十五年二月八日に帝国ホテルで開催された。

出席者は、朝日新聞社側から村山長挙会長、美土路昌一編集局長、河内航空部長、中野次長、斎藤寅郎社会部航空担当記者、「神風」の操縦士として著名な航空部員飯沼正明らで、東京帝国大学航空研究所側からは、和田小六所長をはじめ中西不二夫、石田四郎両教授、小川太一郎、山本峰雄、谷一郎、深津了蔵、高月龍男各助教授が出席した。

また、陸軍側からは、航空技術研究所長安田武雄中将、航空本部総務部長鈴木率道中将、航空技術研究所第一部長岡田重一郎少将、航空技術研究所第一部飛行機課長駒村利

三、航空本部総務部第二課長川島虎之輔、航空技術研究所総務部総務課長緒方辰義の各大佐が出席し、駒村大佐の司会によって議事が進行した。

まず、村山会長が、朝日新聞社側の要望として、

一、亜成層圏飛行が可能であること。

二、東京・ニューヨーク間の無着陸飛行を可能とするために、一万五千キロメートル以上の航続距離を有し、航研機の速度が平均時速一八〇キロメートルと低く、実用的ではないので、高度一万メートルで平均時速三五〇キロメートルを必要とする。

三、乗員は五名とすること。

とつたえた。

しかし、和田東大航空研究所長は、設計を航研側が全面的に担当するということに難色をしめした。「航研機」を設計した折に、東大航空研究所は、実用機として適さぬ低速の記録機を製作することは無意味だという批判を浴びせかけられたが、和田は、そのことにこだわっていたのだ。それに対して、朝日新聞社側との間で活潑な論議が交されたが、結局、航空研究所は長距離機を製作する飛行機会社の諮問機関として、技術協力することで同意した。

それによって、東京帝国大学航空研究所内に長距離機技術諮問委員会が設置され、委員長に和田所長が就任し、各教授、助教授が委員となり、実務担当者として、機体の主

要設計者に木村秀政助教授、発動機設計者に高月龍男助教授が任命された。

その決定にもとづいて、朝日新聞社は、二月十一日の紀元節に東京・ニューヨーク間無着陸飛行を紀元二千六百年記念事業として実施すると発表した。製作にあたる会社は、陸軍側の斡旋《あっせん》で技術的余地の幾分残されていた立川飛行機株式会社が選ばれ、発動機は、中島飛行機株式会社製のものを使用することに決定した。

東大航空研究所では、早くも三月に基礎設計を開始した。そして、五月一日に研究所内でひらかれた発動機関係の合同会議で、新型長距離機の名称をA―26とすることに決定した。提案者は中島飛行機株式会社第二技術部長の加藤健次で、朝日新聞社のアルファベットの頭文字Aと紀元二千六百年の二六を組合わせたものであった。

長距離機A―26の基本設計は、東京帝国大学航空研究所内の技術諮問委員会によって着実に進められた。主務者の木村秀政助教授は、委員の意見を参考にし、陸軍航空技術研究所第一部飛行機課にもしばしばおもむいて、課長駒村利三大佐の協力を仰いだ。

翼形については、航空研究所員の深津了蔵助教授の設計した層流翼が採用され、エンジンは双発と決定した。発動機は、高月龍男助教授が陸軍航空技術研究所第一部発動機課長絵野沢静二大佐の助言を得て、中島飛行機製のハ―105を選んだ。また、プロペラは、その部門の権威である河田三治教授の意見もあって、直径三・八メートルの三枚羽プロペラを採用した。

胴体は、亜成層圏飛行に便利なように、小川太一郎助教授、小林喜通技師の主張で酸素気密構造にする計画であったが、技術的に不安があるという理由から、実行するには至らなかった。

それらの基本的な検討は、その年の秋までつづけられ、設計図が立川飛行機株式会社に流された。立川飛行機では、それらの設計図の具体化につとめたが、機体の細部設計図製作を指揮したのは技術課長遠藤良吉で、小口宗三郎技師、中川守之技師らが直接の作業指導に従事した。

遠藤らは、情熱を傾けて作業をつづけ、延二万一千六百名の工員が細部設計の製図に参加した。

また、その細部設計に応じて、外山保技師を中心に部品製作もすすめられ、新型長距離機の完成をめざして積極的な努力がつづけられていた。

やがて、各種の実験が開始されたが、翌昭和十六年夏、不慮の人身事故が起った。その日、東大航空研究所内では、性能試験室で発動機の試験がおこなわれ、運転室で三五〇馬力の送風機が全回転をし、六名の者が発動機の回転数の測定等に従事していた。そのうちに、送風機のバランスが悪かったため、突然、凄じい音響をあげて数十枚の羽が解体した。羽は厚さ一二ミリの鉄板で、一瞬の間に運転室内に飛び散った。

発動機設計の実務担当者であった高月助教授が、ただちに送風機を急停止させたが、発動機の前にいた朝日新聞社航空部員恒松寿が、後頭部を送風機の羽で砕かれ即死していた。恒松は、前日に航空機関士の免状を取得したばかりの若い部員で、他の部員とともに東大航空研究所に手伝いにきていて難にあったのである。

そのようなA—26の諸試験がおこなわれているのと併行して、亜成層圏飛行に対する研究も進められていた。

亜成層圏飛行は、当然搭乗員たちにかなりの肉体的影響をあたえるが、それを医学的に解決するため、朝日新聞社航空部では、その研究を東京慈恵会医科大学生理学教室に依頼した。

慈恵医大は、スポーツ医学分野で他の追随を許さぬ顕著な研究業績をあげていた。先鞭をつけたのは生理学教授浦本政三郎で、登山者の高山における人体的影響の研究から、必然的に航空医学の分野にその研究は踏み入っていた。

同大学には学生航空部も設置されていて、昭和八年には朝日新聞社のK・D・C・Ⅱ型機を使用して、学生航空連盟教官桜沢仁一と学生の菊地猛夫が、被実験者として高度千、二千、三千の位置でそれぞれ呼吸実験をおこなったのを初め、教授らも飛行機に乗って、各種実験を積極的にくり返していた。その中心になっていたのは生理学教室で、生化学の立場から永山武美教授も独自な研究を推し進めていた。

それまで、亜成層圏飛行の人体に及ぼす影響についての研究は未開拓で、朝日新聞社は、同医科大学の研究に期待したのだ。

同医大では、生理学教室助教授杉本良一を中心に、講師名取礼二、同大村正らが異常なほどの熱意をはらって研究実験を開始した。

また、それと併行して、液体酸素の容器についても、朝日新聞社は各方面に研究を依頼していた。

高々度における酸素量の減少については、液体酸素の使用によって補わなければならないが、高空での気圧の低下は、液体酸素の沸点をさげてしまう。それを防止するためには、新たな液体酸素発生器の開発が必要で、航空部員小俣寿雄が連絡者となって、東京近郊の三鷹にある逓信《ていしん》省中央航空研究所で発生器の改造を進めてもらったが、その成果は芳しいものではなかった。

しかし、その後、小俣は清水組の清水研究所長岡田次郎が、従来のガラス製とは異なった金属製の液体酸素発生器の試作に着手していることを知って、岡田に亜成層圏飛行に十分堪え得る発生器の製造を依頼した。

さらに、酸素マスクについては、その分野の最高権威者である陸軍航空技術本部の吉村公三技術大尉が取組み、慈恵医大研究陣の協力のもとに、A型、B型、A改良型、B改良型の四種のマスクを試作した。その結果、A改良型では一万メートルの高度での低圧に十分堪え、さらにB改良型では、少しの不安もないことが判明した。

殊にその研究で、象の鼻のような蛇腹の管のついた酸素マスクが好ましいこともあきらかになった。それまでの通念では、純粋な酸素をそのまま吸入する方が適しているとされ、直接、酸素を吸うマスクを作って実験してみたが、純酸素は、逆に呼吸中枢を麻痺させることが実証された。その点、蛇腹管のついた改良型マスクでは、呼気の炭酸ガス約五パーセントが管に残留して、長時間使用しても、人体に少しの影響もあたえないことが確認された。

これらの研究結果がまとまったので、実験が、逓信省中央航空研究所の低圧・低温実験室で、朝日新聞社航空部の小俣と佐々木安美を被実験者としておこなわれた。

成果は極めて良好で、高度六千、八千、一万メートルの三回の実験も、被実験者に人体的影響は見出せなかった。

朝日新聞社航空部では、さらにそれを実際に確認するため、「神風」と同型の「朝風」を使用して実用テストを試みた。操縦士は小俣寿雄、機関士は塚越賢爾で、高度計の針が九、七〇〇メートルをしめすまで上昇した。この上昇距離は、温度、気圧によって高度補正されて一一、〇〇〇メートルの高度まで上昇したことが確認され、日本高度記録として、小俣、塚越は日本飛行協会から表彰された。むろん液体酸素の呼吸実験も好調で、朝日新聞社航空部では、A—26による亜成層圏飛行に確信をいだくことができた。

その頃、A―26の設計・製作は進んでいたが、太平洋戦争の勃発によって、その作業は急に停滞していた。立川飛行機の受註量が激増し、一民間会社の要請による飛行機の作業にとりくんでいる余裕がなくなったのだ。

やがて、作業は完全に中断され、試作途中の機体が工場の一隅に放置されるようになり、朝日新聞社の航空部員も、召集を受けたり嘱託として兵員の空輸などに従事していた。

昭和十七年の春を迎えた頃、陸軍航空本部内にA―26の処置について新たな論議が交されるようになった。開戦以来、陸軍航空本部は新しい軍用機の開発や、戦訓にもとづく機の改修業務に忙殺されていた。そのような状況下で、一新聞社の要請によるA―26の試作に協力することは不可能で、それに、費用は朝日新聞社が全額負担することになっていたが、実際には陸軍側が豊富な研究費を東大航空研究所に支出し、立川飛行機の試作に関する費用も支払っていた。陸軍側としては、軍用機以外の不要不急の飛行機を試作することは不適当だし、そのために金銭を費すことも許されなかった。

そのような理由から、むしろA―26を陸軍機として採用すべきだ、という意見が支配的になり、朝日新聞社にもその旨をつたえて、A―26を正式に陸軍機キ七七として試作を進めさせることに決定した。

その指令によって、機体に再び工員がむらがり、東大航空研究所員の動きも活潑になった。陸軍航空本部では、試作機完成期日を大幅に短縮することを厳命し、技師・工員は、残業に残業を重ねて作業を推進することに努力した。

キ七七第一号機が完成したのは、昭和十七年九月であった。東大航空研究所の機体主務設計者木村秀政や立川飛行機の技師たちは、試作工場に置かれた長距離機を感慨深げにながめていた。その後、各種の試験をくりかえし、初の試験飛行が十一月十八日に立川飛行場でおこなわれることになった。

その日は雲片もない快晴で、肌寒い空気の中に秩父連山の山容が鮮やかに浮び上り、その中をキ七七第一号機が格納庫から曳き出された。滑走路に動いてゆくキ七七第一号機は、初冬の陽光に機体を眩ゆく光らせ瀟洒な美しい姿態をみせて動いてゆく。場内には、陸軍航空本部飛行実験部長今川一策大佐をはじめ、東大航空研究所員や立川飛行機の外山保、棚田真幸技師や工員多数が試作機の姿を見守っていた。

やがて、「試験飛行開始」の指示があって、キ七七第一号機が、滑走路を走りはじめた。テストパイロットは立川飛行機の釜田善次郎と朝日新聞社航空部員長友重光で、約四〇〇メートル滑走後、機は地上をはなれた。工員たちは歓声をあげ、技師たちは、眼をうるませて飛翔する試作機を見上げていた。

機は、テスト飛行を終って滑走路に着陸した。機内から降り立った釜田、長友両操縦士は、安定性、操縦性ともに良好で癖のない良機だと感想を述べ、木村助教授らを喜ばせた。

それ以後、朝日新聞社航空部員塚越賢爾機関士も参加して、性能試験飛行が反復され、昭和十八年初めからいよいよ実用試験飛行に入った。

一月には、まず、福生飛行場から福岡までの往復飛行が試みられ、さらに二月には、十時間飛行がおこなわれた。この間、各種の欠陥が発見されたが、殊に機体から燃料洩れが甚しく、立川飛行機ではその改修につとめた。キ七七は、主翼をはじめ全身がガソリンタンクとでも言うようにガソリンが詰めこまれることになっていたが、リベットの打込み部分からの燃料洩れがいちじるしかったのだ。

すでに第二号機も、立川飛行機試作工場で製作がすすめられていたので、第一号機の欠陥部分を改修した方法が積極的に第二号機へ適用されていた。

その頃、陸軍航空本部内では、キ七七の実用目的についての検討が進められていた。キ七七は、陸軍機として採用することに決定しているが、大航続力をもつだけが特徴の同機を、むろん、爆撃機に使用することなどできるはずもない。それは、将来、試作される軍用長距離機の参考に供する程度の意義しかなく、あくまで特殊の研究機にすぎなかった。が、前線指揮から再び航空本部にもどり総務部総務課長の任にあった川島虎之輔大佐を中心に、キ七七の特異な大航続力を有効に活用する方法が模索されていた。か
昭和十八年が明けて間もなく、川島は、突然、東条英機首相兼陸相から招かれた。

れが、いぶかしみながら東条のもとにおもむくと、東条は、キ七七についてその試作状況と性能などについて質問した。

川島は、第一号機の実用試験飛行の結果と第二号機が完成寸前であることを報告した。

東条は、うなずいてきいていたが、不意に、

「そのキ七七で、ドイツに無着陸飛行はできぬか」

と、問うた。そして、前年の七月にイタリアのサボイア・マルケッティSM―75型機が中国大陸の包頭を経由して福生飛行場に飛来したが、日本機でドイツとの空路による連絡路の開発をはかりたいのだ、と言った。

川島は、計算上からみてドイツまでの無着陸飛行は十分可能である、と答えた。

東条陸相は、その答えに満足し、出来るだけ早く準備をととのえてキ七七のドイツ派遣計画に着手することを命じ、さらに、

一、この飛行計画は、極秘として機密保持に万全の努力をはらうこと。

二、日本に飛来したイタリア長距離機はソ連上空を通路するコースをとったが、ソ連との国際問題は微妙なので、絶対にソ連領の上空を飛ばぬこと。

三、万が一、飛行が不成功に終って不時着などの事故が起った場合には国際問題となるので、飛行は民間機によるものとして計画すること。

の三点を注意した。

川島大佐は諒承して、航空本部にもどり総務部長に報告し、民間機として計画せよという指示について検討した。民間航空会社としては、昭和十四年八月に創設された大日本航空株式会社があったが、川島は、朝日新聞社航空部に、一応、話だけはしなければならぬと思った。キ七七は、A―26として朝日新聞社が企画したもので、同社航空部には秀れた操縦士、機関士たちが多く、大日本航空株式会社に遜色のない能力をもっている。

川島は、朝日新聞社に電話をかけて航空本部長に昇進していた河内一彦を招き、

「これから話すことは極秘事項だが……」

と、前置きして、キ七七のドイツ派遣計画を口にし、

「今までのいきさつ上、まず、君の社に話をするのが筋道だと思って依頼するのだが、やってみる意志があるか」

と、問うた。

敵の制空圏下を突破して遠くドイツへおもむくという危険度の高い飛行計画に、豪放な性格の河内も、顔をこわばらせてしばらく黙っていたが、

「自分の一存ではきめ兼ねますので、一度、帰社してからお答えします」

と、即答を避けて川島大佐のもとを辞した。

河内は、村山会長らと相談し、その日のうちに川島大佐のもとにやってくると、

「ぜひ、私のところでやらせて欲しい」

と、答えた。朝日新聞社としては、同社で企画した長距離機を他社にゆだねる気にはなれなかった。すでに宣伝事業としての意義は全く失われていたが、ドイツまでの無着陸飛行を社の航空部員の手で果したかったのだ。

陸軍航空本部では、関係方面の諒解を得て、キ七七のドイツ派遣計画の実施を正式に朝日新聞社航空部にゆだねることに決定した。

しかし、民間機とは言っても、飛行途中で不慮の事態が発生することも予想されるので、陸軍側から飛行指揮をとる者を同乗させることになった。そして、航空本部内で慎重に人選がおこなわれた結果、航空の権威者でありドイツに駐在した前歴もある白城子陸軍飛行学校教官中村昌三中佐を機長として同行させることに決定した。

朝日新聞社航空部内でも、航空本部長河内一彦の意見を参考に、新野百三郎部長の指名で操縦士に長友重光、川崎一、機関士に塚越賢爾、永田紀芳、通信士に川島元彦が選出された。

中村中佐は、ただちに長友らとともにドイツまでの飛行コースの研究にとりくんだ。コースとしては、イタリア長距離機が日本に飛来した北方コースと、インド洋を経由する南方コースが考えられたが、東条陸相の最も危惧するソ連領上空を飛行せぬためには、インド洋を通過してドイツへおもむく南方コース以外に方法はなかった。

中村たちは、南方コースについて入念に検討を重ねたが、北方コースに比して、かなり不利な条件の多いことがあきらかになった。

まず、距離的に南方コースの方が長い距離を飛ばねばならぬし、さらにインド洋上の敵艦船の往来も激増しているので、発見される確率もはるかに大きい。それに比して、北方コースは中立国上空を飛翔しつづけ、しかも、飛行条件も安定していた。

中村は、川島大佐に飛行コースの研究結果を報告し、その計画を成功させるためには北方コースを選ぶべきだと進言し、そのコースの採用を許可して欲しい、と要望した。そのため、川島も再三東条陸相に中村らの言葉をつたえたが、日ソ間の国際関係の悪化を憂える陸相以下軍首脳部は、北方コースの飛行を許可しなかった。

その結果、やむなく飛行コースは南方コースに決定し、中村は、長友らとあらためて入念な検討を重ねた。まず、出発地としてシンガポールのテンガ飛行場を定め、インド洋上を西進してセイロン島沖約二〇〇キロメートルの地点を迂回後、西北方に進み、紅海を経てトルコ南方の地中海上にあるロードス島に着陸する。その後、同島飛行場で燃料を補給して、ベルリンにおもむくことになった。

この飛行計画は、亜成層圏の飛行を必要とするので「セ号飛行」と秘称され、極秘扱いにされた。

飛行コースの選定も終ったので、「セ号飛行」計画にもとづき、東京近郊の福生飛行場からシンガポールのテンガ飛行場まで無着陸の試験飛行をおこなうことになった。直線距離五、三三〇キロを、平均時速三〇〇キロ弱で飛行する計画が立てられた。

機長は長友重光で、満載状態にはせず、全重量は一三・二トンと予定された。

この試験飛行は、機密保持の必要から、朝日新聞社航空部員によっておこなわれる前線の陸海軍将兵慰問飛行という名目が立てられ、朝日新聞社の代表者として河内航空本部長が、また、設計陣の代表者として東大航空研究所の木村助教授が同乗することになった。機内には房総半島産の鯛や静岡県産の石垣苺をはじめ各地の産物と、蕾《つぼみ》のついた山桜の枝が大量に積みこまれた。

キ七七第一号機は、昭和十八年四月二十日午後三時三十分、初の渡洋試験飛行に出発した。機は、福生飛行場を離陸すると南進し、十九時間十三分を費して無事にシンガポールのテンガ飛行場に着陸した。

テンガ飛行場には、朝日新聞社昭南（シンガポール）支局員にまじって元同社社会部次長であった陸軍主計中尉進藤次郎も出迎えていた。そして、機上から降りてくる長友機長らと握手を交したが、機内から新鮮な鯛や名産品が運び出されてきたことに、飛行場は沸き立った。殊に山桜は、出迎えの者たちを喜ばせたが、半気密の機内から突然、暑い飛行場に出されたので、蕾が瞬間的に一斉に開花した。進藤らは感激して、桜を名産品とともに南方軍総司令部をはじめ海軍関係に手分けして配った。

キ七七第一号機は整備された後、四月二十五日午前十時五十分、テンガ飛行場を離陸して帰路につき、飛行時間を十八時間十六分に短縮して立川飛行場に着陸した。

木村秀政助教授は、高月龍男助教授らとともに、機関士塚越賢爾の飛行中に計測した数値を検討した。その結果、八・〇五トンの燃料を搭載し全備重量一六・三五トンで出発すれば、一万五千キロメートルの飛行は確実と判定した。

シンガポールからベルリンまでは一万二千キロメートルの航程なので、木村の報告は、陸軍航空本部を満足させた。

しかし、陸軍側は、キ七七の馬力が小さく、果して満載状態で離陸することができるかどうか一抹の不安をいだいていた。それに対して、木村は、シンガポールまでの試験飛行の結果から考えて、満載状態でも一、二〇〇メートル程度の滑走距離で容易に離陸することができるはずだ、と反論した。

そうした陸軍側の不安を解消するため、五月三十日に岐阜県各務《かがみ》ケ原飛行場で満載状態での離陸テストがおこなわれることになった。その前夜、木村助教授らは犬山に宿をとり、翌朝、飛行場へおもむいた。そのテスト飛行は極秘のうちにおこなわれることになっていて、飛行場には、関係者以外の立入りが厳禁された。

第一号機には、所用の燃料以外にガソリンの代りとして水が多量に積みこまれ、一五・五トンの積載状態にした。そして、機を滑走路に引き出したが、風向が北に変ったため一時中止し、反対側に移動した。その移動中、尾輪のタイヤが重量に堪えきれずパンクする事故が起って、テスト開始時刻は大幅におくれた。

やがて、尾輪の交換も終り、機は、ようやく滑走に入った。風速は約二メートルの向い風で、一、二八七メートルの滑走後、期待通り地上をはなれた。滑走距離が、予想より約一〇〇メートル長かったのは、長友機長が慎重に機首をおさえたためで、陸軍側の不安もその離陸テストによって解消した。

しかし、依然として、キ七七第一号機の燃料もれの欠点は残されていた。そのため、第一号機の使用は断念し、欠陥の補正されていた第二号機を遣独機として使用することに決定した。そして、二号機で試験飛行をくり返したが、結果は満足すべきもので、飛行計画は急速に整えられていった。

準備が完全に整ったので、同機に便乗する者の人選にとりかかった。潜水艦では機密兵器と人員の輸送がおこなわれているが、キ七七は重量物を搭載することは不可能で、専ら少数の人員輸送のみにかぎられるべきであった。潜水艦がドイツまで到達するのに約三カ月を必要とするのに、五十時間程度で到達できるキ七七は要人の輸送に最適だった。

陸軍部内では、ドイツとの意志疎通をはかるために、政府の最高首脳部の者をキ七七によってドイツに送りこむ意向をいだいていた。が、初飛行であるのでまず陸軍の者が便乗し、空路の開発が成功した後に政府の要人を送ることに決定した。そして、参謀本部欧米課長の西義章大佐と参謀香取孝輔中佐が遣独使として同乗することになった。

また、同機の飛行方法については、安全を期するための慎重な配慮がはらわれた。キ七七は、満載状態で飛行するので重量が大であり、途中までは高々度飛行は不可能で、インド洋上を航行中の敵側艦船に発見されるおそれがあった。その上、速度は低速で、しかも、前方しか見ることが出来ぬ設計になっているので、もしも戦闘機の追撃を受ければ、たちまち捕捉されてしまう。しかも、燃料が機体内に充満しているため、銃撃を受ければ、瞬間的に火につつまれてしまうことはあきらかだった。

そうした危険を防止する唯一の方法は、敵側に発見されぬよう細心の注意をはらう以外になかった。そのため、ドイツ側の航空基地に到達するまで、緊急事態の発生時以外は、機上からの無線発信を一切禁止した。また、不幸にも途中、敵地に不時着した折には、機密保持のため全員に自決用の青酸カリを携帯させることに決定した。

昭和十八年六月三十日午後、キ七七第二号機は、福生飛行場の格納庫から引き出された。梅雨は明けていたが、空には雲がたれこめ蒸し暑かった。

前日、ひそかに集っていた搭乗者が、機内につぎつぎと入っていった。機長中村昌三中佐、首席操縦士長友重光、副操縦士川崎一、機関士塚越賢爾、永田紀芳、通信士川島元彦に便乗者として西義章大佐、香取孝輔中佐が搭乗した。見送る者は少数で、その中には、設計者木村助教授の小柄な姿もあった。

やがて、双発のプロペラが回転し、滑走路に出た機は、エンジン音をとどろかせて走りはじめ、機首をもたげると曇り空に消えていった。

同機の出発三日前に、朝日新聞社航空部長新野百三郎は、小俣寿雄の操縦する同社のMC―20型輸送機でシンガポールのテンガ飛行場に先行し、翌七月一日に飛来したキ七七の到着を出迎えた。機上から降り立った長友らの顔には、自信に満ちた表情が浮び、新野らと和《なご》やかに談笑した。

同機は整備を受けて、七月六日朝テンガ飛行場からドイツへの無着陸飛行に出発することになった。同機は格納庫内に納められ、搭乗員たちは、一切外出を禁じられて、飛行場近くの宿舎でひっそりと時を過した。

その間、キ七七第二号機の整備は終り、亜成層圏飛行に必要な液体酸素、酸素マスクの点検も完了し、七月六日を迎えた。すでに、機内にはガソリンの搭載も終り、出発時刻が迫った。

機は、むろん満載状態で離陸が最も重大な問題だったが、飛行場の風向が離陸に適さず、風向の変化するのを待った。各務ケ原飛行場での満載状態におけるテスト飛行では、一、二八七メートル滑走後に、ようやく離陸することができたことから考えて、滑走路の短いテンガ飛行場では、最高の条件下で離陸しなければ失敗する危険が大きかった。長友操縦士らは、陸軍気象班に連絡をとって風向状態の恢復時をただしたが、気象班の観測では、翌日まで風向の変化はないという返事であった。

新野部長をまじえて操縦士たちはその対策を協議したが、風向状態の悪いテンガ飛行場での離陸は不可能と断定された。が、ドイツにも飛行計画が連絡済みで、いたずらに出発日を遅延させることもできず、結局同飛行場からの出発を断念して、近くのカラン飛行場を使用することに決定した。ただし、カラン飛行場は、丘陵等の遮蔽《しゃへい》物のあるテンガ飛行場と異なって一般現地民の眼にふれ易いので、出発時の警戒を厳にするよう陸軍側に要望した。

その決定によって、キ七七第二号機に搭載されていた燃料の大半が除去され、同機は、夕刻にテンガ飛行場を離陸してカラン飛行場に着陸、同機の出発は明七月七日早朝と定められた。

燃料の搭載を短時間で終らせることは至難だったが、それについては南方軍総司令部直轄の南方航空輸送部マレー支部（支部長森蕃樹）が全面的に協力することになった。同支部の高級部員豊島晃は、カラン飛行場での給油、乗降者取扱い、気象班、通信所の業務等をすべて統率し、キ七七の飛行目的も知っていた。かれは、キ七七に対する燃料搭載作業の指揮を整備課長高津洽三郎に委任した。

高津は、係員を総動員して徹夜で作業をおこない、無事に予定通りの燃料の搭載を終った。キ七七関係者は高津らに、同機が満載状態のテスト飛行をおこないながら日本内地に引返すのだと告げたが、高津はキ七七の飛行目的を知っているようであった。

　キ七七の飛来とドイツへの出発は極秘のうちに進められていたが、南方軍総司令部報道部員進藤次郎主計中尉は、その飛行計画に気づいていた。かれは、現地発行の新聞の指導・検閲をおこなうかたわら、中野学校出身の山口源等中尉を班長とする傍受班にも属していた。

　かれは、その日、報道部長室に呼ばれ、部長中島鈆三中佐から、

「明早朝、特殊機がドイツにむかってカラン飛行場から飛び立つが、軍の機密に属するので飛行目的は言えない。同機が、万が一インド洋上で敵側の攻撃を受けるようなことがあれば、当然、敵側はラジオ放送をおこなうだろう。そのような事態の起ることのないよう祈るが、傍受班としても十分傍受態勢をととのえるよう命じる」

と、告げられた。

　進藤は諒承して、その旨を山口班長につたえ、班員にも粗漏のないよう指示した。傍受班には日本人軍属十五名が昼夜交代で勤務し、その他、中国人、インド人、マレー人等、女性をふくめた六十名近いものが傍受に専念していた。

　かれは、報道部の部屋にもどったが、中島報道部長の口にした特殊機という言葉に関

心をいだいた。三カ月前、かれは陸海軍慰問のために飛来したキ七七の姿を思い浮べ、その特殊機とはキ七七で、操縦士らは朝日新聞社航空部員ではないかと思った。それは、元新聞記者としての直感で、かれは確認のため朝日新聞社昭南支局におもむいたが、支局では航空部員も顔を見せず飛行計画も知らぬという。ただ飛行関係の発着に詳しい連絡員の八木春達のみが、さすがにキ七七の飛来をうすうす察知していた。

進藤の確信は、深まった。一般的に、もしも社の航空部員がシンガポールにやってくれば、報道部員の進藤のもとに旅行券の給付を求めにやってくる。その旅行券は、飛行機等の乗物をはじめホテル代も無料という特典をもつもので、その券の給付は、絶対に必要なものだった。が、券の給付にも顔を出さぬことは、航空部員たちが重大な機密任務を課せられている証拠で、かれらがキ七七に搭乗してドイツにおもむくことは確定的だと思った。

進藤は、元新聞記者として、キ七七のドイツへの飛行目的を探り出したいという野心に駈られた。と同時に、ドイツへ無着陸飛行を試みる航空部員を社の同僚として見送りたい、とも思った。

かれは、中島報道部長の洩らした「明早朝」という言葉を念頭に、翌朝、暗いうちに起床し、青い尉官の旗をつけた車に乗ってカラン飛行場に急いだ。そして、まだ夜も明けきらぬうちに飛行場事務所に到着した。

かれが事務所に入ると、たちまち第三航空軍参謀に阻止された。かれは、報道部員としてキ七七の出発を見送りたいと言ったが、軍の機密に属する飛行計画なので極く限られた者以外の出入りは厳禁されている、と頑なに拒否された。進藤は、それに屈することなく、第三航空軍司令官の小幡英良中将が縁戚者であることを告げ、押問答の末、ようやく特別許可を得た。

かれは、その場でしばらく待たされ、やがて、十数名の高級幕僚たちと飛行場の片隅に置かれたキ七七の近くに行った。

そのうちに、別の建物から飛行服を着た長友首席操縦士たちが姿を現わし、ゆっくりとした足どりで近づいてきた。西大佐、中村、香取両中佐は、機が民間機を装っているので軍服は着用せず、いずれも私服を身につけていた。

進藤が、長友らに近寄って握手したが、かれらは、おだやかな笑みを浮べているだけで一言も言葉を発しない。進藤が、親しい塚越機関士の手を握って、

「成功を祈るぞ」

と言っても、塚越は、ただうなずいただけであった。

進藤は、幕僚たちの後にさがって、改めてキ七七の姿を見つめた。かれの眼に、驚きの色が浮んだ。飛行機の主翼は、通常、幾分上方にむかって伸びているのに、キ七七の主翼は、逆に下方へ垂れ下っている。かれは、航空機に関する知識は乏しかったが、そ

れが主翼に満ちた燃料の重さによる現象だということに気づいた。

静かな見送り風景だった。長友らは、明るい表情をしていたが、終始無言で、やがて手をあげると機内に入って行った。

プロペラが回転し、機は、滑走路の東端で反転した。エンジン音が周囲に轟き、機は滑走に移った。が、満載状態の機の動きは重たげで、いつまで経っても離陸しない。進藤は、不安になった。前方には海があって、機が、そのまま海中に突っ込んでしまうのではないかと危惧された。

他の者たちの表情もこわばっていて、機の動きを凝視していたが、機は機首をもたげ、滑走路がきれる寸前に車輪が辛うじて浮き上った。

見送る者たちから安堵の声が洩れたが、機は、燃料の重量に堪えきれぬように、上昇することはせず海面すれすれに遠ざかってゆく。そして、徐々に海面からはなれながら、やがて、白々明けの西の空に没して行った。

離陸日時は、昭和十八年七月七日午前八時十分（日本時間）であった。

キ七七第二号機の出発と同時に、シンガポールの陸軍通信隊では、二個の受信機をキ七七の専属受信機として機上発信をとらえることに専念した。むろん、発信を厳禁されている機が無線を発することは、緊急事態の発生を意味するものであった。

キ七七を見送った朝日新聞社航空部長新野百三郎は、小俣、島崎両部員とともに、その飛行経過を気遣って通信隊におもむき受信機を見守っていた。が、正午近くになっても機上からの発信は受信されず、機が無事にインド洋上を西進中と推測された。

新野の不安は薄れ、ただちに小俣の操縦するMC―20型輸送機でテンガ飛行場を出発、サイゴン、広東、台北、上海経由で日本へむかった。

その日、シンガポールの通信隊はキ七七の機上発信をとらえることもなく、翌日も同様だった。

陸軍航空本部では、キ七七がインド洋上を翔破、紅海上空を経てロードス島にむかっていると推定し、ドイツ側にも受入れ態勢を整えて欲しい、と打電した。そして、キ七七のドイツ占領地区到着の報を待った。

その頃、ドイツ駐在日本大使館では、キ七七の飛来を注視していた。欧州戦線の戦局は日増しに深刻化していて、大島大使も大使館付陸軍武官小松光彦少将も、大本営陸軍部にその詳細な状況報告をおこないたいと焦っていた。潜水艦便は細々とつづけられていたが、帰国までに多くの日数を要し、急激な情勢変化に追いつくことはできない。それに比して、五十時間ほどで日本占領地に到達できるキ七七の往来は、理想的な連絡便であった。

大本営陸軍部からは、ドイツに派遣されていた特使甲谷悦雄陸軍中佐とスペイン駐在日本公使館付武官補佐官長谷部清陸軍中佐に、キ七七に便乗して帰国せよという命令が発せられていた。殊に甲谷中佐の帰国報告は、大本営にドイツの将来を分析する重大な資料をあたえてくれるものと期待されていた。その他、甲谷とともに海軍側特使としてドイツに駐在していた小野田捨次郎海軍大佐、木原友二陸軍技術中佐等もキ七七の便乗が内定し、同機の到着が待たれていた。

しかし、シンガポール出発後、第三日目に入っても同機のドイツ占領地域到着の報告はなかった。

東京の陸軍航空本部の不安は、時間の経過とともに次第に濃くなった。同機がシンガポールのカラン飛行場を離陸してから、通信隊の受信機は、同機から発せられる無線電信を全く受信していない。それは、無線封止をしている同機が無事に飛行していることをしめしていた。

また、シンガポールの傍受班も、敵側のラジオ放送を傍受することにつとめ、その内容を南方軍総司令部に報告していた。もしもキ七七が敵側の攻撃によって撃墜または不時着すれば、戦果の一つとして敵側のラジオ放送局から流されるはずだったが、その傍受内容にも、それらしいものは皆無だった。

そうしたことから、遣独飛行の成功が予測されていたが、同機の最大飛行時間を越えても到着の報告がないことを知った航空本部は、キ七七に最悪の事態が発生した、と推測した。そして、報告もないままにその日も暮れ、航空本部は、キ七七の飛行計画が不成功に終ったことを確認した。

計画推進の実務担当者であった同本部総務部総務課長川島虎之輔大佐は、キ七七がいずれかの地に不時着しているのではないかという希望を捨てきれず、参謀本部に依頼してドイツ側に捜索依頼の電報を打ってもらった。また、飛行コースに沿った中立国の外交機関を通じて、同機に関する情報探索を求めたが、どこからもキ七七についての報告はなかった。

その後も、シンガポールの特情班に命じて情報蒐集につとめさせたが、なんの収穫もなく、陸軍航空本部は、キ七七が墜落したと断定した。

その原因については、さまざまな意見が交された。キ七七が緊急事態発生の発信をおこなわなかったことから考えて、その事故は、発信の余裕もない瞬間的なものであると想像された。

そのような推定のもとに、或る者は、気象状況による事故説をとった。同機がシンガポールを離陸した日は天候が良好であったが、気象班の観測では、インド洋上に軽微な不連続線が停滞していたことが判明していた。洋上の気象は変化が激しく積乱雲が発達し、キ七七は、その雲中に突っこんだのではないか。そして、乱気流にもまれ、満載状態の同機が、一瞬の間に空中分解したのではないかと推測した。

また、通信隊側で機上発信した電波をとらえることに失敗したという説を述べる者もあったし、エンジン故障による突然の墜落ではないか、という意見を口にする者もいた。
そうした中で、川島総務課長は、キ七七がインド洋上で敵戦闘機の攻撃を受けて撃墜された公算が大だと考え、航空本部長安田武雄中将に報告した。その後、昭和二十年五月四日、寺本熊市陸軍航空本部長名で搭乗員全員の戦死が確定し、その理由として、左のような書類が付された。

西大佐以下戦死認定理由書

一、生死不明トナリタル日時場所

1　日時　昭和十八年七月七日

2　場所　印度洋上

二、生死不明トナリタル前後ノ状況

某重大任務ヲ帯ビ当部所属特殊飛行機（キ七七）ニ搭乗　昭和十八年七月七日八時十分昭南（「カラン」）飛行場ヲ離陸シ印度南側ヲ経テ印度西側洋上ニ向ヘリ当日天候良好ニシテ気象上何等ノ不安ナク機関及通信機亦《また》快調ニシテ任務達成ヲ期待シアリシモ　最大航続時間ヲ経過スルモ消息不明トナレリ　即チ敵情等ヨリ判断シ途中敵機ノ攻撃ヲ受ケ壮烈ナル戦死ヲ遂ゲタルモノト判定ス

三、採リタル捜索手段

1　昭南（現地軍）ニ於テハ飛行機出発後受信機二機ヲ以テ機上通信ヲ連続傍受セルモ　何等通信ナク飛行機ノ安否気遣ハルルニ至ルヤ七月十日迄対空送信ヲ続行シ連絡ニ努メタルモ全ク応答ナク　尚特殊情報班ヲ指導シ情報蒐集ニ務メタルモ情報遂ニ入手シ得ズ

2　中央ニ於テモ各種通信機関ヲ利用シ友邦諸国在勤ノ帝国武官ニ指令シテ情報蒐集ニ務メタルモ何等情報ヲ得ズ　未ダニ消息不明ナリ

四、戦死認定ノ理由

1　本飛行成功ノ鑰《かぎ》ハ企図ノ秘匿ニ在リトシ該目的達成ノ為飛行機ヨリノ送信ハ非常ノ場合ノ外極力之ヲ避クル如ク予メ関係方面ト協定シアリタリ　右協定ニ基キ万一ノ場合ニ備ヘ昭南及関係方面ニ於テ数個ノ通信機ヲ以テ傍受ニ努メタルモ遂ニ一回ノ入電無シ　是レ気象ノ障碍《しようがい》又ハ器材ノ故障等ニ基キ敵地或ハ海上ニ不時着陸（水）セルガ如キ状況生起セザリシ証拠ニシテ　全ク無電発信ノ余裕無カリシコトヲ立証スルモノナリ

2　使用機「キ七七」ハ特殊研究機トシテ設計製作セラレタルモノニシテ　視界極メテ狭ク敵機発見上甚ダ不利ナルノミナラズ防禦能力皆無ナル器材上ノ弱点ヲ有ス

3　飛行経路ハ敵ノ勢力圏タル海上ニシテ　電波兵器ノ発達セル今日敵ニ捕捉セラルル公算極メテ大ナルニ加フルニ折悪シクモ「ボース」氏ノ渡日公表　潜水艦ニ依ル日独連絡ニ関スル英紙論評等アリテ米英側ノ警戒頓《とみ》ニ厳重ナリタル上　更ニ後日ノ調査ニ依レバ七月六日以降印度洋航海中ト推定セラルル商船数一週間延約《のべ》三十隻ニシテ　之ガ警戒ヲモ加味シ「セイロン」島方面ニ一日平均十六機ノ敵機出現シ　訓練及哨戒ニ努メアリシモノノ如ク本状況ニ於テ敵ニ捕捉セラルルハ寧《むし》ロ必至トセザルベカラズ

4　以上ノ諸点ヨリ判断スルニ本機ハ敵ノ電波兵器或ハ哨戒機ニ発見セラレ敵機ノ攻撃ヲ受クルニ至リシモ　器材ノ特性上其ノ攻撃ヲ察知シ得ズ或ハ察知セルモ回避又ハ離脱ノ余裕ナク敵ノ一連射ヲ浴ビ　全機火達磨《ひだるま》トナリテ壮烈ナル戦死ヲ遂ゲタルモノト判断スルヲ至当トシ　既ニ一ケ年余ヲ経過シタル今日何等ノ消息ナシ

依テ茲《ここ》ニ戦死シタルコトヲ認定ス

このように陸軍航空本部は敵機の攻撃によると判定したが、戦後の連合国側の戦闘記録にも、キ七七らしき飛行機についての記載は全くなく、その消息を断った理由は不明である。

キ七七第二号機の遣独飛行計画は失敗したが、陸軍航空本部は参謀本部の要請を受けて、キ七七第一号機によって再びドイツへの飛行を計画した。

その準備は、第二号機の行方不明が確認された直後からはじまり、搭乗員は、第二号機と同じように朝日新聞社航空部員によることが決定した。そして、第二号機のシンガポール出発を見送ってMC—20型輸送機で羽田に帰省した小俣は、空港で同社の河内航空本部長から第二号機の消息が絶えたことを告げられると同時に、第一号機の機長としてドイツへおもむく任務を命じられた。

小俣は、その指令にしたがって、翌日には早くも他の搭乗予定者とともに立川飛行場におもむき、機体の改修・整備と航路の選定に着手し、二カ月後には完全に準備を整えて出発命令を待ったが、参謀本部からの発令はなかった。陸軍部内では、第二号機の飛行計画の失敗によって、さらに戦況が悪化した情勢のもとでは成功する確率がきわめて低いと判断し、空路によるドイツとの連絡路開発を断念していたのだ。

小俣らも、ようやくドイツへの飛行計画が中止されたことを知ったが、東大航空研究所と朝日新聞社航空部は、第一号機が放置されたままになっているのを惜しみ、世界記録に挑む長距離飛行を企画した。そして、陸軍航空本部に許可願いを出した結果、その要望が容《い》れられ、飛行審査部長今川一策大佐を試験委員長に、同部員内藤美雄少佐を指揮官として満州で記録飛行がおこなわれることになった。

昭和十九年六月二十五日、キ七七第一号機は、九七式重爆撃機とともに福生飛行場を出発、伊丹飛行場に着陸した。

キ七七第一号機には、機長小俣寿雄、副操縦士田中久義、機関士島崎清、森松秀雄、計測員坂本定治、通信士羽広石雄と陸軍航空本部員唐崎中尉、立川飛行機技師棚田真幸が同乗し、そのまま無着陸で新京飛行場にむかった。それを追うように、九七式重爆撃機も、東儀正博の操縦によって京城、奉天を経由、新京におもむいたが、同機には、陸軍航空本部内藤少佐、五明技手ほか一名、東大航空研究所木村、高月両助教授、朝日新聞社からは河内一彦、富山韶蔵、斎藤寅郎ら多数の関係者が同乗し、今川一策大佐も別便で参加した。

新京で整備を受けたキ七七第一号機は、関係者の見守る中で七月二日午前九時四十七分、同飛行場を離陸した。そして、新京、ハルビン、白城子の三点を結ぶ三角コースを飛翔しつづけ、翌々日の午後七時〇〇分、地上からの指示で新京飛行場に着陸した。飛行距離は一六、二三五キロメートルで、イタリアのサボイア・マルケッティSM―82型機の持つ世界記録一二、九三五キロメートルを大幅に破ったが、戦時であったため非公認記録にとどまった。この記録は、戦後も破られることなく、昭和四十四年にアメリカのボーイングB52Hの作った一八、二四五キロの飛行記録によって更新された。

その後、キ七七第一号機は福生飛行場に放置されていたが、空襲が激化したので昭和二十年春に山梨県の玉幡飛行場に疎開し、終戦を迎えた。

進駐してきた米軍は、同機を押収し参考機として本国への移送を企て、米空軍の標識をつけ横須賀追浜《おっぱま》飛行場に送ることになった。そして、立川飛行機の操縦士釜田善次郎、機関士棚田真幸に、脚の油圧関係の調整のため内野技師を同乗させて出発させた。が、米軍側は、釜田らが同機に乗って逃亡するか又は破壊することを恐れ、前日までプロペラをはずし、出発日の昭和二十年十一月二十八日に装着するという配慮をはらい、しかも、離陸後もグラマン戦闘機によって監視させ、その日に追浜飛行場に誘導した。

さらに、キ七七第一号機は、アメリカ空母に積載されて横須賀を離れアメリカ本土へむかったが、途中南方洋上で激しい台風に遭遇し、甲板上にあった他の飛行機とともに海中へ投棄され、世界非公認記録を樹立した同機も海底に消えたのである。

十六

陸軍長距離機キ七七の訪独飛行の失敗によって、ドイツとの連絡路は、潜水艦による以外にないことが再確認された。が、潜水艦は大航海を経なければならず、敵側のレーダーの進歩によって、そのドイツ行は多くの危険をはらんでいた。

しかし、日本海軍は、ドイツとの機密兵器技術の交流と、それにともなう技術者をはじめ日独協同作戦を推進するための重要人物の輸送をはかる必要から、第四便として伊号第二十九潜水艦をドイツへ向け出発させた。同艦は、昭和十八年十二月十六日シンガポールのセレター軍港を出港、スンダ海峡を通過しインド洋上に出たが、戦局の悪化はいちじるしく、伊号第二十九潜水艦の成功を危ぶむ者は多かった。殊にイタリアの降伏につづいてドイツ軍の敗勢は日増しに濃く、それにともなって連合国軍側は制海・空権をほとんど手中におさめ、ドイツ艦船の撃沈が相ついでいた。そうした中に日本潜水艦が往復四カ月も要する航程をへて突入してゆくことは、無謀とも言える行為であった。しかし、日本海軍は、戦局の劣勢を挽回するためにもドイツとの連携を強化する必要を感じ、敢えて伊号第二十九潜水艦を出発させたのだ。

同艦は、一般航路を遠く避け、ひそかにインド洋上を西進していった。

海上に船影はなく、空に機影も湧かず、艦は、無線封止のまま航進をつづけた。

木梨艦長は、あらかじめ軍令部からインド洋上で燃料補給を受けるよう指示されていた。常識的には、アフリカ大陸の最南端喜望峰を迂回し大西洋に進出してから燃料を補充すべきであったが、大西洋はイギリス海・空軍の哨戒密度が濃いので、出発匆々《そうそう》であったが、危険度の比較的少いインド洋上で燃料を受け入れる計画が立てられていた。

シンガポール出港後八日目の十二月二十三日未明、艦は、インド洋中央部に達した。インド洋方面で行動中のUボートへ燃料補給をおこなっていたドイツ油槽船との会合予定位置であった。

夜が白々明けはじめた頃、水平線上に船影が湧き、次第に接近してきた。木梨は、乗員を戦闘配置につけて船型を見つめていたが、それは、軍令部から指示されていた船型と一致していて、ドイツ油槽船であることが確認された。

油槽船からも味方識別の手旗信号が送られてきて、やがて、伊号第二十九潜水艦の艦首近くに船尾を近づけ停止した。油槽船からロープが発射され、それを手繰ると、五〇メートルほどのホースが送られてきて潜水艦の重油タンクに引きこまれた。

無線発信は敵側に位置を察知されるおそれがあるので、連絡は手旗信号でおこなわれたが、しばらくすると、油槽船の甲板上に大きな黒板が引き出された。黒板に文字を書いて連絡したいとつたえてきたので、潜水艦の司令塔にも黒板が立てられた。幸い、便乗者中にドイツ語を教えていた海軍大学校教授鮫島龍男がいたので、鮫島が油槽船の黒板に記される白墨の文章をすぐに木梨艦長につたえ、それに対する回答を黒板に書いて油槽船にしめした。

連絡は無言のうちにおこなわれたが、その間、見張り員は空と海の監視をつづけていた。敵機が不意に襲ってくる可能性は大であったので、作業をする者だけが甲板上に出ていて、いつでも急速潜航できる態勢をとっていた。

二時間ほどで燃料補給が終了すると、油槽船から三名の水兵を乗せたボートがおろされ接近してきて、一メートル以上もある新鮮な魚六尾と玉葱、菜などを艦に渡すと、引返して行った。

潜水艦と油槽船の甲板上にそれぞれ乗組員が整列し、鮫島が黒板に、

「Bon Voyage（航海の安全を祈る）」

と書くと、油槽船の黒板にも、

「Auf Wiedersehen（再会を約して）」

という文字が記された。

艦と油槽船は次第にはなれ、甲板上では、乗員たちの帽子がしきりにふられた。やがて、油槽船は東方の水平線に小さくなっていった。

艦は、西進してマダガスカル島南方に針路を定めた。木梨は、艦の空間をひろげるため食糧缶詰の空缶を海上に捨てさせたが、敵に浮游する空缶を拾得されて行動をさとられることをおそれ、缶は一個残らず穴をあけてつぶし、錘《おもり》をつけて沈めさせた。

昭和十九年一月一日、伊号第二十九潜水艦は、南緯二五度、東経七〇度に達した。気温は上昇していて、熱気のこもる艦内で一同雑煮を祝った。

翌々日の夕刻、見張り員が北方に船影を発見し、艦は潜航して潜望鏡で監視した。船は二本マストで、丁度艦と逆航するようにかなり早い速度で東進している。敵側の輸送船であることはあきらかだったが、木梨艦長は、小島少将と協議の末、攻撃することを

断念した。隠密行動なので、敵船を攻撃することは避けねばならなかった。

その後、二度にわたって敵船の通過を認めたが、艦長はその度に潜航を命じて避退した。

艦は、マダガスカル島南方洋上を通過し、喜望峰六〇〇浬南方を遠く迂回した。風波ははげしく、艦は激浪に翻弄されたが、十日後にようやく大西洋に進出することができた。

危険海域が迫ったので、昼は潜航し、夜間は電池充電の必要から水上を航走した。そして、一月二十七日には、第一の難関であるセントヘレナ島附近を通過した。

その間、ドイツ駐在日本大使館付武官補佐官渓口泰麿中佐を通じて、ドイツ海軍からの無電が次々に発信されてきた。艦は、ドイツ潜水艦と航海途中で会い、最新式の電波探知機を譲りうけ装備しなければならない。電波兵器は急速に進歩していて、前便の伊号第八潜水艦からあたえられたドイツの電波探知機は早くも型式が古くなっていて、最大の危険海域であるビスケー湾を無事に通過するには不十分であった。

その会合位置については、ドイツ海軍から連絡が寄せられ、前便まで会合点に使われていたポルトガル領アゾレス諸島附近は避けることになった。それは、ポルトガル政府が同諸島にイギリス空軍基地の設置を認めたので、会合点は、イギリス空軍基地の哨戒圏外にあるアゾレス諸島南方六〇〇浬の洋上が指示された。

また、会合方法としては、二月十三日午前八時〇〇分（ドイツ時間）を会合日時とすることを決定したが、もしも敵機等の来襲によって会合が不可能になった場合は、その翌十四日同時刻に変更し、その日も危険が認められた折には、さらに十五日に延期することになった。

艦は、潜航と水上航走をくり返しながらアゾレス諸島洋上を進み、予定時刻に会合点に接近した。が、見張り員が、突然、北方洋上に大型空母と護衛艦艇を発見したため、木梨艦長は、ただちに急速潜航を命じ、同海域から避退した。

その後、暗号係がドイツ海軍からの暗号電文を誤訳し、位置の経度に差のあることがあきらかになったので、艦は一〇浬ほど東に移動し、夜の海上で停止した。

夜が明け、時計の針が午前八時をしめした頃、近くの海面から不意に一隻の潜水艦が浮上してきた。木梨艦長は、ドイツ潜水艦だと推定したが、万が一を思って潜航を命じると、相手の潜水艦もすぐに水中に身を没した。

木梨は、潜望鏡で相手の艦の動きをうかがっていたが、正確な会合位置で姿を現わした潜水艦をまちがいなくドイツ海軍所属のものと断定し、思いきって艦を浮上させた。それを相手艦も見守っていたらしく、海水を泡立たせながら水面に浮び出た。

木梨は、総員戦闘配置につけたまま、暗号電報で指定されていた味方識別信号を打つことを命じた。伊号第二十九潜水艦の司令塔から信号拳銃が発射され、澄みきった朝空に彩られた火閃が弧状の線をえがいて飛んだ。

その直後、相手艦からも同じ色の信号弾が発射され、互いに日・独潜水艦であることが確認された。と同時に、両艦の艦橋後部にそれぞれ軍艦旗がかかげられた。

木梨艦長は、電波探知機の譲渡を受けるためゴムボートをおろし、ドイツ潜水艦に送るように指示した。が、ボートが潜水艦にむかっている間に敵機等の来襲があれば、両艦は潜航しボートのみが海上に残される。当然、ボート上の乗員は、射殺されるか捕われの身となることが確実だった。

人選がおこなわれた結果、独身の恩田耕輔上等兵曹がその任にあたることになり、自決用の拳銃と実弾が手渡された。

甲板上にゴムボートが引き出され、フイゴを足でふんで空気の注入をはじめた。ボートとは言っても、船底は網がはられていて下半身が海水につかる簡単なものだった。

甲板上でフイゴを勢いよくふみつづけていると、ドイツ潜水艦側から、ゴムボートを送るという信号が送られてきた。恩田上等兵曹らがドイツ潜水艦を見守っていると、ゴムボートに空気ボンベがつなげられた瞬間、空気が勢いよく注ぎこまれたらしく、ボートがたちまちふくらんだ。しかも、その尾部にはエンジンまでとりつけられ、三名の乗員を乗せると波をけたてて進んできた。

恩田らは、ドイツ海軍のゴムボートの性能に驚嘆し、日本海軍の恥辱になることを恐れて、匆々にゴムボートを艦内にかくした。

ボートには、イエニッケという若い中尉と二名の下士官が、最新式電波探知機を携えて乗っていた。

ボートが艦に引き上げられると、任務を終えたドイツ潜水艦は南方に去って行った。

艦内では、ただちに電波探知機の据えつけがはじめられ、イエニッケ中尉が、鮫島の通訳でドイツ海軍からの連絡事項を木梨艦長につたえた。艦は、アゾレス諸島を大きく迂回し、ヨーロッパ大陸に針路を向けた。

艦は、夜二時間水上を走るだけで、それ以外は海底深く身を没して進んだ。むろん速度はおそく、水上航走をすれば六日間で目的地ロリアンに着く距離を、一カ月近くもかかる計算であった。

ヨーロッパ大陸が近づくにつれて、遠く近く爆雷の炸裂する音がしばしばきこえるようになり、スペイン沿岸に接近すると、炸裂音は一層増した。

三月十日にビスケー湾でドイツ機と小型駆逐艦が出迎えるという無電連絡があり、伊号第二十九潜水艦は、スペイン領北西端のフィニステレ岬沖に近づいた。会合点到達は一週間後に迫り、艦はほとんど潜航したまま東進をつづけた。

その夜、同艦は、電池充電と艦内の汚濁した空気を交換のため浮上した。淡い月が、中天にかかっていた。

イエニッケ中尉の話によると、ドイツ潜水艦は、敵機の急襲を受けた場合、機銃で一連射してから急速潜航する戦法をとっているという。木梨艦長は、同中尉の意見にしたがって、射手の神尾上等兵曹を艦橋上の二五ミリ連装機銃に配置した。

水上航走を開始して三十分ほど経過した頃、突然、海上がまばゆく明るむと、光が海面を走り、艦の後部を照らしてかすめ過ぎた。一瞬雲間からのぞいた月の光かと思ったが、頭上には飛行機の爆音が轟いていた。

イギリス空軍機が、探照灯をつけて夜の海面に光芒を放っている。

イエニッケ中尉が、

「もぐれ、もぐれ」

と、叫んだ。

木梨艦長はただちに、

「両舷停止、潜航急げ、ヒコーキ」

と命じ、艦は急速潜航した。そして、海底に沈座したまま身をひそめていたが、爆雷攻撃の開始される気配はなかった。

その理由は不明だったが、敵機に発見されたことは確実だった。艦は、そのまま海底で停止していた。

そのうちに、神尾上等兵曹の姿が見えないことに同室の者が気づいた。機銃にこめられた銃弾は、潜航すれば海水につかって使用不能になるので、神尾が銃弾を交換するため弾庫に行っているにちがいないと推定され、機銃員が弾庫におもむいたが、弾庫には鍵がかかっていて神尾が出入りした気配はなかった。

機銃員は、神尾の姿がみえないことを艦長に報告した。艦長は、神尾の所在をたしかめる方法として、艦内に「総員戦闘配置につけ」と命じた。もしも神尾が艦内のどこかにいれば、配置位置に必ずもどってくるはずだった。が、いつまでたっても神尾は、かれの配置位置に姿をみせなかった。

艦長は、事情を理解した。神尾は、二五ミリ連装機銃にとりついていたが、艦が急速に潜航したため艦内に走りこむ余裕がなく、海上にただ一人残されたにちがいなかった。

上空には、敵機が旋回している公算が大きかったが、艦長は、意を決して浮上を命じた。そして、潜望鏡で上空をさぐり、探照灯の光芒も消えていることを確認して浮上した。艦は移動し、乗員たちは、周囲の海面をさぐることにつとめたが、海上に人影を発見することはできなかった。おそらく神尾は、潜航する艦の激しい渦にまきこまれて溺死したと推定された。

乗組員たちは、悲痛な表情で夜の海上を見つめていた。

伊号第二十九潜水艦を発見したイギリス空軍機は、ただちに基地に報告し、それによってイギリス側はドイツ海軍基地までの航路上に濃密な哨戒網をはりめぐらすことは確実だった。

木梨艦長は、艦を潜航させてフィニステレ岬沖合を通過した。そして、翌日の日没後に浮上し、空気を採り入れ電池の充電をはかったが、またも探照灯を備えつけた敵機に照射された。

艦長は、急速潜航を命じ、数時間後に艦を浮上させた。が、電波探知機には敵機の接近が感知されたので、再び潜航を命じ約二時間後に浮上させたが、至近距離に敵機を感知した。艦は、海中に身を没した。浮上すれば敵機の攻撃を受けることはあきらかで、艦が安息を得るのは海中のみであった。

潜航時間が、二十時間を越えた。艦内の酸素が急激に減少し、激しい苦痛が艦内の者たちを襲った。かれらは、頭痛に顔をゆがませ、呼吸量を少くするため身を横たえたり膝を抱いてうずくまっていた。長時間にわたる水中航走で、貯えられていた電池が不足してきて、艦内の電灯は常夜灯以外すべて消され、炊飯も中止された。

電池を充電するためには浮上して水上航走をおこなわなければならないが、それは敵機の攻撃を受けることに結びつく。木梨艦長の顔には、苦悩の色が濃かった。電池の量が、遂に最悪の状態におちこんだ。それが尽きれば、艦の水中航走は不可能になる。

木梨は、決断を下して「浮上」を命じた。艦は、闇夜の海面に浮び出た。新鮮な潮の匂いにみちた空気が艦内に流れこみ、乗員たちは鼻腔をひろげて酸素を吸った。

危惧していた通り電波探知機には、敵機のレーダーから発する電波がしきりに感知される。が、木梨は水上航走を強行した。

艦は、約一時間、之字運動をおこないながら海上を走ったが、電波探知機に敵機の接近が感得されたので、潜航した。その水上航走によって艦内の空気も清浄になり、電池も潜航に支障のない程度に充電された。さらに、数時間後、浮上して一時間ほど水上を走り、充電も十分におこなうことができ、水中航走をつづけて会合点にむかった。

艦は、ビスケー湾に潜入し、会合点に達すると、そのまま海底に身をひそめた。会合点の位置は、航海長大谷英夫大尉が星による天測にもとづいて想定したものだったが、三月十日朝、浮上してみると、頭上に五機の飛行機の姿をとらえることができた。

イエニッケ中尉は、ドイツ空軍のJU88型重戦闘機であることを確認し、双方から信号拳銃で信号弾が発射された。また、前方から四隻のドイツ小型駆逐艦が白波を立てて疾走してくるのもみえた。伊号第二十九潜水艦は、危険海域を突破してドイツ海空軍の護衛下に入ることができた。

接近してきた駆逐艦が、伊号第二十九潜水艦と並行すると、細い容器を甲板上に投げこんだ。その容器には、

「水上航走のまま全速力でロリアン軍港にむかうべし。尚、敵襲があった場合も、指令

なきかぎり潜航せず水上航走を続けよ」

という趣旨の指令書がおさめられていた。

伊号第二十九潜水艦は、全速力で走りはじめた。上空には五機の戦闘機が旋回し、前後左右に四隻の駆逐艦が疾走している。それは、強力な護衛陣であった。

電波探知機には敵機のレーダーの発する電波が絶えずとらえられていたが、その日の午後五時、十数機のイギリス空軍機が襲ってきた。しかし、駆逐艦からは「潜航せよ」という指示は発せられず、ドイツ戦闘機はイギリス空軍機編隊を迎え撃った。

たちまち上空で激烈な空中戦が展開され、敵機の投下した爆弾がドイツ駆逐艦の艦尾近くに落下した。が、全艦に被害はなく、之字運動をつづけながら疾走をつづけた。

やがて、敵機群は、暮色の濃い西方の空に消えていったが、その戦闘でドイツの指揮官機が銃撃を浴びて撃墜され、指揮官も戦死した。

その夜は無事に過ぎたが、夜明けと同時に、再び敵機の来襲があった。ドイツ戦闘機群は、その中に突っ込み、駆逐艦も対空砲火を浴びせかけ、約三十分後に敵機を追い払うことに成功した。

伊号第二十九潜水艦は、ベル島西方をかすめ過ぎ、ロリアン港外に到着した。そこには、ベルリンに置かれた日本海軍事務所嘱託酒井直衛が掃海艇に乗って出迎えていた。艦は、掃海艇の誘導で入港し、ブンカーに身を入れた。日時は、昭和十九年三月十一日午前七時過ぎで、シンガポールを出港後、八十六日間が経過していた。

ブンカーには、ロリアン軍港司令長官以下高級士官が出迎え、日本大使館からは海軍武官補佐官渓口泰麿中佐らが姿を見せていた。伊号第二十九潜水艦は、ドイツに到達することに成功したのである。

十七

伊号第二十九潜水艦は、「松」と秘称され、ドイツ側でもキーファー（Kiefer）と呼んでいた。そして、帰途多くの便乗者と機密兵器関係の機器と図面を、日本に運ぶ予定が立てられていた。

伊号第二十九潜水艦は、約一カ月後の四月中旬にロリアン軍港を出発する予定になっていたが、同艦に先立って、「U1224号」が日本にむかって出発することになっていた。それは、ヒトラー総統がインド洋上で通商破壊戦をおこなうことを条件に、日本海軍に無償で譲渡した二隻の潜水艦（Uボート）のうちの一隻で、「さつき二号」と秘称され、伊号第八潜水艦で送られた日本海軍将兵の手によって回航準備がつづけられていた。

回航員は、艦長乗田貞敏少佐以下清水正貴軍医少佐、久保田芳光、須永孝、前田直利各大尉、藤田金平、藤枝義行両中尉、清水安五郎、渡辺茂、大沢幹太郎、黒沢清定、高

橋富雄の各兵曹長をはじめ約六十名であった。

かれらは、乗田艦長の指揮のもとにU1224号の操艦訓練をつづけ、バルト海南西部海面にもしばしば出て急速潜航訓練等につとめていた。かれらは、選りすぐられた者ばかりで編成されていたので、訓練の成果は著しかった。ドイツ海軍側でも、乗田艦長以下乗員の素質に感嘆し、厳正な軍規に眼をみはっていた。

かれらは、自由にU1224号を操り、兵器、機械等の操作にも十分に習熟したので、いよいよ日本にむかって艦を回航させることになった。

同艦には、ドイツ駐在の海軍の逸材が便乗して帰国することになっていた。それは、潜水艦戦術の権威である江見哲四郎大佐(中佐より昇進)、機関科の山田精一大佐(中佐より昇進)、造船部門の根木雄一郎技術大佐(中佐より昇進)、航空機体関係の吉川春夫技術中佐(少佐より昇進)の四名であった。かれらは、それぞれ機密兵器の設計図等を所持していたが、吉川技術中佐はドイツ空軍の誇る噴射推進式飛行機(ターボジェット機)の設計資料をたずさえていた。

プロペラを必要としない噴射推進式飛行機の開発は、世界航空界の夢で、第二次大戦勃発後、各国の航空技術陣はひそかにその研究実験に没頭していた。

日本でもこの分野に活潑な動きがみられたが、その先鞭をつけたのは、海軍航空技術廠発動機部第一工場主任種子島時休中佐であった。

かれは、将来の軍用機が噴射推進式飛行機を主体とするものになるという確信をいだいて上司に熱心に進言し、昭和十七年にジェットエンジンを主な研究対象とした発動機部第二科の創設に成功した。

しかし、その部門での研究資料は乏しく、どの部門から着手してよいか手がかりもつかめなかった。その間、第二科員加藤茂夫技術中尉は積極的にこの研究にとりくみ、日本で初のターボジェットTR—10型の設計を完成した。しかし、その発動機も試験運転中、破壊事故が続出し、その研究を疑問視する声も高まった。

そのうちに、世界各国の噴射推進式飛行機研究の情報が流れはじめたので、昭和十八年に航空技術廠長和田操中将は、噴射推進式飛行機「橘花《きっか》」の完成を厳命した。そして、永野治技術少佐を中心に理研の仁科芳雄博士をはじめ大学教授、発動機会社技師らが動員され、技術委員会が発足した。

委員たちは、各種の研究実験を積み重ね、一応の成果を得たが、そのジェットエンジンでは時速五〇〇キロ程度しか出ぬことが判明し、その他にも欠陥が認められて、研究は一頓挫した状態になった。

その頃、ドイツの噴射推進式飛行機研究がかなりの高水準に達しているという情報がつたわってきたので、和田廠長は、軍令部を通じて在独日本大使館付海軍武官に資料譲渡を依頼した。

ただちに武官が、ドイツ航空省ミルヒ長官にMe163型、Me262型両噴射推進式戦闘機に関する資料の譲渡をもとめ、承諾を得た。ただし、両機種とも試作の段階であったので、エンジンと機体の設計説明書のみにとどまり、実物については見学を許し十分に説明するという回答を得た。

その担当は、吉川春夫技術中佐と巖谷英一海軍技術中佐（少佐より昇進）であった。巖谷は伊号第二十九潜水艦で、吉川はU1224号でそれぞれ噴射推進式飛行機の資料を日本に持ち帰ることになっていたので、全力を傾けてその知識を得ることにつとめ、潜水艦は撃沈される可能性も大きいので、巖谷と吉川が全く同一の資料を携行することになった。

また、便乗者の根木雄一郎技術大佐の帰国も、重要な意味をもっていた。

かれは、日本海軍の誇る潜水艦設計者の一人で、開戦時に片山有樹、中村小四郎造船大佐につぐ潜水艦設計の権威と称され、友永英夫、有馬正雄造船少佐、寺田明、緒明亮乍造船大尉らとともに、日本潜水艦設計の進歩に多くの業績をあげていた。

根木は、昭和十四年春に渡欧してドイツ潜水艦の研究報告に従事していたが、開戦後、日本海軍部内にかれの秀れた才能を渇望する声がたかまり、帰国命令が出た。その要望は強く、根木の後任者として、危険を覚悟で潜水艦設計の逸材である友永を渡独させたほどであった。

かれは、五年間にわたるドイツでの滞在期間中に、ドイツ潜水艦の設計技術を完全に身につけていた。そして、帰国後、それらの資料を駆使して、独創的な潜水艦設計を精力的にすすめることが期待されていたのだ。

江見ら便乗者が、三月二十八日にベルリンを出発してキールに到着すると、U1224号は出港準備を完全に整えて、潜水艦桟橋で待機していた。

二月十五日、U1224号の日本海軍への譲渡式が、キール軍港の桟橋と艦上でおこなわれた。日本側からは軍事委員阿部勝雄中将と駐独日本大使館付武官首席補佐官渓口泰麿中佐が出席して、阿部が同艦を受領し、渓口中佐が、海軍大臣代理としてU1224号を呂号第五百一潜水艦と命名し式を終えた。そして、三月三十日、日没を待って呂号第五百一潜水艦は、日の丸を艦橋側面に印して出港していった。

渓口は、乗田艦長と詳細な打合わせをおこなっていた。イギリス海空軍の哨戒密度はきわめて濃くなっているので、慎重な配慮が必要だった。かれは、乗田に迂回コースをたどるようにすすめ、航路を、スカゲラク海峡通過後、北海の東を通り、イギリス本土とアイスランドの間をぬけてアゾレス諸島を遠く迂回、大西洋を南下することに定めた。また、喜望峰沖をまわってインド洋のマダガスカル島東方洋上に達した折、待機する日本側から燃料補給を受けることも決定した。

むろん、無電発信については、緊急時以外には一切封止するように、と渓口は指示した。

呂号第五百一潜水艦からは、出港後、無電発信は皆無だった。それは、同艦が無事に日本へ回航していることをしめしていた。

一カ月が、過ぎた。

渓口中佐は武官代理の任を解かれ、伊号第二十九潜水艦で赴任した小島秀雄少将を武官に迎えて、日独間の事務折衝に従事していた。

小島や渓口らは、呂号第五百一潜水艦の航海に不安をいだいていた。各種の指令電報は、ドイツ海軍通信所を経て洋上に発信されている。むろん、呂号第五百一潜水艦はそれを受信しても、連合国軍側に位置を探知されることをおそれて、返信してこない。それは、予定通りの行動だったが、同艦が不意の攻撃を受けて撃沈されていることも予想された。

日数計算から推定すると、呂号第五百一潜水艦が無事航行中ならば、大西洋をアフリカ大陸沿いに南下しているはずだった。その方面の英・米海空軍の戦力は増強されていて、活潑な哨戒行動がおこなわれているという情報がしきりだった。

小島らは落着かない日々を過していたが、五月初旬の或る日、突然、呂号第五百一潜水艦からの暗号電報が入電した。その電文は、

「ワレ、二日間ニワタリ猛烈ナル制圧ヲ受ケタルモ、無事」

という内容だった。呂号第五百一潜水艦は敵の哨戒網にふれ、攻撃を受けたのだ。「無事」という表現は避退に成功したことをしめしているが、その存在を知った敵側は、再発見につとめ撃沈の機をねらうにちがいなかった。

小島らの不安は増し、その後の無電発信に注意していたが、呂号第五百一潜水艦からの発信はなかった。

さらに一カ月近くが、過ぎた。当然、同艦は、喜望峰沖を迂回してインド洋上に入り、燃料を補給する地点に到達しているはずであった。

しかし、軍令部からの暗号電報によると、同艦は、燃料補給予定位置に姿をみせないという。敵から避退するために航進がおくれているとも推定されたが、いつまでたっても呂号第五百一潜水艦の姿は給油地点に現われないという。

ペナンの潜水艦基地でも、「応答せよ」という無電を発しているが、それに応ずる電波はなく、同艦の沈没は確実、とつたえてきた。

その後、ドイツ側でも調査につとめたが、呂号第五百一潜水艦の存在をしめす情報は、皆無だった。

呂号第五百一潜水艦がドイツ軍港キールを出港してから、四カ月余が過ぎた。その間情報蒐集がつづけられたが、海軍省では、同艦が連合国軍側の攻撃によって撃沈されたと断定した。そして、八月二十六日付で乗田艦長以下全乗員と、江見哲四郎大佐、山田精一大佐、根木雄一郎技術大佐、吉川春夫技術中佐の戦死公報を発した。それには、「インド洋上ニテ戦死」という文字が記されていた。

呂号第五百一潜水艦は、海軍省の指摘通り連合国軍側の攻撃を受けて沈没したことはたしかだったが、その沈没位置は、インド洋ではなく大西洋だった。

アメリカ海軍の戦闘記録には、あきらかに呂号第五百一潜水艦の撃沈状況が明記されている。その戦闘部隊は、護衛空母「ボーグ（Bogue)」を旗艦としたタスク22.2部隊であった。

「ボーグ」は、昭和十七年九月二十六日に竣工した七、八〇〇トンの空母で、護衛駆逐艦五隻を従えて昭和十九年五月五日アメリカのハンプトンローズを出港、大西洋上の対潜掃蕩作戦に出撃した。その作戦をうながしたのは、大西洋のアフリカ西海岸方面に、ドイツまたは日本の潜水艦が数隻行動中という情報を得ていたからだった。

護衛空母「ボーグ」が作戦予定地にむかっている間に、同方面に作戦中の駆逐艦「バックレー」がドイツ潜水艦U66号を撃沈したという報告があって、司令部のおかれた「ボーグ」は同位置附近に急航した。

五月十三日に、同海域に到着した部隊は、最新式ソナーを駆使して潜水艦の発見につとめた。空母からは対潜哨戒機が発進し、護衛駆逐艦も四方に散って洋上を行動した。

護衛駆逐艦「ロビンソン（Francis N. Robinson)」は、アフリカ大陸西海岸のベルデ岬

北西海面を行動中、日没近い午後七時（アメリカ時間）にソナー員が、

「八二五ヤード前方に、目標探知」

と、緊急報告をした。

艦長ヨハンセン（J. E. Johansen）予備大尉は、全速力で接近を指令、約十分後に目標海面に到達した。

同艦には、俗称ヘジホグ（山あらし）と呼ばれる対潜前投兵器が搭載されていた。ヘジホグは、イギリス海軍で発明された秘密兵器で、艦の前部から百数十メートル前方に投射される。ヘジホグの中には二十四発の対潜弾が詰められていて、発射されると目標海面に円形状に散開しながら落下する。それが海中に沈み、一個が潜水艦にふれて炸裂すると、近くに沈下してきた他の対潜弾も誘爆する。

ヘジホグが海面に着弾と同時に、ヨハンセン艦長は、両舷に据えつけられた投射器で二度にわたって磁気信管をつけた爆雷（マーク8型）の一斉投射を命じた。そして、反応をうかがっていると、ヘジホグ発射後七秒たって、二個の対潜弾の炸裂音をきいた。

それによって、海中に潜水艦のひそんでいることが確実になったが、つづいて三個の爆雷が爆発し、海面が激しく盛り上った。

「ロビンソン」の乗員は、潜水艦に大損傷をあたえたことを知って、歓声をあげた。そして、ソナーで海中の気配をうかがっていると、爆雷が炸裂してから二、三分後、異様

な音響をとらえることができた。それは、なにかが瞬間的につぶされる鈍い音であった。

その海域の水深は、四、〇〇〇メートル近い。海中にひそんでいた潜水艦は、対潜弾と爆雷によって致命的な損傷を受け、深く海中に沈んでいったにちがいない。潜水艦が沈下してゆけば、水圧は、それにつれて増大してゆく。艦が水圧に耐える深度は二五〇メートル程度で、それ以上沈んでゆけば、船体は水圧によって破壊される。「ロビンソン」のソナーがとらえたのは、艦が圧壊した音であった。

その日時にドイツ海軍の潜水艦が撃沈された事実はないので、深海で圧壊した潜水艦が呂号第五百一潜水艦であることは、疑いの余地がない。

沈没位置は、北緯一八度〇八分、西経三三度一三分であった。

乗員と便乗者全員は、艦とともに深海の海底に沈んだが、同時に、噴射推進式飛行機の資料と根木技術大佐の携行した厖大なドイツ潜水艦建造研究書類も失われたのだ。

十八

艦の整備がドイツ海軍工廠員の手でおこなわれている間、伊号第二十九潜水艦の乗組員たちは、交代でベルリンを訪問したりして休養をとっていた。

同艦には、多数の者たちが便乗して日本に帰ることになっていた。すでに出発した呂号第五百一潜水艦は、基準排水量七五〇トン級の小型潜水艦なので便乗者は四名にすぎなかったが、基準排水量二、一九八トンの伊号第二十九潜水艦には、多数の者が便乗を予定されていた。

便乗者は、ドイツ駐在の小野田捨次郎、松井登兵両海軍大佐、安住栄七主計大佐、巌谷英一技術中佐、野間口光雄技術少佐、丹野舜三郎技手、酒井佐敏嘱託、坂戸智海大正大学教授、イタリア駐在の南信一技術大佐、吉田又彦、花岡実業、柴弘人各陸軍中佐、中谷満夫、卯西外次両技師、計十四名。それに、Johannes Barth, Dr. Oscar Benl, Klaus Schuffner, Horst Hammitzschの四名の日本駐在ドイツ大使館付武官補佐官や技師も加わり、総計十八名という多くの者が、伊号第二十九潜水艦で日本へむかうことになった。

この一行中の小野田捨次郎海軍大佐は、前年春に大本営・政府連絡会議の決定で遣独使節団の海軍代表委員としてドイツに派遣され、日独共同作戦の連絡任務についていた。かれは、任務も終ったので、長距離機キ七七に同乗して帰国する予定になっていたが、同機が飛来しなかったので、伊号第二十九潜水艦に便乗することになったのである。

また、松井登兵海軍大佐は、ドイツの電波兵器の調査に専念し、その分野での指導的立場にあった。かれの豊富な知識は、日本海軍の電波兵器研究に多くの資料を提供することは確実で、かれにも伊号第二十九潜水艦に便乗して帰国するよう指令が出されていた。

かれは、出発直前にドイツ海軍の電子関係の責任者であったミューラー大佐から、試作品として二十基しか保有されていなかった波長一・二センチ〜一二センチの最新式電波探知機の譲渡を受けることに成功し、伊号第二十九潜水艦に装備した。

また、巌谷英一技術中佐は、航空技術士官として四年前にドイツに派遣されて以来、軍用機の研究に没頭していた。かれは、ドイツの開発した噴射推進式飛行機に注目し、吉川春夫技術中佐とともに、その資料蒐集と知識の吸収につとめていた。吉川が、噴射推進式飛行機Me163型、Me262型戦闘機と機体の設計説明書を手に呂号第五百一潜水艦に乗って日本にむかった後、かれも、同種の資料をたずさえて伊号第二十九潜水艦に便乗し帰国することになっていた。

便乗者の中には民間人もまじっていたが、かれらは、それぞれ重要な帰国任務をもっていた。

酒井佐敏もその一人で、かれは、昭和十一年十一月に大阪の住友合資会社商工課員としてドイツに社命で派遣された。そして、イギリスを除く全ヨーロッパの工業技術の調査に従事し、殊にドイツの最新工業技術の導入につとめていた。

その後、第二次大戦の勃発で、かれは、家族を帰国させ単身ベルリンに残っていたが、会社との連絡も断たれたのでベルリンの海軍武官室嘱託になり、主として製鋼関係の技術調査にあたっていた。

さらに、かれは、吉川春夫、庄司元三両技術中佐とともにイタリアのミラノ市にあるイソタ・フラスキーニ社におもむいた。当時、日本海軍の魚雷艇は、時速五〇キロ弱という劣速で、イソタ・フラスキーニ社製の八〇キロの高速を誇る魚雷艇の技術導入を企てたのだ。

酒井は、主として一基あたり三、四百馬力の大型ガソリンエンジンのクランクシャフトの製造技術の習得につとめ、吉川、庄司両技術中佐とともに設計図その他をトラックに満載し、イタリア降伏後の混乱の中をベルリンに輸送した。

それから一カ月後、かれは、伊号第二十九潜水艦で着任した海軍武官小島秀雄少将に招かれた。小島は、

「私の乗ってきた伊二十九潜で、魚雷艇の資料をたずさえて、至急、帰国して欲しい。ただし、君は民間人だから無理にとは言わぬが、住友合資会社でも帰国を望んでいるという連絡が来ている。ぜひ帰るように」

と、言った。

酒井は諒承したが、潜水艦に便乗することは死の危険にさらされることにも通じるので、封筒に遺書と毛髪を入れて小島武官に託した。また、途中、捕虜になることも予想されたので、自決用の拳銃一梃を交付してもらった。

このように便乗者たちは、それぞれ重要な任務を課せられた者ばかりであったが、艦

が撃沈された折に、設計図等が連合国側の手に落ちぬよう錘をつけて海底に沈ませる工夫もしていた。

四月十三日、便乗者は、ベルリンに集結した。

すでに、ドイツ軍はソ連戦線から敗退し、イタリア戦線でも米・英両国軍の強烈な圧迫にあえいでいた。また、首都ベルリンも、イギリス空軍の執拗な爆撃で完全に潰滅し、瓦礫のひろがる廃墟に化していた。残留者も帰国予定者も、ドイツの敗北が時間的な問題であることを十分に察知していた。

その日の夕方、便乗者たちは、車で宿舎からアンハルター駅にむかい、特別仕立ての寝台車に乗って、翌々日の朝、ロリアンに到着した。そして、宿舎で伊号第二十九潜水艦艦長木梨鷹一中佐と引き合わされ、乗艦についての詳細な注意を受けた。

木梨の胸には、二等鉄十字章が光っていた。それは、空母ワスプ撃沈の勲功に対してヒトラーから贈られたものであった。

昭和十九年四月十六日午後八時四十五分、伊号第二十九潜水艦は、ロリアン軍港のブンカー内から湾内に曳き出された。ブンカーの内部では軍艦マーチが奏せられ、残留者やドイツ海軍将兵が、帽子や手をふってその出発を見送った。

艦は、掃海艇七隻の護衛のもとに機雷原を通過し、港外に出た。掃海艇旗艦から訣別の発火信号が送られ、伊号第二十九潜水艦もそれに対して感謝の信号をつたえ、ただちに潜航した。同艦は、十八名の重要人物と機密兵器の資料を満載して日本への帰途についたのだ。

その夜は無事にすんだが、翌四月十七日には、早くも爆雷の炸裂音におびやかされた。それは、イギリス空軍機から投下される航空爆雷で、日没まで数回は震動した。が、それらはいずれも遠距離で炸裂したもので、被害はなかった。

ビスケー湾は最大の危険海域なので、二十時間以上も潜航することをくり返し、空気は汚濁して炭酸ガスが激増した。便乗者たちは頭痛と嘔吐に苦しみ、身を横たえていた。艦は、夜間に浮上して充電航走するが、電波探知機にしばしば敵機が感知され急速潜航する。平均速度はわずかに二ノットで、艦は水中を緩い速度で進んだが、その間に爆雷が近距離に投下され、艦内の灯火は明滅した。

ロリアンを出港してから八日目の四月二十三日、ようやく艦は、イギリス半島西北端を通過して大西洋に出たが、その日、頭上を連合国軍の大船団が通過するスクリュー音を聴音機でとらえた。むろん、木梨艦長は、艦を停止させてその通過を待った。

艦は、昼間、水中航走をつづけ、便乗者たちは艦長の指示にしたがって、ほとんど体を動かすこともしなかった。それは、炭酸ガスの排出量を少くするための処置だったが、頭脳を使うことも、炭酸ガスを多く吐き出すことになるので好ましくないとされ、かれらは、読書もせず放心したように寝ころがっているだけだった。

便乗者は、一種の荷物に等しい存在だった。かれらは、乗組員の負担にならぬようにひっそりと時を過した。食事も初めは二食であったが、空気の汚濁で食欲も失せ、いつの間にか一食になっていた。また、排泄物を便所から舷外に送り出す手動ポンプの操作も厄介で、便所は汚物があふれることも多く、かれらは、例外なく便秘を起していた。

四月二十四日、往路で敵機に探照灯の照射を浴びて神尾上等兵曹を失った位置に達した。木梨艦長は、神尾の霊を慰めるため艦尾の一室に祭壇を飾り、便乗者の坂戸智海大正大学教授に回向《えこう》を依頼した。

しかし、酸素不足のため坂戸の読経もあえぎがちで、かれは、肩を激しく波打たせていた。

その夜も、充電のため浮上する度に、敵機又は敵艦のレーダーが発する電波が電波探知機に感知され、また、近くで吊光弾が舞い上るなど絶えず危険にさらされた。

アゾレス諸島附近では、再び敵大船団の通過するおびただしいスクリュー音が水中聴音機でとらえられ、艦は、海底深くもぐって停止した。

その後も爆雷攻撃にしばしば遭遇したが、危険も徐々に去って、昼間も短時間水上航走できるようになった。

ロリアンを出港してから一カ月後の五月十六日、ドイツ駐在日本大使館付海軍武官か

ら、

「サツキ二号（呂号第五百一潜水艦の秘匿名）ヨリ当方宛ノ無電ニヨレバ、同艦ハ敵ノ猛烈ナル制圧ヲ受ケタル由、厳重警戒ヲ望ム」

という暗号電報が入った。

木梨艦長は、乗員にその電報内容をつたえて、一層警戒を厳にするよう命じた。

十日前には、艦内ラジオにベルリン放送がとらえられ、連合艦隊司令長官古賀峯一大将の戦死を知り、また、その日にはイタリア戦線でドイツ軍の敗北がつたえられて、艦内には沈痛な空気がひろがった。

赤道が近づくにつれて、艦内の暑熱と湿気は日増しにたかまり、蒸風呂に入っているような状態になった。

六月二日、赤道を通過しアセンション島沖に針路を定めた。暑熱は一層激しく、艦内の者たちは肩を喘がせ汗を流していた。

六月七日、艦は、南緯一〇度四二分、西経二四度三〇分の位置まで南下した。その日、艦内ラジオは、ヨーロッパ戦線に大変化が起ったことを告げていた。

前日の朝、米英連合軍の千隻におよぶ船舶が、航空機、艦艇群の援護のもとにフランス北部のノルマンディーに殺到し、多数の上陸用舟艇を放って大規模な上陸作戦を開始した。

ドイツ軍は、連合国軍の上陸作戦にそなえて大軍を配置していたが、連合国軍は最新装備の大兵力をこの地に集中し、約一万一千機にもおよぶ航空機を動員して完全に制空権を確保、艦艇群も猛烈な艦砲射撃を浴びせかけて、大部隊の揚陸を支援した。また、落下傘部隊と空挺師団もドイツ軍の後方に降下し、連合国軍は、その地に堅固な橋頭堡《きょうとうほ》を確保したという。

ラジオから流れ出るアナウンサーの声はうわずっていて、ドイツが重大な危機にさらされていることをつたえていた。艦内の便乗者たちは、沈鬱な表情でドイツの敗北が迫っていることをさとり、ヨーロッパに残留している同僚たちの身を案じた。

翌々日、木梨艦長は、ロリアン出港後初めてドイツ駐在の小島海軍武官宛に、「無事航行中」である旨の暗号電文を打電した。当然、その無電は、アセンション、セントヘレナ両島におかれたイギリス空軍基地で傍受され、イギリス機が、無電発信位置に殺到してくることが予想された。

そのため、木梨は、艦を転針させて高速でその位置からはなれ、航路を大きく迂回し、浮上・潜航をくり返しながら、喜望峰沖にむかって進んだ。

翌々日の六月十一日、艦の受信機は、附近を航行中の日本潜水艦からドイツ駐在海軍武官宛に発する暗号電報を傍受した。その潜水艦は、伊号第五十二潜水艦で「樅《もみ》」と秘称されていた。

同艦の艦長は宇野亀雄中佐で、伊号第二十九潜水艦がロリアンを出発してから一週間後の四月二十三日にシンガポールを出港、ドイツにむかっていた第五便の遣独潜水艦であった。

同艦の無電発信位置は近く、伊号第二十九潜水艦とすれちがう形をとっている。すでにフランスのノルマンディーに連合国軍の大上陸作戦が開始されているヨーロッパにむかう伊号第五十二潜水艦の前途には、大きな危険が待ちかまえていることは確実だった。木梨艦長は、宇野艦長とも親しい間柄であったので、艦の安全を祈るように瞑目《めいもく》した。

また、米軍のサイパン島上陸もラジオ放送で聴取され、戦局の緊迫化が、艦内の者たちの表情をこわばらせていた。

セントヘレナ島沖を通過後、夜明けと夕刻に一時間ずつ水上航走をおこない、便乗者も、一名ずつ交代で艦橋上に出ることを許された。それまで艦内にとじこめられていたかれらは、二カ月ぶりに眼にする陽光を浴び新鮮な空気を吸った。

六月十七日午後、伊号第二十九潜水艦は、喜望峰の西方約六〇〇浬の位置に達し、南東に針路を向けた。その海域は荒天状態がつづいていて、艦は、激浪にもまれ激しく動揺した。

暑熱はうすらぎ、逆に寒気が襲ってきた。

六月二十一日午前九時、喜望峰の真南にあたる沖合を迂回し、インド洋に入った。艦内にはりつめていた緊迫感もやわらぎ、艦長からも、シンガポール到着が七月十四日の予定であると発表された。

しかし、木梨艦長の顔には暗い表情がかげっていた。艦内に重病人が横臥していたからであった。

病者は高尾春一上等兵曹で、ロリアン出港後、黄疸《おうだん》が日増しに悪化し、危険な状態にあった。木梨は、往路で神尾上等兵曹を失い、復路でまたも犠牲者を出すことに堪えられなかった。

木梨は、しばしば高尾上等兵曹を見舞い、

「シンガポールに着けば、病院で治療を受けることができる。それまで頑張るのだ」

と、はげましていた。艦内には、治療に必要な器具も薬品も一応備えつけられてはいたが、それはむろん不十分なもので、高尾の容体が危ぶまれた。

軍医長大川彰軍医中尉は、中田正二等衛生兵曹とともに高尾の治療に専念した。

高尾は、体格がよく頑健だったが、むくみが激しく顔は青黄色く変化していた。かれは、熱心に看護する大川と中田にしきりに礼を言っていた。

六月二十九日の朝、高尾の容体が急変した。呼吸が荒く、意識が混濁しはじめた。

大川軍医長が駈けつけ、診断した結果、気管が圧迫されて呼吸困難におちいっていることが判明した。大川は、気管を切開すべきだと考え、手術の準備をはじめ、魚雷発射管室の台の上に高尾上等兵曹の体を横たえた。

海上は荒れていて艦の動揺がはげしく手術には適さないので、艦長に潜航を依頼した。木梨は、ただちに「潜航」を命じ、艦は海中深く身を沈めた。艦の動揺は消え、艦長、先任将校らの見守る中で手術が開始された。

大川軍医長の手にしたメスが高尾の咽喉骨の近くを切開すると、血と唾液状のものがあたりに散った。工作兵の作った銅パイプを挿入して縫合したが、高尾の呼吸は荒くなるばかりで、脈搏も弱くなった。

同僚たちは、

「高尾上等兵曹、あと二週間でシンガポールにつく。頑張って生きろ、生きろ」

と、口々に声をかけた。

しかし、高尾の意識は恢復せず、一時間後には呼吸も停止し、脈搏も絶えた。かれを見守る者たちの眼に涙が光り、艦内にかれの死がつたえられた。

高尾の体は拭い清められ、真新しいケンバスの袋におさめられて軍艦旗でおおわれた。遺体が発射管室に設けられた祭壇に安置され、その夜は、坂戸教授の読経でおごそかに通夜がおこなわれた。

翌日は、快晴で海上もおだやかだった。高尾の遺体が、同僚の手で丁重に艦上に運び上げられた。艦上には、木梨艦長以下約十名が整列し、高尾の遺体に眼を注いでいた。

ケンバスに錘がつけられ、舷側に運ばれた。

「気ヲツケ」のラッパが鳴り、木梨らは挙手した。

軍艦旗につつまれた遺体が、同僚たちの手で海面に水しぶきをあげて落された。

海水は澄みきっていて、軍艦旗につつまれた遺体の沈下してゆくのが鮮明に見え、それもやがて紺青の色の中にとけこんでいった。

艦は、高尾の死を悼《いた》んで遺体投下位置をゆっくりと一周し、針路を北東に向けた。

艦は、順調にインド洋を横切りスマトラ島に近づいた。七月五日、士官と便乗者に初めて体を洗う湯が石油缶一杯ずつ与えられた。かれらは、ロリアン出港後、一度も顔を洗う水も提供されていなかったのだ。

しかし、体に湯をかけると全身を厚くおおう垢がふやけて果しなく湧き、石油缶一杯の湯では到底それを落すことができず、逆に体は、よじれた垢におおわれた。

七月十二日、艦はスンダ海峡入口に到達し、出迎えの駆潜艇の嚮導を受けて海峡に入った。頭上には一式陸上攻撃機も飛来し、艦は、それらに護衛されてシンガポールにむかった。

翌々日の午後零時五十五分、艦は、シンガポール軍港に投錨した。ロリアンを出港以来、八十九日間を要して一五、一〇〇浬の洋上を突破することに成功したのだ。

艦長木梨鷹一中佐は、第十特別根拠地隊司令部へ挨拶におもむいた。かれの顔には、大任を果した歓喜の色があふれていた。

しかし、シンガポールの空気は、戦局が極度に悪化していることをしめしていた。シンガポールに帰港した翌々日には、サイパン島の玉砕がつたえられ、マリアナ沖海戦で日本は事実上制海権を失っていた。シンガポール軍港には、わずかに重巡一隻が姿をみせているだけで、前年の十二月十六日にシンガポールを出港してから七カ月の間に、情勢は大きく変化していた。

伊号第二十九潜水艦の便乗者は、全員、退艦した。最も機密度の高い設計図等もおろされ、他の資料、器材等は艦に載せて内地に送りとどけることになった。

便乗者たちは、それらの設計図等を携行して七月十八日、飛行機で東京へむかった。

伊号第二十九潜水艦は、大航海の間に起った故障個所の整備につとめた。その間、第十特別根拠地隊司令部からの依頼で、水雷学校、砲術学校への入学予定者や、内地に転属命令の出ている下士官兵約十名が便乗して内地へ帰ることになった。ドイツへ派遣された潜水艦のうち、呉に帰港できたのは第二便の伊号第八潜水艦のみで、伊号第二十九潜水艦もそれにつぐ成果をおさめることが期待された。

艦の整備もすべて完了した七月二十二日朝、便乗する下士官兵が乗艦してきた。

午前八時、伊号第二十九潜水艦は、軍艦旗をかかげてシンガポールを出港、針路を北東に定めた。海上はしけていたが、艦は水上を航走してボルネオ海を進みアナンバス諸島附近を通過し、ナンシャー群島方面にむかった。その島影を左舷方向に見て北々東に航進をつづけ、ルソン島西方洋上に達した。

七月二十五日の朝を迎えた。

波浪のうねりは依然として高く、艦は増速して航走をつづけていたが、午前八時三十分頃、突然、見張り員から、

「敵潜発見」

の緊急報告があった。

木梨艦長は、艦に積載されている機密兵器の資料を呉に送りとどける任務を課せられていたので、

「両舷停止、潜航急げ」

と、命じた。

艦は、交戦を避けて急速潜航し、あわただしくその海域から離脱した。そして、約三時間潜航をつづけた後に浮上したが、海面に異常はなく、木梨は、

「ワレ敵ノ浮上潜水艦ヲ認メタリ」

と、打電報告した。

艦内には、呉帰投後の休暇などの話題もひろがり、空気は華やいでいた。ドイツへの

大航海を果した乗員たちは、内地帰投を目前に喜びにひたっていた。

その夜、ルソン島西北端沖合を通過、翌朝、バリンタン海峡入口に達した。台湾は近く、艦内の空気は一層明るんだ。

その日、艦はバリンタン海峡を東方に進んだ。

午後四時、恩田耕輔上等兵曹は、山田孝治一等兵曹とともに見張りを交代した。恩田は左舷、山田は右舷見張り員となって艦橋に立った。前任の見張り員からは、

「間もなく水道を出るが、それからは之字運動を開始する予定」

という申し継ぎがあった。艦は水道を出る直前で、之字運動をおこなっていなかった。

恩田は海面を監視していたが、午後四時十五分頃、右舷見張り員の山田一曹が不意に、

「魚雷！」

と、甲高い叫び声をあげた。恩田は、その声に右舷を見ると、青澄んだ海面を四本の魚雷の航跡が白い筋をひいて直進してくるのが見えた。しかも、その雷跡は艦の近くに迫っている。

艦橋に立っていた航海長大谷英夫大尉が、

「両舷前進全速、オモカジ一杯」

と、叫んだ。

が、その直後、轟音とともに艦は激しく震動し、水柱が高々と立ちのぼった。魚雷命

中個所は艦の前部で、たちまち、破壊された部分から海水が流入した。艦は、第一戦速で航進中であったので、海底にむかって突進するように沈下してゆき、スクリューは回転しつづけていた。その沈没は、瞬時のことであった。

その海域に待ち受けていたのは、三隻のアメリカ潜水艦であった。攻撃行動を起したのは、「Sawfish (SS 276)」(基準排水量一、五五〇トン)と「Tilefish (SS 307)」で、「Sawfish」の艦長A. B. Banister少佐は魚雷四本の発射を命じ、その中の三本が、伊号第二十九潜水艦に命中するのを認めた。「Tilefish」は、襲撃運動を起しはじめていて、また他の「Rock (SS 274)」は、魚雷命中の水柱が舞い上るのを確認した。

ドイツへの往復に成功した伊号第二十九潜水艦は、内地帰投を目前に三隻のアメリカ潜水艦の待伏せを受けて轟沈してしまった。

恩田上等兵曹は、魚雷命中の衝撃を受けて艦橋の望遠鏡にしがみついた。が、艦がたちまち前方へのめりこむように沈んでゆくので、かれの体も海中にまきこまれた。体が、渦にのまれて激しく回転する。伊号第二十九潜水艦の二九を乗員たちは不朽《ふきゅう》ともじって艦に深い信頼感を寄せていたが、かれは海中で、

「不朽艦もだめだったのか、情ないなあ」

と、つぶやいた。

かれは、死ぬと思った。体が海中深く沈んで息が苦しく、意識がかすんできた。が、そのうちに体の回転がやむと、上方が明るくみえてきた。

かれは、不思議に思って必死に水をかくと、頭が海面から突き出た。助かったとかれは思ったが、海面には重油があふれていて、それが眼に入りよく見えない。

かれは、あてもなく泳ぎ出した。海上に敵潜水艦の姿はなかったが、潜航しているらしくジーゼルエンジンの音が身近にきこえた。

「オーイ、オーイ」

と、人を呼ぶ声がした。かれがその声の方向に泳いでゆくと、波のうねりの中に航海長大谷英夫大尉と掌水雷長山下恒雄少尉が泳いでいるのを眼にした。

三人は、一個所に集った。

「恩田、やられたなあ」

大谷が嘆いた。

「残念ですな、航海長」

山下が、大谷に言った。かれらの顔も肩も手も、重油で黒く光っていた。

かれらは、口々に「オーイ、オーイ」と声をかけて海面をさぐったが、生存者の姿はない。恩田は、あらためて被害の甚大さに慄然《りつぜん》とした。

名艦長と言われた木梨鷹一中佐、先任将校岡田文夫大尉、機関長田口博大尉、砲術長水門稔中尉、軍医長大川彰中尉、機械長松森仙之助少尉をはじめ、百四名の乗員と約十名の便乗者が艦とともに海中に没してしまったのだ。

「われわれ三人だけが生残ったのか」

大谷大尉は、海上を未練げに見まわしながら呟いた。

「あの島まで泳いでゆこう。司令部に沈没状況を報告しなければならない」

大谷大尉は言うと、遠い島影にむかって泳ぎはじめた。

大谷は、海軍兵学校出身者でむろん泳ぎが巧みで、また、山下少尉も呉鎮守府の競泳大会の選手であった。その二人にくらべると恩田は泳ぎが下手で、自然にかれらからおくれがちであった。

恩田は疲労して、

「航海長、先へ行って下さい」

と、あえぎながら頼んだが、大谷は、

「なにを言うか。元気を出せ」

と、励まし、身を寄せてくる。山下少尉も立泳ぎをして、恩田のくるのを待っていた。

日が傾き、海上に、風が激しく吹きつけ、白波が立ちはじめた。そのうちに夕闇がひろがって、波の谷間に入ると大谷らの姿を見ることができなくなった。

恩田は、疲労とたたかいながら泳いでいたが不安になって、

「オーイ、オーイ」

と、声をあげてみた。

しかし、それに対する応答はなく、かれは、大谷らとはぐれてしまったことに気づいた。

かれの体に、重苦しい疲労が湧いた。手足の感覚は失われ、体が沈む。余りの苦しさに、自ら死を選ぼうと身を沈めてみたが、息苦しさに堪えきれず、もがいて浮き上る。そのうちに、幻影がかれを襲いはじめた。白い船が進んでくる。かれは、声をあげて船を追うが、船にはなかなか近づけない。霞んだ意識の中で、かれは泳ぎつづけた。夜が明けた頃、眼前にせまい砂浜を見た。かれは、岸に這い上るとそのまま意識を失った。

気づいてみると、砂浜に突っ伏し、下半身が波に洗われている。顔に重油がこびりついて、火傷《やけど》を負ったように激しく痛んだ。

かれは、砂浜を這って、岩のくぼみにたまった雨水で眼を洗い、咽喉をうるおした。水を飲んだことで幾分元気をとりもどし、砂浜を歩きまわった。かれは、泳ぎの上手な大谷大尉と山下少尉が先に島へ泳ぎついているにちがいないと思い、断崖をよじのぼり、小さな島を見まわしてみたが、人影を見出すことはできなかった。

午前十時頃、日の丸をつけた四発の飛行艇が爆音をあげて飛来するのが見えた。かれは、手をふり声をあげたが、飛行艇はそのまま去った。

かれは、岩陰にもぐりこんで休息をとった。食欲はなく体の感覚も麻痺し、いつの間にか仮睡していた。

午後三時頃、再び爆音がしたので砂浜に這い出し、波打ちぎわに寄せられていた竹にシャツを結びつけて振ってみた。が、一式陸上攻撃機は、気づかぬように飛び去っていった。

日没が、やってきた。かれは、崖に生えた草をむしって岩陰に集め、その上に身を横たえた。沖からは海鳴りがきこえ、断崖に波のくだける音が夜気をふるわせている。かれは眼を閉じたが、夢が果しなくかれを訪れた。

「班長」

という声がする。茨木重信上水が、カルピスを飲め、とコップを差し出している。

かれがコップに口をつけようとすると、眠りからさめた。

再びうとうとすると、鈴木恒治水兵長が、

「班長、これを食べて下さい」

と、握り飯をさし出す。それも、夢であった。

寝苦しい夜が、明けた。空腹感と咽喉の渇きに、頭が狂いそうだった。

かれは、二キロほどはなれた場所に椰子《やし》の繁る島が浮んでいるのに気づいた。この無人島では餓死するにちがいないし、あの島には大谷大尉と山下少尉がいるかも知れないと思った。

かれは、波打ちぎわに寄せられた孟宗竹をかかえると島にむかって泳ぎ出した。そして、島に近づいた頃、二人の男が犬を連れて海岸を歩いているのが眼に映じた。

かれは、大谷大尉と山下少尉のように思えて、

「オーイ」

と、かすれた声をあげた。

男が歩みをとめ、こちらを見た。恩田は、竹をはなすとその方向に泳いだ。

一人の男が、珊瑚礁をふんで近づいてくると、笑いながら手をさしのべた。それは、十五、六歳のフィリピンの少年で、かれを珊瑚礁の上に引き上げてくれた。

海岸に立っていたのは少年の父親で、手にしていた椰子の実の水を飲むようにさし出し、バナナも手渡してくれた。椰子の実の液はうまかったが、バナナはなぜか食べる気になれなかった。

恩田上等兵曹は、

「近くに日本海軍の部隊はいないか」

と、手ぶりで問うた。

男は、その意味がつかめたらしく、先に立って歩き出し、小さな丘陵を越えると、数

戸の家がある部落に導いた。

男の家族は、芋をさし出し、風呂も沸してくれた。

男は、部落長のもとに案内すると言って恩田を船に乗せると、沖合に漕ぎ出した。そこには数十隻の漁船が漁の最中で、五十四、五歳の男が指揮をとっていた。それが部落長らしく、男の説明にうなずくと、船で二百戸ぐらいの家がある部落に恩田を連れて行った。そして、かれの家で恩田に休息をとらせた後、漁船で海軍の哨戒艇に連れて行ってくれた。

その後、恩田上等兵曹は、治療を受けてから台湾の高雄におもむき、商船で佐世保に運ばれ、列車で呉鎮守府に移された。

かれは、第六艦隊司令部で厳しい訊問を受け、伊号第二十九潜水艦の沈没について口外することをかたく禁じられた。

その後、大谷大尉、山下少尉の捜索がおこなわれたが、生存は確認できず、遺体も発見することができなかった。

結局、同艦の生存者は恩田耕輔上等兵曹ただ一人で、他は全員が戦死したのである。

伊号第二十九潜水艦は七月三十日呉入港予定であったが、艦影を見ることはできず、第六艦隊司令部では軍令部にも報告、その消息を探っていた。遭難の第一報が入ったのは八月六日で、高雄警備府参謀長から、

「同艦ハ七月二十六日一六一五、北緯二〇度一〇分、東経一二一度五五分ニ於テ敵潜水艦ノ雷撃二本（米潜艦長ノ報告ハ三本）ヲ受ケテ沈没セリ。当時艦橋ニ在リシ同艦乗組海軍上等兵曹恩田耕輔（呉志水一七四七九）ハ七月二十八日一二〇〇サブタン島ニ泳ギツキ、バスコ防備隊ニ報告セラルヲ以テ、第八鶴丸ハ直チニ出動遭難地点ヲ隈ナク掃蕩捜索セルモ手掛カリナシ……」

という通報を受けた。

その結果、九月三十日、第六艦隊司令長官三輪茂義中将は、恩田耕輔上等兵曹を除く全員を戦死と認定した。

また、抜群の戦歴をもつ木梨鷹一中佐は、異例の二階級特進によって海軍少将に任ぜられ、その戦死は連合艦隊司令長官から全軍に布告された。

　　聯合艦隊布告

　　　伊号第二十九潜水艦長

　　海軍中佐　木梨鷹一

昭和十六年十二月八日開戦以来伊号第六十二潜水艦長として、英領ボルネオ攻略作戦及びジャバ海、印度洋方面交通破壊戦に従事し、次で昭和十七年八月以降伊号第十九潜水艦長として南太平洋方面作戦に従事す。此の間ソロモン諸島及び其の南東海域に於ける作戦において航空母艦ワスプを撃沈したるほか大型船七隻を撃沈するとともに、要地偵察、哨戒監視、作戦輸送、敵水上機基地の砲撃等に於て多大の戦果を収めたり。昭和十八年九月伊号第二十九潜水艦長に補せられ、特別任務を帯びて欧洲に行動し、其の帰途敵の攻撃を受け壮烈なる戦死を遂げたり。

其の戦闘に臨むや沈着大胆、積極的にして武人の範とするに足るべく其武功抜群なり。

依て茲《ここ》に其殊勲を認め全軍に布告す

昭和二十年四月二十五日

聯合艦隊司令長官

豊田副武

同艦は、多くの人命とともに海底に没し、積載されていた機密兵器の関係図書も失われたが、便乗者によって機密度の高い資料は東京に送りとどけられた。その中には、巌谷英一技術中佐の携行した噴射推進式飛行機Me262、Me163型戦闘機の設計関係資料も含まれていた。

その後、この資料をもとに、防空戦闘機「秋水」と特殊攻撃機「橘花《きっか》」が試作され、特攻機「桜花」も製作された。

しかし、「秋水」も「橘花」も試験飛行でともに大破し、「桜花」のみが、わずかに実戦に使用されたにとどまったのである。

十九

昭和十九年六月六日、ノルマンディー海岸の上陸に成功した英米連合軍は、たちまち橋頭堡を確保し、圧倒的に優勢な空軍力を駆使して占領地の拡大につとめていた。

これに対して、ドイツ軍は、兵力の集結につとめ、精鋭を誇る機甲師団を投入して反撃を開始した。それは、かなりの効果をしめして、連合国軍は、六月中旬をすぎても強固なドイツ軍陣地を突破することができなかった。

しかし、東部戦線の戦況は、ドイツ軍にとって不利なものになっていた。六月二十日、それまで膠着《こうちやく》状態を保っていた東部戦線で、ソ連軍は、大規模な夏季攻勢に着手した。そして、数日後には、ドイツ最強の中央軍団を四散させ、七月四日にはポーランド東部国境を越えて東プロイセンになだれこんだ。

また、それと呼応するように、ノルマンディー上陸の英米連合軍の動きも活潑化した。つまり、ドイツ軍は、イタリア戦線をふくむ三方面から激しい重圧を受けることになったのだ。

そうした重大化した時期に、伊号第五十二潜水艦が、大航海をへてドイツに近づいてきていた。

同艦のドイツ派遣については、前便伊号第二十九潜水艦が日本からドイツに出発した頃、すでに決定していた。

その潜水艦は、前年の昭和十八年十二月八日に呉海軍工廠で竣工したばかりの新造艦であった。艦の性能としては、特に航続力が大であったので、ドイツへ派遣するのに適していた。

艦長宇野亀雄中佐は、開戦以来、伊号第七十五潜水艦長として多くの戦果をあげ、その豊かな戦歴を買われて海軍潜水学校教官に任ぜられ、さらに、伊号第五十二潜水艦の艦長に着任したのである。

同艦のドイツ派遣については、海軍部内でも、その成功を危ぶむ声が高かった。ヨーロッパ戦線の戦況は日増しに悪化していて、ドイツに到着するまでの海域は、英米連合軍によって制圧され、危険度は急激に増してきていた。

また、ドイツ駐在海軍武官小島秀雄少将も、同艦の出発を再考すべきではないかという意見具申を、暗号電報によって海軍省に発していた。小島は、伊号第二十九潜水艦で無事ロリアンに到着したが、航海中しばしば爆雷攻撃にさらされて、その航海が容易でないことを知っていたのだ。

しかし、日本海軍は、そうした危険を予測しながらも、伊号第五十二潜水艦をドイツに派遣しなければならなかった。

太平洋方面の米軍の総反攻は激化の一途をたどっていて、日本陸海軍は、必死の抵抗を試みながらも後退を余儀なくされていた。それは、米軍の豊富な物量攻勢に圧倒された結果であったが、同時に、米軍の新兵器の駆使に大きな痛手をこうむっていたからでもあった。

殊に日米両軍のレーダー技術の差は大きく、日本海軍は、その電波兵器の脅威にさらされていた。日本の技術者たちも全力を傾けて研究実験につとめていたが、その部門の後進性を恢復することは絶望的であった。

日本海軍の唯一の期待は、ドイツの電波兵器技術の導入であった。そのため、日本から潜水艦をドイツに派遣して電波探知機を譲り受け、レーダー関係の設計図等を日本に運びこむことにつとめていた。が、日本とドイツを往復する間に電波兵器は進歩していて、ようやく入手した電波兵器も、すでに旧式の兵器にすぎなくなっていた。このような事情から日本海軍としては、潜水艦を頻繁に派遣して、レーダーをはじめドイツの機密兵器技術を導入しなければならぬ立場に追いこまれていた。

結局、軍令部は、危険を十分予想しながらも、伊号第五十二潜水艦を出発させなければならなかった。

同艦は、呉工廠で艤装《ぎそう》を終えた後、瀬戸内海で訓練を反復し、ドイツへ出発する準備をととのえ、まず、呉軍港で金の延棒二トンを艦内に積みこんだ。それは、機密兵器の入手に要する費用とヨーロッパ駐在員の一般活動費にあてられるものであった。

三月末日、艦は、ひそかに呉軍港を出港し、途中、訓練をつづけながら南下してシンガポールに入港した。乗員は、宇野艦長以下水雷長箱山徳太郎、航海長荒井政俊両大尉、機関長松浦慎一少佐、通信長松薗正信、機関長付田井亥一郎両中尉ら約百名であった。

また、同艦には、多くの技術者が便乗することになっていた。それらの大半は民間会社の一流技術者たちで、ドイツの機密兵器技術の習得と日本への導入をはかるため派遣されたものであった。

便乗者の水野一郎は日本光学工業の所属で対空射撃用高射装置を、富士電機の岡田誠一は対空機銃射撃装置を、東京計器の荻野市太郎は対空射撃用安定装置のジャイロ関係を、愛知時計電機の請井保治は射撃盤関係をそれぞれ担当し、永尾政宣技師とともに艦政本部嘱託に任ぜられていた。

また、藁谷武、蒲生郷信は三菱機器の技師で、艦政本部の依頼を受けて魚雷艇の技術導入を目的としていた。藁谷、蒲生両技師は、前々便の伊号第三十四潜水艦で小島秀雄少将らとドイツへおもむく予定であったが、同艦の沈没によって出発がおくれていたのである。

その他、軍令部嘱託森脇富爾夫、海軍技師前田敏と、暗号員の須永忠正、横山良一、熊本政敏、清田吉太郎、奥竹秀孝が海軍書記として九四式暗号機を携帯し便乗していた。シンガポールでは、ドイツ海軍に贈る錫、タングステン、生ゴム等の南方資源が積みこまれ、燃料を満載して四月二十三日に同港を出発した。

艦は、スンダ海峡を経てインド洋に入り、厳重な無線封止をおこないながら喜望峰沖合を大迂回し、大西洋に入った。その頃、英米連合軍は、ノルマンディー上陸作戦の準備を着々と進めていた。

ドイツ駐在の日本大使館付海軍武官室には、緊迫した空気がみちていた。

三月三十日に、ドイツから譲渡された呂号第五百一潜水艦（U1224号）がキール軍港を出発して日本へむかったのにつづいて、四月十六日には、伊号第二十九潜水艦がロリアンから帰国の途についた。

武官室では、これら二艦の航進に不安をいだいていたが、さらに、日本の軍令部から伊号第五十二潜水艦が四月二十三日にシンガポールを出港したという暗号電報が入った。つまり、三隻の潜水艦が、日本とドイツ間を往来することになったのだ。

海軍武官室には、武官小島秀雄少将のもとに首席補佐官渓口泰麿中佐、補佐官豊田隈雄中佐（航空関係）、同藤村義朗中佐が配置され、小島らは、三隻の潜水艦の動きを追っていた。

そうした中で、まず、呂号第五百一潜水艦が消息を断ち、その後、諸情報を分析した結果、撃沈されたことが確実になった。武官室では、東洋へむかった伊号第二十九潜水艦の航行を注目していたが、同艦が大西洋を突破、喜望峰をまわって七月十四日に無事シンガポールに入港したことを知った。

小島らは安堵し、専らドイツへむかって進んでくる伊号第五十二潜水艦の動きを追った。同艦からは、喜望峰沖を迂回して大西洋に入った折に、

「無事航行中」

の無電が打電されてきていた。しかし、同艦がアフリカ大陸西方の大西洋上を北上中に、ヨーロッパ戦線は、その様相を一変していた。

英米連合軍はドイツ軍を圧倒して、六月六日には制海・空権を掌握した後にノルマンディー海岸に上陸作戦を敢行し、その一角を占領した。

伊号第五十二潜水艦の到着予定地は旧フランス領のロリアンで、八月一日に入港予定であった。が、ロリアンは、連合国軍の上陸したノルマンディー海岸から近く、到着予定日まで同軍港をドイツ軍が確保できるか否か危ぶまれていた。つまり、伊号第五十二潜水艦は、大航海をへてヨーロッパに近づいてきているが、入港できる港を得る期待は薄くなっていたのだ。

首席補佐官渓口泰麿大佐（五月一日付中佐より昇進）は、同艦をドイツ占領下の軍港に収容するため全力を傾けていた。

かれは、ドイツ海軍と連絡をとって、ドイツ潜水艦をアゾレス諸島北方約六〇〇浬の洋上に派遣してもらった。そして、伊号第五十二潜水艦に、独潜との会合位置と日時を特殊な暗号電文でつたえた。

会合日は、六月二十三日で、その日に伊号第五十二潜水艦から、

「ワレ独潜トノ会合ニ成功ス」

という無電を受けた。

武官室の空気は、明るんだ。ドイツ潜水艦から連絡士官が移乗したはずだし、伊号第五十二潜水艦が、ドイツ海軍士官の指示を受けてロリアン軍港にむかうことを期待した。

しかし、同艦の進む海域には、連合国軍のおびただしい航空機、艦艇が往き交い、たとえ海中深く潜航しても、鋭敏な連合国軍側のソナーに探知され爆雷攻撃を受けることが予想された。

渓口大佐は、小島武官の命を受けてドイツ海軍側と折衝をくり返し、初めの予定通り、伊号第五十二潜水艦をロリアンに入港させることを決定し、第二の会合点をロリアン沖と定めた。

同港の港外には、水深一〇〇メートル以下の海域にイギリス側の敷設した機雷がひし

めいていた。もしも、その海域を潜航したまま入港すれば、たちまち機雷にかかってしまう。そうした事態を避けるため、水深一〇〇メートル以上の沖合で浮上し、頭上に直衛戦闘機を配し、進路方向に機雷突破船を進ませて、一気に水上航走のままロリアン軍港に入りこむ方策がたてられた。

渓口は、伊号第五十二潜水艦に対して、ロリアン沖の会合位置をX点として指示し、X点到着二十四時間前に諒解の旨の発信をおこなうよう無電でつたえた。

その間、伊号第五十二潜水艦からはなんの発信もなかった。それは、連合国軍側に無電の電波を傍受されて位置をさとられることをおそれたための処置で、同艦が、ひそかに無線封止のままロリアン沖の会合点にむかっていると推定された。

小島海軍武官は、到着予定日が近づいたので、出迎えの者をロリアン軍港に派遣するよう指示した。また、同艦に便乗している民間会社の技師たちの受け入れには、ベルリンに駐在していた三井物産社員小寺五郎、三菱商事社員可児《かに》孝夫、富士電機社員神谷巷の三名があたり、宿舎の準備もすすめられた。

七月二十一日早朝、伊号第五十二潜水艦を出迎える者たちが、ベルリンのアンハルター駅に集合した。一行は、補佐官藤村義朗中佐を長に、在独二十五年の海軍嘱託酒井直衛が連絡事務所長として同山本芳男嘱託とともに派遣され、ドイツ側からは、海軍省副官フォン・クロージック少佐と日本語に堪能なコッホ少尉が加わった。また、伊号第五十二潜水艦に積載予定の機密兵器の図書や部品等も携行するので、ドイツに監督官として駐在していた造船の友永英夫、航空機の永盛義夫、電波兵器の田丸直吉各技術少佐が同行していた。

かれらの出発は、多くの危険を覚悟しなければならなかった。ノルマンディーに上陸した連合国軍は、日増しに兵力の増強につとめていて、ドイツ機甲軍団の守護する戦線を一気に突破して急進撃する態勢をかためていた。その最前線に近いロリアン軍港におもむくことは、敵中に入りこむことにも等しかった。

小島武官は、戦況が悪化したらただちに引返すよう指示し、かれらも、ひそかに遺書をしたためて各々の宿舎を出発した。

やがて、パリ行きの列車がフォームに入ってきて、全員が客車に入ったが、かれらの顔には、一様に不審そうな表情がうかんでいた。

ベルリンの市内の空気が、異様なのだ。かれらは車で駅に来たが、その途中、ドイツの戦車がキャタピラの音をとどろかせて走り廻り、武装した兵が随所に立哨している。戦局は悪化しているが、戦線は遠く、ベルリンが危機に瀕しているとは思えなかった。

そうしたかれらの表情に気づいたのか、フォン・クロージック少佐が、

「実は……」

と言って、意外な事件が発生したことを口にした。

前日の七月二十日、ヒトラー総統は、軍首脳者と会議室で作戦会議をひらいていたが、午後零時四十二分、突然、机の下におかれた書類鞄の中の時限爆弾が炸裂した。たちまち室内は破壊され、煙と炎がひろがった。その爆発によって四名が死亡、室内にいたものは全員、重軽傷を負った。

ヒトラー総統も傷を負ったが、奇蹟的にも死をまぬがれ、衣服は裂け、顔は煤《すす》におおわれ、肩を支えられて運び出された。

この爆発事故は、ヒトラー総統の失脚をねがうフォン・ヴィッツレーベン元帥を首謀者とする叛乱将校の企てたもので、その日のうちに陰謀は露顕し、鎮圧されたという。

藤村らは暗澹とした思いで、その暗殺事件をきいていた。ドイツ軍の劣勢がつたえられる中で、軍の内部にも破綻が生じていることを知った。

列車は発車し、一行は、その日のうちにパリにあるフランス駐在の日本海軍事務所に入り、ドイツ軍からの伊号第五十二潜水艦に関する情報を待った。

ベルリンの海軍武官室でも、同艦の消息に神経を集中させていたが、危険を告げる緊急信も発せられてこなかったので、同艦が、ロリアン沖にむかって航行中であると推測し、パリに滞在している藤村中佐らに、ロリアンへの出発を命じた。

かれらのために、トラック、バス各一台がドイツ海軍の手によって準備された。トラックには、ベルリンから携行した機密図書等が積みこまれ、一行はバスに乗った。前後に武装兵の乗るサイドカー四台が配置され、バスとトラックの屋根にも数名ずつの兵が機関銃を据えつけて監視にあたった。

車の列が、パリを出発した。道路は悪く、最前線におもむくドイツ軍増援部隊に道をふさがれて、思うように進むことができない。が、正午すぎにはパリの一五〇キロ西方に達することができた。

その頃から、予期していた通り連合国軍の飛行機の襲来を受けるようになった。機影が空の一角に湧くと、バスの屋根にのぼっているドイツ兵が、

「敵機」

と叫ぶと同時に、軍靴でバスの屋根を荒々しくたたく。

車の列は、道路からそれて樹林の中に勢いよく突っこみ、バスの中の者もドイツ兵も飛び降りて物陰に走りこむ。

飛行機の急降下音につづいて、地上掃射の鋭い銃撃音が至近距離を走る。藤村たちは、顔を土のくぼみに突き入れ、頭をかかえていた。

昼間の走行は危険なので、専ら夜間に灯火を減じて走った。そして、ルマン、レンヌを経て七月三十一日の夜に、ロリアンへ到着した。

その頃、ベルリンの武官室では、伊号第五十二潜水艦からの電報を受信していた。それは、

「X点到着二十四時間前」

を告げたもので、八月一日に予定通りロリアン軍港に入港するとつたえてきた。

しかし、その暗号電文は、暗号表を照合して解読してみたが、文字の配列に乱れが激しかった。

直接受信するのはノルトダイヒの海軍無線電信所なのだが、その受信が正確さを欠いたための混乱かとも思われた。

いずれにしても、伊号第五十二潜水艦の来着が確実になったので、渓口首席補佐官は、ドイツ海軍省に受入れ態勢をととのえて欲しい、と要請した。

また、ロリアン軍港に派遣されていた藤村補佐官一行も、潜水艦の入港が八月一日早朝とつたえられてきたので、午前四時にバスで宿舎を出発し桟橋におもむいた。

かれらは、潜水艦基地隊の連絡を待ちながら港口方面に眼を向けていた。が、予定時刻をはるかに過ぎても艦影はあらわれず、基地隊からの来航報告もなかった。

かれらは不安になったが、戦況が重大化しているので入港に支障が起ったと判断し、一旦宿舎にもどった。そして、おそい朝食をとっていると、基地隊から緊急連絡が入った。

それは、ノルマンディーに上陸した連合国軍の機甲兵団が、不意に大攻撃を開始し、ドイツ軍の第一線陣地を突破したという。しかも、戦車隊を先頭にした連合国軍の進撃は急で、すさまじい速度で南下している。当然、ロリアン軍港とパリ間は分断されて、ロリアン一帯が孤立するというのだ。

その報はロリアンの町々にもつたわったらしく、平静を保っていたロリアン軍港は、たちまち大混乱におちいった。

軍港内の動きはあわただしく、ブンカー内に繋留されていたドイツ潜水艦も次々に出港してゆく。それは、大半がノルウェー海岸方面に難を避けるためのものらしかった。

基地隊司令官からは、一刻も早くルマンを経由してパリに引返すよう指示があって、一行は、再びバスに乗ってロリアンを出発した。

バスは、全速力で東に向って疾走し、その夜、ルマンについた。そこで一泊したが、翌朝、ルマンのドイツ潜水隊司令部に勤務している婦人タイピスト、書記らに、引揚げ命令が出た。連合国軍の戦車部隊が、ルマン北方の郊外に接近してきたというのだ。

藤村たちにも司令部からルマンを脱出するよう指示がつたえられ、一行は再びバスに乗ってルマンを出発した。そして、その日の夜、パリに着いたが、パリにとどまる必要もないので、夜行列車に乗ってベルリンにむかった。

ベルリンに到着したかれらの姿は、無残だった。衣服も顔も土にまみれ、眼だけが異様に光っていて、ロリアン脱出が容易ならないものであったことをしめしていた。

かれらが脱出行をつづけている間、ベルリンにいた渓口首席補佐官は、最後の努力をかたむけていた。

「X点到着二十四時間前」の電文を受けた渓口は、ドイツ海軍にその収容を要請し、航空担当の豊田補佐官も、ドイツ空軍と連絡をとった。その結果、ロリアン沖の会合位置に護衛艦四隻が出動し、直衛戦闘機数機が放たれた。しかし、定刻を過ぎても会合位置に伊号第五十二潜水艦は浮上せず、戦闘機が附近一帯の海上をさぐったが、艦を発見することはできなかった。

小島武官らは、狼狽した。伊号第五十二潜水艦は、四月二十三日にシンガポールを出港して以来、三カ月以上を要してドイツ占領地近くに到達した。しかも、二十四時間前に連絡もあって、無事にロリアンへ入港することが期待されていたのに、会合位置にあらわれぬことは、そのわずかな時間に撃沈されたのではないかと危惧された。

しかし、渓口首席補佐官は諦めることをせず、文字の配列に乱れのあった暗号電文から察して会合日を一日まちがえたのかも知れぬと思った。そして、ドイツ海・空軍と連絡をとって、翌日同時刻に戦闘機と艦艇を出動させてもらったが、その日もロリアン沖に伊号第五十二潜水艦の姿を発見することができなかった。

小島武官を中心に渓口、豊田両補佐官は、伊号第五十二潜水艦が無事であるという想定のもとに、その対策について協議し、さまざまな推測を試みた。

まず、同艦では、艦内ラジオで連合国軍がノルマンディー上陸作戦に成功したことを知ったはずであった。その戦況に注意しながらスペイン沿岸を通ってビスケー湾に入り、ロリアン軍港沖の会合予定位置に進んでいたが、そのうちに、連合国軍が大攻撃を開始し機甲兵団が急進撃をはじめたことも知ったにちがいなかった。

おそらく、艦内で宇野亀雄艦長は、士官を集め、同乗しているドイツ海軍の連絡将校とも協議して情勢判断をしたと想像された。その結果、かれらは、各種の情報を分析して、ロリアン軍港も敵手に落ちていると判断したのかも知れない。艦は、長い航海を経てドイツ占領地に近づいたが、入港すべき地を失ったと考えたのだろう。

「おそらく宇野艦長は、会合位置で昼間の会合時刻に浮上することは危険と思って避けたのではないでしょうか。ロリアン沖で海中に身をひそませていると思われますが……」

と、渓口は言った。

小島武官は、渓口の推測に同調した。と言うよりは、そのように判断することが唯一の救いであった。

しかし、もしも渓口の推測が的中していたとしても、伊号第五十二潜水艦の保有燃料は底をついているはずで、近々のうちにその航行機能は停止してしまう。同艦を救うには、まず燃料補給が必要だった。

また、ロリアン軍港が連合国軍に占領されるのは時間の問題だと考えられたので、同艦をドイツ占領地のノルウェーの港に入港させるべきだと意見が一致した。

このような結論を得て、渓口大佐は、伊号第五十二潜水艦に対し、

「貴艦ハ、敵ノノルマンディー上陸トソノ後ノ状況ヲ考慮シ、ロリアン入港ヲ断念シタト判断ス。新タニX地点ヲ指示ス。ソノ地点ニ於テ独潜ヨリ燃料ノ補給ヲ受ケ、ノルウェー海岸ニ赴カレタシ」

という趣旨の暗号電文を発した。

補給位置は、ノルウェーに近い北海をえらびたかったが、その海域は、水深が浅く機雷が敷設されていて危険なので、イギリスの西方海面に定め、ドイツ潜水艦を派遣して洋上補給させることになった。

ドイツ海軍は、重大な戦局を迎えていたので戦力をさくことは苦痛であったが、渓口の要請に応じて、潜水艦を補給位置に派遣した。そして、独潜が同位置に到達したが、洋上に伊号第五十二潜水艦は浮上せず、翌日まで待ったが遂に発見することはできなかった。

二十

伊号第五十二潜水艦の沈没は、確定的になった。その後、同艦に関する情報は完全に

動。

絶え、同艦についての記録も、

「四月二十三日シンガポール発、六月二十三日独潜ト会合、ドイツ連絡将校ヲ乗セテ行

八月一日以後連絡ナク、ビスケー湾方面ニテ沈没？」

という文字が残されているだけである。

ドイツ駐在の日本大使館付海軍武官室は、憂色につつまれた。苦しみにみちた航海をへてようやくヨーロッパに到達した同艦の乗組員と便乗者が、戦況の悪化によってロリアン軍港入港直前に艦とともに死亡したことは哀れであった。

さらに八月中旬に入ると、武官室に新たな悲報が海軍省からつたえられた。無事シンガポールに帰着した伊号第二十九潜水艦が、呉に帰投中、七月二十六日敵潜水艦の雷撃によって沈没したという。

小島武官らの顔は、悲痛な表情でゆがんだ。ドイツから譲渡された呂号第五百一潜水艦についで、伊号第二十九潜水艦、伊号第五十二潜水艦の三隻が、すべて沈没してしまったのだ。

日本海軍は、第一便の伊号第三十潜水艦をドイツに派遣して以来、伊号第八、伊号第三十四、伊号第二十九、伊号第五十二の五潜水艦を遣独艦としてドイツにおもむかせたが、わずかに伊号第八潜水艦一隻のみが無事に内地へ帰投できただけであった。また、

ドイツから無償で提供されたU511号とU1224号も、呂号第五百、呂号第五百一潜水艦と命名されて日本へ回航されたが、日本に到達できたのは呂号第五百潜水艦のみであった。

また、これらの遣独艦と譲渡艦の往来とは別に、海軍武官府は、ドイツ海軍の協力を得て四隻のイタリア潜水艦を日本に出発させていた。それらの艦には、権藤正威大佐、木原友二技術大佐をはじめ陸軍将校が便乗していた。が、シンガポールに到着したのは、佐竹金次技術中佐とドイツのテレフンケン会社技師ハインリッヒ・フォーデルスの便乗した「Luigi Torelli 号」一隻のみで、他の三隻はすべて撃沈されていた。

「Luigi Torelli 号」は、昭和十八年六月十六日午前十時、フランスのボルドー市潜水艦基地を僚艦「Barbarigo 号」とともに出港した。乗員はイタリア海軍の将兵約三十名で、ウルツブルク射撃用レーダー製造図面とその国産化に必要な重要電気部分一式、レーダー試験用測定機等を二隻に分載していた。

両艦は、スペイン沿岸を西進したが、出発して五日後の六月二十一日に、早くもイギリス艦艇と飛行機による爆雷の攻撃を受けた。しかも、その爆雷攻撃は三日間にわたって執拗に反復され、「Barbarigo 号」はイギリス機によって撃沈された。「Luigi Torelli 号」も損傷を受けたが、海中深く潜航して攻撃を回避し、大西洋に出ることができた。

しかし、七月七日には敵機に発見され、三日後に再び多数の艦艇による爆雷攻撃を受け、翌々日にはアセンション島沖でアメリカ海軍艦艇三隻に襲われ、爆雷攻撃を浴びせかけられた。

同艦は、その度に海中深く身をひそめて、辛うじて脱出に成功した。

七月二十五日、イタリアのムッソリーニの失脚とバドリオ政権の成立が艦内ラジオによって聴取され、乗員たちの顔には複雑な表情が浮んでいた。

七月三十一日は荒天だったが、突然、ドイツ潜水艦が現われた。イタリア降伏も迫っていたので、「Luigi Torelli 号」を拿捕《だほ》する目的で派遣された艦であった。独潜は、「Luigi Torelli 号」と雁行《がんこう》して進み、気象恢復後、燃料をイタリア潜水艦に補給した。その位置は、喜望峰西方沖合であった。

艦は、ドイツ潜水艦とともにインド洋上に進み、八月二十六日にスマトラ島サバンに到着、八月三十日にシンガポールに入港した。

佐竹技術中佐とフォーデルス技師は、九月十日、ＤＣ３輸送機で出発したが、悪天候でサイゴン空港に不時着、他機で海南島、香港、台北を経由して福岡にたどりつき、九月十三日に特急富士で東京についた。

ハインリッヒ・フォーデルスは、日本陸軍の招請したレーダー専門の秀れた技師であったので、陸軍多摩技術研究所畑尾正央大佐、兵器行政本部吉永義尊中佐が出迎え、また、海軍側からも電波兵器担当の伊藤庸二技術大佐らも姿を見せた。

フォーデルス技師は、帝国ホテルに偽名で投宿し、三鷹の日本無線株式会社内に設けられた多摩技術研究所分室で、レーダー製造技術の指導にあたった。が、レーダーの電気部分とレーダー試験用測定機が「Barbarigo 号」とともに失われたので、その成果は芳しいものではなかった。

また、伊号第二十九潜水艦が日本へ出発した後、日本の技術者二名を便乗させたドイツ潜水艦が日本にむかって出港した。その便乗者は、海軍技師大和忠雄と三菱商事のドイツ出張員中井敏雄であった。

大和は、神戸高等工業学校電気科を卒業後、海軍技手になり、昭和十五年末にドイツへ出張を命じられ、無線レーダーの研究調査に従事していた。また、中井は、東京帝国大学で理化学を専攻し、ドイツに派遣された後、海軍嘱託となり、大和とともにレーダーに必要な電動機の技術修得につとめていた。

たまたまドイツ潜水艦が日本に回航することを知った日本海軍武官府は、艦政本部からの命令によって、大和と中井に多くの資料を携行させて便乗させたのである。

しかし、同潜水艦は、出港後英仏海峡でエンジン故障を起し、潜航不可能になった。対潜哨戒が大規模におこなわれているその海域で浮上することは、死を意味していた。乗員は、故障修理につとめていたが、たちまち来襲したイギリス機の攻撃を受け、艦は爆沈し、大和と中井も他の乗員とともに戦死した。

このように日本陸海軍は、ドイツの機密兵器の技術導入を企てて潜水艦を往来させたが、それらの艦が相ついで撃沈されたため、期待通りの結果を得ることはできなかったのだ。

　第一便の伊号第三十潜水艦以来、日本海軍とドイツ海軍の連絡を担当してきた首席補佐官渓口大佐は、伊号第五十二潜水艦の沈没によって、将来、戦局がいちじるしく好転しないかぎり潜水艦による日独間の連絡は全く不可能と断定した。また、ドイツ駐在日本大使館を中心にしたヨーロッパ駐在の日本人たちの間にも、終末感が濃くただよい、日本への唯一の連絡方法であった潜水艦便の杜絶によって、かれらは、ドイツ軍占領地内に孤立したことをはっきりとさとった。

　そのような重苦しい空気の中で、ドイツ駐在大使館に一つの悲報がつたえられた。それは、イタリア駐在大使館付海軍武官であった光延東洋大佐の死であった。

　光延大佐は、昭和十五年三月、家族とともに日本を出発してイタリアに赴任した。そして、武官として日本とイタリア間の連絡につとめていたが、スイスに転勤命令が出て、昭和十九年六月五日付で山仲伝吾中佐と武官を交代していた。

　すでにイタリアは降伏していて、かれは、大使館員とともに北イタリアのドイツ国境に近いメラノに移動していた。

　六月七日、光延大佐は、ドイツ軍司令部に、スイスへ転勤挨拶と後任の山仲中佐の武官就任報告のため、山仲と連れ立ってメラノを出発した。運転手は武官事務所で雇っているイタリア人で、身の安全を守るため機関銃二梃を車に積みこんだ。

途中の道路は、ドイツ軍の武器弾薬輸送路である鉄道に沿っていたので、連合国軍側の空襲で寸断され、通行は困難だった。が、正午前には、ドイツ軍司令部に到着して司令官とも会い、午食の饗応を受けた。

用件もすんだので帰途につくことになったが、往路を引返さずに、アベトーネ峠を越えて帰ることになった。

やがて、車は山岳地帯に入った。景色は美しく、快適な車の旅であった。

午後一時半すぎに、車は峠に近づいた。あたりに人家はなく、戦争のおこなわれているのを忘れさせるような静けさがひろがっていた。

山仲中佐は運転手と話をしていたが、ふと、前方の路上に異様なものが点々ところがっているのに眼をとめた。それは栗のいがのようにみえたが、山仲は、米軍機が通行車のタイヤをパンクさせるために撒布した鉄製の障碍具であることに気づいた。

山仲は、運転手に急停車を命じ、運転手と車の外に出た。そして、二人で路を進み障碍具をとり除いていると、突然、

「手をあげろ」

という鋭いイタリア語がきこえた。

山仲が眼を向けると、路の傍にひろがる雑木林の中に十名ほどの男が立っているのを

認めた。かれらは、一様にアメリカ製のカービン銃を手にしていて、十数メートルの距離から銃口をこちらに向けている。

運転手が両手をあげると、

「これは日本人だ。射たないでくれ、助けてくれ」

と、ふるえ声で叫んだ。

山仲は、かれらがイタリアのパルチザンであることを直感した。イタリア降伏後、ドイツ軍がイタリアを占領していたが、民衆の間に地下組織が結成され、連合国軍に協力してドイツ軍の後方攪乱に従事しているという情報がしきりにつたえられていた。かれらにとって、当然、日本は敵国であり襲撃の対象になる。

山仲は、危険を察知し、機関銃をとるため車に走った。その瞬間、激しい発砲音が一斉に起り、その一弾がかれの腕を傷つけた。かれは、車のかげにころがりこみ、車内をうかがうと、座席に坐っていた光延大佐が額を射ぬかれ、いびきをかいているような高い寝息をもらしていた。

銃声がやむと、

「もう一人残っているぞ」

という指揮者らしい男の叫び声がし、かれらが銃をかまえながら路上を近づいてくるのが見えたので、山仲は、このままでは射殺されると思い、崖から飛び降りた。

かれは、崖下で額を強打し気絶したが、意識をとりもどすと、身をひそませながら林の中を逃げた。山の頂上にドイツの警備隊が駐屯していることを知っていたので、救出をこおうとしたのだ。

警備隊の駐屯地まで八キロほどの距離に来た時、小さな農家を眼にした。かれは、注意深くその家を観察し、老婆が一人しかいないことを確認し、農家に入ると水を飲ませてもらい、

「警備隊まで案内して欲しい」

と、頼んだ。

しかし、老婆は顔色を変えて、

「そんなことをしたら、ゲリラに殺される」

と、頭をふった。

やむなく、山仲は、老婆の教えてくれた小路を辿ったが、老婆がゲリラに通報することも十分予想されるので、路から林の中に入って逆戻りし、身を伏せた。かれは、そのまま夜のくるのを待とうとした。

やがて、日没近く激しい射撃音が起って、ドイツ軍の警備兵の一隊が進んできた。

山仲は、

「日本人だ。ここにいる」

と、叫んだ。

かれが警備隊におもむくと、そこには光延大佐の遺体が横たえられていた。遭難現場を通りかかったドイツ軍の車が、軍艦旗をつけて停止している車の中に、射殺された軍装の日本人士官を発見したのだ。

光延大佐の遺体はメラノに送られ、遺族の手に渡された。夫人は、三人の幼い子供を抱えていたが、夫の葬儀には毅然として弔問者に対していた。火葬場がなく焼骨はできなかったが、ミラノのユダヤ人専門の火葬場に運んで荼毘《だび》に付した。

また、運転手はゲリラに拉致されたが、一カ月後に釈放されて帰ってきた。山中は、その日に運転手を解雇した。

光延大佐の死は、ヨーロッパ駐在の日本人たちに衝撃をあたえた。ドイツ軍占領地も、決して安全な場所ではないことを知ったのだ。

その後、連合国軍は、四方から進攻をつづけていて、ドイツ本国に殺到する気配をしめしていた。東部戦線では、ソ連軍がドイツ軍陣地を次々に突破し、また、西部戦線でもパットン戦車隊がフランス領内に急進撃をつづけていた。そして、八月二十三日にはセーヌ河畔に達し、翌々日にはパリを手中におさめた。

この方面にあったドイツ軍は総退却を開始し、モントゴメリー元帥によってひきいられたイギリス軍も、すさまじい速度でベルギー領内に入り、ブリュッセルについでアントワープを占領した。この結果、ドイツ軍は、西部戦線で五十万の兵力と多数の兵器を失った。

ドイツ軍の戦力は急速に衰えたが、ヒトラー総統と軍首脳者たちは、徹底抗戦を叫んで戦意の鼓舞につとめていた。十五歳以上の少年と六十歳以下の男子の召集を発令し、約五十万におよぶ兵力を最前線に投入した。

その頃、東京の海軍省から海軍武官小島秀雄少将のもとに、ドイツ駐在監督官友永英夫技術中佐（少佐より昇進）とイタリア駐在監督官庄司元三技術中佐を至急帰国させよという指令がひんぱんに寄せられていた。

友永技術中佐は、潜水艦の自動懸吊装置、重油漏洩防止装置等の発明によって、技術士官最高の栄誉である海軍技術有功章を二度も授与された潜水艦担当の技術士官で、前年の四月に江見哲四郎海軍大佐とともに伊号第二十九潜水艦（艦長伊豆寿一中佐）に乗ってインド洋上におもむいた。そして、ドイツから航行してきた潜水艦U180号とマダガスカル東南方で会合し、U180号に乗っていたインド独立運動の指導者チャンドラ・ボース、秘書ハッサンと交代にU180号に移乗して、ドイツへ赴任したのである。

友永がドイツに派遣されたのは、自動懸吊装置と重油漏洩防止装置をドイツ海軍につたえると同時に、ドイツ潜水艦の建造技術を研究報告するためであった。ドイツにおもむいた友永は、ドイツ海軍にそれらの装置をつたえたが、その独創的な装置は、ドイツ海軍技術関係者を驚嘆させた。殊に潜水艦の弱点を一挙に解決する自動懸吊装置は、かれらを狂喜させ、早速、ドイツ潜水艦に採用された。友永の名は、ドイツ海軍部内でも著名になり、潜水艦技術者の天才と称されていた。

その頃、日本海軍は、水中高速潜水艦の設計建造に専念していた。従来の潜水艦は、水中での速力が低く、その劣速によって撃沈されることが多かったが、この常識を破って水中航走の速度を高めるものとして設計されたのである。

この建造にあたっては、ドイツ潜水艦の造艦技術である全熔接、ブロック方式を採用し、呉工廠でぞくぞくと建造していた。この水中高速潜水艦は世界初の新型艦で、それが戦場に投入されれば驚異的な戦果をあげることが期待されていた。

その頃、ドイツ海軍も水中高速潜水艦を建造していたが、奇しくも内容が酷似していた。そのため日本海軍は、友永技術中佐にドイツの水中高速潜水艦の設計図を携えて帰国させ、その資料を参考にしたかったのだ。

庄司元三技術中佐は、航空機体担当の士官であった。かれは、昭和十四年に監督官としてイタリアへ派遣され、イタリア航空技術の研究につとめていた。

かれは、イタリアのカプロニ・カムピーニ航空会社の開発したジェットエンジン飛行機に注目し、その資料の蒐集に全力を傾けていた。

かれは、設計図も入手できたので、伊号第二十九潜水艦で帰国することになっていた

が、便乗者一行がベルリンを出発する前日、小島海軍武官を訪れて、

「次の潜水艦便で帰国したい」

と、便乗延期を申し出た。かれは、カプロニ社のターボジェット機の技術習得が十分とは言えないので、完全に研究を終えてから帰国したいという。

小島武官は、諒承して帰国予定を取消し、海軍省へも連絡した。

日本海軍にとって、ジェット機の技術導入は重要な課題であった。そのため、呂号第五百一と伊号第二十九両潜水艦に吉川春夫、巌谷英一両技術中佐を便乗させその設計図を携行して帰国するよう命じたが、呂号第五百一潜水艦は撃沈され、わずかに巌谷技術中佐が資料を手に東京へたどりついたにすぎなかった。しかも、巌谷の携行してきた資料もドイツのMe262型、Me163型両戦闘機の機関と機体の設計説明書のみで、しかも他の多くの資料が内地に帰投中の伊号第二十九潜水艦の沈没によって失われてしまっていた。

そのような状況の中で日本海軍は、庄司技術中佐がジェット機関係の資料蒐集につとめていることを知り、友永技術中佐とともに一刻も早く帰国させるよう指令を発したのだ。

帰国方法としては、日本潜水艦を派遣することは不可能で、ドイツ潜水艦または拿捕したイタリア潜水艦に便乗させる以外になかった。しかし、小島海軍武官は、海軍省に対して、帰国させることは困難であると打電した。小島は、相つぐ潜水艦の沈没によっ

て、両技術中佐を潜水艦で送ることは死を意味すると判断していた。

しかし、海軍省からは執拗に帰国命令がつたえられてきていた。すでに、太平洋方面の戦局は、悪化の一途をたどっていた。七月十六日にはサイパン島守備隊が全滅し、アメリカ長距離爆撃機が日本本土を空襲することが確定的になっていた。また、九月にはビルマ、雲南国境方面の日本軍の全滅についで、グアム、テニアン両島も、アメリカ軍の手中に落ちていた。

日本海軍は、戦局を挽回するため激しい苛立ちを感じていた。

八月に入って開始された英米連合軍の大攻勢は、ドイツ軍の堅固な陣地を次々に壊滅させ、戦車隊は快進撃をつづけていた。その月の中旬頃から、その進度はさらに増して、連合国軍はフランスの中央部深く進出することに成功した。

これに対して、ドイツ軍は各地で必死の抵抗を試みたが、八月二十五日にはパリを放棄し、その後も進撃をつづける連合国軍に圧迫されて、ドイツ国境方面に後退を余儀なくされた。

アメリカ軍は、背後からドイツ軍の攻撃を受けることを恐れて、八月十五日、地中海に面した南フランスのプロバンス地方にあるカンヌ附近からツーロン軍港附近にわたって、突然、空挺師団を降下させ、ついで、大規模な上陸作戦をおこなった。その地域を守っていたドイツ第十九軍は、全力を傾けて迎撃し激戦を展開したが、アメリカ軍の攻撃は激しく、九月三日にはリヨンを失い、大損害を受けて敗走した。

フランス領内のドイツ軍は、退却につぐ退却を重ね、多くの将兵が連合国軍の俘虜になった。

また、東部戦線のソ連軍も、ルーマニアについでブルガリアを占領、ハンガリーに宣戦を布告して、同国への進撃態勢をかためていた。

ドイツの敗北は、ほぼ確定的になった。ベルリンはすでに連合国軍側の度重なる空襲で廃墟と化し、食糧をはじめ生活必需品の不足は、深刻なものになっていた。

その頃、日本海軍省からは、相変らず潜水艦担当の友永英夫技術中佐と航空機体担当の庄司元三技術中佐の帰国をうながす指令が発せられてきていた。が、日本潜水艦の来航は完全に杜絶し、ドイツ潜水艦による送還も、ドイツが英米ソ三国軍の猛攻撃に敗退をつづけている時だけに、ドイツ海軍にそのようなゆとりはないはずだった。

九月初旬のある日、ウルリッヒ・ケスラー空軍大将が、海軍武官小島秀雄少将のもとに訪れてきた。ケスラー空軍大将は、海軍協力部隊の空軍司令官で、四十四歳で大将に任ぜられたドイツ将官中最も若い大将であった。かれは、戦前に夫人と日本を訪れたこともあって、小島武官とは親しい間柄だった。

ケスラー大将は、フランス戦線からもどってきたばかりで、戦局が極めて憂慮すべき

段階におちいっている、と表情を曇らせ、急に小島の顔を凝視すると、

「打明けたいことがあるが、絶対に口外しないでいただきたい。実は、ヒトラー総統暗殺事件に関連することだが、私も、あの計画に賛同していたのです。首謀者側から計画書に署名して欲しいと言われ、一時はその気にもなったが、思いとどまりました。そのため、現在も処刑されることなく無事でいるのですが、ゲシュタポ（秘密警察）は薄々察している気配がある」

と、不安そうに眼をしばたたいた。

小島少将は、その告白に驚き、ケスラー空軍大将がなぜ自分のもとにやってきたのかをいぶかしんだ。

ケスラーは、大きな体を乗り出して、光った眼を小島に向け、

「貴官もすでにお察しのことと思うが、ドイツの敗北は迫っている。それに比べて日本は、アメリカ軍の猛攻にも屈せず善戦をつづけている。どうだろうか、私を日本へ行かせていただけないか。このままドイツにいると、ゲシュタポの追及を受けて死刑に処せられることは確実だと思う。もしも日本へ行くことができたら、ドイツ空軍の戦術をつたえ、日本航空部隊に協力する。さらに、私はジェットエンジン、V1、V2、高射砲関係の優秀な技術者を同行させることもできる。ぜひ貴官から空相ゲーリング元帥に、私を日本へ赴任させるように運動していただきたい」

と、真剣な表情で言った。そして、日本へ赴任する方法としては長距離機を使用すべきだと述べ、北極圏廻りのコースを熟知している飛行士も参加させることができる、とつけ加えた。

小島少将は、思いがけぬケスラー大将の申し出に愕然とし、重大なことなので考えさせて欲しい、と答えた。

ケスラー大将を送り出すと、小島は、大使館付陸軍武官小松光彦少将のもとにおもむいて、ケスラーの言葉をつたえた。

当時、日本に駐在していたドイツ大使館付空軍武官は、グロナウ空軍少将であった。かれは、空軍中佐で日本に赴任した武官であったが、民間航空出身者で航空戦術にはほとんど知識がなく、日本陸海軍としては心許ない存在だった。そうした折に、豊かな戦歴と最新の航空戦術を身につけた現役の空軍司令官であるケスラー大将が、グロナウ少将の後任者として空軍武官に赴任するということは、日本陸海軍にとって歓迎すべきことであるにちがいなかった。

小松陸軍武官は、即座にその申し出を受けるべきだと主張し、小島も同意見であったので、それぞれ陸・海軍省に電報を発した。これに対して、東京から折返し返電があって、実現に努力せよという指令がつたえられてきた。

小島海軍武官は、小松陸軍武官とともにゲーリング空相の副官に電話で会見申し込みをし、ベルリンから約六〇キロはなれた空相の別荘カリンハレに車を走らせた。小島も小松も、ゲーリングが第一線空軍司令官であるケスラー大将を手放すことはあるまい、と予想していた。英米ソの大軍がドイツ領内に迫っている時に、要職にあるケスラー大将を日本に空軍武官として派遣させることは、常識的に考えて、ほとんど不可能であるはずであった。

一室に通された小島と小松が待っていると、ゲーリング空相が姿を現わし、愛想よく握手を求めた。

小島と小松は、すぐに用件を口にし、

「日本の空軍武官であるグロナウ空軍少将は、任期も長く、ドイツ航空戦術の知識に乏しいうらみがある。もしも許されるなら、武官を交代していただきたいと思っていたところ、ケスラー空軍大将から赴任してもよい、という内諾を得ました。その話を祖国につたえましたところ、陸海軍は大歓迎するという連絡を受けたのですが、ぜひケスラー大将をグロナウ少将の後任者として空軍武官に発令していただけぬか」

と、懇願した。

ゲーリングは、黙って思案しているようだったが、

「よろしい。日本陸海軍がそれほど強く要望しているなら、ケスラーを空軍武官として日本へ赴任させましょう」

と、答えた。そして、副官に命じて、ケスラー空軍大将の司令官解任と日本駐在ドイツ大使館付空軍武官に発令する手続きをとるように命じた。

小島と小松は、思いがけぬゲーリング空相の好意を謝して、別荘を辞した。

小島は、ベルリンにもどると、すぐにゲーリング空相が承諾した旨をケスラー空軍大将に連絡した。ケスラーは喜び、長距離機で赴任する準備にとりかかった。

小島は、ハインケルとも親交があつかったので、使用機の機種についてハインケル社にたずねると、日本までの飛行に堪え得る航続距離の大きい長距離爆撃機を二機提供してもよい、と回答してきた。小島と小松は、ケスラー空軍大将の同席を求めて飛行計画について協議し、ケスラーが初めから主張していた通り北極圏廻りの飛行コースを採択した。

出発地はノルウェーとし、北極圏を飛行してシベリアの端をわずかながらも横断し、樺太を目ざす。もしも燃料が残っていた折には、北海道に着陸する案が立てられた。

小松、小島両武官は、それぞれ陸・海軍省にその計画案を打電して許可を求めた。これに対して、海軍省からは折返し計画案通りに実行せよという返電が来たが、陸軍省は、絶対にそのようなことをしてはならぬという強い反対の意をしめしてきた。

日本陸海軍は、太平洋方面のアメリカ軍の激烈な総反攻に喘ぎ、満州警備の任にあたる関東軍の主力を太平洋方面に転出させ、精鋭を誇っていた関東軍は極度に弱体化していた。そのような状況のもとで、もしもソ連軍が参戦し攻撃を開始すれば、たちまち国境は突破されて短期間に満州を失い、日本本土も侵攻の脅威にさらされる。

陸軍省は、日本へむかうドイツの長距離爆撃機がソ連領のシベリアをわずかであっても通過することは危険だと判断した。もしも爆撃機が発見されれば、ソ連は、領土上空を侵犯したとして、対日参戦の重要な口実にするおそれが多分にある。

また、陸軍省は、その飛行計画をドイツ軍最高首脳部の仕組んだ巧妙な謀略ではないか、とも臆測していた。

ドイツ軍は、西方から英米連合軍の攻撃を受けていると同時に、東方からのソ連軍の重圧にも苦しんでいる。ドイツは、早くから日本に対してソ連に宣戦布告をするよう求めているが、日本は日ソ中立条約を理由に、その強い要請を拒否している。ドイツとしては、日ソ間に戦争が起り、ソ連の兵力が幾分でも対日戦に向けられることを望んでいる。その希望を実現させるために、ドイツ軍首脳部が、ケスラー空軍大将を便乗させた長距離爆撃機を利用して、日ソ間に戦争状態をかもし出そうとしているのではないか、という疑惑をいだいた。

つまり、長距離爆撃機を故意にシベリアに不時着させ、ソ連軍の拿捕するままにまかせる。飛行目的はケスラー空軍大将の日本への赴任なので、当然、ソ連は領空侵犯行為として日本に厳重な抗議をつきつけ、それが対日宣戦布告に発展する可能性もある。ケスラー空軍大将が日本へ行きたいと申し出たことは不自然だし、さらに、ゲーリング空相が簡単に許可したことも奇怪である、と思われた。

陸軍省の強い疑惑に対して反論できる確証はなく、結局、小島、小松両武官は、長距離爆撃機による方法を断念した。

ケスラー空軍大将の失望は大きかったが、かれは、日本へ赴任する意志を捨てなかった。そのことは、飛行計画が決してドイツ軍首脳部の策した謀略ではなかったことをしめしたもので、日本陸軍省の危惧は根拠のないものであった。

残る方法は、ドイツ潜水艦を使用することのみであった。

小島海軍武官は、渓口首席補佐官に命じてドイツ海軍に潜水艦の提供を求めさせた。これに対してドイツ海軍は、すぐに出発させることは不可能だが、十二月初旬には実現させるよう努力したい、と回答してきた。小島は、当惑した。戦況は日増しに悪化していて、ドイツ軍が十二月初旬まで英米連合軍とソ連軍の攻撃に堪えられるかどうか危ぶまれた。ドイツ軍は総退却をつづけていて、その降伏は近いと推測していた。

たしかにドイツ軍は、客観的に見て崩壊寸前にあると思われていた。九月二日、連合国軍最高司令部は、

「ドイツ軍ハ、既ニ四散状態ニアル。武器、弾薬ヲ失イ、士気モ衰エタ敗残兵ノ集団ニ過ギナイ」

と、本国に打電している。そして、連合国軍側は、降伏後のドイツの処理についての検討を本格的に進めていて、小島武官の判断も自然であった。

しかし、その月の中旬、予想に反して戦局にいちじるしい変化が起った。それは連合国軍側にとって奇蹟とも思えたが、少くとも強気なヒトラー総統にとっては当然の現象であった。

ドイツは、依然として多くの戦力を残していた。国民総動員令の布告によって召集された兵は老人、少年、退役軍人であったが、その戦意は極めて高く、退院直後の負傷兵もすすんで銃をとって最前線におもむいていた。しかも、連合国軍側の執拗な爆撃にもかかわらず、地下工場での兵器生産量は向上していて、月に平均四千機に近い飛行機が生産され、ジェット機の量産にすら成功していた。

九月に入って間もなく、アメリカ軍部隊は、ドイツ・ベルギー国境のアーヘン附近などでドイツ国境に達した。が、兵力は分散し、補給路が長く伸びていたので、ルントシュテット元帥のひきいるドイツ西部軍の猛反撃を受けて、完全に進撃を阻止され退却した。

連合国軍にとって、それはノルマンディー上陸以来初めての敗北で、戦局を打開するためドイツ軍占領地のオランダ領アルンヘム等に空挺師団を降下させ、ジークフリート線を迂回してムーズ河とライン河の下流の強行突破を策した。

九月十七日、イギリス本土を発した千六十八機の輸送機と四百七十八機のグライダーがオランダ領上空に飛来した。そして、無数の兵と武器弾薬をパラシュートで降下させ、司令官は奇襲成功をイギリス本土に打電した。

しかし、ドイツ機甲師団は、米英連合空挺軍に猛攻撃を浴びせかけ、十日後には致命的打撃をあたえた。殊にイギリス空挺師団はドイツ軍に包囲され、一万九十五人中二千三百九十八名が脱出しただけで潰滅したのである。

この圧倒的な勝利は、ドイツ全土にラジオ放送され、国民は熱狂した。すでに九月八日には、ドイツの開発した新兵器V２号ロケット弾が初めて英本土に打ちこまれ、それは日を追うて激化していた。その破壊範囲はV１号よりもさらにひろく、イギリス本土は、その猛威にさらされるようになっていた。

小島海軍武官は、奇蹟的なドイツ軍の勝利によって、ドイツ降伏の日が少くとも半年ぐらいは延引されたと判断した。その推測を裏づけるように、その後、ドイツ軍は、攻撃を反復する連合国軍に大損害をあたえて撃破し、全軍の士気は大いにふるい立った。

雪がやってきて、連合国軍の動きは一層鈍くなり、凍傷者も続出した。

その頃、小島武官は、海軍省から帰国をうながされていた友永英夫、庄司元三両技術中佐をケスラー大将の乗るドイツ潜水艦に便乗させようと思った。潜水艦は、ケスラー大将を乗せるだけに行動も慎重であるだろうし、乗組員も附近の危険な海域を熟知しているはずで、安全度は高いと思ったのだ。

かれは、ノイブランデンブルクにあるケスラー空軍大将の家におもむいて、友永と庄司の同行を依頼し、海軍省に対して両技術中佐を潜水艦便で帰国させるとつたえた。

十二月に入り、ベルリンは雪におおわれた。

ドイツ海軍は、十二月初旬に潜水艦を出発させると約束していたが、それについての連絡はなく、その年も暮れて昭和二十年を迎えた。

その頃、ドイツ軍は、ヒトラー総統の命令で前線一帯にわたって大攻撃を開始した。それは、ヒトラー総統の最大の賭と称された総攻撃で、ドイツ軍は、米軍の四個師団を潰滅させた後、進撃をつづけてバストーニュを包囲した。各地で死闘が反復され、それは一カ月間つづけられたが、物量を駆使したアメリカ軍の反撃も激しく、ドイツ軍は、バストーニュ包囲作戦に失敗して、一月十六日に攻撃開始日の地点まで撤退を余儀なくされた。

この攻撃によって、ドイツ軍の死傷、行方不明者は約十二万に達し、アメリカ軍も約八万の損害を受けた。

また、それまで膠着状態にあった東部戦線で、ソ連軍は、一月十二日に大攻撃を開始した。それは、ソ連軍にとって開戦以来最大の規模をもった作戦行動で、ポーランドと東プロイセンだけでも百八十個師団の大軍が投入され、しかも、それらは重装備をほどこした機甲師団であった。

たちまち、ドイツ軍の前線は随所で寸断され、ソ連軍は、わずか半月後の一月二十七日にオーデル川を渡り、ドイツ国境に到達した。そこからベルリンまでは、わずかに一〇〇マイルほどの距離しかなかった。

小島武官は、ドイツの敗北が迫ったことを感じ、渓口首席補佐官に命じてドイツ海軍省に潜水艦を早く出発させて欲しい、と何度も督促させた。が、ドイツ海軍省の答えは曖昧で、要領を得なかった。

小島は苛立ち、ドイツ海軍には潜水艦提供の意志がないのではないか、と疑った。ようやくドイツ海軍省から潜水艦を出発させるという連絡があったのは、三月に入ってからであった。小島は、ただちにケスラー空軍大将に連絡をとり、友永、庄司両技術中佐にも帰国準備を整えるように指令を発した。

友永英夫技術中佐はベルリンにいたが、庄司元三技術中佐はイタリア降伏後、中立国であるスウェーデンの日本海軍武官府付として首都ストックホルムに駐在していた。

庄司は、すでに旅の仕度をすべて整えていた。一月三十一日夜には家族あての遺書もしたためたし、ジェット機関係の設計図も完全に梱包を終えていた。

連絡を受けた庄司は、親しい衣奈多喜男の下宿を訪れて、別れの挨拶をした。衣奈は、前田義徳の後をうけて朝日新聞社ローマ支局長になった特派員で、庄司と前後してイタリアを去りストックホルムに来ていたのだ。

　衣奈は、庄司をオクセンというレストランに誘って酒を飲んだが、庄司の言葉からすでに死を覚悟していることが察せられた。

　庄司は、飛行機の故障で一日出発をおくらせた後、空路ベルリンにおもむいた。潜水艦の出発地はドイツ海軍最大の軍港キールで、友永、庄司両技術中佐は、三月十四日にひそかにベルリンを離れてキールにむかった。駅まで送りに行ったのは、両技術中佐と親交の篤い永盛義夫技術中佐、樽谷由吉技術大尉（中尉より昇進）の二人であった。

　庄司は、前日の夜、池田晴男主計大佐に遺書を託し、友永も、日本を出発する折に友人の艦政本部第四部の遠山光一技術少佐（当時）に遺書を残していたので心残りはないようにみえた。

　かれらは、ルミナール（睡眠薬）をポケットに納めていて、永盛と樽谷に、

「いざという時には、やるよ」

　と、笑っていた。

　日本におもむくため出港準備を急いでいた潜水艦は、U234号であった。同艦には、艦長ヨハン・ハインリッヒ・フェラー海軍大尉以下五十九名が乗組んでいたが、艦の整備がはかどらず、すぐに出港する気配はなかった。

そのため、友永と庄司は、一時、ベルリンに引返してから再びキールにおもむいた。出港は、三月二十四日の夕方であった。その日は、朝から雲が低くたれこめていたが、出港時には雨も落ちはじめていた。

U234号は、ブンカーから曳き出され港口を出ると、すぐに潜航した。艦内には、ジェットエンジンの設計図など日本に提供される機密兵器関係の資料が搭載されていた。

艦は、キール湾を出ると北上し、大ベルト海峡を経てカテガット海峡を進んだ。そして、スウェーデン西岸沿いに潜航したまま航進し、ノルウェーのオスロ湾内にあるドイツ海軍基地ホルテンに入港した。

艦には、ドイツ海軍の開発採用したシュノーケルという排気・通風装置がそなえつけられていた。その装置は、長い吸排気筒を水面上に出して、潜航中も艦内に外気を入れることができる仕組みになっている。つまり、それは、長時間潜航を可能とする画期的な新装置で、航行の安全のためにそなえつけられたものであると同時に、その装置を日本に譲渡する目的ももっていた。

艦は、ホルテンでシュノーケルの使用訓練を反復したが、四月一日に潜航訓練中、他のドイツ潜水艦と接触事故を起してしまった。幸い沈没はまぬがれたが、燃料タンクに穴があき、出発は不可能になった。

U234号は、やむなく修理のため、スカゲラク海峡に面したノルウェー南端のクリスチャンサンに寄港した。クリスチャンサンには二つの造船所があって、同艦は故障個所の修理を受けた。

その間に、ケスラー空軍大将以下十三名の技術士官や技師たちが、クリスチャンサンに集ってきた。便乗者は、友永、庄司を加えて十五名になった。

二週間後に修理も終え、四月十五日に出港準備が整った。

その日も雨天で、艦は、夜の闇に身をひそませるようにして出港した。クリスチャンサンは海岸から一〇メートルも進むとすぐに一〇〇メートル近い水深になるので、艦は、出港と同時に深度八〇メートルまで潜航した。

日本へおもむくコースとしては、北海を横断しイギリス・フランス間のドーバー海峡を経て大西洋に出るのが最短距離であったが、連合国軍側に制海・空権を完全ににぎられたその海域に進入することは、死を意味していた。

そのため艦は、ひたすら北上してイギリスのはるか東方海域を進み、西に針路を変えてアイスランド方面にむかった後、南下を開始する。つまり、ヨーロッパ大陸とカナダの中間部を南進して、アフリカ大陸の最南端喜望峰を迂回し、日本へむかうという大迂回コースをとることが決定していたのである。

U234号は、その計画にしたがって北へ進みはじめた。艦内温度は徐々に低下して、零度近くをしめすようになった。海上には流氷が浮び、その下を艦は潜航状態のまま北上をつづけていた。

友永と庄司にあたえられた部屋には、二段ベッドが二組設けられていた。当直は十二時間交代であったので、その居住区に計八名が起居していた。

友永も庄司もドイツ語は巧みで、殊に友永は、冗談まで口にして同室の者を笑わせていた。かれらは、他の乗組員や便乗者とともに艦内勤務についていて、友永は海水から飲料水を得る装置係に、また庄司は同室のフォン・ザンドラルト陸軍大佐と水中聴音器係として、それぞれ当直についていた。ザンドラルト陸軍大佐は、一万メートル以上の飛行機を撃墜できる高射砲の自動照準装置の権威であった。

艦は、しばしば爆雷音におびやかされた。急速潜航して、耐圧深度を越えた二六〇メートルの海中まで沈下したこともあった。が、艦は損傷を受けることもなく、フェール諸島北方沖を迂回して南に変針した。

その間、U234号は、シュノーケルによって十五日間潜航をつづけたが、艦内空気の汚濁が甚しく窒息の危険が増大したので浮上した。その後、再び潜航して、喜望峰にむかって航行をつづけた。

最大の危険海域は、去った。乗組員たちの表情は明るく、艦内に重苦しくよどんでいた不安も薄らいだ。が、艦は、敵側に所在を探知されることを恐れて、夜間も潜航をつづけていた。

クリスチャンサンを出港してから、二十日間が過ぎた。日本への距離の約五分の一を航行できたのだ。

五月七日、艦はカナダのニューファウンドランド島東方九〇〇キロの洋上に達したが、その日の夕刻、緊急指令が入電した。それは平文の電文で、電信長のエルナー・バッハマン兵曹長が、電報用紙を手にしてフェラー艦長のもとに急いだ。その電文は、海軍総司令官デーニッツ元帥の発した指令で、

「ドイツ全艦艇ニ告グ。祖国ハ無条件降伏セリ。各艦ハソレゾレ最寄ノ連合国ニ降伏セヨ。尚、艦、武器等ノ破壊投棄ヲ禁ジ、連合国側ニ有形ノママ引渡スベシ」

と、記されていた。

艦長は、その旨をケスラー空軍大将に報告し、全乗組員、便乗者にもつたえた。祖国の降伏はある程度予測していたが、現実にそれを耳にした乗組員たちの顔には、悲痛な表情がうかんでいた。

艦は航行をつづけていたが、口をきく者はいなかった。かれらは、眼に涙をにじませ、放心したように立ちつくしていた。

デーニッツ元帥の命令なので、艦長は、降伏を決意した。すでに連合国軍側の戦闘分担地域は、イギリス海軍からアメリカ海軍の担当海域に入っていたし、敵視していたイギリスよりもアメリカ側に捕えられる方が幾分気楽であった。そのため、アメリカ海軍

に降伏する準備をととのえた。

やがて、乗組員たちは、今後の対策について活潑に意見を交し合うようになった。燃料も食糧も十分に残されているので、南太平洋の島にでも行って暮したいとか、南米に上陸して一生を過したいという者もいた。かれらは、長い間、潜水艦乗組員として戦闘に明け暮れた苦しい歳月を、そんな形でいやしたかったのだ。

艦長は、ただちに士官を召集し、ケスラー空軍大将の同席も求めて協議した。

ケスラーは、降伏に際して友永と庄司両技術中佐を最善の方法で扱ってやるべきだ、と主張した。ドイツが降伏した現在、ドイツは連合国軍の指揮下に入り、日本は敵国になっている。が、ケスラーは、今まで共に戦ってきた日本人に対する情義として、両技術中佐を中立国に上陸させるよう努めなければならぬと強調した。

ケスラーの強い要望に、艦長は同意した。そして、友永と庄司を中立国のアルゼンチンに上陸させることになり、艦を南米に向けて進ませることに決定した。

艦は、南米に針路を定めた。

友永、庄司両技術中佐は、ドイツ降伏を知ると、顔をこわばらせ口をつぐんだ。明るい眼をして乗組員や便乗者と会話を交していた両技術中佐は、沈鬱な表情で思案しているようであった。

艦は航進をつづけていたが、艦内の空気は徐々に険悪化してきた。殊に士官たちは、艦の行動に反感をいだきはじめていた。戦争は、すでに祖国の敗北という形で終了している。デーニッツ元帥は降伏せよと指令を発してきているのに、艦長は、ケスラー空軍大将の意見に屈して艦を南米に向けて進ませている。それは、デーニッツ元帥の命令に反する行為で、連合国軍側の攻撃を受ける危険がある。

かれらの間には、二人の日本人技術士官のためにそのような行動をとる必要はあるまい、という意見がたかまった。艦長に強く不満を訴える士官も多く、再び会議がひらかれた。

席上、士官たちは、激しい口調で即時降伏すべきだと主張した。ケスラー空軍大将は、それに対して反論したが、やがて、口をつぐんでしまった。最上級者ではあるが、戦争が終った現在、かれは単なる便乗者の一人にすぎず、艦の行動は艦長と士官たちの手にゆだねられるべきであった。

艦長は、ケスラー大将の指示に不服であったので、士官たちの意見に同調し、即時降伏することを決定した。そして、士官たちと、二人の日本人技術士官を艦内でどのように扱うべきか意見を交し合った。当然、二人の技術士官はドイツ人を敵国人と考えているはずだし、艦側としても、かれらを俘虜として扱わねばならない。

友永と庄司が艦内で敵対行為に出るおそれは、十分にあると考えられた。殊に友永は、潜水艦設計の権威で艦の構造を熟知している。もしも友永が艦の破壊を意図すれば、容易に目的を果すことができるはずであった。

艦長は、乗組員、便乗者の生命を守るために友永と庄司を監禁することを命じた。それはただちに実行に移され、友永と庄司は起居していた部屋に閉じこめられ、実弾を装塡したピストルを持った若い士官が監視にあたった。

友永と庄司は、そうしたことを予測していたのか、反抗する気配も見せず、ベッドに坐って口をつぐみつづけていた。

手洗いに行く時も、他の士官がピストルをつきつけてついてきた。ドイツ士官たちの眼には、親愛感にみちた色は消え、友永と庄司を敵視する険しい光が浮んでいた。

友永と庄司は、夜も眠れぬらしく身を動かしていた。見張りの士官は、徹夜で友永たちにピストルの銃口を向けつづけていた。

部屋は狭くドアは閉めきったままなので、空気の汚濁はひどかった。酸素不足が眠気をさそって、監視にあたっていた中尉が眠ってしまった。その姿を交代のためやってきた士官が発見し、艦長に報告した。

艦長は、当惑した。監視が困難な仕事であることに気づいたのだ。

艦長は士官たちと、友永たちの処置について話し合った。友永たちは、かれらにとってすでに荷厄介な存在になっていた。

友永たちと同室であったフォン・ザンドラルト陸軍大佐が、一つの提案を口にした。

かれは、友永、庄司と親しかったので、かれらに艦を破壊するような行動をとらぬよう説得したい、と言った。

艦長は、他に適当な方法もないのでその意見を採用した。

ザンドラルト陸軍大佐は、すぐに友永たちの監禁されている部屋におもむき、かれらと向い合った。

「君たちの辛い立場に、深く同情している。私は、艦長の代理として君たちと話し合うためにやってきたのだが、率直に答えてもらいたい。君たちは、艦を破壊する意志をもっているのか」

大佐は、質問した。

友永が、きっぱりとした口調で答えた。

「その意志はある」

大佐は、熱心に翻意するよう説得した。ドイツは無条件降伏し、U234号の乗組員にも便乗者にも苦しい俘虜生活が待っている。ただ一つの救いは死の危険が去ったことで、ケスラー空軍大将も艦長も、乗組員たちの生命を無事に維持してやりたいと願っている。

「かれらには、祖国に妻や子も待っている。そうしたかれらのことも考えて、艦を沈めるような行動をとることはしないで欲しい」

大佐は、懇願するように言った。

友永は、庄司と無言できいていたが、

「よくわかった。艦の迷惑になることは一切やらぬことを誓いましょう。今後、艦はわれわれになにも懸念する必要はない」

と、流暢なドイツ語で答えた。

大佐は安堵し、その旨を艦長たちにつたえた。かれらは、友永たちが日本人としてその誓いを破ることはないことを知っていたので、ただちに監視を解くことに決定した。

艦は、西にむかって航進していた。その方向には、アメリカ合衆国があった。

艦長は、降伏する旨の無電を発し、艦名と乗組員、便乗人員数を詳細につたえ、日本人技術士官二名も同乗していることを打電した。

その無電は、アメリカ海軍にとらえられ、ポーツマス軍港附近で海上護衛にあたっていた護衛駆逐艦「サットン」ほか一隻に捕獲命令が発せられた。

友永、庄司両技術中佐は、部屋から自由に出ることを許された。かれらがまずおこなったことは、携行していた機密図書の処分であった。

友永は、ドイツ高速潜水艦の設計図を所持し、庄司はジェット機関係の資料を艦に積みこんでいた。殊にジェット機関係の資料は、庄司が前便の伊号第二十九潜水艦での帰国を延期してまで蒐集につとめたものであった。

かれらは、設計図と機密図書を部屋から運び出すと、鉛の錘《おもり》をつけて海中に投棄した。

かれらは、それらが海中に沈んでゆくのを虚脱した眼で見つめていたが、再び部屋にもどると、ドアを閉めた。

日が、没した。かれらは、いつものように同じベッドで寝た。艦は、西進をつづけていた。

五月十二日早朝、同室のフォン・ザンドラルト陸軍大佐は、不吉な予感におそわれて友永と庄司のベッドに近づいた。かれらは、抱き合って横になっていたが、その顔に血の色は失せていた。手をにぎってみると、冷たかった。

かれは、部屋を走り出ると、艦長に報告した。艦長をはじめケスラー空軍大将や士官が、部屋に集ってきた。軍医が診断し、友永と庄司がすでに死亡していることを告げた。所持品を調べた結果、ルミナールを服用したことが判明した。おそらく、服毒後、互いに体を抱き合って横になったものと推定された。

傍に友永の書いたドイツ語の遺書が置かれていた。その文字は美しく、文章は簡潔だった。

「艦長ヨハン・ハインリッヒ・フェラー海軍大尉殿

われらの遺骸を、水葬にせられたし

われらの所持品は、乗組員に分配せられたし

われらの死を、速かに祖国日本へ通報せられたし

「貴官の友情に感謝し、御一同の幸運を祈る」

日付は五月十一日になっていて、前日に書かれたものであることをしめしていた。友永英夫技術中佐は三十六歳、二人の女子の父であり、庄司元三技術中佐は四十二歳、二人の男子の父であった。

かれらの自殺は、艦内の者たちに厳粛な驚きをあたえた。

或る者は、二人がなぜ死を選んだのかいぶかしんだ。友永も庄司も海軍軍人ではあるが、東京帝国大学出身の技術者で、俘虜になっても恥辱になるとは思えない。自殺の動機が理解できなかった。

しかし、或る者は、その死を日本の技術士官らしい行為として受けとめた。友永も庄司も、虜囚の辱《はずか》しめを受けるよりも死を選ぶべきだと決意したのだろうが、それは日本の武士道精神によるものだ、と賞讃した。

二人の遺体は、部屋から甲板上に運び上げられた。遺書にある通り、水葬の準備にとりかかった。

遺体はケンバスに包まれ、その上からドイツ軍艦旗がかぶせられた。甲板上にはケスラー空軍大将をはじめ艦長、士官らが整列した。

空は、晴れていた。

遺体が、波浪のうねる海面に一体ずつ水しぶきをあげて落された。ケスラーたちは、挙手して遺体の沈んでゆくのを見つめていた。

三日後の五月十五日、西方洋上に一隻の艦影が現われた。それは、アメリカ海軍の護衛駆逐艦「サットン」で、僚艦とともに出発したが、僚艦が故障を起して引返したため、単艦でやってきたのである。

「サットン」が近づき、停止した。U234号の乗員の半数が、ケスラー空軍大将、艦長とともに「サットン」に移乗を命じられ、その人員数の「サットン」乗組員が、連絡将校とともにU234号に乗り移ってきた。

艦内の武器弾薬は処分され、乗員名簿が没収された。その中には友永と庄司の名も記され、フェラー艦長は、二人が自殺したことを告げた。

U234号は、「サットン」とともに雁行して進み、ポーツマス軍港に入港した。

友永英夫、庄司元三両技術中佐の戦死公報は、それから一年以上たった終戦後の昭和二十一年七月初旬に留守宅へ郵送された。そこには、「大西洋方面ニテ戦死」と書かれ、つづいて遺骨が届けられた。

しかし、白木の箱の中には、ただ英霊と書かれた紙片が入っていただけであった。

二十一

三月二十四日に友永英夫、庄司元三両技術中佐がU234号に便乗してキール軍港から出発したことは、駐独日本大使館付海軍武官小島秀雄少将には報告されなかった。

ドイツ降伏が間近いと察していた小島は、友永らが一日も早く出発することをねがって、しばしばドイツ海軍省に潜水艦がキールから出発したか否かをたずねた。が、海軍省の答えは曖昧だった。艦艇の出港は機密保持の上で極秘にされていて、キール軍港からも連絡がないという。

小島は、そうした事情は理解できたが、その後も連絡がないので、両技術中佐の行動を気づかっていた。しかし、ケスラー空軍大将も便乗しているので、おそらく予測通り出港したにちがいない、と思っていた。

三月に入ると、ドイツの崩壊は決定的になった。

すでにルール地方は爆撃によって徹底的に破壊され、石炭の供給源は失われていた。また、ルーマニア、ハンガリーの油田地帯の失陥によって石油不足も深刻になり、戦車、飛行機は動けず、千機におよぶジェット戦闘機もその戦闘力を発揮することもなく、いたずらに飛行場に放置されて爆撃を浴び、粉砕されていた。

米英軍は二月末にライン河に達し、三月七日午後にはアメリカ第九装甲師団の戦車隊が、コブレンツ北方二五マイルの地点でライン河を渡河した。西ドイツ最大の自然の防衛線が突破されたのである。

それをきっかけに、米英軍は随所でドイツ領内になだれこみ、反撃を試みるドイツ軍を排除して急進撃をつづけた。四月上旬にはドイツ西部を完全に手中にし、全戦線にわたってベルリンに迫った。

そうした緊迫した戦況は日本大使館にもつたえられ、シャルロッテンブルクに疎開していた海軍武官府も、重苦しい空気に包まれていた。武官たちは、やがてベルリンが陥落し、自分たちにも死が訪れることを覚悟していた。

かれらは、ドイツの戦局を見守ると同時に、祖国日本の悪化した戦況を憂慮していた。東京をはじめ大都市へのB29爆撃機による空襲は本格化して、それは日を追って激しさを加えている。太平洋方面の米軍の攻勢は速度をはやめ、二月には硫黄島に上陸し、三月十七日には、同島の日本軍守備隊を全滅させた。四月一日には、沖縄本島への上陸が開始され、日本本土への攻撃拠点とする目的が露骨になった。また、同月五日にソ連は日ソ中立条約期限の不延長を通告し、日本は、背後からの脅威にもさらされるに至った。

その頃、ドイツ駐在の海軍嘱託酒井直衛は、池田晴男海軍主計大佐の協力を得てガソリンや保存食糧等の入手につとめていた。それは、かれらのみのひそかに進めていた物資の調達であった。

前年の七月下旬、ヒトラー暗殺事件が起って間もなく、酒井は、スイスに疎開させていた家族のもとにおもむいたが、三日ほどで匆々にベルリンへもどってくると、深夜、池田大佐のもとに訪れてきた。そして、ドイツ降伏が必至だというスイス国内の情報をつたえ、降伏時にベルリン脱出の準備を整えておくべきだ、と進言した。

池田は、軍人として脱出計画を準備することに反対だったが、いたずらに死を選ぶべきではなく、再起する機会を待つべきだという酒井の熱心な言葉に動かされて、協力することを約した。

酒井は、ドイツに二十五年間も滞在していた人物で、ドイツの軍人、官僚、民間人に多くの知己をもっていたため、脱出方法をととのえるのは容易だった。

しかし、かれは、根本的な点で大きな不安を抱いていた。日本大使館には、大島大使をはじめ陸海軍武官、補佐官、監督官ら多数の軍人が配属されている。かれらは、日本の軍人としてベルリン陥落前に脱出するとは到底思えなかった。必ずかれらは、ドイツ軍とともに米英ソの大軍に銃をとって応戦するにちがいなかった。

酒井は、一民間人として、かれらに死をまぬがれさせたいと思った。そして、ひそかに適当な方法をさぐっていたが、ベルリン陥落が迫った折に、ドイツ軍首脳部から日本大使館に対して退避命令を出してもらうのが、最も効果的な方法だということに気づいた。

かれは、親交のある海軍省副官フォン・クロージック海軍少佐の家を訪れた。

酒井は、一人の日本人としてお話ししたいのだがと前置きして、もしもベルリンが陥落するような場合、日本の軍人は決して自ら脱出するようなことはない、と言った。おそらくかれらは、銃をとって戦死するか、または、俘虜になることを恥じて自決する可能性があると説明した。

「そこでお願いしたいのだが、不幸にも将来、ベルリンが危険にさらされるようになった場合には、ドイツ軍側から日本大使館に対して全員退避命令を出して欲しい。かれらは、軍人としての強い矜持《きょうじ》をもっている。かれらを死から救うため、ぜひ、ドイツ側の協力を得たい」

と、酒井は懇願した。

酒井の言葉に熱心に耳をかたむけていたクロージック少佐は、感動したようにうなずき、

「承知しました。そのような場合には、必ずあなたの希望通り、退避命令を出すよう軍首脳部に確約させる」

と、答えた。

酒井はクロージック少佐の家を辞すと、その日から本格的に脱出準備をすすめ、池田主計大佐の協力を得て脱出に必要な自動車を購入し、ガソリン、保存食糧の確保につとめた。

四月十日、米英連合軍は、ベルリン西方約一七〇キロのブラウンシュワイクに迫り、東方のソ連軍が進撃を開始すれば、ドイツは南北に両断される形勢になった。

その翌日、ヒトラー総統から日本大使館の大島大使宛に一通の要請書がとどけられた。そこには、

「もしもベルリンが敵手に落ちたとしても、わがドイツ軍は南ドイツとオーストリアの山岳地帯で最後まで徹底抗戦をつづけ、勝機をつかむ決意である。日本大使館側は、至急、その地域に先発して待っていて欲しい」

と、記されていた。

大島大使は、その指示にしたがって、ただちに移動準備を命じた。

かれらの中には、すでにベルリンを離れている者もいた。火熕《かこう》兵器専門の皆川清海軍技術中佐もその一人で、かれは、スイスへ入国することを命じられて、三月二十六日に下里一男技師、神谷巷嘱託とともに、ベルリンのアンハルター駅を列車で出発していた。かれの受けた命令は、スイスとの国境にあるドイツ領コンスタンツにあるシュミット教授研究所におもむき、ロケット弾V１に装着されている

電池のパテントを取得することと、その製造法の習得であった。

その折、皆川技術中佐は、イタリアでパルチザンに暗殺された元イタリア駐在武官光延東洋海軍少将（大佐より昇進）の未亡人と三人の遺児を伴なっていた。一行は、スイス入国を目ざして、四月一日にコンスタンツに到着していた。

また、航空関係者は、ドイツ空軍とともに四月三日ベルリンをはなれて、オーストリアにおもむいていた。航空担当補佐官豊田隈雄大佐を長に川北智三技術少佐、奥津彰理事官の三名で、自動車を疾走させ南下し、ザルツブルク近郊のワラーゼーに入った。

その地には、ソ連軍に占領された枢軸国のハンガリー、ルーマニア等の空軍武官たちが、ドイツ空軍の指示にしたがって集結していた。


ベルリンにいた者たちは、あわただしく脱出行動を開始した。

まず、四月十三日には、扇一登海軍大佐一行が、午後二時に乗用車でベルリンをはなれた。同行者は、永盛義夫技術中佐、樽谷由吉技術大尉、和久田嘱託であった。

車は、東西両戦線が互いに迫るわずかな中間地帯を、上空からの銃爆撃にさらされながら突っ走り、その日の夕方には、バルト海に面するドイツ北岸のワルネミュンデにたどりついた。

その地で永盛技術中佐、樽谷技術大尉が下車し、扇大佐と和久田嘱託はデンマーク領内に入り、翌日、コペンハーゲンに到着した。

扇は、すでに三月一日、スウェーデン駐在日本公使館付海軍武官に発令されていたが、連合国側の反撥をおそれたスウェーデン政府からの入国査証が下附されていなかった。そのため、扇は、スウェーデンと狭い海峡一つをへだてたデンマークのコペンハーゲンで、査証のおりるのを待つことになった。

また、航空機機体を担当する永盛技術中佐と樽谷技術大尉は、扇と別れ、ワルネミュンデ南方約一〇キロの地点にあるロストックへ急いだ。その地には、ハインケル社の工場があって、永盛は、その工場でジェット戦闘機He162の技術資料を入手し、日本へ通報する任務を課せられていた。

四月十四日には、第三陣、第四陣がベルリン脱出をはかった。

第三陣は、大島大使以下外務省関係者と陸海軍武官たちであった。行く先は、ヒトラー総統の指示にしたがって南方のオーストリアに定められていた。

人員は多く、大使館側は自動車四台に大島大使以下が、陸軍側は自動車七台に陸軍武官小松光彦少将以下が、また海軍側は一台の自動車に海軍武官小島秀雄少将、臨時補佐官中山義則大佐、熊谷暗号員が乗り、早朝にベルリンを出発し、オーストリアのバートガシュタインに急いだ。

また、第四陣として小島正己大佐を長とする一行が、車でベルリンを出発した。同行者は池田晴男主計大佐、伊木常世技術大佐、田丸直吉技術中佐、海軍嘱託酒井直衛、同山本芳男の計六名で、ドイツ空軍少佐の先導でバルト海に面したワルネミュンデにむかった。

この一行は、ハインケル社からジェット機関係の資料を得て待機していた永盛技術中佐、樽谷技術大尉と合流した。そして、その後、四月末まで同地にとどまっていたが、ソ連軍が接近してきたためスウェーデンへの脱出をはかった。

かれらは、五月一日未明、日本海軍が購入してあった魚雷艇に乗り、その日の夕方、軍艦旗をひるがえしてスウェーデン南端のイースタードに入港した。むろん、それは査証なしの入国で、かれらはスウェーデン海軍に抑留された。

四月十四日には、首席補佐官渓口泰麿大佐一行が、ドイツ海軍基地のある北方の海岸線にむかって出発する予定になっていた。渓口は、実務担当者として最後までドイツ海軍と連絡をつづける責任を負わされていた。

しかし、渓口組のベルリン脱出は、突然、中止された。その理由は、前日に東京の軍令部から軍事委員阿部勝雄中将あてに緊急指令が打電されてきたためであった。その電文は、

「ドイツ潜水艦を出来るだけ多く日本に回航するようドイツ海軍に要求し、その実現に努力せよ」

という内容で、渓口は、その折衝のためベルリンにとどまらねばならなくなった。

日本海軍は、ドイツの降伏が迫ったことを知り、多くの兵器が連合国軍側に引渡されるのを恐れ、それらが敵手に落ちるのを防いで、その戦力を太平洋方面の戦場で駆使したいと願っていた。日本に運びこむことが可能な兵器は、潜水艦のみで、ドイツに残存している約百二十隻に達する潜水艦群を東洋へ回航することに成功すれば、日本海軍はきわめて有利になる。それは、身勝手な要望ではあったが、艦艇消耗の激しい日本海軍の焦慮から発したものであった。

阿部中将は、軍事委員の補佐官をも兼務している大使館付首席補佐官渓口大佐に、軍令部からの指令をつたえた。ドイツ海軍との実務的な連絡を担当していた渓口に、交渉の一切を委任したかったのだ。

しかし、軍令部の指令を実現させることは難事業であった。最後の死闘をつづけているドイツ海軍に、戦闘の主力である潜水艦群を日本に回航させるよう要望することは、激しい憤りを買うおそれが多分にあった。そのため、渓口は、阿部中将にもベルリンにとどまってもらい交渉にあたるよう懇請し、阿部もその意見にしたがった。

渓口は、その日、ただちにドイツ海軍総司令官デーニッツ元帥に会見申し入れをおこない、大島大使一行が出発した翌十五日、阿部中将とともにコラレにある総司令部に車を走らせた。

総司令官室には、デーニッツ元帥、軍令部総長マイセル大将、ワグナー少将が待っていた。

阿部が、すぐに軍令部の要請をつたえ、ドイツ海軍の同意を求めた。

デーニッツをはじめ海軍首脳者は、思いがけぬ申し入れに口をつぐんだ。かれらの顔には、ドイツ降伏を確実なものとして潜水艦を求める日本海軍の要求に、不快さをかくしきれぬ表情があらわれていた。

やがて、デーニッツが、燃料の不足している現状を詳細に説明した。そして、回航に必要な燃料の確保は到底不可能だ、と拒絶の意をしめした。

阿部も渓口も、当然のことだと諒解し、十分ほど雑談した後、総司令部を辞した。

しかし、軍令部の指令を忠実に果すため、阿部たちは再び折衝する機会をねらい、翌十六日にドイツ海軍側から午食に招かれた時、海軍省副官フォン・クロージック少佐に、

「潜水艦回航問題について、国防軍総参謀長カイテル元帥に会見する機会を至急作って欲しい」

と依頼し、また、カイテル元帥の下で海軍代表の任にあるビュルクナー中将が同席していたので、同中将にも協力を求めた。

ビュルクナー中将とクロージック少佐は承諾し、翌日、阿部と渓口は、ベルリン郊外のダーレムにいたカイテル元帥と会うことができた。しかし、カイテルは即答を避けた。

その日の午後、阿部のもとにリッベントロップ外相から電話連絡があった。外相は、

「潜水艦回航問題は外交に関係することでもあるので、おいでいただきたい」

と、言った。

阿部と渓口が外相のもとにおもむくと、リッベントロップは、その鋭い眼を光らせながら、

「貴国の軍令部がそのような要望をしてきたのは、ドイツ降伏が近づいていると思っているからにちがいない。しかし、われわれは断じて敗れない。敵に多量の血を流させてやる。東京からの要望については考えさせていただきたい」

と、冷たい口調で答えた。

その回答で、阿部たちは実現不可能と思ったが、翌々日、再びリッベントロップ外相から会見申し込みがあった。その席には、参事官河原畯一郎とビュルクナー海軍中将も同席した。外相は、

「原則として、戦況が好転すれば潜水艦を回航させる。が、思わしくない折にも考慮はする。具体的なことについては、デーニッツ元帥と相談して欲しい」

と、好意的な意見を述べた。

渓口首席補佐官は、長い滞独生活でヒトラー総統の一言ですべてが決定することを知っていた。もしも総統が同意すれば、軍令部の要求が実現すると思った。そのため、渓

口は、ヒトラーと直接会って折衝すべきだと思い、

「総統に会わせて欲しい」

と、申し出た。

外相は、うなずくと、

「極力、努力してみましょう」

と、答えた。

すでに四日前の四月十五日から、ソ連軍の砲声がベルリンにもつたわってきていた。オーデル河を渡河したソ連軍が、一斉に砲撃を開始したのだ。

ソ連軍は、二百五十万の兵と四万一千六百門の大砲を集結し、八千四百機におよぶ航空機を動員して大攻勢に移っていた。そのような戦況の中で、西方から進撃をつづけてきた米英連合軍は、進撃を停止して陣地をかため、ソ連軍の攻撃を注視していた。

ベルリン前面の守備にあたるドイツ軍兵力は約五十万で、ソ連軍に対してはるかに劣勢だった。が、ドイツ軍将兵は陣地にしがみついて、ソ連軍の猛攻に堪えていた。

四月二十日は、ヒトラー総統の誕生日であった。

その日の午前十一時三十分、阿部と渓口は、海軍総司令官デーニッツ元帥から潜水艦回航問題に関する最終的な回答を得た。それは、燃料が枯渇しているので要望には応じられない、という内容だった。

総司令部は、コラレからダーレムに移っていて移動のため書類等が梱包され、あわただしい空気に満ちていた。砲声は、朝から殷々《いんいん》ととどろいて、破壊されずに残った僅かな建物の窓ガラスを震わせていた。

阿部と渓口は、地下に構築されていたヒトラー総統の官邸におもむき、総統の誕生を祝する記帳をおこなった。

かれらが、官邸を辞そうとすると、海軍の官房長官が近づいてきた。かれの顔には微笑が浮んでいたが、その眼は険しく光っていた。

「実は、ソ連軍の攻撃が激化し、ベルリンは包囲されかけています。総統は、自ら指揮してベルリンを死守するかたい決意をいだいておりますが、貴官たちは、一刻も早くベルリンをはなれてハンブルクに行っていただきたい。わが海軍の総司令部も、その方面に移動しておりますので……。尚、案内にはクロージック少佐をあてますから、至急、準備をして下さい」

と、言った。

「承知しました。なるべく早く出発します。貴官らの御幸運を祈ります」

渓口は握手し、阿部とともに武官室に引返した。

すでに暗号無線機は破壊してあったので、渓口は大使館に行き、デーニッツ元帥の潜水艦回航問題に対する正式回答内容とベルリンから脱出する旨を打電してもらった。大使館には、河原参事官と外交官補新関欽哉の二人がとどまっていた。

フォン・クロージック海軍少佐が車でやってきて、あわただしく脱出準備がととのえられた。各人の携帯物はトランク一個のみで、ピストルが配付された。阿部中将ら軍人は軍服を身につけ、渓口は軍艦旗を手にしていた。

河原参事官と新関外交官補は、そのままベルリンに踏みとどまることになった。かれらは、実務担当の日本大使館員として、最後までドイツ側との連絡にあたるかたい決意をいだいていた。

午後五時、三台の乗用車がクロージック少佐の車を先頭に出発した。二台目の車は首席補佐官渓口大佐が、最後尾の車はドイツ人運転手キューネマンがそれぞれハンドルをにぎり、軍事委員阿部中将、元海軍大学校教授鮫島龍男、暗号員吉野久作が分乗した。

砲声はしきりで、地上から舞い上る黒煙が上空をおおっている。ベルリンはソ連軍に包囲されていたが、北西の一角のみが開いていて、車はその方面に疾走した。

日が没し、夜空には曳光弾が大流星群のように乱れ飛び、その中を絶え間なく敵機が爆弾投下をつづけていた。それは、地上そのものが大噴火を起しているように光と轟音に満ちていた。

路傍には、ドイツ軍のトラックが燃え、戦車が擱坐《かくざ》している。砲弾は随所に炸裂して、火閃が周囲に果しなくひらめいていた。

一行は、奇蹟的にもその地帯を通過し、翌二十一日夜にはハンブルクへたどりついた。その途中、渓口大佐運転の車が路上のドイツ軍トラックに追突し、渓口は肋骨骨折の傷を負った。

ハンブルクには、先発していた黒田捨蔵技術大佐、今里和夫技術中佐、小林一郎軍医中佐、理事官舟木善郎、村上忠教、荻尾重樹が待っていて阿部たちと合流したが、その地にもソ連軍が迫ってきていたので、一行は、翌朝ハンブルクを出発、その夜十時にデンマークとの国境にあるフレンスブルクにたどりついた。その地の海軍兵学校には、ドイツ海軍総司令部が移ってきていた。

その日、ソ連軍は、ベルリン郊外に達していた。ドイツ軍は、異常なほどの戦意をしめし激しい抵抗を試みたが、戦闘は次第にベルリン市内の市街戦に移行していった。

四月二十七日、総攻撃を開始したソ連軍は、アンハルター駅についでゲシュタポ本部を占領、総統官邸に三〇〇メートルの地点まで迫った。

フレンスブルクに退避していた阿部中将は、翌二十八日、鮫島元海軍大学校教授、舟木、村上両理事官を伴なってデンマークのコペンハーゲンにむかった。

五月一日、フレンスブルクに残留していた渓口は、ラジオ放送で、ヒトラー総統の死と後継者にデーニッツ元帥が就任したことを知った。ヒトラーの死は戦死と表現されていたが、実際は自殺であった。かれは、総統官邸の自室で拳銃自殺を遂げ、愛人エバ・

ブラウンも服毒した。時刻は、四月三十日午後三時三十分であった。

五月三日、渓口は、デーニッツ新総統の命令で海軍総司令官に任命されたばかりのフリーデブルク海軍大将が、イギリス軍総司令官モントゴメリーと降伏折衝に入っていることをラジオ放送できいた。

その夜、フォン・クロージック少佐から、明早朝、コペンハーゲンに行くよう指示された。渓口は、フレンスブルクにとどまっていた黒田技術大佐、今里技術中佐、小林軍医中佐、荻尾理事官、吉野暗号員と、翌五月四日午前四時に二台の車で出発した。途中、ドイツ兵の検問をしばしば受けたが、ドイツ将校から明朝八時にドイツが降伏することを耳にし、コペンハーゲンに急いだ。

コペンハーゲンに入ったのは夜で、町は騒然としていた。渓口がホテル・パラストの玄関で車をおりると、デンマーク人が集ってきて、拳銃と車を強奪した。

ホテル・パラストには、先発していた扇大佐、和久田嘱託と阿部中将一行が渓口たちを待っていた。

コペンハーゲンの市民は、ドイツが明朝八時に全面降伏しイギリス軍が進駐してくることを知り、ドイツ人経営の商店を襲って掠奪をはじめていた。市内にはピストルの銃声がしきりで、ホテル外でも甲高い歓声があがっていた。

阿部中将は、渓口、扇両大佐と脱出方法について協議した。デンマークにとどまっていれば、敵国人として捕えられ、イギリス軍に引渡される。殺害される可能性も十分にあり、一刻も早く中立国のスウェーデンに入国する必要があった。幸いにも扇大佐は、四月十四日にコペンハーゲンについて以来、脱出方法について研究し、その準備を進めていた。かれはドイツ海軍と交渉し、掃海艇に乗ってスウェーデンへ入国する手筈を整えていた。

コペンハーゲンには丸尾外務書記生が残留していたので、丸尾も加えて全員脱出することに決定した。

かれらは、翌日夜明け前に、確保しておいた二台の車を往復させて、港へむかった。そして、ひそかに掃海艇第八百一号に乗りこむと、ドイツ降伏時である午前八時までにスウェーデンの領海三マイル以内に入ることを目ざして、掃海艇を疾走させた。

脱出行は成功し、午前八時には対岸のマルメ港口に達することができた。

かれらは、船で臨検に来たスウェーデン官憲に抑留された。が、スウェーデン政府の扱いは丁重で、ヘッテルン湖畔にあるエンチェピングに移された。その後、小島正己大佐一行も合流した。

生活は不自由はなかったが、やがて、かれらはその年の八月十五日に日本の無条件降伏を知り、翌昭和二十一年一月二十日夜、アメリカ軍の指示でエンチェピングを出発してデンマークに入り、戦火に荒廃したドイツ、フランスを通過し、同月二十九日夕方、イタリアのナポリに護送された。そして、ヨーロッパ各地から集ってきた在留邦人約三百名とともに、スペイン船「プルスウルトラ号」に乗船、マニラで「筑紫丸」に移乗、三月二十四日浦賀港に着き、厳重な取調べを受けた後に二十八日に祖国の土をふんだ。

また、昭和二十年四月十四日にベルリンから脱出した大島大使一行は、翌々日にオーストリアの山中にある温泉町バートガシュタインに到着した。そこにはドイツ外務省の出張所があって、日本大使館もその地に移った。

かれらは、同地でドイツ降伏を知ったが、それから間もなく、小島海軍武官は、イギリスのＢＢＣ放送で、

「アメリカ海軍は、日本に向け航行中のＵボートを拿捕したが、同艦にはケスラー空軍大将が便乗していた。尚、便乗者中日本海軍技術士官トモナガ、ショージ中佐は、艦内でハラキリをしていた」

というニュースを聴取した。

小島は愕然とし、便乗を指示したことが、かれらの死をうながしたことに責任を感じた。かれは、すぐに大島大使に二人の死をつたえた。

大島は驚き、

「そうか、技術士官でもそんなことをしたのか。東大出の技術士官も、軍隊に入るとそのような行為をとるのか」

と、感慨深げに眼をしばたたいていた。

その後、バートガシュタインにも米軍が進駐し、かれらは、七月一日に車でザルツブルクに護送され、二機の輸送機でフランスのイギリス海峡に面したルアーブルに送られた。そして、陸軍輸送船「ウエストポイント」で大西洋を渡り、ニューヨークにむかった。

船中では、大使、武官、将官は士官室に、佐官級以下の軍人、大使館員、嘱託は兵員室に監禁された。輸送船には、ヨーロッパ戦線から帰還するアメリカ軍将兵が乗っていて、兵員室に収容された者たちは、米兵に所持品をうばわれたり小突かれたりした。

一行は、ニューヨークに上陸後、マウントバーデン近くのキャンプに収容された。

小島武官は、その収容所内で偶然にもケスラー空軍大将に会った。ケスラーは、友永、庄司両技術中佐の自殺までの経過を述べ、

「かれらが、死の覚悟をしていたことに気づかなかった責任を感じている」

と、涙を流した。

かれら一行が日本へたどりついたのは、昭和二十年十二月二日であった。

二十二

ドイツ降伏時に、東洋地域には、六隻のドイツ潜水艦がいた。それらは、ドイツから東洋に派遣され、通商破壊戦をおこなうと同時に、南方資源の輸送に従事していた。そして、任務も終えて帰国しようとしたが、途中で燃料補給を受けることができず、日本海軍の南方基地に引返してきていた。

U181号、U862号はシンガポールに、U219号、U195号はジャカルタとスラバヤに、またUIT24号は三菱神戸造船所、UIT25号は神戸川崎造船所で整備中であった。

これらの艦は、ドイツ降伏と同時に日本海軍によって拿捕され、七月十五日、U181号を伊号第五百一潜水艦、U862号を伊号第五百二潜水艦、UIT24号を伊号第五百三潜水艦、UIT25号を伊号第五百四潜水艦、U219号を伊号第五百五潜水艦、U195号を伊号第五百六潜水艦とそれぞれ命名した。そして、U181号艦長フライヴァルト海軍大佐をはじめ、各艦の乗組員全員が抑留された。

このうち、UIT24号とUIT25号は、イタリア降伏時にドイツ海軍が拿捕したイタリア潜水艦で、その原名は「コマンダンテ・カッペリーニ号」と「ルイギ・トレリ号」であった。

殊に「ルイギ・トレリ（Luigi Torelli）号」は、ドイツから権藤正威陸軍大佐をはじめ武官付補佐官、技術士官、技師らを乗せて帰国させたイタリア潜水艦四隻のうちの一隻で、同艦のみが佐竹金次技術中佐、ドイツ人技師フォーデルスを便乗させて無事日本へたどりつくことができたのだ。UITのITはイタリアの冒頭の二文字で、ドイツについで日本に再び拿捕されたのである。

ドイツ降伏後、日本は孤立した。全世界を敵国として戦いを進めねばならぬ立場に立たされた。

六月二十二日には、沖縄の戦闘が終了し、日本の一角が、米軍の手に落ちた。

日本の崩壊は、急速にその進度を増した。七月中旬、日本政府は、中立条約締結国のソ連に和平の斡旋を申し入れたが、ソ連はこれを拒否。七月二十六日には、アメリカ、イギリス、中国の三カ国によって、日本に対する無条件降伏要求を意味するポツダム宣言が発表された。

日本の国力は、すでに限界に達していた。特攻機は、相ついでアメリカ艦船に突入していたが、実戦機はわずかで、改修練習機まで動員して艦船に直接体当りする特別攻撃を反復していた。しかし、それらは、有力なアメリカの迎撃機群にとらえられ、途中で大半が撃墜されていた。

軍需生産力も、相つぐ空襲によって工場は破壊され、その機能はいちじるしく低下していた。各都市は、地方の小都市にいたるまで焼夷弾を主としたアメリカ爆撃機の無差別爆撃で焦土と化し、庶民の日常生活は完全に破壊されていた。が、陸海軍は、徹底抗戦をとなえ、やがて開始されるにちがいないアメリカ軍の日本への上陸作戦にそなえて作戦準備を急いでいた。

航空部隊は、練習機、偵察機、爆撃機をはじめ、すべての機種を特別攻撃用に整備し、その他、桜花、神竜、剣等の特攻専用機も駆使して全機特攻をくわだてていた。

また、海上部隊も、わずかに残された駆逐艦、潜水艦を中心に、海竜、蛟竜、回天、震洋の特別攻撃用舟艇を待機させ、上陸してくるアメリカ軍の艦船への突入を決意していた。当然、それらの作戦は、本土を決戦場とする前提の上に立ったものであった。

しかし、八月六日、広島への原子爆弾の投下によって、情勢に大きな変化が起った。アメリカ大統領トルーマンは、

「六日広島に投下した原子爆弾は、戦争に革命をあたえるものである。日本が降伏に応じないかぎり、さらに他の場所にも投下する」

と、ラジオ放送で警告し、ついで三日後の八月九日、長崎に原子爆弾を投下した。

また、前日の八月八日には、ソ連が中立条約を破棄して日本に宣戦を布告、ソ連軍は、ソ満国境を突破して満州へなだれこんだ。

日本のとるべき道は、無条件降伏以外になかった。同月十四日、日本政府は、ポツダ

ム宣言を正式に受諾、翌日正午、天皇の終戦を告げる詔書がラジオで全国に放送され、戦争は敗戦という形で終了した。

残された艦艇は数少く、潜水艦も、建造中止のまま放置されたものや行動不能におちいっていた艦もふくめて、わずかに六十九隻にすぎなかった。

これらの潜水艦の大半は、それぞれアメリカ海軍に没収された後、海に沈没させられた。

昭和二十年十一月

下関にて米軍により処分されたもの……、

波二百九

昭和二十一年四月一日

五島列島沖にて米軍より爆破処分を受けたもの……、

伊三十六、四十七、五十三、五十七、五十八、百五十六、百五十七、百五十八、百五十九、百六十二、三百六十六、三百六十七、四百二、呂五十、波百三、百五、百六、百七、百八、百九、百十一、二百一、二百二、二百八

昭和二十一年四月五日

佐世保高後崎西方一浬附近にて爆破処分を受けたもの……、

伊二百二、呂三十一、波二百七、二百十、二百十五、二百十六、二百十七、二百十

九、二百二十八
昭和二十一年四月三十日
舞鶴湾外にて処分されたもの……、
伊百二十一、呂六十八、五百
昭和二十一年四月十六日～五月六日
米軍により紀伊水道にて処分されたもの……、
三菱神戸造船所、川崎重工艦船工場（神戸）、同泉州工場で艤装中の波二百一型（波二百六、二百十一、二百十二、二百十三、二百十四、二百二十一）と波百十、百十二
昭和二十一年中期
呉方面にて米軍により処分されたもの……、
伊百五十四、百九十五、呂五十七、五十九、六十二、六十三

その他、伊百五十三潜は昭和二十三年初めに解体処分。波二百四潜は昭和二十年十月末に宮崎県大堂津の沖合三キロの地点で坐礁のまま米軍に引渡され、波二百十八潜、二百二十九潜、二百三十潜は終戦直後の台風で擱坐していたので放棄されていたが、その後、いずれも佐世保で解体された。

ドイツから拿捕した伊五百一潜（U181号）、伊五百二潜（U862号）はシンガポールでイ

ギリス海軍に、伊五百五潜（U219号）、伊五百六潜（U195号）はスラバヤで連合国軍に、また、伊五百三潜（UIT24号）、伊五百四潜（UIT25号）は神戸で米軍に引渡された後、昭和二十一年四月十五日、十六日の両日に紀伊水道で海没処分に付せられた。

アメリカ海軍は、これらの潜水艦を処分したが、伊二百一潜型は、同型に属する三隻の潜水艦すべてを海没処分することはしなかった。

同型の潜水艦は画期的な性能をもち、戦後、主要国の潜水艦の原型となった新鋭艦であった。それまで、潜水艦の速度は水中で劣速であったが、その常識を破って、水中航走が水上航走を上回る水中高速潜水艦であった。

日本海軍は、昭和十八年に同型艦の構想を打ち立てた後、潜水艦建造技術を傾注し、昭和二十年二月に伊号第二百一潜水艦を竣工させ、ついで二百二潜、二百三潜の計三艦を完成、性能の実験と操艦の訓練中であった。

アメリカ海軍は、実戦に参加寸前の同型艦の性能に驚嘆し、伊二百二潜を処分したが、伊二百一潜（艦長坂本金美少佐）、二百三潜（艦長上杉一秋少佐）を重要参考艦としてアメリカへ回航させることになった。そして、坂本、上杉両少佐に指導を依頼、アメリカ海軍回航員に操艦訓練をおこなわせ、翌昭和二十一年春、アメリカに回航していった。

また、アメリカ海軍は、日本海軍が潜水艦の概念を破る特殊な大型潜水艦を保有していることに、大きな驚きをおぼえていた。

それは、基準排水量三、五三〇トンの伊四百潜型で、航続距離が、一四ノット平均で四二、〇〇〇浬にもおよぶ性能をもっていた。これは、作戦行動をつづけながら全世界の最も遠い地を往復できる、驚異的な大航続力であった。

しかも、艦上の耐圧構造の格納筒には陸上攻撃機三機を搭載することが可能で、太平洋を横断しアメリカ本国を空襲する目的を課せられていた。

第一号艦伊号第四百潜水艦は昭和十九年十二月末に竣工、ついで終戦までに、四百一潜、四百二潜が完成していた。

米軍は、この特殊な大型潜水艦のうち伊四百二潜を五島列島沖で海没処分にしたが、伊号第四百、四百一潜水艦の二隻は、重要参考艦としてアメリカへ回航した。


ヒトラー総統の命令でドイツから譲渡された呂号第五百潜水艦（U511号）は、終戦時に舞鶴軍港に在泊していた。

同艦は、野村直邦海軍中将、杉田保軍医少佐を便乗させ、艦長シュネーヴィント海軍大尉によって日本への回航に成功した艦で、その後、日本潜水艦として行動していた。

終戦時の艦長は山本康久大尉で、瀬戸内海沿岸にあったが、ソ連参戦の気配が濃く樺太沖にむかうよう指令され、八月十二日に舞鶴に入港していた。そして、弾薬、燃料、食糧の積込みをおこない、伊百二十一潜、呂六十八潜とともに出撃準備を進めていた。

八月十五日、終戦を知ったが、各艦の乗組員は、それに反撥し、同月十八日早朝、樺太方面にむかって独断で出撃した。これを知った第六艦隊司令部では、無電で帰港をうながすとともに、参謀が飛行機で追い、上空を旋回して慰撫につとめた。

その結果、三隻の潜水艦は、司令部の指示にしたがって、夕方、帰港した。

やがて、米・英海軍士官が接収にやってきて、翌昭和二十一年四月三十日に、呂号第五百潜水艦は、伊百二十一潜、呂六十八潜とともに船で舞鶴湾外に曳航され、海没処分に付せられた。

尚、呉にいた伊三百六十三潜は、米軍命令で佐世保に回航途中、宮崎沖一〇浬の位置で日本海軍の浮游機雷にふれて沈没。木原栄少佐以下が殉職し、藤田万五郎一等兵曹のみが海岸に泳ぎついて救出された。日時は、昭和二十年十月二十九日午後零時四十五分から同一時の間であった。

二十三

終戦時に、最も遠く日本からはなれた位置にあったのは、伊号第四百、第四百一、第十四潜水艦の三隻であった。

伊号第四百一潜水艦は、第一号艦の伊四百潜が呉工廠で竣工したのにつづいて、昭和二十年一月八日に佐世保工廠で完成し、伊四百潜とともに第一潜水隊を編成していた。

潜水隊司令には、開戦時、軍令部の潜水艦主務部員としてハワイ作戦に特殊潜航艇を参加させた後、潜水戦隊先任参謀、伊号第八潜水艦艦長を歴任した有泉龍之助大佐が着任していた。艦には、シュノーケルが技術陣の努力で完成し装備され、長時間潜航のまま艦の誇る大航続力を発揮して遠くアメリカ大陸を往復することが可能になっていた。

搭載機は、米本土爆撃を目的に伊四百潜型の設計建造とともに計画が進められていた攻撃機晴嵐三機が配置された。同機は、一、四〇〇馬力発動機装備の双浮舟型水上機で、時速二〇〇浬の速度で八〇〇浬の航続力を有していた。攻撃時には高性能を発揮するため浮舟を放棄することもでき、魚雷または八〇〇キロ爆弾を搭載し、急降下爆撃が可能で、搭乗員も船田正少佐以下が配属されていた。

また、伊十三、十四両潜水艦も晴嵐二機を搭載でき、第一潜水隊に配属されていた。つまり、四隻の潜水艦に、計十機の攻撃機が搭載されていた。

各艦は、猛訓練を反復し、乗組員の練度は急速に増した。その訓練は、アメリカ本土のニューヨークまたはワシントンを奇襲攻撃するためのものであった。

四月中旬、突然、軍令部から第一潜水隊司令に特別命令が発せられた。それは、伊四百一潜をドイツに派遣する命令だった。

ドイツの降伏は時間の問題で、軍令部は、ドイツ駐在の海軍武官府に指示して、Uボートを日本へ回航するようドイツ海軍総司令官デーニッツ元帥と交渉させていた。ドイツ潜水艦の隻数は約百二十隻で、交渉が成立した折には伊四百一潜をヨーロッパに派遣して、ドイツ潜水艦群を誘導させようというのだ。

その命令は、同艦艦長南部伸清少佐につたえられ、艦内には、一万枚を越えるインド洋、大西洋方面と北海からノルウェー沿岸附近にわたる海図が積みこまれた。そして、航海長坂東宗雄大尉が航路の研究に没頭したが、日本海軍とドイツ海軍との間で進められた交渉は不成功に終り、同艦に課せられたドイツ派遣命令は撤回された。

その後、伊四百、四百一潜は、パナマ運河方面に出撃が内定した。ドイツの降伏によって、当然、大西洋方面のアメリカ艦艇が太平洋方面に回航されるはずで、それを阻止するため、艦艇の通過路であるパナマ運河を奇襲攻撃し、破壊しようと企てたのだ。

しかし、戦局は窮迫していて、眼前に迫る敵兵力に打撃をあたえるのが先決だという意見が大勢を占め、アメリカ機動部隊の集結している南洋群島のウルシー環礁を奇襲することに決定した。その作戦には、伊十三、十四潜の二艦も偵察行動をとって協力することになった。

伊四百一潜は、伊四百潜とともに舞鶴軍港を出港、大湊に入港した。この航海中、敵の眼を攪乱するため、搭載してある晴嵐の日の丸を消して、アメリカ空軍の標式である星印に塗りかえた。

偵察任務を課せられた伊十三、十四潜は、偵察機彩雲を搭載して先発した。が、青森県大湊を出港後、伊十三潜は敵機動部隊の攻撃を受けて撃沈された。

七月二十四日午後二時、伊四百潜は大湊軍港を出港、二時間後に伊四百一潜も出撃した。両艦は、八月十二日ポナペ島南方で合流し、八月二十五日未明を期してウルシー環礁のアメリカ機動部隊に奇襲攻撃を加えることに決定していた。伊四百一潜は、水上航走、潜航をくり返してアメリカ海軍の眼をかすめながら東進をつづけ、八月十二日には、伊四百潜との会合予定位置に到達した。赤道までわずか六〇〇キロの地点であった。

しかし、僚艦伊四百潜を発見できず、その位置で待機した。

八月十五日の朝を迎えた。

南部艦長は、姿を見せぬ僚艦の安否を気づかっていたが、通信長片山伍一大尉が、あわただしく艦長室に入ってくると、紙片を差出した。それは、アメリカ海軍の暗号電報を傍受・解読したもので、日本が無条件降伏したことをつたえていた。

艦長は、その電文をアメリカ海軍の宣伝工作として信用せず、片山通信長に口外することを禁じたが、間もなく海軍省から、

「太平洋上ニ在ルワガ艦船ハ、一切ノ敵対行動ヲ停止スベシ」

という平文の電報を電信員西村正雄上等兵曹が受信した。その日、天皇の終戦の詔勅が発表されたこともつたえられ、二百二名の乗組員と晴嵐搭乗員は、祖国の敗戦を知っ

た。

　艦内には、悲痛な空気が満ちた。顔色を失ったかれらは、口もかたくつぐんで眼をそらし合っていた。

　やがて、かれらは、口々に意見を述べはじめた。艦をウルシー環礁に突入させ、最後の決戦を挑んで自爆すべきだという者もあれば、全員が自決し、艦を自沈させるべきだと主張する者もいた。

　艦に坐乗していた第一潜水隊司令有泉龍之助大佐は、艦橋で哨戒指揮にあたっていた航海長坂東宗雄大尉をのぞく艦長以下准士官以上全員を士官室に集合させ、今後の処置について、

「全員自決するのが、われわれ日本海軍軍人のとるべき態度だと確信しているが、異論はないか」

と、問うた。

　艦長以下士官たちは、有泉司令の言葉に同調し、解散した。

　坂東航海長は、通信長片山伍一大尉から全員自決に決定した話を耳にし、自室にもどった。室内では、飛行長浅村敦大尉が軍刀を磨いて自決の準備をはじめていた。

　坂東は、有泉司令の指示は当然だと思った。軍人として虜囚の辱しめを受けるよりは死を選ぶべきだという考え方を、かれ自身も持っていた。が、無条件降伏は天皇の命令

であり、それに反することは天皇にそむくことを意味する。

かれは、有泉司令に翻意するよう進言したいと思った。卑劣な男として罵られ、斬殺されても司令を説得しようと決意した。

かれは、司令室におもむき、率直に反対意見を述べ、天皇の命令に従うのが軍人としての義務だ、と直言した。

坂東は、司令が激怒すると予想していたが、有泉大佐は、素直にその言葉に耳を傾け、再び協議することに同意した。坂東は、ただちに南部艦長に報告、士官室に准士官以上の者が召集された。

その席上、全員自決することは中止され、艦を内地に向けることに決定した。

南部艦長は、拿捕される可能性もあると判断し、搭載していた晴嵐三機の処分を命じた。甲板上に翼、脚を折り畳んだ晴嵐が一機ずつ運び上げられて、射出機から一機ずつ射出され、晴嵐は夜の海に没していった。

南部は、艦を岩手県の三陸海岸か青森県の海岸に着けて全員を上陸させようと思い、ひそかに北上して行ったが、金華山灯台東方二〇〇浬の位置で、見張り員がアメリカ潜水艦を発見した。

南部艦長は、全速力で避退することを命じたが、片舷エンジンが故障して米潜の接近を許した。

艦は、停船命令を受けて停止した。米潜は、「セガンド（SS 398）号」で、

「降伏セヨ」

という万国船舶信号による旗旒《きりゆう》信号をあげた。

南部艦長は、

「ワガ艦ハ、天皇ノ命令デ行動中デアリ、要求ニハ応ジラレヌ」

と、回答した。

それに対して、「セガンド号」から、

「士官一名来レ」

と、告げてきた。南部は、

「ワレニボートナシ」

と拒絶すると、

「ボートヲ送ル、士官一名来レ」

と信号があって、ボートを海面におろすのが見えた。

艦橋には有泉司令、南部艦長、先任将校伊藤年典大尉、坂東航海長、片山通信長がいたが、有泉は、坂東に、

「御苦労だが、敵潜へ行ってくれ。おれ達も死を覚悟している。最後の御奉公だと思って敵潜に行って欲しい」

た。

坂東は承諾すると、数名の武装兵が乗ったボートに移り、「セガンド号」におもむいた。

艦長ジョン・E・バルソン大尉は、坂東に、

「降伏せよ」

と言った。

坂東は、

「日本の海軍軍人は、天皇陛下の命令なくしては絶対に降伏せぬ。もしも貴官がわれわれに降伏を強要するなら、全乗組員が自決する」

と、答えた。

バルソン艦長は、意外な回答に驚き、

「ハラキリ、No good」

と、頭を振り、降伏は天皇の命令であり、自殺することは好ましくないと説得した。

坂東は、自分たちの意志を通してくれれば自決せぬ、と答えた。

バルソン艦長は安堵し、艦をグアム島のアメリカ海軍基地に回航したいと言った。坂東は、艦を内地で引渡すべきだと考え、燃料不足を理由に拒絶した。

困惑したバルソン艦長は、旗艦の指令を受けるため無電連絡をとった。

その時、伊四百一潜から坂東に手旗信号が送られてきた。手旗をふっているのは、信号長斉藤七郎上等兵曹であった。

その信号は、

「ワガ艦ヲ、タダチニ撃沈セヨト伝エラレタシ」

という内容だった。

交渉の長びいていることに苛立った艦では、米潜の雷砲撃によって全員艦と運命を共にしようとしているのだ。

坂東は、

「交渉中ニツキ、暫ク待テ」

と、回答した。

やがて、アメリカ海軍潜水戦隊旗艦からの返事が来て、伊四百一潜は、「セガンド号」の監視のもとに横須賀へ回航と決定した。そして、士官ほか数名を伊四百一潜に乗り込ますことになったが、坂東はそれも拒否し、数名の下士官を乗りこませることに同意した。

坂東は、「セガンド号」の下士官とともに帰艦した。下士官たちは身の危険を感じているらしく艦内へは入らず、甲板上に坐ってコーヒーやビールを飲んでいた。

艦は横須賀にむかって進み、その夜、房総半島南方沖に達した。

夜明けには、まだ時間があった。乗組員たちは、夜の明けるのを恐れていた。米潜からの命令で、午前五時を期して軍艦旗をおろし、代りに星条旗をかかげるように指示されていたからであった。

午前四時二十分頃、仮睡していた南部艦長は、突然、隣接した司令室で鈍い銃声が起ると同時に硝煙の匂いをかぎとってはね起きた。

南部は、部屋を飛び出すと、司令室へ走りこんだ。

いつの間にか、司令室は整然と片付けられ、室内に血がおびただしく飛び散っていた。

有泉大佐は、軍刀をつかんで椅子に坐っていた。左手につかんだ拳銃の銃口が口にくわえられ、口と鼻から噴き出した血が第三種軍装の胸に流れ落ちていた。机の上には、有泉の指揮したハワイ作戦で戦死した九軍神の写真が飾られていた。

駈けつけた軍医長が、即死を確認した。弾丸は、後頭部に抜けて後方の壁にあたっていた。遺書は、連合艦隊、艦長、家族あての三通が机の上に置かれ、連合艦隊宛の遺書には、

「小生は、将来の日本の再建と発展を太平洋の海底から見守っている。われわれが最も誇りとする軍艦旗とともに、小生は太平洋の底深く身を沈めることを光栄とする。午前五時に星条旗の掲揚を指示されたが、それを見るに忍びない」

といった趣旨のことが書かれていた。また、艦長宛のものには、約二百名の乗員を無

事にそれぞれの故郷へ送りとどけることに努力し、決して軽率な行動をとってはならぬと記されていた。

南部艦長は、遺体の処置について思案した。もしも、米潜側に引渡せば、遺体が粗略に扱われるおそれもある。それよりも、自分たちの手で遺体を海軍軍人らしく水葬すべきであると考えた。

かれは、他の者と有泉司令の遺体を軍刀とともに毛布でくるみ、軍艦旗に包んだ。後部甲板にはアメリカの監視兵がいるので、かれらに気づかれぬように、前部の二番ハッチから遺体を上甲板に運び上げ、錘をつけて海面に滑り落した。

その日、伊四百一潜は、アメリカ国旗をつけ東京湾口に近づいた。相模湾にはアメリカの艦船が犇《ひし》めくように碇泊しているのが望まれ、艦は横須賀に入港、米潜水母艦「プロテウス」に横付けした。

すでに第一潜水隊の伊四百潜は、八月二十九日夕刻、東京の北東約五〇〇浬の洋上で米駆逐艦「ブルー」に捕捉され、また、伊号第十四潜水艦も、八月二十七日、米機によって発見された後、駆逐艦「マーレイ」に停船を命じられ、それぞれ横須賀に収容されていた。

伊四百一潜を最後に、太平洋上から、日本艦艇は完全に姿を消した。南部艦長は、乗組員に最後の艦内清掃を命じた。埃《ほこり》一つない姿で、米海軍に引渡したかったのだ。

港内には、戦艦中ただ一隻残されていた「長門」が、星条旗をかかげてひっそりと在泊していた。

伊十四、四百、四百一潜の三潜水艦は、重要参考艦としてアメリカに回航された。そして、各種の研究・実験を経た後、翌昭和二十一年五月二十八日に伊十四潜が、五月三十一日に伊四百一潜が、六月四日に伊四百潜が、それぞれハワイ諸島沖で爆破され、海中深く沈められた。

日本潜水艦の中で、わずかに船体が残されたのは、佐世保港で桟橋代用となった呂号第六十七潜水艦一隻のみであった。

あとがき

昭和十七年秋、新聞に大本営発表として一隻の日本潜水艦が訪独したという記事が掲載されていた。戦局も苛烈になった頃で、遥かへだたったドイツにどのようにして赴くことができたのか、中学生であった私には夢物語のようにも感じられた。

私は、数年前から記事の裏面にひそむ史実を調査することを思い立ち、その潜水艦の行動を追ってみたが、同艦は華々しい発表を裏切るように帰国寸前に爆沈していた。そして、その調査を進めるうちに、同じような目的をもった多くの潜水艦が、日本とドイツの間を、あたかも深海魚のように海中を往き来していたことを知った。それは戦史の表面にあらわれることもない、暗黒の海に身をひそませた行動で、しかも、その大半が海底に没した悲劇であることも知った。

沈黙の世界の出来事であるためか、正式な記録はない。わずかに、遣独第二便の伊号第八潜水艦の行動日誌を艦長であった内野信二氏が保存しているのみで、他は関係者の記した断片的なものしか残されていない。

そのため、私は、遺独潜水艦往来に関係した生存者の証言を得ることを強いられたが、関係者の協力は予期以上で、積極的に調査資料を提供してくれた人も数知れない。

殊に福井静夫、坂本金美、泉雅爾、小島秀雄、渓口泰麿、中山義則、松井登兵、佐野純雄、津田圭一郎氏等多くの方々の熱意ある助言を忘れることができない。また一年三カ月にわたる執筆期間中、文藝春秋編集部の杉村友一、田中健五、笹本弘一、鈴木重遠の各氏の励ましを受け、出版にあたっては大河原英與、北岡陽子両氏の御力添えを得た。尚、友永英夫、庄司元三両技術中佐の行動については、関係者の証言以外にドイツで取材にあたった日本放送協会の山崎俊一氏に負うところが大きい。

この作品は、これらの方々の協力なしには成立しなかった。厚く御礼申し上げる。


〈主要参考文献〉

井浦祥二郎著『潜水艦隊』／巌谷英一ほか著『機密兵器の全貌』／野村直邦著『潜艦U・511号の運命』／外務省編『スバス・チャンドラ・ボース日本へ』／ジョイス・レブラ著・堀江芳孝訳『チャンドラ・ボースと日本』／藤原岩市著『F機関』／富塚清著『エンジン閑話』／木村秀政著『A26』／伊号四〇一潜会発行『伊号四〇一潜史』

昭和四十八年　早春

関連地図

地図I（潜水艦航路関係）

ソビエト連邦
オホーツク海
満州
ハルビン
新京
アルマアタ
タシケント
包頭
日本
中華民国
呉
東京
太平洋
カブール
アフガニスタン
上海
インド
硫黄諸島
台湾
カルカッタ
ビルマ
香港
仏印
マリアナ諸島
タイ
ベンガル湾
フィリピン
ビア海
バンコク
マニラ
グアム島
アンダマン諸島
マレー半島
サイゴン
ペナン
コロンボ
ニコバル諸島
セイロン島
シンガポール
スマトラ島
ボルネオ島
ニューギニア島
蘭印
インド洋
ジャワ島
ココス島
濠州
シドニー
メルボルン
伊号第三十潜水艦の航跡
伊号第八潜水艦の航跡

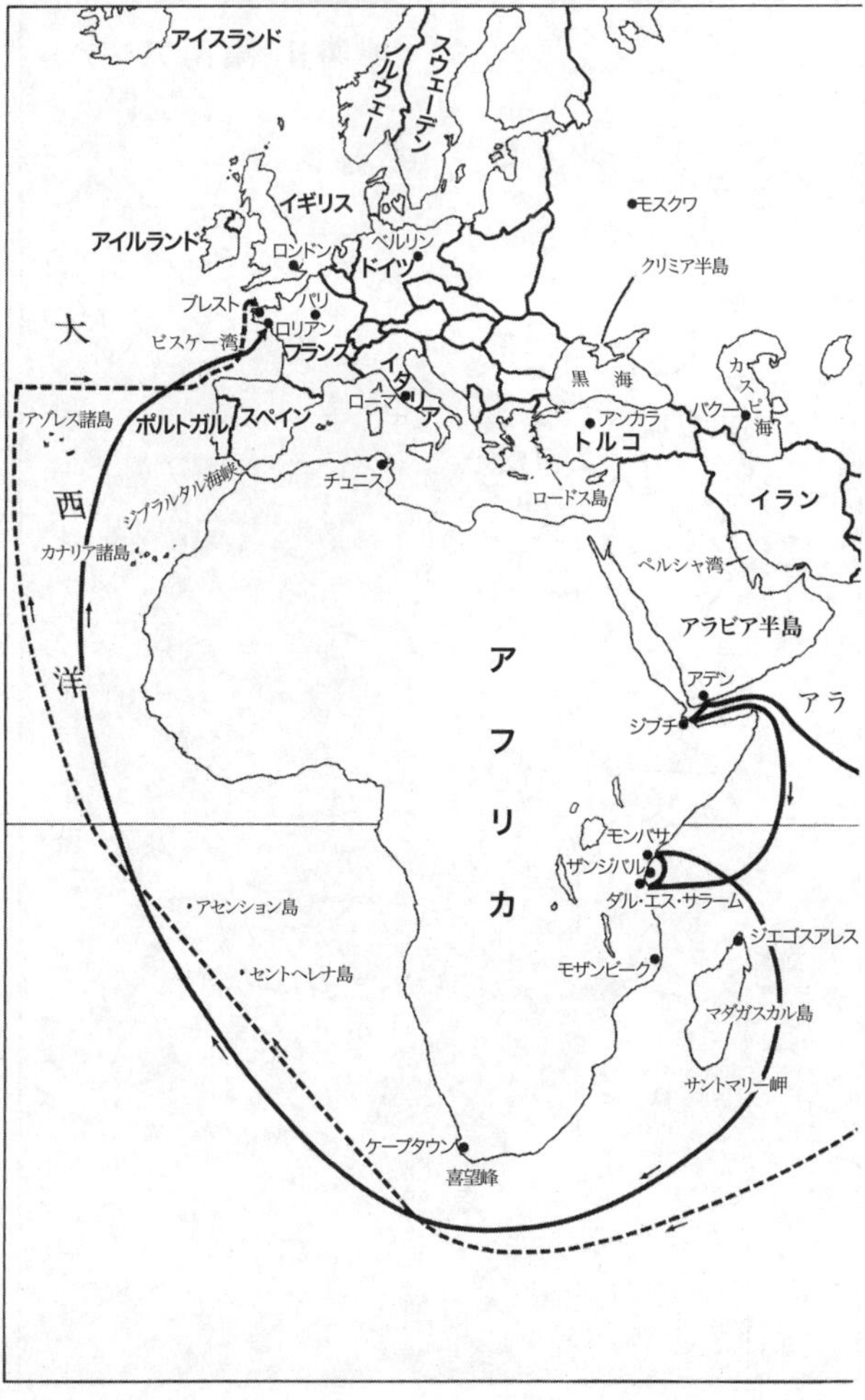

アイスランド
ノルウェー
スウェーデン
イギリス
アイルランド
ロンドン
ベルリン
ドイツ
モスクワ
クリミア半島
ブレスト
パリ
ロリアン
ビスケー湾
フランス
大西洋
イタリア
ローマ
黒海
カスピ海
バクー
アンカラ
トルコ
アゾレス諸島
ポルトガル
スペイン
チュニス
ロードス島
ジブラルタル海峡
イラン
カナリア諸島
ペルシャ湾
アラビア半島
アフリカ
アデン
アラ
ジブチ
モンバサ
ザンジバル
ダル・エス・サラーム
アセンション島
ジエゴスアレス
セントヘレナ島
モザンビーク
マダガスカル島
サントマリー岬
ケープタウン
喜望峰

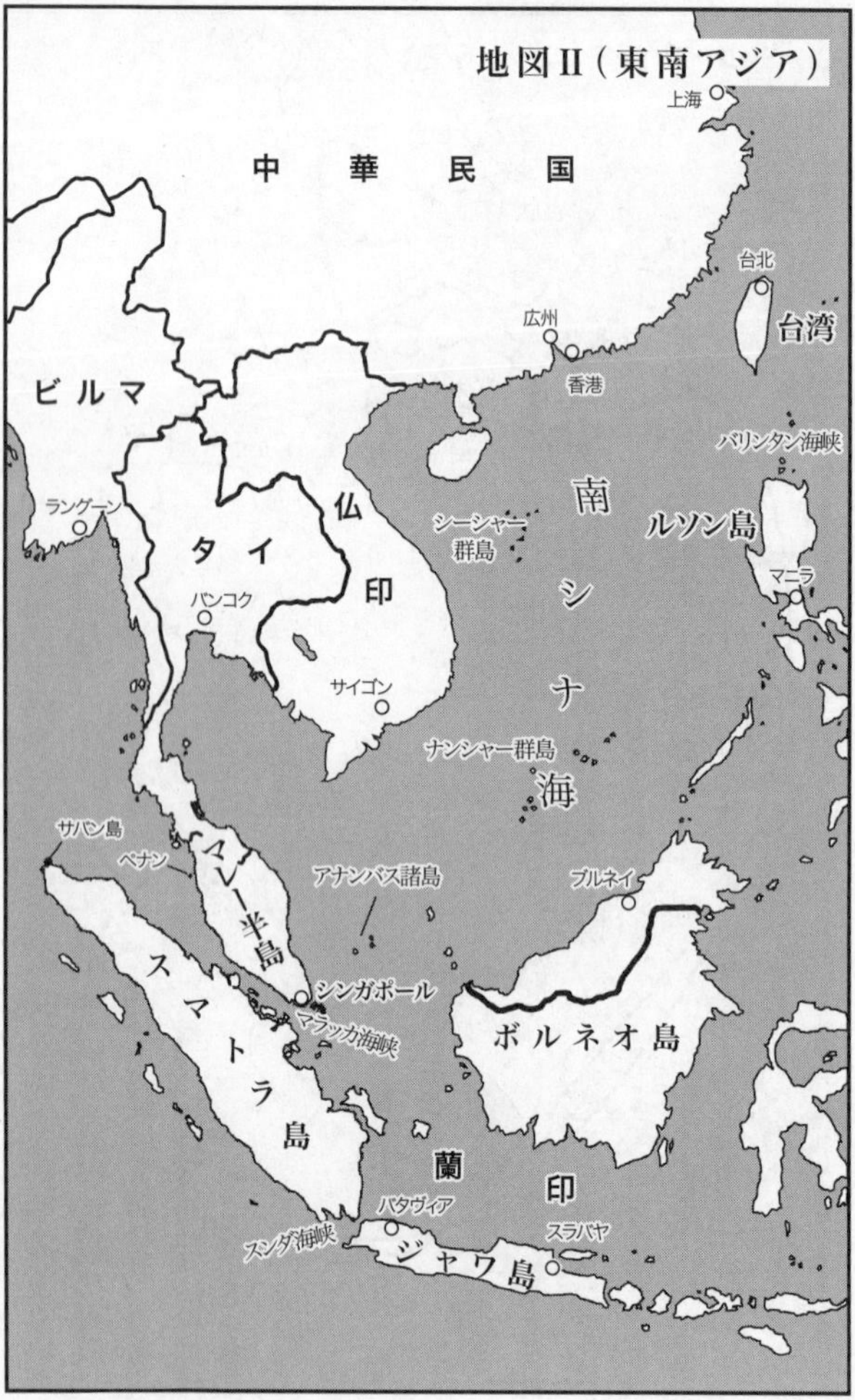
地図II（東南アジア）
上海
中華民国
台北
台湾
広州
香港
ビルマ
バリンタン海峡
南
シ
ナ
海
仏
印
タイ
ラングーン
シーシャー群島
ルソン島
マニラ
バンコク
サイゴン
ナンシャー群島
サバン島
ペナン
マレー半島
アナンバス諸島
ブルネイ
スマトラ島
シンガポール
マラッカ海峡
ボルネオ島
蘭
印
バタヴィア
スラバヤ
スンダ海峡
ジャワ島

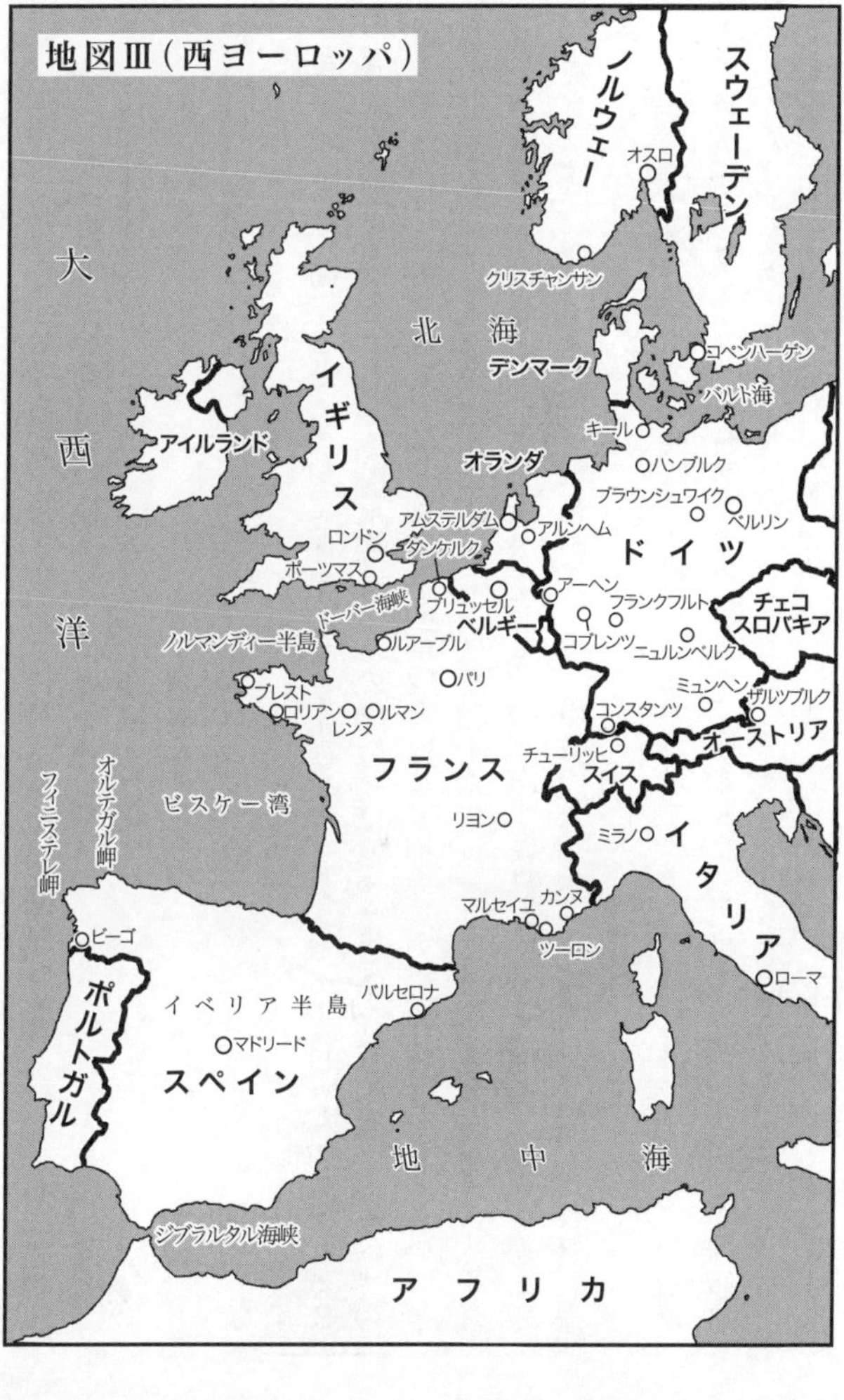
地図III（西ヨーロッパ）
ノルウェー
スウェーデン
オスロ
クリスチャンサン
大西洋
北海
デンマーク
コペンハーゲン
バルト海
イギリス
アイルランド
キール
オランダ
ハンブルク
ブラウンシュワイク
ベルリン
アムステルダム
アルンヘム
ロンドン
ダンケルク
ドイツ
ポーツマス
ブリュッセル
アーヘン
フランクフルト
チェコスロバキア
ドーバー海峡
ベルギー
ノルマンディー半島
ルアーブル
コブレンツ
ニュルンベルク
パリ
ブレスト
ミュンヘン
ザルツブルク
ロリアン
ルマン
レンヌ
コンスタンツ
オーストリア
チューリッヒ
スイス
フランス
オルテガル岬
フィニステレ岬
ビスケー湾
リヨン
ミラノ
イタリア
マルセイユ
カンヌ
ツーロン
ビーゴ
ローマ
ポルトガル
イベリア半島
バルセロナ
マドリード
スペイン
地中海
ジブラルタル海峡
アフリカ

解説

半藤一利

攻撃は最良の防禦として攻撃に偏重した日本海軍が、もっとも期待した戦術的兵器に潜水艦がありました。しかも潜水艦はほかの艦艇とは違って、昭和五年（一九三〇）のロンドン海軍軍縮会議で、日・英・米海軍のあいだで均等兵力を認められていらい、とくに重点的に整備されてきたものでした。昭和十六年（一九四一）十二月八日、太平洋戦争がはじまったとき、日本海軍が保有していた潜水艦は第一線級艦三十数隻、第二線級艦もほぼ同数で、ドイツ海軍を別として、当時の英、米海軍にくらべて、それほど遜色のあるものではなかったのです。

たしかに伊号潜水艦の新鋭は、燃料の補給をうけずに単艦で、カリフォルニアの沿岸まで優に往復できるほど卓越した性能をもっていました。呂《ろ》号でもハワイ周辺で作戦することができるほどの航続力をもっていました。その精鋭六十四隻が、開戦にさいしていっせいに太平洋にのりだしていったのです。さらに戦争中に百二十六隻が新たに建造され、そして戦うこと三年八ヵ月余、戦い終ったとき、五十隻足らずの老朽艦が作戦不能で港に繋留されたまま残存していました。

しかも、日本の潜水艦があげた戦果となると、これがまことに寥々《りょうりょう》たるものでした。本来の目的である攻撃場面で成功を収めた例がまったくないわけではありませんが、それはもうほんの数えるほどでありました。ミッドウェイ海戦で空母ヨークタウンを、昭和十七年秋ソロモン南方の洋上で空母ワスプを、昭和二十年の夏にマリアナ東方海上で重巡インディアナポリスをそれぞれ撃沈した、これくらいが赫々《かっかく》たる戦果といえるもので、アメリカの潜水艦のあげた戦果にくらべれば、眼を蔽いたくなるほどといっていいでしょう。

しかし、そうではありますが、じつは潜水艦ほどよく戦った艦はないのです。空母を別とすれば、潜水艦と駆逐艦がミッドウェイ海戦以後の引き潮の戦いを頑張って戦って支えてきた、と思っています。しかもその戦いは本来の目的とは違うところで、酷使につぐ酷使という無残なものでした。物資弾薬の補給、人間や糧食の輸送、人命救助のための派遣と、獅子奮迅の働きをしました。当然のことながらそれらは悪戦苦闘の連続でありました。そしてほぼ全滅していったのです。

本書は、その潜水艦のまさしく縁の下の力持ち的な悪戦苦闘の一つ、しかもタイトルそのままの「深海の使者」として日本とドイツとの連絡を何とかやりとげる、という知られざる戦いを描いたものです。華々しいものではなく、むしろ悲しすぎる戦記といえましょうか。

インド洋を横切って、アフリカの先端の喜望峰を回って大西洋へ、そしてナチス・ドイツ占領下のフランスの港まで、それは長い長い隠密の航海を強いられたものでした。とにかく日本とドイツとの間の往復をきちんとやることが主任務でしたから、その間、積極的に作戦行動または攻撃行動をとることはできません。連合国軍の制空・制海権下をひたすら耐えに耐え、日独間にひろがる一万五千浬《カイリ》（三万キロ弱）の海の下に潜って、危険な封鎖線を突破して往復するのです。潜水艦以外の艦艇ではとうていできない任務です。いや、潜水艦であってもほとんど不可能か、とも考えられる無理な作戦でした。しかし、万難を克服して成さねばならなかった作戦であったのです。

太平洋戦争の戦端がひらかれていらい、連合国側は協同作戦を行うために連絡を密にし、必要があれば陸上あるいは海上で、ひんぱんに幕僚会議をもち、時にはそれが首脳会議にまで及んでいました。そこでは戦略ならびに戦術的な協同作戦の詳細についてが協議されましたし、兵器技術の交流や軍需物資の交換が活発に行われていたのです。軍事同盟ならばこのようにせねばならないという見本のような親密ぶりでありました。

対照的に、三国同盟を結んでいる日本とドイツ、日本とイタリア間の連絡は、戦局が傾く以前からもう無線通信による以外には方法がなくなっていました。ましてや戦況が悪化するいっぽうとなった昭和十八年後半からは、ほとんど途絶した状態におかれていました。飛行機や海上艦艇による連絡を企図しても、その成功率はゼロにひとしかったからです。といって、ドイツの開発した機密兵器、たとえば電波探信儀や対戦車砲の特殊弾などは、のどから手の出るくらい日本が欲しいものでありました。いきおい不可能を可能にする手段を何とかひねりださねばならなくなった。つまりは、それが潜水艦による新ルート開発という思いきった作戦にいきつくことになったのです。

幸いなことに日本の第一級艦は卓越した航続距離をもっています。この困難な任務をはたし得るに十分な能力に満腔の信頼をかけるほかはありません。こうして大本営海軍部の指示によって五隻の歴戦の潜水艦がえらびだされました。伊三十、伊八、伊三十四、伊二十九、伊五十二。これらが順次に訪独任務を命ぜられたのです。参考までに伊三十潜水艦に与えられた指示は左のとおり、実に簡単なものです。

「伊号第三十潜水艦ヲ四月中旬内地発九月末頃迄ニ内地帰還ノ予定ヲ以テ欧州ニ派遣シ作戦行動ニ従事スベシ」

本書には、この五隻の潜水艦の、指令は簡単にして容易と思わせながらまことに困難この上ない任務遂行のための、苦心の行動のすべてが描かれています。それに付随して、日独潜水艦の連絡の間に生起したいくつかの事件というか秘話についても、綿密な調査のもとに描かれています。その意味からは、こんどの戦争で、もっとも苦闘しつつほとんど賞されることもなく、空しく死んでいった多くの潜水艦乗りに捧げる潜水艦戦史、鎮魂の賦といえるのではないかと思います。

それはほんとうに累々《るいるい》たる死者の列でありました。この「深海の使者」五隻の潜水艦のうち無事に内地に帰投したもの、わずかに一隻。ドイツから譲りうけたUボート二隻のうち一隻も失われました。無謀な作戦であったと憤る声もなく、全力を尽した海の戦士たちは海なる墓標の下に静かに横たわるのみなのです。あらためて潜水艦乗りの大いなる勇気と義務にたいする忠実さとを、本書から学びとってほしいと思います。

作者の吉村昭氏は、と書くより、作家と編集者という関係のほかに、数多い物書きのなかにあって東京大空襲の悲惨を実際に体験したのは吉村氏とわたくしの二人、ということもあり、懇々《こんこん》たる知己以上のつき合いをわたくしはさせてもらいました。それで以下は、吉村さんと親しみをこめて書くことをお許しいただきたいと思います。

昭和四十一年（一九六六）、吉村さんは『戦艦武蔵』という戦史小説を書きました。それは三十九歳のときといいます。それからこんどの戦争に関する小説を七年間にわたって書きつづけました。『零式戦闘機』『総員起シ』『細菌』『帰艦セズ』など忘れることのできない秀れた作品ばかりです。そしてこの『深海の使者』をもって、戦史小説を書くことを吉村さんはぴたりとやめてしまったのです。

わたくしはそれが不満というよりも残念で、吉村さんにぜひつづけてほしい旨のことを強く慫慂《しょうよう》したことがありました。吉村さんの返答はこうでした。

「初めて『戦艦武蔵』を書いたころは、関係者の九〇パーセント近くが健在だったから、取材もたっぷりできた。けれども、年を追うごとにその数はどんどん減っていって、『深海の使者』を書くために調べだしたときには、三五パーセントほどしか証言者がいなかった。これには僕も愕然《がくぜん》とした。年を経るごとに戦争の体験者がいなくなるのは当然といえば当然だが、証言者の激減は、これじゃ正確な戦史小説を書けないという事実を、いやというほど僕に思い知らせた。それで執筆を断つことにしたのです。その苦しさは、同じように戦史を書いているキミにはわかるはずだが……」

わたくしは吉村さんのこの述懐を正しくうけとめました。そして、これ以上はもう余計なことをいうまいと思いました。吉村さんの戦史小説は、ほかの同種の作品群とはまったく違う特徴をもっていることに、わたくしははじめから脱帽していたからです。戦時下に起った出来事を書こうとする場合、吉村さんはその出来事に関与した人々の話を徹底的に取材しています。その多くの証言者のさまざまな角度からの話によって小説を構成する、それが吉村さん独特の流儀なのです。戦史の公式記録や、だれかがさきに書いたものなどは、ただ補強材料として使用ないし参考にするのみ。そこが多くの戦記作家とは根本的に違うところなのです。しかし、いまやその肝腎かなめの証言者がいなくなった。であるから、これ以上は書かないと、まことに東京ッ子吉村さんの潔さと矜持がよくわかる決断でした。正確な戦史が書けなくなったやむをえないときが到来した以上は書かない、それが小説家としては当然な決断なのであると、あるいは吉村さんはあとにつづくものに警告したのかもしれません。でたらめの歴史や戦記を書いて、それが何になるというのか、ということでもありましょうか。

こう書いているいま、不意に、かつての日に吉村さんとかわした対話が想いだされてきました。その主題は江戸時代でしたが、吉村さんはあの特徴ある微笑みの眼光をたえず発しながら、わたくしのバカ話に応じてくれました。太平洋戦争史とは関係ありませんが、調べる作家としての吉村昭の真面目《しんめんもく》がよくでていると思われますので、ちょっと長く引用してみます。

吉村　幕府は、元禄時代までは橋をつくったり、街道を整備したり一生懸命やっています。でも、そのあとは何もしていない。その代わり、道路を大切なものであるということを教えるわけ。だから、街道では大八車を走らせなかった。それがお金のかからない教育なんです。日本人はいまでも道路に水を撒《ま》く習慣がありますが、江戸の名残じゃないですか？

半藤　そうでしょう、おそらく。江戸の町では走ってもいけなかった。下駄を履いて走ったら、道を大事にしない不届き者といわれた。例外として許されたのは飛脚と火消しぐらいです。だから「忠臣蔵」で高田馬場まで堀部安兵衛が走ったなんていうのは、大嘘（笑）。江戸の人たちはしずしずと歩いていたんです。

吉村　街道を大八車は通れないというのは『生麦事件』を書いてわかったんです。荷は牛や馬の背に載せて運んだ。当然、牛糞や馬糞が落ちるわけですが、街道沿いの住民がそれを畑のほうへ放り投げてきれいにし、そのあと水を打った。ところが、戊辰戦争のとき、西軍が武器や弾薬を大八車で運んだから、街道がメチャメチャになった。

半藤　そうか、道を大事にするという発想から華道とか茶道が生まれたのではないか。みんな「道」がつく。

吉村　半藤さんて鋭いなあ（笑）。たぶんそうですよ。

（吉村昭対談集『歴史を記録する』河出書房新社）

わたくしにとって、吉村さんはほんとうに懐しい人であります。

（作家）

この本は一九七六年に小社より刊行された文庫の新装版です。
内容は「吉村昭自選作品集」第四巻（一九九一年新潮社刊）を底本としています。

文春文庫

深《しん》海《かい》の使《し》者《しや》

定価はカバーに表示してあります

2011年3月10日　新装版第1刷
2014年3月5日　第4刷

著　者　吉《よし》村《むら》昭《あきら》
発行者　羽鳥好之
発行所　株式会社　文藝春秋

東京都千代田区紀尾井町3-23　〒102-8008
TEL 03・3265・1211
文藝春秋ホームページ　http://www.bunshun.co.jp

落丁、乱丁本は、お手数ですが小社製作部宛お送り下さい。送料小社負担でお取替致します。

印刷・凸版印刷　製本・加藤製本

Printed in Japan
ISBN978-4-16-716949-7

（　）内は解説者。品切の節はご容赦下さい。

吉村　昭
街のはなし
食事の仕方と結婚生活、茶色を好む女性の共通点、街ですれ違う気になる人、旅先でよい料理屋を見つける秘訣……。温かく、時に厳しく人間を見つめる極上エッセイ七十九篇。（阿川佐和子）
よ-1-34

吉村　昭
朱の丸御用船
江戸末期、難破した御用船から米を奪った漁村の人々。船に隠されていた意外な事実が、村をかつてない悲劇へと導いてゆく。追い詰められた人々の心理に迫った長篇歴史小説。（勝又　浩）
よ-1-35

吉村　昭
夜明けの雷鳴
医師　高松凌雲
パリで神聖なる医学の精神を学んだ医師・高松凌雲は、帰国後旧幕臣として箱館戦争に参加する。近代医療に魂を吹き込んだ博愛と義の人の波瀾の生涯を描いた幕末歴史長篇。（岡崎武志）
よ-1-38

吉村　昭
三陸海岸大津波
明治二十九年、昭和八年、昭和三十五年。三陸沿岸は三たび大津波に襲われ、人々に悲劇をもたらした。前兆、被害、救援の様子を、体験者の貴重な証言をもとに再現した震撼の書。（髙山文彦）
よ-1-40

吉村　昭
関東大震災
一九二三年九月一日、正午の激震によって京浜地帯は一瞬にして地獄となった。朝鮮人虐殺などの陰惨な事件によって悲劇は増幅される。未曾有のパニックを克明に再現した問題作。
よ-1-41

吉村　昭
海の祭礼
ペリー来航の五年も前に、鎖国中の日本に憧れて単身ボートで上陸したアメリカ人と、通詞・森山の交流を通して、日本が開国に至る意外な史実を描いた長篇歴史小説。（曾根博義）
よ-1-42

吉村　昭
見えない橋
事実は、時の流れとともに消えてゆく。漁師村で、北の町で、都会の片隅で。過去を背負い静かに暮らす者、おだやかに見守る者。人びととの情景を静謐な筆致で描いた珠玉の七篇。（勝又　浩）
よ-1-43